ESTADO DE ALERTA

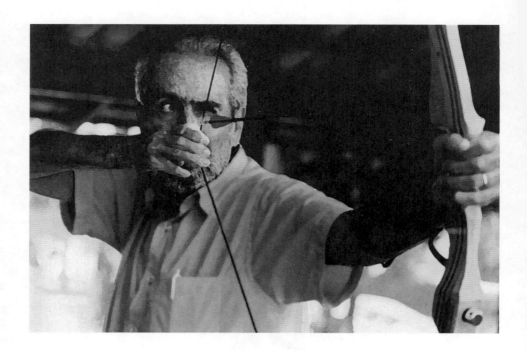

O Arqueiro

GERALDO JORDÃO PEREIRA (1938-2008) começou sua carreira aos 17 anos, quando foi trabalhar com seu pai, o célebre editor José Olympio, publicando obras marcantes como *O menino do dedo verde*, de Maurice Druon, e *Minha vida*, de Charles Chaplin.

Em 1976, fundou a Editora Salamandra com o propósito de formar uma nova geração de leitores e acabou criando um dos catálogos infantis mais premiados do Brasil. Em 1992, fugindo de sua linha editorial, lançou *Muitas vidas, muitos mestres*, de Brian Weiss, livro que deu origem à Editora Sextante.

Fã de histórias de suspense, Geraldo descobriu *O Código Da Vinci* antes mesmo de ele ser lançado nos Estados Unidos. A aposta em ficção, que não era o foco da Sextante, foi certeira: o título se transformou em um dos maiores fenômenos editoriais de todos os tempos.

Mas não foi só aos livros que se dedicou. Com seu desejo de ajudar o próximo, Geraldo desenvolveu diversos projetos sociais que se tornaram sua grande paixão.

Com a missão de publicar histórias empolgantes, tornar os livros cada vez mais acessíveis e despertar o amor pela leitura, a Editora Arqueiro é uma homenagem a esta figura extraordinária, capaz de enxergar mais além, mirar nas coisas verdadeiramente importantes e não perder o idealismo e a esperança diante dos desafios e contratempos da vida.

DAVID KLASS
ESTADO DE ALERTA

UM SUSPENSE SOBRE ECOTERRORISMO

Título original: *Out of Time*

Copyright © 2020 por David Klass
Copyright da tradução © 2022 por Editora Arqueiro Ltda.

Todos os direitos reservados. Nenhuma parte deste livro pode ser utilizada ou reproduzida sob quaisquer meios existentes sem autorização por escrito dos editores.

Publicado mediante acordo com a Dutton, um selo da Penguin Publishing Group, divisão da Penguin Random House LLC.

tradução: Ivanir Calado
preparo de originais: Melissa Lopes
revisão: Luíza Côrtes e Suelen Lopes
diagramação: Valéria Teixeira
capa: Steve Meditz
imagens de capa: Getty Images – Xuanyu Han (nuvens), Pgiam (refinaria) e Jose A. Bernat Bacete (explosão)
impressão e acabamento: Cromosete Gráfica e Editora Ltda.

CIP-BRASIL. CATALOGAÇÃO NA PUBLICAÇÃO
SINDICATO NACIONAL DOS EDITORES DE LIVROS, RJ

K69e

Klass, David
   Estado de alerta / David Klass ; [tradução Ivanir Calado]. - 1. ed. - São Paulo : Arqueiro, 2022.
   304 p. ; 23 cm.

   Tradução de: Out of time
   ISBN 978-65-5565-243-7

   1. Ficção americana. I. Calado, Ivanir. II. Título.

21-73933
CDD: 813
CDU: 82-3(73)

Camila Donis Hartmann - Bibliotecária - CRB-7/6472

Todos os direitos reservados, no Brasil, por
Editora Arqueiro Ltda.
Rua Funchal, 538 – conjuntos 52 e 54 – Vila Olímpia
04551-060 – São Paulo – SP
Tel.: (11) 3868-4492 – Fax: (11) 3862-5818
E-mail: atendimento@editoraarqueiro.com.br
www.editoraarqueiro.com.br

Para Gabe e Maddy

UM

O homem estava deitado no escuro, próximo à beira do penhasco. Olhava por um binóculo para o rio Snake, que, iluminado pela lua, serpenteava pelas colinas de Idaho em direção à represa. Apesar do apelido pitoresco que a imprensa lhe dera, vestia-se de preto da cabeça aos pés. O drone ao seu lado também era preto, desde as quatro hélices até a carga de 9 quilos. Ele próprio havia construído o quadcóptero em sua cabana de caça no decorrer de três meses, usando peças recolhidas aqui e ali. Agora o aparelho estava empoleirado no penhasco, como um pássaro pré-histórico cheio de pontas, pronto para mergulhar sobre uma presa desavisada.

Coçou a barba crescida na bochecha. Fazia quatro dias que não dormia numa cama, não tomava uma ducha nem falava com outra pessoa. Tinha dirigido a van por estradas secundárias ao longo de sete estados sem levar um celular nem usar cartões de crédito. Não havia usado a internet desde que se despedira da mulher e dos filhos e saíra de sua casa no Michigan. Tinha trazido a própria comida, além de água e combustível, pois qualquer loja, por menor que fosse, poderia ter uma câmera de segurança. E uma imagem gravada transformava-se em dados, que poderiam ser acessados por quem o procurava. Usava um casaco de *fleece* com uma camada externa de nylon para reter o calor corporal, porque estava a menos de um quilômetro e meio de um alvo importante e eles o rastreavam por satélites que registravam imagens térmicas.

Lá embaixo, as formações do período arqueano – as rochas expostas mais antigas da Terra – descem íngremes até uma ravina por onde o rio

Snake seguia para oeste em sua sinuosa viagem de 1.500 quilômetros até o Pacífico distante. Diante daquela paisagem sob o luar prateado, o homem tinha a sensação de estar olhando para trás, através das eras, até um tempo em que o planeta ainda era inocente, imaculado, e a humanidade não havia estragado tudo.

Por um momento, foi dominado por uma tristeza enorme e um sentimento de inutilidade. Quase desistiu e voltou à barraca. Contrariando o perfil psicológico que os criminologistas forenses do FBI tinham elaborado e distribuído a tal ponto que até ele o havia lido, o homem não queria ser apanhado. Se o encontrassem, iriam trancafiá-lo pelo resto da vida. Não tinha medo da dor, mas uma vida inteira encarcerado era um inferno que ele desejava desesperadamente evitar. Caso o pegassem, também destruiriam sua família, que tinha um valor inestimável para ele.

Estava ciente de que, a cada vez que agia, cresciam as chances de cometer um erro. Agora a força-tarefa contra o Homem Verde contava com mais de trezentos agentes federais, o dobro dos que haviam perseguido o Unabomber. Ele acabaria fazendo alguma besteira, deixando a pista de que precisavam para encontrá-lo. Era uma questão de tempo e sorte, mas, se continuasse na ativa, isso inevitavelmente aconteceria. Se parasse, eles só poderiam contar com as informações que tinham agora. Parecia não haver sentido em correr riscos adicionais – o mundo estava muito avançado em sua rota suicida, e ele duvidava profundamente de que pudesse fazer qualquer coisa que revertesse o que já estava sendo feito. O caminho sensato seria abandonar a missão e passar seu tempo precioso com a esposa e os filhos. Mas então viu os faróis de um jipe piscarem – uma sentinela em patrulha noturna na pista sobre a barragem –, e os dois pontos de luz movendo-se no topo da represa de 120 metros de altura o instigaram a agir.

Tirou o transmissor de dentro da grande mochila preta, mas o manteve dentro de um invólucro feito de fibra de vidro, para esconder a pegada térmica. Ligou-o e logo os quatro rotores do drone estavam girando. Verificou a carga pela última vez: os vinte bastões de explosivo plástico muito bem compactados se aninhavam junto ao dispositivo de detonação.

O drone se ergueu acima do penhasco e o homem moveu habilmente as duas alavancas de controle para corrigir a rotação, o ângulo, a mudança de direção e a aceleração. Guiou-o para longe, e o veículo de controle remoto sobrevoou a ravina, o reservatório enluarado e a represa enorme. Pairou, circulando devagar: um ponto preto contra a lua cheia. Ele o manteve suficientemente alto para não ser visto nem ouvido. Era uma noite calma e sem nuvens – uma noite em que Deus parecia estar em seu paraíso glorioso. E o homem teve um último instante para hesitar diante da enormidade da destruição que provocaria e lamentar a perda de vidas inocentes.

Os criminologistas que tinham elaborado seu perfil também estavam errados com relação a isso – ele não era um sociopata. Na verdade, era bastante empático, e matar não lhe dava alegria. Também não tinha a ilusão de que as pessoas cujas vidas estava para ceifar tivessem qualquer responsabilidade pela existência ou pelo propósito da represa. A maioria nem havia nascido em 1970, quando fora construída, e era simplesmente azar delas estarem por perto na noite em que seria destruída. Ele sabia que os funcionários da represa provavelmente haviam aceitado o trabalho por causa do salário fixo. Depois de se formar em Yale, teve vários empregos assim. Mas não existia um modo de fazer o que precisava ser feito sem tirar vidas.

O homem baixou a cabeça e rezou.

– Deus, me perdoe – sussurrou.

E então seus dedos se moveram na alavanca da direita, mandando o drone num mergulho íngreme, controlado com habilidade. Sentiu a pontada de empolgação que sempre vinha com a percepção de que aquilo ia mesmo acontecer, junto com o orgulho culpado por ver sua criação finalmente voar em sua velocidade máxima de 95 quilômetros por hora. Cada quilo tornava o voo mais difícil e reduzia a velocidade, por isso ele havia demorado anos para aprender a construir algo capaz de voar tão depressa levando uma carga tão grande.

O jipe estava na metade da represa quando parou de se mover. Será que o motorista tinha ouvido alguma coisa? Era improvável, e também era tarde demais, a não ser que ele fosse um atirador de elite com a presença de espírito para saltar do veículo e fazer um disparo em dois segundos. Era mais fácil que a sentinela tivesse parado no meio do caminho para fumar um cigarro e admirar a mesma paisagem enluarada que o homem observava. Emoldurado pela ravina, contra o gigantesco monólito escuro da parede de concreto, um jato de água prateada saltava de uma comporta de vertedouro e cascateava por 120 metros até o reservatório reluzente, lá embaixo.

Mas nada aconteceu – o tempo se imobilizou –, e o homem teve certeza de que alguma coisa tinha dado errado. Se o dispositivo explosivo não detonasse, eles encontrariam o drone e a bomba intactos. Apesar de todo o cuidado que tivera, teriam muita coisa com que trabalhar. Entrou em pânico e pensou em Sharon, Kim e Gus e em como a vida dos três viraria de cabeça para baixo se ele fosse pego. A coisa mais generosa que poderia fazer por eles seria poupá-los do pesadelo de um julgamento, por isso carregava um comprimido letal aonde quer que fosse.

Viu a explosão antes de ouvir. Um cobertor de fogo escondeu a face da represa da base até o topo. Um estrondo enorme – uma onda de som violenta – vibrou através da ravina. Mas a represa não desmoronou de imediato. E o homem não esperava que isso acontecesse. O ataque contra o World Trade Center havia demonstrado com uma clareza aterrorizante que não era necessário que uma explosão demolisse de imediato o alvo – só era preciso um dano estrutural suficiente para que o peso, a pressão e a gravidade concluíssem a destruição. O homem estava seguindo o mesmo raciocínio ali. A explosão só precisava abalar a integridade da represa em arco num ponto crucial. Em breve, milhares de toneladas de água do rio Snake fariam o restante do trabalho.

Durante vários segundos lentos e hipnóticos, tudo pareceu continuar como antes. O cobertor de fogo se fechou. O estrondo reverberou até o silêncio. Então os primeiros jatos minúsculos brotaram pelas rachaduras, como se uma dezena de novos vertedouros tivessem sido abertos simultaneamente acima do reservatório.

O homem não esperou o rio atravessar o paredão – não sentia prazer na destruição e na morte, apesar de ter passado meses planejando isso. Já podia ver luzes se acendendo e ouvir sirenes. Os helicópteros chegariam em menos de vinte minutos. Colocou suas coisas na mochila, certificou-se cuidadosamente de não ter deixado nem um pedaço de fio para trás, subiu na moto e partiu pela noite, na direção de sua van e das longas estradas que iriam levá-lo para casa, para as pessoas que ele amava.

DOIS

Tom chegou ao bar do hotel cinco minutos antes da hora, mas seu pai já estava lá, com um copo de uísque pela metade, olhando o relógio. Ele não levantou os olhos quando Tom se aproximou por trás, mas disse:

– Achei que talvez você estivesse em um encontro. Me enganei.

Tom notou a fina tira de espelho acima do balcão, que dava ao pai uma visão ampla do estabelecimento. O velho ainda via tudo. Sentou-se no banco ao lado dele.

– Como foi o seu voo? – perguntou, estendendo a mão. – Anda, pai.

O aperto de mão foi firme e breve. Não era um gesto de intimidade, e sim um reconhecimento do protocolo masculino, equivalente a prestar continência.

– Como acha que foi a porra do meu voo? A gorda sentada do meu lado devia pesar uns 150 quilos.

– Bom, as pessoas gordas também precisam viajar.

Seu pai resmungou e tomou outro gole grande do uísque.

– Como está a mamãe?

– Mandou lembranças.

– O que ela tem feito?

– Está no grupo de leitura.

– O que elas estão lendo?

– Esqueci de perguntar.

Tom fez sinal para o barman.

– Talvez fosse alguma coisa que você acharia interessante, e aí teria algum assunto para conversar com ela.

Seu pai colocou o copo no balcão e o encarou. Tom reparou como ele tinha envelhecido. O cabelo antes denso e preto havia sumido quase totalmente; os poucos tufos que restavam eram ralos e mais brancos que grisalhos. A pele era frouxa nos malares, e ele tinha um novo tique nervoso de beliscar as dobras moles e puxá-las. Era o rosto amargo de um velho infeliz, insatisfeito com a vida e nem um pouco ansioso pela morte.

– Está tentando ser engraçado?

O barman se aproximou e Tom pediu um chope artesanal.

– Pelo menos beba comigo – disse o pai.

– Vou beber com você. Acabei de pedir um chope. Pelo amor de Deus, pai.

– A gente não precisa fazer isso.

Tom se obrigou a ficar calmo.

– Olha, eu não quero brigar. Estou feliz em ver você. E estou feliz porque veio me ver. Sinto muito por não ter conseguido ir à Flórida no seu aniversário. Você está com uma cara ótima.

– Não vim ver você.

– Tudo bem. Fico feliz por termos nos encontrado por acaso neste bar. Como você está? Como é a vida com um marca-passo?

– Eles deixam você usar o cabelo desse jeito?

O barman trouxe o chope. Tom agradeceu com um gesto de cabeça e tomou um gole.

– Não é o corpo de fuzileiros, pai.

– Sorte a sua – declarou o ex-capitão fuzileiro.

Os dois ficaram em silêncio. Passava uma luta de MMA na TV acima do balcão. Um dos lutadores ficou em posição de controle e começou a apertar o outro e dar socos.

– Sinto falta do boxe – disse o pai finalmente. – Essa merda matou o boxe.

– Eles são extremamente habilidosos. Esses golpes de cotovelo são de muay thai.

– Prefiro Joe Frazier ou Roberto Durán. – O pai terminou o uísque e sinalizou pedindo outra dose. – E então, o que está achando?

– Do quê? Do trabalho?

– Nunca imaginei que você acabaria fazendo isso.

– Obrigado. Só estou começando, mas até agora achei bom.

– Sua mãe disse que colocaram você numa força-tarefa importante.

— Faz só uma semana. É para achar aquele cara que anda explodindo coisas. O Homem Verde.

O pai franziu a testa como se tivesse sentido um gosto desagradável.

— A imprensa liberal chama o sujeito assim.

— Pai, todo mundo chama o sujeito assim.

— É para fazer dele um herói.

— Até o Brennan chama o cara assim.

— Para você é "senhor" Brennan.

— Não. Para mim é Subdiretor Agente Especial Comandante Encarregado da Força-Tarefa Deus Encarnado Brennan. Até ele chama o cara de Homem Verde.

— Jim Brennan é um bom homem. Você já se encontrou com ele?

— São mais de trezentos agentes na força-tarefa. Ele comanda as principais reuniões de instrução. Eu fico sentado nos fundos e tento não peidar alto demais.

— Então ele não sabe quem você é?

— O que está realmente querendo saber?

O barman serviu uma dose generosa ao pai de Tom, que tirou uma nota de vinte da carteira e a alisou no balcão de carvalho polido.

— Eu poderia dar um telefonema.

— Não, senhor.

— Tem muitos Smiths nesse mundo. Ele ia querer saber...

— Você construiu a sua carreira. Me deixe construir a minha.

O pai assentiu e olhou para o relógio.

— Construa a sua carreira, então. Preciso me recolher logo. Vou embora amanhã cedo.

— Mamãe disse que você vai se encontrar com um velho amigo.

— Bill Monroe, lembra dele? Lá de Mitchellville.

— Claro. Ele dava umas festas de Natal horríveis, se vestia de Papai Noel, e você e mamãe ficavam bêbados com o ponche.

— A festa acabou. Ele tem câncer de próstata em estágio avançado. Vim para me despedir.

— Que triste.

— E então, chegaram a alguma motivação?

Tom olhou o próprio relógio. Parecia já estar controlando os nervos há meia hora, mas só haviam se passado cinco minutos.

— Para quê?

— Para o que o Escroto Verde faz.

O chope artesanal era doce demais para o gosto de Tom, mas ele tomou um longo gole.

– A imprensa liberal diz que o cara é um ativista ambiental que quer chamar atenção para a devastação do planeta.

– E você engole isso?

– Olha, sei que você não concorda, mas eu não trabalho a partir de uma motivação – respondeu Tom, com cuidado. – O que faço é principalmente analisar dados para encontrar padrões. Pressupor uma motivação pode induzir ao erro quando estamos tentando entender o que os dados estão mostrando. Eu tento não me impor nem pensar no porquê. Mas sei que pensamos diferente.

– Então você não precisa se preocupar com a motivação? – O pai terminou de tomar o uísque e pôs o copo no balcão. – Ou será que está é com medo de levá-la em consideração? – Tom sabia que estavam chegando ao fim da conversa e que aquilo que seu pai diria em seguida seria o golpe mais brutal. – Você admira o cara, não é?

– O Homem Verde?

– Lanterna Verde. Super-Homem. Batman. Homem Verde. Para você ele é um super-herói.

– Isso é um grande insulto. E não é verdade.

– Você e sua irmã sempre foram do tipo que abraça árvores. Você não quer salvar o mundo?

– Ele matou 31 pessoas. Cinco crianças.

– Salvar o mundo é foda. O fim justifica os meios, não é? Se for preciso matar cinco crianças para salvar nosso planeta, não vale a pena? Qual é... Nós dois sabemos que você concorda com ele. Já participou de passeatas pelo meio ambiente e tal. O Homem Verde está lutando por uma causa que é sua e está fazendo isso muito bem.

– Então boa noite, pai. Você precisa ir amanhã cedo a Mitchellville...

Tom começou a se levantar, mas a mão pesada do pai pousou em seu ombro e o velho falava num tom baixo, confessional, que Tom nunca tinha ouvido.

– Nunca comentei isso com ninguém, mas existe uma parte de nós que sempre admira esses caras. Vamos atrás deles e os odiamos, mas, até certo ponto, eles estão fazendo as coisas proibidas que queremos fazer, e conseguindo escapar das consequências. São mais espertos e estão se divertindo mais do que nós. E, se não tivéssemos um pouquinho do lado sombrio deles, não conseguiríamos entendê-los nem pegá-los. Correto?

Tom ficou quieto por vários segundos. Estava surpreso com a profundidade daquilo que o pai estava admitindo, e com a honestidade dele.

– Está bem – reconheceu finalmente. – Em algum nível acho que admiro os objetivos dele, ainda que...

– Eu estava de sacanagem com você – disse o velho, muito satisfeito. – Acha que eu admirava os assassinos em série e os estupradores desgraçados que eu cacei? Esse é o tipo de babaquice que os agentes do FBI dizem nos filmes ruins. Eu nunca quis ser nem um pouco igual a eles. Nunca. Nem por um segundo. Mas agora comprovamos que você admira o homem que está caçando e, somente por isso, nunca irá pegá-lo.

A mão de Tom apertou a caneca de chope.

– Eu vou pegá-lo – disse baixinho.

– Por que não foi para o Vale do Silício, Tom? Você fez entrevistas. Frequentou universidades de elite. Poderia estar ganhando uma grana.

– Eu estou me saindo bem. Pai, preciso ir agora.

– Termine seu chope. Foi para me homenagear? Porque não tenho mais muito tempo pela frente?

– Não, isso é ridículo.

– Está certíssimo. É ridículo. Porque, para ser sincero, você nunca ligou a mínima para o que eu fazia. E agora é tarde demais. Viva sua vida.

Tom mexeu o ombro para se desvencilhar da mão do pai e se levantou para encará-lo.

– Não foi para homenagear você. Mas talvez eu esteja fazendo isso pela mesma razão que você: para pegar bandidos. É o negócio da família, não é? Vovô Vic. Tio Will. Você. E agora eu. E ele é definitivamente um bandido. Nada justifica a morte de inocentes, não importa qual seja o propósito.

O pai também se levantou. Os dois tinham quase a mesma altura, mas o pai ainda era um centímetro mais alto.

– Acho que é mesmo um negócio de família. Boa noite, Tom. Saia com alguma mulher de vez em quando, tente trepar e faça sua mãe feliz.

Mas Tom estava olhando para além dele, para a TV, onde uma notícia de última hora havia interrompido o terceiro round da luta. Havia a imagem de um rio enluarado serpenteando por uma ravina escura nas montanhas, uma represa destruída e pessoas sendo evacuadas em ambulâncias e helicópteros. Tom olhou para o relógio e depois de novo para a TV.

– É ele.

Seu pai se virou e fitou a tela.

– O Homem Verde? Como sabe?

– As represas do rio Snake são alvos perfeitos para um ecoterrorista. Elas interrompem a corrida dos salmões selvagens rio acima para desovar e acasalar, e há anos existem processos contra elas. São obras de infraestrutura importantes, mas também bastante simbólicas: exatamente o que ele procura.

– Você checou o relógio? – comentou o pai. – Ele sempre ataca à mesma hora?

– Não.

– Mas o momento é importante de algum modo? Faz parte da assinatura dele?

– Não posso falar sobre isso.

– Não pode falar sobre isso *comigo*? – repetiu o pai, e de repente havia fúria em sua voz. – Que porra isso quer dizer? Que eu não conseguiria ficar de boca fechada? Escute, seu merdinha...

Mas Tom não estava mais ouvindo o pai. Tinha subido no balcão para aumentar o volume, e escutou o locutor dar as primeiras informações sobre as vítimas. Uma família de seis pessoas que morava numa casa-barco no reservatório abaixo da represa tinha morrido afogada – incluindo quatro crianças pequenas.

TRÊS

— O explosivo foi colocado com precisão por um drone grande numa área de sustentação inferior da represa Boon, considerada crítica pelos nossos especialistas. Um engenheiro estrutural brilhante num dia bom não poderia escolher um local melhor. – Brennan parou para tomar um gole de café e olhou para os trezentos agentes sentados em cadeiras dobráveis, muitos fazendo anotações em notebooks. Na penumbra do salão, as telas reluziam e davam aos rostos uma silhueta azulada, de modo que aquilo parecia um exército de *trolls*, criaturas míticas nórdicas. – As represas em arco são curvadas de maneira que a pressão hidrostática do rio comprima o arco, reforçando a represa. Mas, se ela for comprometida do modo certo, esse ponto de pressão cria uma fraqueza estrutural potencial, e o Homem Verde explorou isso muito bem.

Ele mal tomou fôlego antes de prosseguir:

– Como muitos de vocês sabem... e isto não é de conhecimento público... ele faz com que os ataques coincidam com um relógio do apocalipse ambiental estabelecido por um grupo radical baseado na Suécia. O Relógio de Östersund supostamente leva em conta vários fatores, dentre eles o aquecimento global, e está correndo para o que eles chamam de "meia-noite", quando os danos ao planeta serão irreversíveis. Agora esse relógio está marcando onze e meia da noite, e a explosão na represa Boon aconteceu *exatamente* no equivalente disso no fuso horário das Montanhas de Idaho.

Slides surgiram na tela grande atrás de Brennan, mostrando o que restava da represa, e ele pôde sentir a reação na sala e até mesmo ouvir alguns arquejos de perplexidade. Uma coisa era ouvir sobre os detalhes, outra era ver 2 bilhões de dólares em danos.

– Em outras palavras, ele escolheu muito bem o alvo, pesquisou-o meticulosamente e, de algum modo, agiu sem deixar pistas. Além disso, acertou na mosca no segundo exato que desejava.

O exército de *trolls* sentiu a mesma raiva do líder, e a tensão na sala aumentou.

– Suspeitamos que tenha sido um explosivo plástico, provavelmente Semtex. Pelos danos, devem ter sido mais de 8 quilos. É extremamente difícil construir um drone capaz de carregar uma carga tão grande e voar com tanta precisão.

Apareceram na tela fotos de vários estilhaços pretos extraídos do concreto ou pescados no reservatório.

– Até agora só foram recuperados alguns fragmentos do drone. Ele tinha o que nossos especialistas em bombas chamam de cápsula suicida. A carga principal, de explosivos plásticos, arrebentou a represa, mas havia uma carga muito menor destinada a destruir o próprio drone, o detonador e todos os traços do explosivo. Cada construtor de bombas tem uma assinatura característica, mas a cápsula suicida apagou qualquer indício que pudesse nos levar ao Homem Verde.

Brennan continuou depois de alguns segundos:

– Como aconteceu nos cinco incidentes anteriores, uma carta datilografada, mandada pelo correio, chegou hoje de manhã a um jornal importante, endereçada a um editor-chefe, assumindo a autoria do ataque e explicando os motivos. Dessa vez o escolhido foi *The New York Times*. Vocês podem ler a carta no site que quiserem, já que ela viralizou. Por razões que não posso detalhar, temos certeza que é do Homem Verde. Foi escrita no mesmo tom lógico, circunspecto, das outras. E expressa os motivos para explodir a represa e a conclusão de que, por causa das ameaças ambientais ao planeta, a resistência ativa é não somente justificada, mas também um imperativo moral. Nossos peritos estão examinando a carta, o selo, a tipologia, o papel, de modo que talvez tenhamos alguma novidade, mas não conseguimos nada com as outras cinco. Como nas outras, ele termina pedindo desculpas pelo que chama de "trágica perda colateral de vidas".

A voz áspera de Brennan se suavizou, como sempre acontecia quando ele se referia às vítimas.

– Três trabalhadores da Idaho Power and Gas morreram na hora e outros dois funcionários da represa estão em estado grave. A explosão danificou a represa o suficiente para a pressão do rio Snake atravessá-la. Na enchente causada no reservatório abaixo, duas casas-barco viraram e as famílias se afogaram. O total de mortes no momento é de doze, mas deve aumentar. As estimativas preliminares dos danos está bem acima dos 2 bilhões de dólares, e em grande parte o rio Snake retomou o curso normal no cânion Boon.

Brennan fez um gesto com a mão e as luzes no teto se acenderam totalmente.

– Temos setenta agentes no local. Mais de duas mil pessoas estão colaborando conosco, entre policiais da cidade e do condado e agentes de segurança do aeroporto, seguindo cada pista. No momento, a caçada ao criminoso acontece em âmbito nacional, e o número de agentes e investigadores auxiliares, assim como o dos diversos especialistas convocados, não tem precedentes. Mas o que importa é o seguinte: ele atacou de novo e escapou. Perguntas? Grant?

Um agente negro de estatura alta se levantou na primeira fila.

– Senhor, para que o drone tenha ido com tanta precisão até o alvo, o Homem Verde devia estar na área. Precisava estar bem perto e com visão direta da parte de baixo da represa.

– Existem mais de trinta morros, platôs e penhascos acima da represa, que dariam a ele a proximidade e a perspectiva necessárias – disse Brennan. – Temos equipes de perícia examinando todos eles, mas até agora não encontramos nada. Muitos são formações rochosas e não preservariam pegadas. E tudo indica que ele usa roupas e sapatos especiais e que é organizado e metódico. Sim, Dale?

Um homem de ombros largos vestindo calça cáqui e paletó azul ficou de pé.

– A represa Boon é um dos alvos que nós monitoramos por satélite. Será que ele não deixou nenhuma imagem térmica? O transmissor do drone não emitiria um sinal de calor?

– Tínhamos um satélite passando diretamente em cima. Nosso olho no céu não captou nada. Ele arranjou algum modo de mascarar isso. Hannah? Que dados você tem?

Uma mulher asiática de meia-idade se levantou e disse numa voz potente:

– Aquela parte do norte de Idaho é muito rural. Só há um punhado de aeroportos. Umas poucas estradas interestaduais. Depois de atacar a represa, ele teve que sair de lá depressa. Quanto mais imagens pudermos conseguir das horas depois da explosão, capturadas por câmeras de aeroportos, postos de combustível, cabines de pedágio...

– Ele jamais viajaria por uma interestadual – afirmou uma voz no fundo da sala.

Brennan levantou a mão. Ele era um homem grande, e a palma erguida parecia uma luva de beisebol.

– Você aí nos fundos, que falou fora da vez. Fique de pé.

Todos se viraram para olhar quando um rapaz desengonçado e muito magro, de cabelos pretos revoltos e aparentando ainda não ter saído da faculdade, se levantou desajeitadamente.

– Não estou reconhecendo você. Qual é o seu nome?
– Tom Smith, senhor.
– Eu lhe dei a palavra, agente Smith?
– Não, senhor.
– A agente Lee estava fazendo uma pergunta, não estava?
– Sim, senhor. Quer dizer, ela não estava exatamente fazendo uma pergunta, mas estava falando, senhor.
– Mas agora você está falando. Vá em frente.
– Não quero ser desrespeitoso, senhor, mas o Homem Verde não viaja por estradas principais. Pelo menos quando está numa missão. Ele jamais faria isso. Ele não usa aeroportos. Provavelmente leva combustível extra com ele.
– Você é paranormal, agente Smith?
– Como, senhor?
– Você é clarividente?

Houve algumas risadas.

– Não, senhor. Mas...
– Que pena. Porque, se você *fosse* paranormal, não precisaríamos cobrir todas as bases e recolher meticulosamente as informações que costumam solucionar esse tipo de caso. Pode se sentar. Hannah, milhares de imagens estão sendo enviadas a você, mas, se deixarmos de perceber algum ponto importante, por favor, me avise.

– Sim, senhor – disse ela, e se sentou.

– Terminamos – anunciou Brennan. – A imprensa já está fazendo um escarcéu. Vários canais e sites de notícias estão quase tratando o sujeito como celebridade pelo assassinato em massa. Enfatizaram que isso pode ajudar a trazer de volta os salmões do Pacífico e praticamente não mencionaram que duas famílias foram mortas. Os nomes ainda não foram divulgados, mas eu sei quais são.

Brennan deu um passo à frente, e agora sua voz estava quase dolorosamente suave.

– A família Terry, de Boise. Fred Terry, a esposa, Susan, e o filho de 6 anos, Sam, que morreu afogado usando um pijama com estampa de tigre. E a família Shetley, de Riverton. Jack, um médico. A mulher dele, que trabalhava no corpo de bombeiros. E os quatro filhos, inclusive o mais velho, Andy, de 13 anos, cuja página no Facebook diz que ele queria ser um herói socorrista como a mãe. É isso aí. Vão pegar o desgraçado.

...

Tom colocou o notebook na pasta e se levantou sem fazer contato visual com as pessoas em volta. Um sussurro de zombaria atrás dele perguntou:

– E aí, clarividente?

Mas ele não se virou.

– Os Redskins vão ganhar nesse fim de semana? Pode dizer qual vai ser o placar?

Houve gargalhadas. Tom manteve a cabeça baixa e foi para a saída mais próxima.

Alguém entrou no seu caminho e uma voz disse em tom autoritário:

– Agente Smith.

Não era uma pergunta.

Tom ergueu os olhos e viu o agente negro alto chamado Grant, que tinha feito uma pergunta na primeira fila.

– Sim?

– O comandante Brennan quer falar com você.

– Claro – disse Tom. – Quando ele...

– Agora.

QUATRO

Tom acompanhou o agente alto para fora da sala. Os dois seguiram por um longo corredor e saíram por uma porta lateral para a fria manhã de Washington. Um sedã preto reluzente estava parado junto ao meio-fio, com o motor ligado.

– No banco de trás – instruiu Grant. – Se eu fosse você, ficaria de boca fechada.

Tom respirou fundo o ar frio de outubro, abriu a porta de trás do carro e entrou.

Brennan estava reclinado no banco de couro, verificando o celular e comendo sementes de girassol de um saco de papel pardo. Era um homem grande – mais de 1,90 metro e quase 130 quilos –, perto dos 70 anos. Estava esparramado numa postura preguiçosa que ocupava a maior parte do espaçoso banco de trás do sedã. Não fez qualquer gesto para cumprimentar Tom, mas disse ao motorista:

– Vamos, Don. – E o sedã partiu. Tom esperou em silêncio enquanto Brennan espiava pelos óculos de leitura, terminava de digitar uma mensagem de texto e a enviava. Finalmente ele baixou o telefone e o encarou. – Você está tentando cometer suicídio profissional antes mesmo de ter uma carreira?

– Não, senhor.

– Sabe quem é Hannah Lee?

– Conheço a reputação. Ouvi dizer que é fantástica.

– Ela faz o que você foi contratado para fazer, só que está nessa há quinze anos, e você terá muita sorte se chegar a ser metade do que ela é.

– Não tive a intenção de ofendê-la, nem ao senhor.

– Você não me ofendeu, mas fico puto quando alguém interrompe outra pessoa nas minhas reuniões. Quanto à Hannah, ela tem uma memória muito boa e está na sua cadeia de comando direta. Eu pediria desculpas a ela. Você consegue ser dócil?

– Quando necessário.

– Seja humilde e dócil, então.

Tom o encarou e assentiu.

– Sim, senhor.

O grandalhão esmagou uma semente com os molares.

– Tom Smith? Não é exatamente um nome memorável.

– Sim, senhor. Quero dizer, não, senhor. Não fui eu que escolhi.

– Eu conheci um Warren Smith.

Tom ficou tenso e permaneceu em silêncio.

– Um homem difícil em muitos aspectos, mas talvez tenha sido o melhor agente de campo com quem já trabalhei, e eu trabalhei com milhares. Algum parentesco?

Tom hesitou, mas estava claro que Brennan sabia de tudo.

– Eu pedi ao meu pai que não entrasse em contato com o senhor.

– O que faz você pensar que ele fez isso?

– O fato de eu ter pedido para ele não fazer. Também imagino que ele tenha pedido que o senhor não me contasse.

Brennan deu um leve sorriso.

– Jamais revelo minhas fontes. Posso imaginar que Warren não deve ter sido o pai mais acessível do mundo. Mas os instintos dedutivos dele eram espantosos, e ele sempre me contou a verdade. E essas são duas qualidades que eu valorizo demais. Vamos ver se você consegue manter viva essa tradição familiar. O que, exatamente, queria tanto revelar a ponto de abrir a boca fora da hora?

Tom podia sentir o cheiro do sal das sementes de girassol.

– Não é preciso ser vidente para saber que o senhor está caçando alguém que toma rigorosamente as precauções certas.

– Sim, mas como e por que ele está tomando essas precauções? Não precisa se conter, Tom. O seu pai não censurava o que tinha a dizer, e tenho certeza que você sabe disso melhor que ninguém.

– Está claro que ele conhece perfeitamente os métodos de vocês. Se o senhor continuar procurando esse cara de um jeito que ele pode prever, provavelmente nunca irá pegá-lo.

– E como ele conheceria a nossa cartilha? Acha que ele é um agente do FBI?

– Pode trabalhar em alguma outra área ligada a segurança. Ou talvez só assista a muitos seriados policiais na TV.

– Existe um monte de fanáticos por *Law & Order* por aí. Não costumamos ter nenhum problema para pegá-los, não importa o que assistam ou pesquisem na internet. Na verdade, quanto mais eles acham que entendem como nós os estamos procurando, mais fácil costuma ser apanhá-los.

– Vocês não teriam apanhado o Unabomber se ele não tivesse sido denunciado pelo irmão. Esse cara é muito mais inteligente. Em dois anos, ele atacou seis vezes e deu suas justificativas, e vocês ainda não sabem absolutamente nada sobre ele. Desculpe minha franqueza, senhor.

Brennan mastigou as sementes e engoliu com uma expressão amarga.

– Você me lembra mesmo o seu pai. Poucos analistas de dados recém-saídos da faculdade me diriam que eu não sei bulhufas sobre alguma coisa.

O celular de Brennan soou com uma notificação. Ele olhou para a tela e disse:

– Don, edifício Rayburn em cinco minutos. – Em seguida guardou o telefone. – Eu tenho trezentos dos meus agentes mais capacitados e experientes fazendo uma busca de todos os modos possíveis, e outros milhares ajudando. Acha realmente que não vamos pegá-lo?

Os olhos escuros e faiscantes estavam apontados para Tom.

Tom enfrentou aquele olhar intimidador e disse:

– Ele escolhe e pesquisa os alvos de maneiras que vocês não entendem e não conseguem prever. Assim que escolhe, planeja as missões meticulosamente e constrói seus próprios explosivos. Entende de perícia forense e análise de dados, por isso não vai deixar pegadas nem marcadores térmicos perto de um alvo, não vai comprar combustível com um cartão de crédito nem nada estúpido assim. Ele se relaciona com vocês ditando as próprias regras e parece ser muito competente em mandar aquelas cartas datilografadas sem dar nenhuma pista da identidade. Ele se recusa a se envolver mais ou ser atraído por seus especialistas em psicologia para revelar qualquer coisa a mais sobre si próprio. Se vocês continuarem a procurá-lo por meio de abordagens convencionais, não vejo essa situação mudando, a não ser...

– A não ser que ele fique descuidado ou nós tenhamos sorte?

– Mais cedo ou mais tarde algo vai dar errado para o Homem Verde, ou ele vai bobear e cometer um erro minúsculo. Mas talvez demore anos até que uma dessas coisas aconteça. Ele pode decidir parar, ou morrer de morte natural, ou se aposentar e ir jogar golfe na Flórida, e nesse caso vocês nunca irão pegá-lo.

Depois de um instante de silêncio no sedã, eles ouviram uma britadeira trovejando numa obra ali perto.

– Se não me falha a memória – disse Brennan, falando de modo sucinto e projetando a voz acima do barulho da rua –, seu pai se aposentou e foi para a Flórida jogar golfe.

– Eu não estava fazendo referência ao meu pai.

– Claro que estava. Estava montando o perfil do nosso bandido e escolheu duas características que combinam exatamente com a situação do seu pai.

Tom olhou de volta para ele e admitiu baixinho:

– Bom, talvez o senhor esteja certo. Eu cresci na Virgínia e na Flórida, e não gosto muito de golfe.

Brennan assentiu.

– Entendo. Mas, como agora estamos falando indiretamente do seu pai, naquele telefonema que não tivemos ele não me contou sobre a sua formação. Ciência da Computação em Stanford. Pós-graduação na Caltech. Não costumamos ver profissionais com esse perfil por aqui, Tom. Eles vão para o Vale do Silício, e o Google ou a Microsoft pagam cinco vezes mais que o governo. Que diabo você está fazendo aqui? Trabalho social?

– O negócio da família é pegar bandidos.

Brennan sorriu e olhou o relógio.

– Está bem, Tom Smith. Você foi bastante direto com relação ao que estamos fazendo errado. Presumo que tenha pensado um pouco no que faria de diferente para pegar esse bandido específico.

– Um pouco. Mas sei que o senhor vem fazendo isso há muito mais tempo que eu. Não quero abrir a boca fora de hora de novo. Não foi muito bom para mim da primeira vez.

– Agora o estande de tiro está escancarado e eu ordeno que você atire. Tem menos de quatro minutos. Essas chances não aparecem com frequência. Por isso, se eu fosse você, faria o meu melhor.

Tom viu que o sedã estava subindo a região do Capitólio. Sabia que o edifício Rayburn House ficava perto. Por conta da súbita pressão de tempo, estranhamente ele teve dificuldade para colocar os pensamentos em ordem, e as primeiras palavras saíram quase dolorosamente lentas:

– Como falei, ele fez um serviço notável para se manter um passo à frente de vocês e não revelar nada. O senhor pode usar o conhecimento que ele tem dos métodos de vocês como um ponto fraco.

– Esse é um ponto forte dele, não uma fraqueza nossa.

– O senhor pode tirar vantagem disso. É claro que ele sabe exatamente como está sendo caçado por vocês e está fazendo movimentos específicos para evitar isso. Mas, por causa disso, está se tornando vulnerável, porque estabelece padrões de dados novos e previsíveis. – Tom sentiu-se relaxando e começou a falar mais depressa. – Se normalmente ele tem uma presença on-line mas interrompe isso durante as missões, se ele tem o costume de usar o celular mas fica em silêncio antes dos ataques, se ele para de usar os cartões de crédito, se no dia a dia prefere as autoestradas mas de repente não há nenhum registro do carro dele porque está usando vias secundárias, podemos procurar isso. Evitar intencionalmente criar dados úteis é, em si, um dado. Se vocês estão procurando alguém que não deixa impressões digitais, parem de procurar digitais e procurem alguém usando luvas.

– Falar é fácil – resmungou Brennan, mas agora estava escutando com mais atenção.

– Olhe, eu sei que o tipo de busca de dados de amplo espectro que estou sugerindo pode chegar perto de acessar informações particulares protegidas pelas liberdades individuais. A CIA ou a Segurança Nacional podem fazer esse tipo de busca para pegar terroristas internacionais, mas os agentes da lei não podem fazer o mesmo para pegar criminosos domésticos.

– Não sou eu que faço essas leis – lembrou Brennan. – Você tem mais um minuto. Mais alguma coisa? Atire. Tom, dá para ver que você está se segurando. O que está com medo de me dizer?

Tom respirou fundo e soltou:

– O perfil que traçaram é uma bosta.

Brennan não gostou disso.

– É sempre fácil criticar os perfis, mas temos cinquenta anos de experiência em criá-los com grande sucesso. Os melhores órgãos de segurança pública internacionais vêm estudar com nossos criminologistas.

– Esse meio século fica evidente, senhor. Na maioria das vezes, são retóricas recicladas sobre sociopatas assassinos em série e assassinos em massa solitários, doentios e raivosos. As motivações que vocês atribuem ao Homem Verde são as mesmas de sempre, de vingança e necessidade de poder. O perfil não considera nenhum dos fatores que tornam esse caso tão singular. Ele reduz o Homem Verde a um sociopata lunático e solitário de sangue-frio.

– Ele matou 43 pessoas. Poderia me dizer como pode não ser um sociopata lunático e solitário de sangue-frio?

– Este caso é diferente dos outros que estão no seu arquivo. É possível argumentar que o que ele está fazendo é justificável e até mesmo necessário. Nas cartas, ele defende muito bem essa ideia. Não são apenas centenas ou milhares de pessoas que acreditam nos objetivos dele, mas milhões, ainda que não nos métodos. O que pode significar que ele é capaz de continuar fazendo o que faz porque não está sozinho. Vai ver é assim que ele consegue postar cartas de diferentes cidades tão perto do momento em que está atacando um alvo.

– Nós consideramos a possibilidade de ele ter um colaborador ou parceiro. Isso é chamado de díade. Mas também existem muitos modos pelos quais ele poderia fazer isso sozinho.

– Sei o que é uma díade, e não estou falando apenas de um colaborador. Talvez ele atue com uma estrutura de apoio pequena, mas sofisticada, que o ajuda a fazer pesquisas e encobrir seus movimentos. Isso poderia explicar por que é tão difícil rastreá-lo.

Brennan balançou a cabeça.

– Mais de duas pessoas seria insustentável. Iria contra praticamente tudo que aprendemos em casos anteriores parecidos com este.

– O que estou tentando dizer é que não existem casos anteriores parecidos com este. Se ele conta com algumas pessoas para ajudá-lo, elas podem tirar vocês completamente da trilha. E isso também anularia todas as suas suposições de que ele é um sociopata lunático e solitário.

– Acha mesmo que ele pode ser são e capaz de inspirar esse tipo de lealdade?

– Sem dúvida. Ele pode ser sensível, preocupado com os outros, empático e equilibrado. Um dedicado homem de família, respeitado na comunidade. Talvez um acadêmico bem-sucedido e adorado pelos alunos. O senhor precisará se abrir à possibilidade de que ele pode estar fazendo tudo isso não por raiva, necessidade de poder ou alguma sexualidade deturpada e frustrada, e sim por um amor sincero pela humanidade e o altruísmo mais elevado. Ele tem uma causa e acredita que ela justifica suas ações extremadas. É o que as cartas dizem, e talvez devêssemos levar a sério as palavras dele.

Brennan ficou sentado assimilando tudo, mas obviamente não estava gostando.

– E o que você faria para pegar esse exemplo de virtude?

– Bom, para começo de conversa, na montagem de um perfil do passado dele, o senhor precisará ser menos politicamente correto e um pouco mais elitista.

— Seja elitista quanto quiser, rapaz de Stanford. Você tem mais vinte segundos.

As palavras de Tom saíram numa rajada, enquanto olhava os prédios do governo passarem rapidamente:

— O senhor mesmo disse que um engenheiro não teria acertado a represa Boon num local melhor. A sabotagem no gasoduto, a bomba na Química Mayfield, o ataque à usina nuclear, a destruição do laboratório de nanotecnologia e o afundamento do iate do ex-secretário do Interior mostram um conhecimento quase profissional de engenharia estrutural, engenharia química e engenharia da computação.

— A possibilidade de ele ser um engenheiro formado está no nosso perfil.

— Não somente um engenheiro, mas um engenheiro brilhante capaz de realizar trabalho interdisciplinar, presumivelmente com uma formação educacional de elite. É bem provável que tenha cursado uma das nossas melhores universidades. Não se esqueça de que o Unabomber estudou em Harvard.

— E Ted Bundy, que tem QI de gênio, frequentou uma tal de Universidade de Puget Sound. Não sei se acredito nessa tese. Eu estudei na Penn State, por sinal. Não era muito prestigiosa, mas me saí bem.

— Não quis ofender. O que quis dizer foi...

— Você está projetando suas realizações como pré-julgamentos. Essa é uma armadilha muito comum na criação de perfis. Don, vá pela entrada lateral.

O sedã saiu da Independence Avenue e entrou na South Capitol Street.

— Ted Bundy nunca demonstrou nenhuma habilidade técnica – observou Tom. – Ele tinha charme e desenvoltura, mas o que o Homem Verde fez exigiria uma formação altamente sofisticada. Aposto que, além disso, ele é são, equilibrado e extremamente funcional, mas acredita, com bons motivos, que sem sua intervenção violenta vamos destruir o planeta. Está tentando salvá-lo do único jeito que consegue.

A limusine parou suavemente do lado de fora do prédio de mármore. Brennan lançou um olhar curioso, penetrante, para Tom.

— Às vezes você soa como um membro do fã-clube dele.

— Não, senhor. Eu quero pegar esse assassino desgraçado tanto quanto o senhor.

— Duvido, mas vou pensar no que você disse. Agora seu trabalho é pedir desculpas a Hannah e engolir um sapo de leve.

– Dócil e humilde. Obrigado por abrir o estande de tiro para mim. – Tom hesitou e depois disse: – Eu gostaria que meu pai não tivesse ligado para o senhor, mas também sei que a maioria dos analistas de sistemas que estão começando não tem a chance de abrir o bico no banco de trás do seu carro.

Brennan vestiu o paletó do terno.

– Don vai deixar você onde quiser.

– Posso pegar o metrô.

– Quando lhe oferecerem uma carona num carro quentinho num dia frio, meu filho, aceite.

O motorista abriu a porta e Brennan começou a se mexer para sair. O grandalhão estava com uma perna do lado de fora quando seu celular soou com outra notificação. Ele olhou para a tela, leu com atenção e respirou fundo lentamente. Em seguida, voltou para dentro do carro e fechou a porta. Olhou para Tom, e sua voz grave de repente ficou tão baixa que foi quase um sussurro.

– Tom, eu realmente sinto muito.

Tom o encarou.

– O que houve, senhor?

Brennan pôs a mão enorme no ombro de Tom.

– Ele era um homem difícil, mas eu gostava dele, e em algum nível sei que você também gostava.

CINCO

O carro da polícia piscou os faróis para o Homem Verde pouco depois das dez da manhã numa estrada de duas pistas que serpenteava perto de uma cidadezinha em Nebraska. Ele estava dirigindo há onze horas seguidas, ouvindo notícias sobre o colapso da represa. Evitava as interestaduais porque às vezes elas tinham câmeras que tiravam fotos das placas dos carros, mas as estradas locais também ofereciam seus riscos. Tinha certeza de que não havia ultrapassado uma placa de parada obrigatória nem um sinal vermelho. Mesmo depois de uma longa noite ao volante, ele não cometia esse tipo de erro.

Desligou o rádio, parou no acostamento e olhou pelo retrovisor. Era um policial jovem, sozinho, e já estava fora da viatura, o que era muito bom. Se ele tivesse parado para verificar a placa nos bancos de dados ou se tivesse um parceiro fazendo isso, o Homem Verde seria obrigado a agir. Sentiu o peso da pistola carregada no bolso direito do casaco enquanto se inclinava ligeiramente para apertar o botão que baixava a janela. Sabia o que talvez tivesse que fazer, mas queria com todas as forças evitar isso.

O jovem policial veio lentamente até a van preta. Tinha menos de 30 anos – um garoto local bem educado com corte de cabelo à escovinha. Pelo corte e pelo modo de caminhar, o Homem Verde supôs que ele devia ter saído há pouco tempo do serviço militar. O policial usava um quepe brilhante.

– Bom dia. – Sorriu ao cumprimentar.
– Bom dia, policial.
– Sabe por que fiz o senhor parar?

– Desculpe, não sei.

– Sua luz de freio da direita não está funcionando.

O Homem Verde teve um segundo para apreciar a ironia disso. Havia passado meses planejando meticulosamente aquela missão, construíra um drone sofisticado e uma bomba que quase nenhum engenheiro seria capaz de montar. Com discrição e alguma ajuda, tinha pesquisado a represa sem revelar nada a ninguém, tomado precauções inacreditáveis para mascarar a identidade durante a viagem de 1.500 quilômetros, agido rapidamente e com precisão cirúrgica, e tudo isso acontecera de modo impecável. Mas uma lâmpada minúscula tinha queimado de maneira imprevisível ou se desconectado e agora ameaçava tudo.

Uma luz de freio que não funcionava era passível de multa. Se a coisa chegasse a esse ponto, ele não teria opção. Os dois estavam sozinhos numa estrada remota. Sua arma e suas balas não podiam ser rastreadas. Um único tiro, no meio da testa, e talvez ele tivesse uma ou duas horas para sumir antes que o policial morto fosse encontrado.

– Lamento por isso – disse. – Deve ter queimado agora mesmo. Ou pode ser um fio solto. Eu caí num buraco lá em Wyoming. – Sua garganta estava seca, mas de algum modo ele conseguiu dar um risinho. – Foi como se eu estivesse passando por uma cratera lunar.

– É, isso acontece. – O policial assentiu. – Vamos fazer assim: não vou multar o senhor. Dê um jeito de consertar logo.

– Claro. Na próxima oficina que eu encontrar. E obrigado. Muito obrigado mesmo.

Agora me deixe ir, rezou em silêncio. Salve sua vida e viva mais cinquenta anos. Case-se com alguma garota da sua cidade, tenha filhos, netos e morra na cama aos 80 anos. Só me deixe ir.

Mas o jovem policial ainda estava sorrindo.

– Vi a placa do Michigan. Nunca fui tão longe para o leste.

– Vá visitar os Grandes Lagos um dia desses – disse o Homem Verde.

– Talvez eu vá. O que o senhor veio fazer em Destry?

– Só estou de passagem.

– A maioria das pessoas pega a interestadual.

– Gosto de olhar os lugares quando estou na estrada.

– É mesmo? Não tem muita coisa para ver na rota 55. O que, exatamente, o senhor está vendo aqui?

– Às vezes eu pinto. Adoro a cor das montanhas.

– Nunca reparei.

– Bem, eu nunca presto muita atenção nos Grandes Lagos – comentou o Homem Verde com outro risinho, mas este ficou preso na garganta e saiu seco e forçado.

Agora me deixe ir. Por favor, Deus, não prolongue isso ainda mais.

Mas o jovem policial deu um passo à frente e examinou o rosto do Homem Verde por baixo da viseira do boné preto.

– E para onde o senhor foi hoje de manhã?

– Só fui pescar um pouco e agora vou para casa.

– Lá no Michigan?

– É, tenho uma longa viagem pela frente.

– Não tem peixe nos Grandes Lagos?

– Sim, alguns grandes, e já peguei um bocado. Mas nada supera a truta dessas bandas.

– Não saberia dizer. Não tenho paciência para pescar. Posso ver sua carteira de motorista e os documentos do carro?

O Homem Verde o encarou.

– Claro. Os documentos estão no porta-luvas. Posso pegar?

– Pegue – disse o jovem policial. – E depois o senhor poderá ir para casa. Recebemos ordem de verificar a documentação de todo mundo que a gente para, por causa do que aconteceu naquela represa. Todo cuidado é pouco.

– É verdade – concordou o Homem Verde, e sua mão direita envolveu o cabo da pistola.

Precisaria atirar no policial ou em si mesmo. Se encostasse a pistola na própria testa, estaria atirando em sua família também. Seus filhos sofreriam durante anos, talvez de modo irreparável. E, apesar de todas as precauções, Sharon – uma das duas únicas mulheres que ele havia amado – teria muita dificuldade para provar que não era cúmplice. Ele pegaria a saída fácil, mas ela receberia o golpe. E tudo que ele tinha tentado fazer pelo mundo, tudo que havia iniciado, todo o ímpeto maravilhoso que estava crescendo, acabaria sendo interrompido. De modo que só havia uma coisa a fazer, mesmo sendo abominável. Seu indicador encostou no gatilho e ele começou a levantar a pistola.

Mas então uma música country soou alta. Era o refrão de uma canção boba sobre amor e perda. O Homem Verde demorou meio segundo para perceber que era o celular do jovem policial. Ele levou o aparelho ao ouvido.

– Oi, Nancy. Tudo bem?

O Homem Verde esperou, prendendo a respiração.

O jovem policial franziu a testa.

– Diga à Mabel para não tentar tirar. Mesmo se ela alcançar, vai acabar se arranhando. Avise que estou indo e que chego em dez minutos.

O jovem policial guardou o celular e sorriu para o Homem Verde.

– A porcaria da gata sobe no pé de pecã uma vez por semana.

– Gosto mais de cachorros. – O Homem Verde sorriu com o indicador pousado suavemente no gatilho. – Parece que é melhor você ir logo.

– É, preciso me apressar. – O jovem policial se virou para a viatura. – Conserte logo a lanterna.

– Pode deixar – prometeu o Homem Verde. – Ei, boa sorte com a gata.

SEIS

Ellen acordou com a notícia sobre a explosão na represa Boon e imediatamente a arquivou, compartimentalizando-a com cuidado enquanto realizava sua rotina das manhãs de terça-feira. Deixou Julie na Academia Carlyle, deu a aula da manhã sobre fontes de energia limpa na Universidade Colúmbia, reuniu-se com dois de seus orientandos e depois se trocou em sua sala, vestindo um conjunto de moletom, para a corrida matinal até o Centro Verde. Só quando estava correndo nas trilhas íngremes e sinuosas do Morningside Park foi que se permitiu ficar secretamente empolgada.

Era um dia frio e havia poucas pessoas nas calçadas do Harlem. Percorreu o Malcolm X Boulevard inteiro e tentou fazer os 5 quilômetros em meia hora, balançando os braços e levantando os joelhos para manter um ritmo rápido. Correr fazia parte de sua programação diária, e Ellen sabia que seguir uma rotina iria ajudá-la no difícil equilíbrio necessário para manter seus verdadeiros sentimentos sob controle.

Ele havia acertado outro alvo grande – de modo ousado, magnífico, brilhante – e tinha escapado. Até agora, o que os jornais chamavam de "caçada humana em nível nacional sem precedentes" aparentemente não havia revelado nenhuma pista. Ela sabia que o momento mais perigoso para o Homem Verde havia passado, e cada minuto o deixava em uma posição mais segura.

Ellen até podia exibir sua empolgação, porque todos em seu pequeno mundo ativista ambiental estavam agitados, mas precisava fazer isso do mesmo modo impessoal que todos eles: o misterioso herói compartilhado, o cruzado sem nome, sem rosto, porém amado, havia desferido outro golpe corajoso pela salvação da espécie.

No entanto, enquanto corria, Ellen viu um rosto – um rosto jovem, bonito e decidido que nadava até ela vindo do poço profundo da memória reprimida. Ele tinha um sorriso tímido mas vitorioso e usava um boné de beisebol de Yale inclinado, uma camiseta verde e calça jeans. Ouviu sua voz grave fazendo um discurso eloquente que condenava a retirada de madeira autorizada pelo Governo Federal nas florestas nacionais. Viu os olhos castanho-esverdeados, brilhantes e sedutores, encarando-a de volta. Sentiu os braços fortes em volta do seu corpo, os lábios macios, inquisitivos, encostados nos seus. Piscou para afastar as memórias sensoriais e acelerou.

Não, ele tinha partido muito tempo atrás. Estava morto e enterrado. Ela havia feito o discurso no velório e desmoronado em lágrimas perto do final. Ellen correu mais, os cotovelos se movendo feito pistões, afastando o fantasma enquanto seguia pela rua 137 numa arrancada tão feroz que um carro virando a esquina quase a atropelou e um homem gritou pela janela:

– Olha por onde anda, porra!

O Centro Verde ficava num prédio de arenito marrom com cinco andares que havia sido um cabaré clandestino na época da Lei Seca. Quando eles o encontraram, o lugar estava em péssimo estado e prestes a ser demolido, mas, com a ajuda de um doador, fizeram uma reforma completa e agora o prédio era glorioso.

Wanda liberou a entrada e logo Ellen estava de pé no piso de carvalho lustroso e quente feito uma torradeira. O fogo estalava na lareira grande e o calor enfumaçado recendia a incenso de sálvia e chá Yogi que alguém preparava no refeitório. Havia no Centro uma sensibilidade meio hippie e despreocupada que lhe dava um ar relaxado e acolhedor. Mas, naquela manhã de terça-feira, o clima não era nem um pouco esse – Ellen foi cercada imediatamente pelo caos de um núcleo ambientalista num dia memorável para a Mãe Terra.

Richard andava de um lado para outro no corredor dando uma entrevista para a imprensa. Gritava ao telefone que, claro, lamentava a perda de vidas na represa, mas que o que *realmente* importava era o que o próprio Homem Verde tinha citado: o imperativo moral de agir antes que fosse tarde demais.

– Estamos numa batalha árdua para salvar nossa Terra, e o único modo de vencê-la é por meio da destruição de propriedades e, sim, tragicamente, de algumas vidas perdidas. Você não tem filhos? Ele só está tentando dar aos seus filhos a chance de viver até os 80 anos num planeta sustentável, como aquele que seus pais deixaram para você.

Josie – que comandava os programas comunitários no bairro – tinha reunido vários jovens funcionários em volta da sua mesa, onde uma representação artística do Homem Verde olhava para eles pela tela de um computador. O Greenpeace – percebendo a importância da imagem dele como um ponto de convergência e sem dúvida também para levantar verbas – tinha posto aquele "retrato" em sua página principal. A organização não justificava as ações do Homem Verde, mas estava mostrando ao mundo uma face muito humana. Fazia o Homem Verde parecer poderoso mas também gentil, como uma combinação de Cristo com um jovem Bob Dylan.

– O que você acha? – gritou Josie quando Ellen passou. – Eles estão levantando uma grana alta. A gente também precisa de uma imagem atraente.

– Para mim esse aí não é o Homem Verde – respondeu Ellen. – *Ela* é mais nova, negra e tem um corpão.

– Acho que o Homem Verde ou a Mulher Verde é mais atraente sem rosto – declarou um pesquisador altão. – É melhor ficar na imaginação.

– De jeito nenhum. Naquela imagem, os olhos dele são sonhadores – comentou uma jovem estagiária hispânica com uma argola no nariz. – É a primeira coisa que eu percebo. Os olhos são a janela da alma.

– Isso aqui não é um site de namoro – disse Ellen a todos. – Vamos fazer uma reunião em cinco minutos. Todo mundo lá.

Ela subiu a escada até as salas do segundo andar e foi andando por um longo corredor, os passos rápidos fazendo barulho nas tábuas do piso.

Louis estava na sala dele, com a porta escancarada, lendo alguma coisa no celular, os pés calçados apenas com meias e apoiados em cima da mesa. O dedão atravessava um buraco numa das meias velhas. Ele acenou enquanto Ellen passava. Fazia quase cinco décadas que era ativista ambiental, e sua barba branca e revolta e os olhos gentis o faziam parecer a junção do escritor e ativista John Muir com o Papai Noel. Havia duas fotos valiosas em sua sala: uma aos 20 e poucos anos, na primeira comemoração do Dia da Terra na Filadélfia em 1970, em meio a uma porção de ícones, inclusive Edmund Muskie, Ralph Nader e Allen Ginsberg. Na segunda foto, Rachel Carson lhe dava de presente um exemplar autografado da primeira edição de *Primavera silenciosa*, que agora ocupava um local proeminente em uma prateleira atrás da mesa.

– Ainda não o pegaram? – perguntou Ellen, observando-o concentrado diante do celular.

Não precisava tentar esconder a preocupação na voz: ninguém do Centro queria que o Homem Verde fosse apanhado.

– Não. Devem ter fechado a maior parte de Idaho, mas ele já foi embora há muito tempo.

– E me deixe adivinhar: nossas contribuições estão aumentando?

– Os super-heróis são ótimos para levantar fundos – disse Louis, animado. – As pessoas estão jogando dinheiro em cima de nós. No YouTube tem um vídeo da represa desmoronando que foi visto três milhões de vezes, e acho que, a cada visualização, mandam 5 dólares para nós. Ele é o Homem Verde, nós somos o Centro Verde. Talvez achem que há alguma ligação. Mas, ora, se é verde, nós aceitamos. Teremos um orçamento poderoso.

– Vamos fazer uma reunião lá embaixo em cinco minutos. O que você está lendo?

Louis levantou o celular para que ela visse fotos de represas.

– O Sierra Club está com uma matéria ótima sobre a controvérsia do rio Snake. Começa com a construção da represa de Swan Falls em 1901 e descreve as outras catorze sendo erguidas, e a que acabou de cair. Explica como elas prejudicaram a corrida dos salmões e todos os desafios jurídicos. Não há como eles terem preparado isso hoje de manhã. Deviam estar com tudo pronto e tiveram sorte. Ou talvez o Homem Verde tenha dado a eles uma dica de onde iria atacar – sugeriu Louis com um sorriso maroto.

– Tenho certeza de que o FBI vai checar essa possibilidade – disse Ellen, e foi para sua sala.

Rapidamente trocou os tênis de corrida e o moletom por calças jeans confortáveis, um suéter de lã e mocassins. Atrás da porta trancada, verificou as últimas notícias. A carta do Homem Verde sobre a represa Boon era a coisa mais lida na internet, e ele ainda estava livre como um pássaro. Ellen parou antes de sair e se preparou – sabia que tinha uma luta pela frente.

Mais de quarenta funcionários do Centro a estavam esperando na principal sala de reuniões, desde o mais novato estagiário de 18 anos, ainda com espinhas na cara, até a elegante recepcionista octogenária, Wanda Webster, que entrou lentamente, apoiando-se na bengala de mogno.

– Oi, pessoal – disse Ellen. – Fiquem à vontade. – Era uma piada interna: eles estavam sempre muito à vontade, tomando kombucha, com o corpo relaxado em bancos junto às janelas, e esparramados languidamente em pufes, enquanto Wanda se balançava com suavidade para a frente e para trás numa velha cadeira de balanço perto da janela saliente. – Todos vocês viram que o Homem Verde atacou de novo ontem à noite, explodindo uma represa em Idaho. Pelo jeito ele escapou.

Houve aplausos e as vozes entoaram um entusiasmado "É isso aí, Homem Verde!". Ellen deixou a reação continuar por vários segundos e finalmente levantou a mão pedindo silêncio.

– Muito bem. Estamos aqui para falar justamente disso. Eu mesma não discordo por completo dessa reação – admitiu.

– Mas...? – gritou Richard, sentindo aonde a fala iria chegar.

– Mas... – disse Ellen para ele, e depois olhou de um rosto amigável para outro. Ela conhecia muitos deles havia décadas. – Ainda que vocês tenham o direito de sentir o que quiserem como indivíduos, chegou o momento de reagirmos ao que está acontecendo como uma organização. Não podemos mais permanecer em silêncio. Afinal de contas, nós compartilhamos o nome com ele.

Ellen se perguntou pela centésima vez: de todos os nomes cativantes com alguma relação ambiental, por que a imprensa nacional tinha que escolher logo Homem Verde?

– O Greenpeace é tão "verde" quanto nós, e eles o transformaram num garoto-propaganda – observou Josie. – Por sinal, as contribuições para eles subiram trezentos por cento.

– Eu jamais nos comparei com outras organizações – respondeu Ellen. – E não estamos nisso pelo dinheiro. Eu fundei o Centro para seguirmos nosso caminho e fazermos nossas escolhas, e foi assim que tentei nos guiar, como diretora. E toda a minha vida foi um repúdio à violência.

– E a violência contra a camada de ozônio? – gritou Richard. – O assassinato dos recifes de corais? O estupro das florestas tropicais?

Houve um burburinho de concordância no salão.

– Esse é definitivamente um tipo de violência... – começou Ellen.

– Você está certíssima! É mesmo! – gritou Richard por cima dela. – É uma guerra, e nós estamos perdendo. E não estou falando só das florestas tropicais e dos recifes, mas do que realmente se trata: do nosso futuro. – Sua voz ressoava com fúria. – Só me restam mais uns trinta anos, por isso eu provavelmente vou cair fora a tempo. Mas nesta sala existem jovens que precisarão lidar com um planeta irreparavelmente danificado e condenado, e sinto pena de vocês. E ainda assim elegemos presidentes que negam a mudança climática e os secretários do Interior nomeados são bilionários que sustentam um estilo de vida obsceno fazendo a vontade de corporações vorazes e estripando cada proteção pela qual nós lutamos com tanto empenho. Aquele sacana do Ellmore fez por merecer.

Ellen tentou contê-lo.

– Richard...

Mas o sujeito baixinho com cavanhaque estava fumegando, e as pessoas no salão concordavam com a cabeça.

– Ellen, nós não estamos só perdendo a guerra. Na verdade, talvez seja tarde demais. Até que enfim alguém se levantou para dizer: "Chega. Ainda há tempo. Vamos salvar isso enquanto podemos." Ele tem a inteligência e a coragem para contra-atacar e inspirar uma geração, e agora vamos condená-lo porque luta por tudo em que acreditamos?

Ellen deixou que a pergunta raivosa de Richard e os aplausos que a acompanharam se esvaíssem no silêncio. Quando falou, foi em voz baixa, porém muito clara.

– Sempre admirei sua paixão, Richard, mas ouvi você falar, e agora é a sua vez de me ouvir. Tive uma infância pobre no Tennessee, filha de uma mãe solteira negra que limpava as casas dos brancos ricos e tinha todos os motivos para ser ressentida. Ela esteve em passeatas com Martin Luther King e chorou na noite em que ele foi morto, por isso me criou para acreditar nele. Nós nos sentávamos juntas e líamos tudo que ele tinha escrito, do mesmo modo que alguns dos meus amigos estudavam as Escrituras com seus pais.

Ellen fez uma pausa e se lembrou da mãe se arrastando para casa, exausta depois de quinze horas de trabalho.

– Vinte anos após a manifestação em Memphis, minha mãe ainda lavava as privadas dos ricos e nós juntávamos os vales do governo para comprar comida. Quando eu estava com 16 anos, me apaixonei por um herói dos direitos civis muito diferente, que deu o nome ao bulevar a 100 metros daqui. Ficava acordada à noite assistindo aos antigos discursos dele na internet. Ele era sedutor e apaixonado. E, mais importante, estava disposto a contra-atacar. Seu chamado à ação me pareceu o caminho certo. Se Martin Luther King tinha tido um sonho, então ele devia estar dormindo, e, aos meus 16 anos, Malcolm X parecia muito acordado e dizendo exatamente o que eu precisava ouvir.

Ellen fez uma pausa e viu vários jovens estagiários, de origens muito variadas, observando-a com atenção.

– "Agir agora." "Combatê-los onde estiverem." Fui para Berkeley para estar no território de Bobby Seale e Huey Newton, e encontrei minha própria causa. Na faculdade, fiz algumas coisas das quais não me orgulho agora. Eu estava lá quando o Earth First! cravava pregos nas árvores para que, se os madeireiros tentassem cortá-las, as motosserras ricocheteassem e cortassem os braços deles. E levantei o punho e o sacudi com raiva justificada. E, sem dúvida, a sensação era boa.

Ellen se concentrou por um segundo no rosto altivo de Wanda Webster, que estava se balançando na cadeira diante da janela.

– Minha mãe morreu quando eu estava na pós-graduação, e só depois de ela ter partido fui percebendo que ela estava certa o tempo todo. Li Thoreau e Gandhi, e aos poucos passei a entender que a resistência não violenta não é somente a mais moral, mas também a resposta mais eficaz. Tanto para o movimento dos direitos civis na década de 1960 quanto para as batalhas ambientais que estamos travando agora, literalmente hoje.

Ellen encarou Richard do outro lado do salão.

– Você está certíssimo, Richard: estamos numa guerra desesperada para salvar o planeta. Perdemos algumas batalhas importantes, mas temos a ciência do nosso lado. Temos a juventude do nosso lado. Porém, mais importante, temos a superioridade moral. E é por isso que vamos vencer, assim como Gandhi e Martin Luther King. Mas não podemos abrir mão dessa superioridade moral. Recorrer à violência é sempre errado. Bombas e balas não são os instrumentos da mudança. Matar inocentes é absolutamente injustificável.

Richard começou a questionar:

– William Ellmore não era nem um pouco inocente...

Mas desta vez Ellen falou por cima dele:

– Quando o iate do secretário Ellmore afundou, a neta dele, de 5 anos, morreu também. Isso é assassinato de uma criança, pura e simplesmente. Não podemos endossar nem tolerar pessoas que façam essas coisas. E é imoral para nós, como organização, lucrar com elas aprovando tacitamente e permanecendo em silêncio. Não faremos mais isso enquanto eu for diretora. Consultei o conselho, e seremos uma das primeiras organizações ambientais a se posicionarem contra o Homem Verde. Se você discorda, vá até o conselho e faça sua defesa. Talvez eles me demitam.

– Então você quer que o Homem Verde seja preso? – perguntou Richard, furioso.

– Não, não quero que ele seja preso. Mas quero que pare. Essa é a minha posição e será a posição do nosso Centro, passando a valer imediatamente. O Homem Verde deve interromper suas atividades. Ele atacou seis vezes, e não há como negar que realizou muito sem prejudicar o meio ambiente em nenhum dos ataques. Ele estimulou o movimento verde dentro e fora do país. Explicou suas razões em cartas eloquentes. Gerou um debate nacional sobre o imperativo de agir e inspirou os jovens a se tornarem ativos. Ajudou pessoas boas a conseguir dinheiro para causas nobres. Chamou a atenção para diferentes ameaças significativas ao meio ambiente global. Se ele parar agora, será para sempre um herói controverso que realizou objetivos importantes. Se continuar, irá destruir tudo que já fez. Porque vocês sabem o que vai acontecer com toda a certeza?

Agora ela tinha a atenção de todos – e este sempre havia sido um dos seus dons –, porque foi capaz de se conectar a algo muito real: seu próprio receio de que o Homem Verde fosse apanhado.

– Se ele continuar, irão encontrá-lo. Por mais inteligente e cuidadoso que ele seja, vão descobrir quem ele é. E então irão levá-lo a julgamento, mostrar todos os podres dele. Quando o FBI exibir o cara andando algemado, será como um triunfo romano para eles. Vocês querem ver isso? Eu não quero.

Wanda parou de se balançar. Louis estivera tricotando, mas suas agulhas estavam pousadas no colo. Todos olhavam para Ellen, porque havia em sua voz uma paixão profunda, maior do que a raiva de Richard alguns minutos antes.

– Vocês querem saber que o Super-Homem é na verdade o dócil repórter Clark Kent? Que o Batman é na verdade um magnata rico e mimado que tem um mordomo? Que o Unabomber era só um maluco barbudo morando numa cabana na floresta? E quem é o Homem Verde? Querem que ele seja exposto como um ser humano fraco e falho, tão fraco e falho quanto vocês e eu? Se realmente admiram o Homem Verde, juntem-se a mim e a esta organização para condenar seus métodos, e não seus objetivos, e a instigá-lo a parar agora, porque a lenda que ele criou é muito mais poderosa do que qualquer coisa que possa fazer com uma ou duas bombas a mais. Que ele seja para sempre quem é agora: uma lenda, um mistério, um chamado à ação, mas não um homem.

Então ela parou de falar e examinou os rostos diante de si. Não houve aplausos, mas alguns pareciam convencidos, ou pelo menos pensativos. Richard e vários funcionários jovens que ficavam sob suas asas pareciam irritados.

– Sei que alguns de vocês têm sentimentos muito fortes com relação a isso, de modo que vou lhes dar uma chance de discutir o assunto sem a minha presença – disse Ellen. – Obrigada a todos por me ouvirem. Acho que sabem quanto eu amo este lugar e como respeito todos vocês.

Ela voltou para sua sala. Trancou a porta e foi checar as notícias. A caçada em todo o país continuava, o que significava que o Homem Verde permanecia livre. Verificou o que estava bombando mais na internet naquele momento. A carta dele sobre a represa Boon tinha sido visualizada e compartilhada mais de quinze milhões de vezes, numa comoção global. Países em todo o mundo, da França à China, aumentavam a segurança em suas principais represas.

Ellen sentiu uma onda de orgulho tão intensa que precisou se firmar com as duas mãos na mesa. Quase chorou, mas conseguiu mascarar suas emoções verdadeiras, como tinha feito tantas vezes. Lembrou-se do momento, duas noites antes, em que havia ido apressada até uma caixa de correio perto de Port Authority, enfrentando o frio, a garoa e o vento forte, e deixado a carta endereçada a um editor do *The New York Times*, com a mão direita tremendo na luva preta que o Homem Verde tinha lhe dito para usar e depois queimar.

SETE

Tom acompanhou a funcionária do necrotério, uma asiática baixinha usando jaleco branco, até a área de reconhecimento. Ela o levou a uma sala pequena, sem janelas, com duas cadeiras de madeira junto a uma mesa. A única coisa na mesa era uma prancheta virada para baixo.

Ela fechou a porta e disse em voz baixa:

– Sinto muito pela sua perda, Sr. Smith. Deixe-me dizer o que o senhor verá. Hoje em dia fazemos reconhecimentos da identidade de um parente praticamente só por meio de imagens. A foto do falecido está nesta prancheta. Quando o senhor virá-la, verá o rosto dele, e preciso avisar que, como ele morreu num acidente de carro, houve um trauma significativo. Mas as feições estão identificáveis, e o senhor deve ser capaz de reconhecer seu ente querido. Tem alguma pergunta?

– Não – respondeu Tom.

Havia um rugido monótono em seus ouvidos, como se ele estivesse perto do mar.

– Quer que eu fique aqui ou prefere olhar a foto sozinho?

– Gostaria de ficar sozinho um minuto.

– Tudo bem. Estarei ali fora.

Ela saiu pela porta e a fechou.

As paredes eram brancas e nuas. No teto havia uma lâmpada fluorescente, quadrada. Então é isso, foi tudo que Tom conseguiu pensar. Depois de 25 anos tentando encontrar um modo de amar ou pelo menos estar próximo do pai, tudo se resumia àquela salinha sem janelas e àquela foto. Estendeu a mão e virou a prancheta.

Os olhos do pai estavam fechados e as feições familiares pareciam rígidas e sem vida. Um lençol azul, de hospital, emoldurava o rosto retalhado e cheio de hematomas. Tom permaneceu imóvel, sem fazer nenhum som nem derramar uma lágrima. Não sentia nada, a não ser uma consciência aguda da total falta de emoção, o que em si era estranhamente doloroso. Sabia que a polícia tinha sido alertada a respeito de um carro que saiu da rodovia, atravessou uma mureta e mergulhou por um barranco até umas árvores. Quando chegaram, seu pai estava morto. Todos os sinais apontavam para um ataque cardíaco fulminante. Na ida para o hospital, Brennan havia mencionado que o último ato consciente do pai de Tom podia ter sido guiar o carro alugado para longe dos outros motoristas, acrescentando assim mais algumas vidas à lista das muitas que tinha salvado em sua longa carreira na polícia e no FBI.

Tom se pegou procurando uma lembrança calorosa à qual se agarrar naquele momento, sentindo que deveria existir alguma. Houvera muitas festas de aniversário, pescarias e treinos de esportes, principalmente quando ele era pequeno. E, mesmo quando era adolescente e o relacionamento entre os dois ficou tenso e às vezes até descambava para a violência, o pai lhe havia ensinado a dar nó em gravatas, acertar boas tacadas no golfe e desferir um gancho de direita. Mas, sentado na cadeira dura sob uma luz fluorescente que zumbia, Tom sentiu um branco completo. Só conseguia se lembrar, repetidamente, do fim da última conversa dez horas antes, no bar do hotel, quando seu pai o chamou de merdinha e foi embora enquanto Tom assistia à notícia do desmoronamento da represa.

Houve uma batida à porta.

– Sr. Smith, posso entrar?

Ele virou a prancheta para baixo e disse:

– Sim, claro.

Ela abriu a porta.

– Não quero apressá-lo, mas...

– Não, tudo bem. E, sim, é o meu pai, Warren Smith.

Ela se sentou e lhe entregou uma caneta e vários formulários. Tom os assinou sem ler de fato e respondeu mecanicamente às perguntas, às vezes sugerindo que ela deveria abordar uma ou duas questões com a mãe dele na Flórida. Todos os indícios apontavam para um ataque cardíaco, mas a mãe deveria decidir se era necessária uma autópsia. O pai seria enterrado em Boca, onde tinha comprado um jazigo, e Tom faria os arranjos para transportar o corpo. Não, não precisava falar com um psicólogo nem rezar com nenhum clérigo. Sim, tinha certeza de que estava em condições de ir para casa.

Brennan estava andando de um lado para outro na sala de espera do hospital quando Tom veio do necrotério. O grandalhão falava agitado ao telefone, mas encerrou a ligação assim que viu Tom, dizendo em voz alta:

– Não deixe nenhum suposto especialista local chegar perto. Coloque uma tenda grande em cima e proteja isso com sua própria vida. Meu voo sai do Dulles em quatro horas. Certifique-se de que haja um carro esperando em Boise. – Ele desligou e disse a Tom: – Pode ter surgido uma novidade no caso.

Tom demorou um segundo para mudar de foco.

– Está falando do Homem Verde?

– Um cão policial captou o cheiro dele numa plataforma rochosa acima da represa e o seguiu por quilômetros até um possível local de acampamento. Existem marcas de pneus e a marca leve de uma barraca. Mas, desculpe, você não quer saber disso agora.

– Quero sim. Alguma testemunha ou foto?

– Por enquanto nada tão concreto. Ele acampou sozinho num local estéril e isolado. Mas não precisamos falar disso agora. Pela sua cara, dá para ver que era mesmo o Warren, e sinto muito. Já fiz um bocado de reconhecimentos em necrotérios. É sempre difícil.

– Foi como tinha que ser – disse Tom. – Meu pai sabia que não tinha muito tempo de vida. Não encontraram nada além de algumas marcas de pneus?

Brennan pareceu hesitante em continuar conversando sobre trabalho, mas a informação nova fervilhava em sua mente.

– Neste momento, o mais importante é preservar totalmente o local até eu colocar as pessoas certas lá. Especialistas locais bem-intencionados podem acabar atrapalhando. Minha equipe está a caminho e eu também vou até lá. E acho que você está indo para a Flórida, não é?

– Meu voo para Fort Lauderdale é daqui a três horas. – Tom hesitou, depois retomou: – A não ser que eu possa ajudar o senhor lá em Idaho. Posso ter uma formação de elite, mas gostaria que o senhor soubesse que não me recuso a realizar tarefas simples. Até preparo café.

Brennan riu.

– É bom saber, porque gosto de uma boa xícara de café quente. – Ele hesitou por um longo segundo e depois continuou: – Mas vá para a Flórida e enterre o seu pai.

– Nós dois sabemos que Warren gostaria que eu participasse da caçada.

– Disso não há dúvida. Você tem irmãos?

– Uma irmã mais velha. Ela teve mais problemas com meu pai do que eu.

– Vá para casa, se despeça e esteja presente para a sua mãe. Seu voo sai do Dulles?

– Sim, senhor.

– Então posso lhe dar uma carona até o aeroporto. E temos tempo para um almoço rápido. Odeio comida de avião, e por acaso há uma lanchonete boa no caminho.

– Obrigado, mas não estou com muita fome. E dá para ver como o senhor está ocupado. Vou pedir um carro para ir ao aeroporto.

– Se você quer ficar sozinho com suas lembranças, vou respeitar. Mas trabalhei durante anos com seu pai. O mínimo que posso fazer hoje é pagar um almoço para o filho dele. Venha, Tom. Jamais recuse uma carona num dia frio.

De modo improvável, quinze minutos depois Tom estava numa lanchonete movimentada, comendo um cheeseburger enquanto Brennan devorava entusiasmado um sanduíche de almôndegas e lhe dizia para não se preocupar com o carro alugado pelo pai, que tinha ficado totalmente destruído.

– Esses investigadores das corretoras de seguros são uns babacas, mais implacáveis do que qualquer pessoa que eu consiga contratar para o Bureau. Eles ficam segurando você noite e dia, e é a última coisa de que você precisa. Já mandei meu pessoal cuidar disso internamente.

– Não precisava, mas obrigado.

O celular de Brennan tocou e ele o encostou no ouvido.

– Earl, graças a Deus você está aí! É, *isole tudo*, ordem minha. – Brennan escutou por um segundo e sua voz ficou mais alta. – Não me importa o que o chefe de polícia local diz nem que jurisdição eles estão reivindicando. Use o meu nome, diga que somos uma força-tarefa federal e que, se alguém puser os pés naquele lugar, estará impedindo intencionalmente uma investigação federal. E que o presidente dos Estados Unidos vai trancafiar todos eles pessoalmente. Ligo para você do aeroporto. – Ele baixou o telefone e balançou a cabeça. – Especialistas locais.

– Acha mesmo que vai encontrar alguma coisa na área do acampamento? – perguntou Tom.

– Com as pessoas e os equipamentos que vou levar, as chances são boas.
– Ele é inteligente e cuidadoso demais para deixar uma pista para vocês.
– Cacete! Você é tão pessimista quanto seu pai.
– Nem tanto, mas eu tento.

Brennan deu uma última mordida no sanduíche e empurrou o prato para o lado.

– Tom, daqui a um minuto a gente precisa ir para o aeroporto. Eu gostaria de ter alguma coisa calorosa para falar sobre o seu pai e sobre como foi trabalhar com ele por quase três décadas.

– Eu não estava esperando isso, senhor. – Tom hesitou e continuou baixinho: – Também não estou conseguindo pensar em nada caloroso.

Brennan assentiu.

– Seu pai era o que era. Da velha guarda. Trabalhava duro. Instintos afiados. Um sujeito muito fechado. Se fosse uma pessoa mais fácil, teria ido mais longe na carreira. Mas Warren não era muito bom em se relacionar com os outros. Acho que nós dois sabemos que às vezes ele podia ser um verdadeiro filho da puta.

– Podia mesmo, senhor. Mas tenho uma pergunta. Temo que possa parecer um pouco de ingratidão ou até mesmo falta de educação.

– Hoje você tem direito de fazer uma pergunta mal-educada.

Tom hesitou, depois perguntou:

– Por que está fazendo tudo isso?

– Tudo isso o quê?

– O senhor e o meu pai não eram parceiros, colegas de golfe, nem mesmo amigos. Para ser sincero, sinto que o senhor não gostava muito dele. E não estou criticando, até porque eu também tinha problemas com ele. Mas por que está me dando carona e me pagando o almoço num dia em que obviamente tem coisas mais importantes para fazer?

A pergunta incomodou Brennan.

– Por que simplesmente não agradece pelo cheeseburger?

– Obrigado pelo cheeseburger. Mas quero entender.

Brennan se levantou da mesa e saiu andando. Tom achou que talvez o grandalhão tivesse ido embora, porém ele retornou em trinta segundos com a mão cheia de pastilhas de hortelã e jogou várias na boca ao mesmo tempo.

– Certo, a verdade é a seguinte: eu nunca falo disso, mas aquele filho da puta teimoso salvou minha vida – revelou.

– Meu pai? Quando?

– Nós estávamos numa operação de tocaia, há trinta anos. No meio da noite. Eu caí no sono. Isso acontece com todo mundo, mas nunca tinha me acontecido e jamais aconteceu depois. Um dos caras que estávamos investigando veio por trás e me viu. Pegou uma arma e teria atirado em mim. Warren protegeu minha retaguarda e acertou o cara primeiro. – Brennan bateu com o punho na mesa com tanta força que o saleiro pulou. – Que diabo eu deveria fazer depois disso? Ele nunca contou a ninguém que eu tinha dormido e colocado toda a operação em risco, e essa situação ficou entre nós. E nunca fui suficientemente próximo dele para descobrir um modo de agradecer ou recompensar.

– Talvez o senhor não precisasse agradecer – sugeriu Tom. – Parece que ele só estava fazendo o serviço...

Brennan fez uma careta, obviamente abalado com alguma coisa.

– Há dez anos, quando Warren estava quase se aposentando, apareceu uma vaga que seria uma promoção enorme para ele, o encerramento perfeito para a carreira. Ele era mais capacitado que os outros candidatos, e a escolha era minha. Eu dei o cargo a outro. O serviço envolvia gestão de pessoas, e eu simplesmente não achava que o Warren seria capaz de comandar uma equipe grande. Mas me senti mal com isso. Ele salvou minha vida, e depois eu o sacaneei.

– Então nós temos alguma coisa em comum – disse Tom baixinho. – Ele também me deu a vida, e eu só o decepcionei e nunca descobri um modo de agradecer ou recompensar.

Brennan sinalizou para a garçonete, pedindo a conta. Depois encarou Tom.

– Vou dizer mais uma coisa sobre o seu pai, e depois partiremos para o aeroporto. Você estava certo: Warren me ligou hoje cedo para falar a seu respeito. Nós só conversamos por dois ou três minutos, mas foi a conversa mais pessoal que já tive com ele.

A garçonete trouxe a conta. Brennan pegou 30 dólares na carteira e largou na mesa.

– Ele se orgulhava tanto de você que me falou dos seus feitos acadêmicos. Pediu que eu lhe desse uma chance de solucionar esse caso. Foi a última coisa que me disse antes de desligar e também foi o único favor que já me pediu na vida. Qual foi a última coisa que ele disse a você?

– Me chamou de merdinha.

Brennan assentiu ligeiramente, pareceu triste e ficou quieto por dois ou três segundos.

– Vá para casa e o enterre com todo o amor que puder demonstrar – ordenou em voz muito baixa. – Depois você terá uma difícil decisão de carreira. Eu não superviviso diretamente os analistas de sistemas, por isso não posso ajudar você nesse sentido. Mas o seu pai tinha o melhor faro para resolver casos que eu já vi, e estou sempre precisando de um agente de campo inteligente. Se quiser trabalhar para mim, posso lhe dar alguma autonomia, a chance de pensar fora da caixa e condições de seguir pelo menos alguns de seus palpites. E não vou obrigar você a fazer café para mim muitas vezes.

Tom o fitou e pensou rapidamente.

– Warren falou sobre meus feitos acadêmicos, mas contou sobre as Luvas de Ouro?

– Não – respondeu Brennan, analisando Tom de um jeito diferente. – Sei que ele era lutador. Você lutava boxe?

– Ele contou sobre a equipe olímpica de tiro?

Brennan levantou as sobrancelhas.

– Sério?

– Na verdade, não. Ele tentou me ensinar a lutar boxe, mas eu não quis. Gosto de ter o cérebro no lugar. Fui uma enorme decepção para o Warren como filho, e também serei para o senhor como agente de campo. Eu sou o que sou, senhor: um nerd orgulhoso e inteligente que é bom mesmo em analisar números.

Brennan observou Tom por mais alguns segundos, deu de ombros e se levantou.

– A decisão é sua, mas não tenho nenhum problema com nerds inteligentes, e a oferta continua de pé. As pessoas próximas a mim são boas, mas costumam ser educadas e respeitosas demais. Algo me diz que esse não será o seu problema. Se for trabalhar para mim, espero que você seja um verdadeiro pé no saco, pense fora da caixa e fique me fazendo perguntas irritantes em que ninguém mais pensou ou que todos têm muito medo de fazer. Acho que vai ser bom nisso. Na verdade, você vai ser um pé no saco tão grande que vou me arrepender. Agora vá para Boca e cuide dos assuntos da sua família.

OITO

Não havia movimento na rua principal da cidadezinha onde o Homem Verde morava. Todas as lojas já estavam fechadas. Ele passou pelo único semáforo, pelo banco e pela mercearia e pegou uma estrada de terra. As casas foram ficando mais espaçadas e logo ele estava dirigindo no meio de uma floresta densa. Galhos de velhos bordos se estendiam por cima da estrada sinuosa. Avistou sua caixa de correio, apertou o botão do controle remoto e o portão de ferro se abriu lentamente. Luzes com sensores de movimento se acenderam enquanto ele subia pela comprida entrada de veículos até a casa que emergiu das árvores, uma silhueta contra o céu estrelado.

Tinha comprado a propriedade tanto pela proximidade da cidadezinha quanto pela privacidade que oferecia – os 5 hectares eram cercados por uma reserva florestal. O próprio Homem Verde tinha projetado a casa e contratado uma empresa de Detroit para construí-la, de modo que os detalhes não fossem conhecidos localmente. A casa era grande mas sem ostentação, segundo os padrões da cidade – sem dúvida não havia nada na fachada branca em estilo colonial de três andares que a tornasse notável.

As crianças traziam colegas da escola para brincar no gramado dos fundos ou nadar na piscina no verão, e Sharon recebia visitas no pátio de trás quando o tempo estava bom. Às vezes os convidados observavam que a casa tinha eficiência energética e que era uma "casa inteligente": todos os eletrodomésticos eram controlados por computador e "falavam uns com os outros". Mas nenhum convidado jamais podia ir até os dois andares superiores, e as crianças tinham sido ensinadas a ficar longe do barracão sem janelas conhecido pela família como "cabana de caça", localizado no meio das árvores.

Kim e Gus haviam ido dormir várias horas antes, mas Sharon estava esperando e o ouviu entrar na garagem. Quando ele saiu da van, ela passou rapidamente pela porta interna e saiu correndo até ele. Os dois se abraçaram por vários minutos sem dizer nenhuma palavra, e ele sentiu que ela tremia. Segurou-a nos braços e acariciou suavemente seu cabelo. Ela aninhou o rosto contra o dele enquanto os corpos se comprimiam.

– Eu te amo – sussurrou Sharon finalmente, e ele sentiu as lágrimas no rosto dela. – Morri de saudade, Mitch. Bem-vindo de volta.

– Também senti saudade, querida – respondeu ele baixinho, a voz rouca falhando.

Era tão emotivo quanto ela, ainda que mascarasse isso com o antigo hábito de controlar cada aspecto de seu comportamento. Amava-a profundamente, desde o primeiro momento em que a vira num museu de arte em Chicago. Toda vez que partia numa missão, pensava que poderia ser a última que via a mulher e os filhos, e essa possibilidade era quase insuportável.

Entraram em casa de mãos dadas. Finn, o labrador amarelo já idoso, começou a pular ao redor com tanta empolgação que o fez quase parecer um filhotinho exuberante outra vez.

– Tem mais alguém feliz por você ter voltado – disse Sharon com um sorriso.

O Homem Verde se ajoelhou ao lado do cão fiel e coçou as orelhas dele, e o velho labrador quase desmaiou.

Sharon o levou para a cozinha, que cheirava levemente a frango assado e arroz selvagem.

– Algo me diz que você não parou para jantar.

– Achei que pudesse dar sorte e ainda ter sobrado comida.

Ela se sentou ao lado enquanto ele comia, tomando vinho tinto e observando-o com tanta atenção que quase parecia um primeiro encontro. E era mesmo como um primeiro encontro, porque, apesar de terem coisas muito mais importantes em mente, só conversaram sobre amenidades. Ela o colocou a par das aulas de desenho de Kim, da viagem do time de futebol de Gus, contou que o dispenser de gelo do refrigerador estava frio demais e entupindo. O Homem Verde não mencionou a missão em Idaho nem perguntou sobre as últimas notícias da caçada do FBI que ela havia captado nas múltiplas fontes verificadas regularmente: os dois nunca falavam sobre nada sério abaixo do terceiro andar, mesmo tarde da noite, quando as crianças já estavam em um sono profundo.

Finn se sentou embaixo da mesa, às vezes tocando os pés do Homem Verde, que uma hora ou outra encontrava um jeito de passar disfarçadamente um pedaço de frango assado para o cachorro. Sharon não gostava que ele alimentasse Finn junto à mesa, mas ou ele disfarçava com habilidade ou ela estava disposta a desconsiderar suas falhas naquela noite de regresso ao lar.

Mandaram o computador trancar a casa, e o Homem Verde verificou com sua meticulosidade habitual que os sensores de segurança e movimento tinham todos sido ligados em volta da propriedade. Subiram juntos ao segundo andar e ele abriu a porta de Kim. A menina estava deitada com seus dois grandes bichos de pelúcia – o Ursinho Pooh e a Minnie – montando guarda. O Homem Verde se curvou e beijou a filha de leve no rosto. A menina de 6 anos se mexeu e deu um leve sorriso. Enquanto se levantava, ele viu um novo desenho que ela havia feito naquela semana, agora grudado na parede. Ainda que fosse um desenho infantil, ele pôde reconhecer facilmente a semelhança com uma das melhores amigas de Kim. O Homem Verde tinha desenhado e pintado durante toda a vida, e amava ver que a filha havia herdado seu olhar aguçado.

O quarto de Gus ficava a cinco passos do de Kim. O Homem Verde entrou e viu o filho esticado na diagonal, os pés pendendo pela beirada da cama e a cabeça lá do outro lado. O rosto do menino estava inclinado na direção da cômoda próxima, como se vigiasse a dezena de troféus de futebol que estavam ali. Sharon ajeitou Gus gentilmente na cama e arrumou a colcha de retalhos por cima.

Outra vez de mãos dadas, os dois subiram até a suíte principal no terceiro andar. Somente lá, depois de mais uma camada de segurança ter sido ativada, conversaram abertamente, ainda que em voz baixa. Cada um colocou o outro a par das novidades durante quase meia hora. O Homem Verde começou, narrando cada etapa da missão, enquanto Sharon fazia perguntas, sondando. Ela tinha especialização em antropologia forense e trabalhava na polícia havia quase dez anos, tendo inclusive passado dois anos no escritório do FBI em Chicago. Repassou com ele cada passo, e suas perguntas reexaminavam as decisões e precauções dele em detalhes exaustivos.

Quando o Homem Verde chegou à parte em que havia encontrado o policial em Nebraska, ela perguntou se o marido tinha certeza de que ele não estava usando uma câmera presa ao corpo.

– Tenho – respondeu ele. – Verifiquei em todos os lugares possíveis. As câmeras ainda não são tão comuns fora das grandes cidades. Tivemos sorte.

– Não tivemos sorte com a luz de freio.

– Dá para acreditar que aquela lâmpada idiota queimou, depois de um planejamento tão cuidadoso? Certo, querida, agora é a minha vez.

Ele começou com o círculo de amigos dos dois. Alguém tinha perguntado alguma coisa de modo ao menos remotamente curioso ou com suspeitas? Os amigos das crianças e os conhecidos da família na cidade sabiam que ele era um empresário que viajava com frequência. Todos estavam aparentemente satisfeitos – ninguém tinha feito perguntas específicas sobre a viagem, nem quando ele voltaria ou o que estava fazendo. Ele realizava viagens semelhantes só para acostumar todos com suas ausências que duravam até uma semana.

Em seguida, o Homem Verde se certificou de que Sharon tinha encoberto seus rastros para o caso de alguém ser astuto a ponto de procurar mudanças nos padrões de comportamento. Ela havia acessado as contas de e-mail dele várias vezes por dia. Tinha usado seus cartões de crédito. Dado telefonemas com o celular dele. E percorrido no carro da família suas rotas regulares nas horas normais. Qualquer um que procurasse o Homem Verde tentando identificar uma trilha de dados que o ligasse à viagem até Idaho não encontraria nada. Qualquer um que tentasse saber se ele estivera na área rural de Michigan veria evidências de seu comportamento costumeiro.

Quando terminaram de se atualizar, ele fez a Sharon as perguntas que mais temia, já sabendo da maioria das respostas porque as tinha ouvido pelo rádio enquanto voltava para casa. Até o momento doze pessoas haviam morrido por causa do ataque à represa Boon. As fotos e as informações sobre elas estavam por toda a internet e, sabendo que ele insistiria nisso, ela havia imprimido tudo. O material estava na gaveta de baixo da escrivaninha.

– Veja amanhã de manhã – insistiu ela. – Caso contrário, não vai conseguir dormir. E você parece cansado demais.

– Certo. Mas o que aquelas duas famílias estavam fazendo nas casas-barco? A temporada havia acabado.

– Fez um calor atípico para a estação, e um vendedor de material de acampamento quis ganhar um dinheiro extra, por isso burlou os regulamentos – disse ela.

Não havia como ter previsto isso.
Ele ficou sentado imóvel por quase um minuto, depois sussurrou:
– Quantas crianças?
Ela o abraçou e sussurrou:
– Cinco.
– Meu Deus.
Ela o apertou com mais força e o beijou suavemente acima do olho.
– Você está fazendo uma coisa que precisa ser feita.
– E teria atirado naquele policial jovem.
– Mas não atirou.
– Shar, eu estava com o dedo no gatilho.
– Mas se conteve e salvou a vida dele.
– Cinco crianças.
Ele não acrescentou: "Tão inocentes e amadas quanto as nossas", mas os dois sabiam que estava pensando isso.
– Não há outro jeito – sussurrou ela. E ela acreditava mais ainda que ele que as ações dos dois eram justas. – Tome um banho, Mitch. Vai se sentir melhor. – Ela o beijou de novo, desta vez nos lábios. – Sendo bem sincera, meu amor, você está fedendo.
Ele tomou um banho de chuveiro quase escaldante. Enxugou o espelho para se ver enquanto fazia a barba. E, no vidro embaçado que começou a clarear, um rosto foi lentamente surgindo em detalhes. Um cabelo escuro começando a ficar grisalho nas têmporas. Olhos que podiam parecer castanho-esverdeados ou cinza-azulados dependendo da luz. Um nariz aquilino que seu pai e seu avô tinham lhe passado. O queixo forte em que um técnico de beisebol de Yale havia reparado e que justificara o apelido de "Queixo de Cinzel", que pegou durante anos em New Haven. Era um rosto bonito que já havia sido descontraído, mas existiam rugas de preocupação gravadas na testa e bolsas de pesar marcando a pele sob os olhos.
O Homem Verde entrou no quarto e as luzes estavam apagadas.
– Venha, querido – disse Sharon baixinho.
Ele se deitou ao lado dela. Os dois se beijaram, tocaram-se e fizeram amor devagar e com ternura. Depois a coisa ficou mais urgente e ele não se surpreendeu totalmente com a própria voracidade repentina. Pessoas que estiveram na proximidade da morte anseiam pela vida. Sharon sentiu sua necessidade premente e envolveu as costas dele com os braços, e então ele estava fundo dentro dela, num lugar que, por alguns minutos bem-aventurados,

o distanciou dos fardos que ele carregava a cada segundo de cada dia. Os dois gemeram juntos, depois ficaram em silêncio nos braços um do outro.

Dois minutos depois ela estava dormindo, e o Homem Verde ficou escutando sua respiração. Amava a cama que ele próprio havia construído – como Odisseu – usando um grande carvalho que um dia crescera embaixo do lugar onde estavam agora. Saboreou os cheiros da mulher, o mesmo xampu de lavanda que ela usava no cabelo castanho desde que a conhecera, o perfume de peônia que ele tinha dado no último dia dos namorados, o vinho tinto que ainda perfumava levemente o hálito.

Apesar do enorme cansaço, porém, o sono não chegava para o Homem Verde. Ficou deitado por duas horas abraçado a ela, depois se desvencilhou com cuidado e se levantou em silêncio. Vestiu um roupão e uma cueca e atravessou o corredor até sua biblioteca, onde acendeu a luz.

Havia duas mesas – uma para escrever e uma prancheta inclinada, de desenho. Quase dez mil livros em estantes – muitos detalhando terríveis ameaças ambientais a áreas específicas do mundo e espécies seriamente ameaçadas. Gorilas-da-montanha e eperlanos do delta, os botos do Amazonas e os pandas do sul da China, todos gritavam para ele desesperadamente nas estantes verdes.

Ouviu seus apelos silenciosos, mas caminhou até a escrivaninha e abriu a gaveta de baixo. Pegou as páginas que Sharon havia imprimido. Doze rostos o encararam.

Ficou sentado sozinho na biblioteca com aqueles rostos. Os olhos brilhantes e inocentes das crianças. Seus nomes e informações pessoais. Tudo que elas eram e poderiam ter sido. A partir dos livros nas estantes, o peso do planeta ameaçado o comprimia enquanto ele examinava os semblantes das crianças cujas vidas tinha acabado de encerrar, e pensou dolorosamente em Kim e Gus, que dormiam em segurança um andar abaixo, acordariam na manhã seguinte e dariam as boas-vindas ao pai depois de sua viagem de negócios.

NOVE

Brennan chegou ao acampamento logo depois do amanhecer, de péssimo humor. A viagem de avião atravessando o país tinha sido turbulenta, e ele só conseguira dormir por curtos períodos durante o longo trecho rodoviário desde Boise. Meia hora antes, tinham deixado a autoestrada para trás, trocando-a por um caminho de cascalho que logo se degradou numa trilha de terra tão ruim que em alguns lugares desaparecia completamente nas pedras e na terra em volta. Mais de vinte veículos, desde viaturas da polícia estadual e municipal até SUVs e trailers, estavam estacionados numa área plana perto de uma curva da trilha de terra, e o motorista de Brennan parou ali.

Earl o estava esperando embaixo de um largo chapéu de palha, queimado de sol e esquelético.

– Achei que você só fosse chegar daqui a uma hora. Parece que um café iria lhe fazer bem.

Brennan apertou a mão do agente magro, examinando seu rosto envelhecido pelo sol em busca de sinais de otimismo, sem ver nenhum.

– Que se dane o café. O que me faria bem é você me dar uma boa notícia.

– Bem que eu gostaria – disse Earl enquanto guiava Brennan ao redor de duas pedras grandes em direção a uma ravina escondida. – O Homem Verde não é exatamente um campista descuidado. Não estamos encontrando muita coisa.

Cinco gazebos azuis tinham sido montados lado a lado no fundo da ravina, com as cortinas abaixadas para manter longe o vento e o sol, de modo que pareciam barracas particulares numa praia de um hotel de luxo.

– Ele não poderia ter escolhido um lugar melhor – disse Earl com admiração relutante. – Ninguém poderia ver a barraca da estrada, e aquelas pedras escondiam a van.

– Então temos certeza de que é uma van?

– Podemos supor pela distância entre os eixos, mas não tem muito mais que isso. Só alguns sulcos fracos na terra dura.

– E a barraca? Ele cravou estacas?

– Não. Aposto que era uma estrutura dobrável. Ele não deixou muita coisa para nós. Quer descer?

– Claro. Daqui a um minuto. – Brennan parou na beira da ravina e olhou em volta, tentando perceber como o Homem Verde a teria escolhido. Earl estava certo: como um acampamento remoto perto de uma estrada de terra para escapar rapidamente, não podia estar mais bem escondido. – É um local solitário e ficou frio à noite – murmurou Brennan finalmente. – Talvez ele tenha feito uma fogueirinha. Eu faria, sem dúvida. E, com isso, seria tentador cozinhar alguma coisa quente.

– Não para esse cara – disse Earl, com ar de quem sabia das coisas. – O frio não o incomodava, nem o silêncio. Ele preparou as refeições muito antes de chegar aqui. Pegamos um monte de amostras do solo e não descobrimos nenhum sinal de cinzas. E ele tem excelentes modos à mesa, ou então come dentro da van. Os cachorros não encontraram nem uma batatinha chips.

– Onde o filho da puta se aliviava depois das refeições feitas em casa?

– Nós verificamos tudo num raio de 800 metros, e não há sinal de urina nem fezes. Mesmo que ele houvesse enterrado fundo, os cachorros teriam encontrado.

– Então carregou tudo com ele e levou embora?

Earl enfiou as mãos nos bolsos, e o peso extra fez a calça descer 2 centímetros cintura abaixo.

– Cada osso de frango. Cada gota de urina. Cada cagalhão.

– Ninguém é perfeito – disse Brennan. – Vamos lá embaixo.

Desceram para a ravina íngreme, onde uma dezena de membros da equipe tomava café do lado de fora dos gazebos azuis. Brennan os cumprimentou pelo nome e rapidamente se aproximou de Tina, uma excelente treinadora de cães. Tina estava com quase 40 anos, era descendente de *cherokee*, com cabelo preto e comprido combinando com as calças jeans escuras.

– Ouvi dizer que foi você quem encontrou este lugar.

– Foi Sheba, senhor, provavelmente a melhor farejadora que já tivemos.

Ela captou o cheiro primeiro no penhasco acima da represa, apesar de eu apostar que ele borrifa as botas com algum eliminador de odor humano para caça. O Homem Verde veio para cá numa motocicleta pequena, e ela pôde seguir o faro por 7 quilômetros sem que os pés dele tivessem tocado o chão nem ao menos uma vez. O que é meio espantoso, senhor.

– Dê um pedaço de carne extra à Sheba – resmungou Brennan.

Em seguida, foi até o gazebo mais próximo e espiou através da janela de plástico transparente. Três peritos criminologistas com macacões de segurança brancos estavam andando em lentos círculos concêntricos, encurvados feito caranguejos em posições que não deviam fazer bem para as costas. Usavam lentes de aumento em suportes de cabeça e luzes azuis para lançar sombras laterais.

Brennan passou as seis horas seguintes tomando café morno e recebendo relatórios negativos. Nenhuma pegada ou impressão palmar tinha sido encontrada no topo do penhasco onde Sheba havia captado o cheiro pela primeira vez. Os cacos do drone recuperados até agora na represa eram minúsculos e tão fragmentados e queimados pela explosão que seriam inúteis. A carta ao *The New York Times* já fora testada de vários modos no laboratório principal em Quantico e ainda não tinha revelado nenhum segredo. Os cães farejadores continuavam a varrer a área em volta do acampamento em círculos maiores, mas não encontraram nada. Dentro dos gazebos azuis, os peritos examinaram o trecho de terra de 9 metros quadrados literalmente grão de areia por grão de areia, e não tinham achado qualquer vestígio.

Ao meio-dia, Brennan estava sentado sozinho numa pedra na beirada do leito da ravina coberto de cascalho, olhando as paredes de rocha de 4 metros de altura ao redor, como o Homem Verde devia ter feito depois de montar a barraca. Era um lugar austero, parecendo uma tumba, mesmo ao meio-dia: quase como estar enterrado vivo. Como teria sido a sensação de esperar numa fenda rochosa assim, durante as horas da tarde e da noite, sozinho, contemplando um ato de destruição assassina? Se Tom Smith estava certo e o Homem Verde era empático, tinha consciência e realmente lamentava a perda de vidas inocentes, como teria passado aquelas horas longas e tensas antes de atingir a represa, comungando com seus deuses? Teria experimentado a empolgação quase sexual que a maioria dos assassinos que perseguem seres humanos sente enquanto se prepara para atacar a presa?

Ou teria sido muito diferente? Será que ele havia sentido pesar e até mesmo remorso? Teria lutado contra uma tentação constante de desistir e ir para casa mas acabou sendo mantido aqui por um sentimento de... de quê? Brennan se obrigou a mergulhar no fundo do personagem que estava criando devagar na mente. Era um senso de dever que o impelia. Não somente o dever de agir, mas um dever para com os que não podiam agir, de se posicionar por eles e por toda a espécie. Havia uma frase que o Homem Verde repetia em todas as cartas: "um imperativo moral de agir em nome da raça humana antes que seja tarde demais".

Earl tocou de leve o ombro de Brennan. Uma perita criminologista também estava parada ali – a escandinava de olhos azuis luminosos... como era mesmo o nome dela? Jensen. Seu cabelo louro e comprido havia sumido, preso num coque apertado na nuca e contido por duas camadas de toucas de plástico. Sem o toque suavizante do cabelo, no macacão branco com o equipamento de cabeça ainda no lugar, parecia andrógina e quase alienígena.

Ela estava segurando um pequeno frasco de plástico. Dentro, iluminado por trás pelo sol do meio-dia, Brennan viu dois filamentos minúsculos entrelaçados que quase pareciam dançar.

– Acho que são fibras de luva – disse Jensen. – Talvez de náilon, mas saberemos com certeza assim que colocarmos no microscópio.

DEZ

Na noite da véspera do enterro, a mãe de Tom tomou duas taças de gim-tônica antes de engolir um comprimido de Zolpidem. Tom e a irmã a viram tropeçar na escada e se agarrar ao corrimão. Tom correu e a ajudou a chegar ao patamar do segundo piso.

– Nunca misture álcool com remédios para dormir – censurou ele, guiando-a para o quarto.

– Eu só queria dormir – disse ela, as palavras ligeiramente engroladas.

Tom a ajudou a entrar no quarto e ela se sentou pesadamente na cama.

Era um quarto depressivo, de teto baixo, com vista parcial para o quinto buraco de um dos campos de golfe menos elegantes de Boca. O cômodo tinha as bugigangas de um casamento infeliz de quarenta anos e era dominado pela mesma cama king-size que os Smith haviam transportado de um lado para outro do país, de uma agência para outra. Quando tinha 10 anos, Tom havia treinado golpes de judô naquela cama na Virgínia e fora concebido nela quando seu pai tinha começado a vida como policial estadual no Texas. Durante mais de quatro décadas, duas pessoas que se desgostavam cada vez mais e a certa altura mal conseguiam se suportar tinham de algum modo encontrado conforto nos braços uma da outra naquela cama. A mãe de Tom se deixou cair de costas nela e enterrou a cabeça no monte de travesseiros.

– Mãe, você precisa trocar de roupa – disse Tom. – Vou chamar a Tracy.

– Já estou aqui. – Tracy os havia acompanhado. – Vou colocar mamãe na cama e ficar um pouco com ela.

– Vá embora – disse a mãe, com a voz abafada pelos travesseiros. – Estou bem, droga.

– Não está bem, não – reagiu Tracy. – Nem de longe.

Tom deixou as duas e voltou para baixo. Guardou o gim e viu uma garrafa do Jack Daniel's de seu pai na prateleira de bebidas. Hesitou antes de se servir de um copo. O primeiro gole o fez se engasgar, e ele quase virou tudo na pia; sempre odiara o cheiro e o gosto de uísque. Seu pai não iria gostar que ele diluísse a bebida, mas Tom jogou três cubos de gelo no copo e o levou tilintando até o escritório.

Warren tinha sido um fanático por arrumação, e tudo estava no lugar adequado. As canetas-tinteiro mantinham posição de sentido numa caneca de café do FBI. Quem ainda usava canetas-tinteiro? Os valiosos tacos de golfe estavam na bolsa perto da janela, os de ferro em ordem numérica, os de madeira com coberturas para as cabeças. Os livros na estante perto da mesa tinham sido arrumados em ordem alfabética por autor. As leituras do seu pai se restringiam à história militar americana, e havia uma volumosa biografia de Douglas MacArthur na mesa, com uma carta de baralho servindo de marcador. Tom abriu no ás de espadas e viu que o pai tinha chegado ao desembarque em Inchon.

MacArthur nunca havia sido um dos prediletos de Tom, e, depois de um parágrafo sobre a praia Vermelha, ele fechou o livro e começou sua busca. O que procurava não estava em nenhuma gaveta da mesa, mas na de baixo Tom ficou surpreso ao descobrir um álbum apenas com fotos dele quando era pequeno. Virou as páginas, vendo seu crescimento desde um bebê sorridente, depois um sério jogador da liga infantil balançando um bastão claramente grande demais, até chegar a um faixa amarela no caratê esforçando-se para parecer ameaçador. Warren não estava em nenhuma foto, mas, de certa forma, era responsável por todas: uma invisível presença masculina que Tom tinha tentado dolorosamente agradar desde criança.

Demorou alguns segundos olhando uma foto de quando tinha 10 anos, sem camisa, magricela e usando luvas de boxe. Depois fechou o álbum e o enfiou de volta na gaveta. Tomou um gole cauteloso de uísque e se sentou na cadeira de escritório que tinha o apoio lombar preso com velcro. Deixou o olhar percorrer o cômodo e finalmente o pousou no armário de canto.

Foi até lá, abriu-o e examinou o conteúdo. Havia vários tacos de golfe velhos com os quais seu pai não jogava mais mas que aparentemente não suportaria jogar fora, uma caixa de metal para material de pesca, uma raquete de tênis de madeira com a fita do punho se desfazendo, uma dezena de suéteres dobrados, sobras dos outonos frios lá no norte. Como esperado, o estojo de couro preto que Tom recordava da infância mas não via há mais de uma década estava empoleirado na prateleira de cima. Tom o pegou e levou para a mesa. Pousou-o com cuidado e abriu os dois fechos de metal.

A pistola Colt que o pai tinha usado durante toda a carreira estava num leito de espuma preta. Tom tinha visto a arma com frequência, mas jamais a havia tocado. Pegou-a e imaginou se era a mesma que o pai tinha usado para salvar a vida de Brennan trinta anos antes. Será que ele havia matado pessoas com ela? Envolveu o cabo com a palma da mão e levantou a pistola devagar, apontando para uma cabeça de antílope na parede.

– Guarde essa porcaria – ordenou uma voz assustada perto da porta.

Tom colocou rapidamente a arma no estojo enquanto Tracy entrava no cômodo.

– Como a mamãe está? – perguntou rapidamente, meio sem graça por ter sido apanhado.

– Apagou. E não vai acordar tão cedo, a não ser que você comece a atirar nos troféus de caça. Vamos sair daqui.

Saíram pela porta de trás e passaram por um portão na cerca de arame, chegando ao campo de golfe escurecido. Percorreram uma área de grama alta até chegar ao quinto *fairway* e seguiram lado a lado em silêncio pela grama bem aparada, imersos em pensamentos.

– Ela tem ficado assim com frequência? – perguntou Tom finalmente.

– Está falando dos comprimidos ou da bebida?

– Não sei.

– Se você aparecesse mais em casa, saberia.

Tom não queria brigar.

– É, acho que tenho ficado muito tempo longe. Não sabia que você era uma visita frequente.

– De Key Largo até aqui são menos de duas horas. Eu venho almoçar ou jantar e volto no mesmo dia. – Tracy fez uma pausa. – Ela vem tomando remédio para dormir há dois anos. Acho que está viciada e não consegue dormir sem. O gim é mais recente. Ultimamente, o Warren vinha enchendo a cara um bocado, e as pessoas tendem a se embebedar juntas.

– Acho que ele sabia o que estava por vir.

– Isso não o impediu de beber – disse ela enquanto se aproximavam de outro buraco. Desviaram-se de uma armadilha de areia. – E certamente não fez com que ele ficasse mais gentil.

– É mesmo – concordou Tom. – Mas agora ele morreu, e acho que devíamos enterrá-lo com todo o amor que pudermos demonstrar. – Ele percebeu que tinha repetido as palavras exatas de Brennan, e agora elas pareciam meio idiotas. – Só espero que apareça alguém amanhã. Acho que vai ser um pouco mais fácil para mamãe se houver um comparecimento razoável. Os amigos de golfe e de pôquer devem aparecer, certo?

– Alguma coisa me diz que eles vão estar no campo – comentou Tracy, entrando na área do *green*.

– Tracy, talvez a gente devesse ficar no *fairway*. Esses *greens* são delicados.

– E eu me importo? – Tracy chutou com raiva um buraco na grama com o bico da bota. – Se uma dúzia de pessoas aparecer amanhã vou ficar surpresa.

– Você realmente não acha que nosso pai vai reunir muita gente.

– Eu mesma quase não vim – disse ela com amargura. – E não planejo falar nada. Mamãe quer que um de nós diga algumas palavras, portanto vai ser você.

– Tudo bem. Lamento você estar com tanta raiva dele, mesmo depois de ele ter morrido. Mas eu sabia que vocês tinham problemas.

Um pequeno animal passou correndo pela escuridão à frente deles e desapareceu entre alguns arbustos. Tracy inspirou fundo o ar noturno e exalou muito devagar, agora com os braços envolvendo o corpo.

– Você sabia que ele pôs as mãos em mim?

Tom ficou genuinamente chocado. Chegou mais perto e disse baixinho:

– Eu não fazia ideia, Tracy. Sinto muito.

– Eu tinha 12 anos. Ele estava bêbado. Passou as mãos pelo meu corpo. Eu dei uma mordida nele. Nunca mais fez isso.

– Talvez estivesse bêbado a ponto de perder a noção do que fazia.

– Não ouse inventar desculpas para ele.

– Não vou fazer isso. Mas nessa época ele costumava me dar umas surras, e eu sentia o cheiro no hálito dele. Eu tentava me convencer de que talvez ele não soubesse o que estava fazendo.

– Ele sabia o que estava fazendo. Vou lhe dizer uma coisa: consiga demonstrar algum amor em nome de nós dois amanhã. – Os dois saíram do *green* e foram para o sexto *tee*. Por algum motivo estranho, caminhavam pelo campo como se estivessem jogando. – E me faça mais um favor, irmão, antes de desaparecer outra vez. – Ela o estava encarando com olhos raivosos, de advertência. – Não se transforme nele.

– Por que diz isso?

– Você estava bebendo o uísque dele e segurando a arma dele.

– É a véspera do enterro e eu estava pensando nele, só isso.

– Você pegou o antigo trabalho dele.

– É um trabalho completamente diferente.

– Porcaria nenhuma. É no FBI.

– O FBI faz um trabalho bom. Pega bandidos. O problema não era esse.

Chegaram ao sexto *tee*, e Tracy parou de andar. Era um buraco com água, e o reflexo da lua brilhava no laguinho redondo.

– Os filhos de abusadores viram abusadores – murmurou ela. – Os filhos dos babacas viram babacas. É um fato. Você foi para longe e eu o invejei por isso, e também o admirei por ter tido forças para romper com ele. Não caia nessa armadilha agora.

– Foi para dizer isso que você me trouxe aqui?

– Em parte. Sei o que você está fazendo. No FBI. Mamãe me contou. Não ouse prendê-lo.

– Não tenho ideia do que você está falando. Mas talvez a gente devesse voltar.

– Eu falo sobre ele com os golfinhos.

– Ainda está trabalhando naquele lugar em Key Largo? – Tom ficou com medo de ela estar pirando e tentou desesperadamente mudar de assunto. – Achei que eles... achei que o negócio não tinha dado certo.

– Estou limpa há quase um ano. Passei por um programa. Faço exames toda semana. Eles me readmitiram sob certas condições. Tudo está indo bem, e eu simplesmente adoro.

– Isso é fantástico, Tracy. Você sempre foi feliz lá.

– Eu nado com eles de manhã, na baía. Conheço cada um, e eles me conhecem. E nós conversamos. Não fique me olhando como se eu fosse maluca.

– Só estou ouvindo.

– Não estou dizendo que eles compreendem cada palavra. Nós nos entendemos num nível diferente. Venha nadar com a gente. Talvez você perceba isso e não fique tão cético.

– Tudo bem, de repente eu vou. Podemos voltar agora? Está esfriando, e preciso pensar no que vou dizer sobre papai amanhã.

– Eles entendem a ameaça. Você pode não acreditar, mas sabem que não existem mais tantos peixes no mar e que a temperatura da água está aumentando, que tudo está mudando de um modo lento, calculado e horrível, que eles não conseguem compreender. Acho que também sabem que nós quase arruinamos tudo, quase forçamos as coisas até um ponto em que vai estar longe demais ou será tarde demais para recuar. Assim, quando eu nado com eles, digo que finalmente existe alguém fazendo alguma coisa a respeito. Alguém que luta por nós. Um homem que talvez possa nos salvar. A não ser que você o prenda.

– Você pode ficar aqui, mas eu vou para casa. – Tom se virou para a casa, e ela segurou seu braço. Ela era forte, de tanto trabalhar com as mãos, e o conteve. – Não faça isso. Esse não é você. Conheço você melhor que qualquer pessoa.

Tom soltou o braço e a encarou.

– Ele é um assassino. Mata pessoas inocentes. E, de qualquer jeito, o que faz você pensar que eu posso pegá-lo? Sou só uma peça pequena na engrenagem. Sem nenhuma importância. Encontro padrões em dados, ou pelo menos procuro, mas ainda não achei nenhum. Estou abaixo do primeiro degrau da escada.

– Alguém ligou do escritório do FBI em Miami. Vão mandar um carro para levar você direto do enterro para o aeroporto, amanhã.

– Que papo é esse? Vou ficar uns dias com você e mamãe. Quem ligou?

– Mandaram dizer que Brennan quer você imediatamente. Não é o cara com quem papai trabalhava? Eles estão com sua passagem e tudo. Não parece o degrau mais baixo da escada. Parece que você é bem importante.

– É maluquice. Não estou sabendo de nada disso.

– Irmãozinho – disse Tracy com um sorriso que era ao mesmo tempo nostálgico e amargo. – Sempre rolou a tal rivalidade fraterna. Como se eu tivesse alguma chance... Você sempre foi o mais inteligente em todas as matérias. Mais inteligente que os professores. Você arrasava em todos os projetos. Tirava nota máxima em todas as provas. Ia mostrar a ele que, do seu modo, você estava à altura dele.

– Tracy, eu fazia isso por mim, e não por ele. Ele mal notava. E eu nunca competi com você...

– Ainda bem, porque ele morreu. Eu sou uma treinadora de golfinhos fodida, em condicional constante. Mamãe é mais uma viúva de Boca viciada em remédios. Mas você tem tudo a seu favor, e quero que se dê bem. De verdade, Tom. Você fez tudo certo. Vá para o oeste, onde você estudou. Construa um castelo, comece uma família, e eu vou morar na casa de hóspedes do seu vinhedo. Mas não ouse pegar aquele homem como uma última tentativa de ficar à altura dele. Não estabeleça essa meta para si mesmo, porque nós dois sabemos que você vai encontrar um jeito de alcançá-la. Esse homem é realmente a única esperança que nós temos, e bem no fundo você sabe disso tanto quanto eu.

ONZE

Na metade da reunião, a assistente da procuradora-geral entrou correndo e entregou um bilhete a ela. A procuradora pareceu irritada com a interferência, mas, quando olhou o que estava escrito, assentiu depressa, dizendo:

– Diga que já vamos. – A seguir, fitou a meia dúzia de homens poderosos em sua sala e disse: – Senhores, estamos sendo convocados. Imediatamente.

Menos de dez minutos depois, Brennan e seu chefe, John Haviland, diretor do FBI, o diretor da Segurança Interna, Vance Murphy, e os outros estavam em dois carros passando pelo portão da Casa Branca. Foram recebidos pelo Serviço Secreto e, sem espera, levados para dentro. Brennan já estivera várias vezes na Casa Branca, mas nunca havia experimentado algo assim. No que pareceu um piscar de olhos, viu-se no Salão Oval, dando informações a pelo menos dez membros de alto escalão do gabinete e a conselheiros presidenciais, além do próprio presidente dos Estados Unidos, sentado atrás da mesa do *Resolute*. O presidente estava tomando um refrigerante e lançando olhares para uma TV no canto, que passava em silêncio um jogo de futebol americano universitário.

Brennan tentou não ser técnico demais enquanto explicava a relativa raridade das fibras da luva de náilon e como eles podiam finalmente ter conseguido algo novo. De longe, o mais provável era que se tratasse de uma luva fabricada por uma empresa pequena, familiar, popular entre os caçadores de cervos e que só era vendida em uma dúzia de lojas de equipamento esportivo em Minnesota, Wisconsin e Michigan.

– Então você está dizendo que o Homem Verde é um caçador de cervos da bosta do Meio-Oeste? – interveio o presidente.

– Não sabemos, senhor. Mas, sim, a luva provavelmente foi comprada no Meio-Oeste, e até podemos ser um pouquinho mais precisos.

– Se ele é tão inteligente, por que usaria uma luva que só é vendida para uma clientela pequena numa área tão restrita? – perguntou a procuradora-geral. – Por que não escolheria alguma coisa genérica e impossível de ser rastreada?

– Na verdade é uma escolha sensata. Esse tipo específico de luva é excepcionalmente resistente...

– O que significa exatamente o quê? – reagiu ela imediatamente, sem ao menos dar a Brennan o tempo de terminar a frase. – Resistente em que sentido, em termos leigos, Jim?

– Ela não solta fibras. Pelo jeito, ele usa essas luvas o tempo todo quando está em missão, e até agora não tínhamos encontrado nenhuma fibra. A suspeita é que ele tenha realizado uma ação súbita, rápida e não planejada, como matar um mosquito, e demos sorte...

– Ou talvez ele estivesse tocando punheta porque estava pensando em como fodia com a gente – disse o presidente, e alguns dos seus conselheiros sorriram obedientes.

Brennan tinha ouvido falar de como ele usava palavrões nas reuniões, mas mesmo assim era esquisito escutar esse tipo de coisa no Salão Oval, com os retratos de Washington, Lincoln e Jefferson olhando para eles.

Brennan pensou em dizer: "Sem dúvida é uma possibilidade, senhor", mas ficou quieto.

O presidente apontou um dedo para Brennan.

– E de que maneira essa tal fibra de luva nos ajudaria?

– Bom, senhor, se ela foi comprada no Meio-Oeste, isso nos dá, pela primeira vez, alguma direção na busca. Se ele veio de lá, se estava voltando para lá, podemos começar a projetar sua rota e quais estradas ele pode ter percorrido no que agora acreditamos que era uma van...

– Presumindo que ele não more em São Francisco e tenha comprado algumas luvas no Meio-Oeste só para tentar enganar vocês – sugeriu o diretor da Segurança Interna.

– Eu me sinto confortável com essa suposição – disse Brennan. – Além disso, pudemos obter uma amostra de traço de DNA de um dos filamentos. Infelizmente era minúscula e tinha se degradado ao ponto em que não irá nos dizer muita coisa, mas nossos principais especialistas a estão estudando, e no mínimo será útil para os propósitos de verificação assim que o suspeito for apreendido.

– Então, quando vocês pegarem o Homem Verde, vão saber que pegaram o cara certo? – indagou o presidente. – Preciso de algo melhor que isso. – Ele se inclinou adiante, apoiando os cotovelos na mesa, e olhou para a procuradora-geral. – Meg, você colocou seu melhor pessoal trabalhando nisso?

A pergunta era obviamente sobre Brennan, e todos sabiam.

– Sim, senhor presidente – respondeu ela sem hesitar. – Sabemos da seriedade do caso, e nosso pessoal mais capacitado e experiente não está deixando pedra sobre pedra.

– Só para esclarecer, não me importa se tem pedra em cima de pedra – declarou o presidente. – Quero que esse cara seja preso. Mas neste momento preciso que vocês falem com a porta-voz e a ajudem a redigir uma declaração que ela fará em meia hora para a imprensa, e vocês ficarão de pé atrás dela. Vai ser uma declaração otimista e vai enfatizar os inocentes que morreram no ataque mais recente e nos outros cinco. Ela não vai responder a perguntas, e vocês também não. E depois quero que peguem esse filho da puta antes que ele ataque de novo. É só.

Todos se levantaram para sair, mas o presidente apontou para Brennan e ordenou:

– Fique aqui um minuto.

Brennan olhou para o diretor do FBI, mas Haviland deu de ombros ligeiramente e acompanhou os outros para fora do salão. Alguém fechou a porta.

– Fique à vontade – sugeriu o presidente, e Brennan se sentou de novo.

– Quer beber alguma coisa?

– Não, senhor. Estou bem.

O presidente ficou assistindo ao jogo de futebol por tanto tempo que Brennan não conseguiu deixar de olhar para a tela. O time da Duke conseguiu um ponto com um passe longo que deixou o jogo praticamente decidido.

– Essas porras de Demônios Azuis arrogantes – resmungou o presidente. – Você não estudou na Duke, estudou?

– Não, senhor, cursei a Penn State.

Numa prateleira atrás da cabeça do presidente estava a escultura *Bronco Buster*, de Remington. Brennan tinha uma cópia dela em sua casa de verão em Tappahannock, mas sabia que esta era a original.

– Lá tem um excelente projeto de futebol – afirmou o presidente. – Você não me ouviu dizer isso, mas o Paterno foi sacaneado. Ele pegou uma cidadezinha de criação de gado e desenvolveu o lugar, e eles limaram o sujeito. – O presidente apertou um botão na mesa e disse: – Betty, me traz outro refrigerante. E que esteja mais gelado que o anterior. – Em seguida olhou de volta para Brennan e prosseguiu: – Então você foi contratado por Hoover?

De algum modo ele fez com que parecesse que estava falando da marca de aspiradores de pó.

– Sim, senhor, em 1972. Foi no último ano dele, o ano em que ele morreu.

– O que achava dele?

– Era um homem complicado, senhor. Não tivemos muito contato direto.

– Foi um grande americano. Porque fazia o que tinha que fazer. É disso que se trata, não é?

Em geral, Brennan era bom em deduzir se a pessoa com quem estava falando era inteligente, mas com esse presidente era impossível dizer. Sua confiança e o jeito espalhafatoso poderiam mascarar uma competência astuta ou uma ignorância profunda e uma estupidez flagrante.

– Sim, senhor, é disso que se trata.

– Sabe quem é Chandler Evanston?

O nome era vagamente familiar, mas Brennan não conseguiu situá-lo.

– Não, senhor.

– É o CEO da empresa controladora da companhia de energia dona do gasoduto que o Homem Verde explodiu no Oregon há um ano.

– Sim, senhor. Agora sei quem ele é.

– Tomamos café da manhã juntos na semana passada. Ele mencionou que, desde que o gasoduto foi destruído, a empresa vem enfrentando obstáculos cada vez maiores, não somente no oeste, mas em todos os lugares onde atua. E no momento há dois projetos de lei no Congresso que tornarão muito mais difícil aprovar o tipo de gasoduto que eles usam. Entende o que estou dizendo?

Brennan hesitou.

– Não sei bem, senhor presidente.

– O Homem Verde também atacou a fábrica da Química Mayfield em Massachusetts. Entre os produtos deles, como você provavelmente sabe, existem vários que os alarmistas dizem que são muito prejudiciais para a camada de ozônio e que estão acelerando o aquecimento global. É claro que não existe nenhuma prova, mas não é isso que importa. A escolha de um alvo pelo Homem Verde criou uma resistência enorme por parte dos malucos de esquerda que estão reivindicando todo tipo de regulações e inquéritos sobre os produtos que a Mayfield e meia dúzia de empresas como ela produzem, e se elas deveriam ter permissão de fabricar esse tipo de coisa. Está me acompanhando agora?

– O senhor está dizendo que, quando o Homem Verde ataca um alvo, não apenas o destrói, mas também estimula a resistência contra esse tipo de atividade.

O presidente sorriu, coisa que fazia raramente, e era um sorriso ameaçador.

– Quando o terrorismo começa a se traduzir em resistência popular e até mesmo em políticas públicas, que Deus nos ajude: estamos ferrados. Porque, por um lado, os trabalhadores americanos vão perder os empregos, e eu fui eleito para garantir que isso não aconteça. E, por outro, há muitos Homens Verdes potenciais por aí, com ideais socialistas. Entendeu?

– Sem dúvida estamos atentos aos imitadores potenciais – afirmou Brennan. – Este é um dos motivos pelos quais estamos limitando rigidamente a liberação de informações sobre as técnicas específicas usadas nos ataques dele...

– Então você foi contratado por Hoover em outro século – interveio o presidente. – Mas ainda tem pique?

– Quero muito pegar o Homem Verde, senhor. Estou fazendo tudo que posso.

– Então por que não pegou?

– Porque ele é inteligente e muito cuidadoso. Mas estamos chegando mais perto, e eu vou pegá-lo.

– E está ciente de que haverá uma eleição presidencial em menos de um ano e que vai ser uma disputa acalorada? Você não tem um lado nessa briga?

Brennan fez uma pausa. Nunca haviam lhe feito esse tipo de pergunta.

– Não sou político em nenhum sentido, senhor, se é isso que está perguntando. E certamente não quero que o Homem Verde continue com o que está fazendo e mate mais americanos inocentes para levar adiante um interesse político. Tenho sido um servidor público leal há cinco décadas e...

– Ainda tem fogo por dentro?

– Sim, senhor. Mas se acha que existe alguém melhor...

– Se eu achasse que existe alguém melhor, você não estaria na minha sala inventando desculpas neste momento. – O presidente sustentou o olhar de Brennan por dez segundos e deixou seu carisma atuar. Brennan sentiu esse carisma, o que quer que fosse. Era algo inegável e tangível, quase visceral. – Se precisar de alguma coisa – disse o presidente por fim –, é só pedir. Mais dinheiro, mais pessoas... – Ele apertou o botão preto na mesa e berrou: – Betty, você foi buscar a porcaria do refrigerante na China?

DOZE

O Clube das Espécies Ameaçadas era formado por catorze alunos do primeiro ano do ensino médio, sete do segundo, um aluno do terceiro e uma do último, o que refletia como o interesse pelo meio ambiente havia crescido na Academia Carlyle nos últimos dois anos. A apresentação foi feita para uma plateia considerável no auditório principal da escola, que ficava num belo prédio de tijolos no Upper West Side. Única aluna do último ano no grupo, Julie foi a primeira a se apresentar, e Ellen sentiu uma mistura de orgulho e receio quando sua filha subiu ao palco para falar sobre os ursos-polares. Julie só tirava notas máximas, mas lutava contra o medo de falar em público e não tinha dormido nas últimas duas noites, preocupada com a apresentação.

A adolescente ficou parada um momento com as mãos se remexendo nervosas ao lado do corpo, uma garota alta com cabelo afro, piscando para a plateia por trás dos óculos.

– Vamos, garota – sussurrou Ellen.

Ela própria nunca tivera esse tipo de problema: Ellen havia falado diante de milhares de pessoas em palestras, comícios e formaturas de faculdade, dado aula para dezenas de turmas grandes e pequenas na Universidade Colúmbia e com frequência era convidada como comentarista em programas de TV. Não entendia completamente o medo da filha, mas sabia que era legítimo.

– Você consegue, querida.

– Ela vai se sair bem – disse com gentileza a mulher ao seu lado.

Ellen percebeu que o sussurro tinha saído alto demais. Agradeceu à mulher com um sorriso e olhou em volta para ver se mais alguém teria ouvido. Ninguém. Mas, ao observar as pessoas ao redor, não ficou surpresa ao constatar que era a única parente negra no auditório e que Julie era a única aluna negra. Apesar de todo o discurso sobre encorajar a diversidade, a progressista e altamente seletiva Academia Carlyle permanecia rica e branquíssima.

– Gostaria de agradecer a todos por terem vindo aqui hoje – começou Julie, hesitando, a voz fina tremendo. – Somos o Clube das Espécies Ameaçadas, e hoje vocês ouvirão falar de espécies em grande perigo. Algumas vocês provavelmente já conhecem, porque são famosas e bonitinhas. De outras talvez não tenham ouvido falar porque são obscuras e... sinceramente, algumas pessoas as acham feias. – Houve risos na plateia, e Julie parou um segundo. – Mas todas merecem uma chance: os ursos-polares e as abelhas melíferas, os tigres e as borboletas-monarcas, e até as mais esquisitas lesmas-do-mar tropicais que vivem em recifes de corais que estão desaparecendo. Mas, antes de começarmos a falar dessas espécies distantes e exóticas, em nome dos membros do meu clube, eu gostaria de lembrar de outra espécie ameaçada que está mais perto de nós.

Julie parou para respirar fundo, depois pareceu relaxar, ou talvez, quando começou a falar de novo, seu nervosismo óbvio tenha começado a contribuir para a mensagem que estava tentando passar.

– Dizem que cada geração cresce com uma ameaça crescente que precisa ser enfrentada. Para nossos bisavós, foi a Primeira Guerra Mundial e a gripe espanhola. Para nossos avós, foi a Segunda Guerra Mundial e o fascismo. Para nossos pais, a Guerra Fria e a corrida armamentista. Mas em todos esses casos havia esperança. Eles podiam curar a gripe, derrotar Hitler ou limitar os mísseis. Nossa situação é diferente.

De repente, Julie tinha a atenção de todos, e Ellen ficou mais que fascinada, porque possuía esse dom e também conseguia fazer isso, mas nunca tinha visto a filha capturar uma plateia e segurá-la na palma da mão, que agora estava estendida, como se Julie estivesse pedindo alguma coisa, ou até exigindo. Sua voz ainda era fina, mas não tremia mais e tinha se tornado evocativa e poderosa.

– Somos a primeira geração a crescer sem esperança. Na verdade, talvez estejamos condenados.

Ninguém no auditório se mexia. Todos assistiam à garota alta e negra sob os refletores, falando suavemente:

– Todos sabemos. Muitos de nós decidiram não ter filhos, porque acham que isso não seria justo com eles. E no Clube das Espécies Ameaçadas estamos bem cientes disso porque vemos o que está acontecendo com mamíferos, peixes e insetos, alguns dos quais estão por aqui há muito mais tempo do que nós. Estudamos como eles estão desaparecendo e não podemos deixar de pensar que isso vai acontecer conosco. Para onde foi o dodô, para onde estão indo os rinocerontes-de-java, nós também podemos estar condenados a ir. Como poderemos viver num mundo em que não conseguimos respirar o ar nem beber a água? Assim, para os pais e avós na plateia que votam, obrigada por terem vindo hoje, e, por favor, nos deem o que vocês tinham: um pouco de esperança. E agora eu gostaria de falar sobre os ursos-polares...

Ela foi interrompida por aplausos fortes, e a mulher sentada ao lado de Ellen se inclinou, dizendo:

– Ela é sensacional! Sua filha deveria entrar para a política.

– Que Deus a ajude – respondeu Ellen, depois sorriu com orgulho. – Obrigada por dizer isso. Ela ouviu discursos em comícios, e acho que alguns devem ter sido bem assimilados.

O resto do dia foi mágico. A apresentação de Julie sobre os ursos-polares foi um sucesso, e a plateia suspirou diante de fotos de filhotes abandonados sobre placas de gelo flutuantes que haviam se quebrado, afastando-se de onde os pais caçavam focas. Os outros membros do clube também se saíram bem. Ellen já conhecia a maior parte das informações apresentadas, mas isso não a impedia de se impressionar com a fala de adolescentes de 14 e 15 anos descrevendo em linguagem vívida e detalhada as crescentes ameaças globais que colocavam em perigo diferentes espécies em todo o planeta, desde os oceanos mais profundos até as ilhas mais remotas e as calotas polares, e como restava pouco tempo para mudar a situação.

Depois da apresentação, Ellen partiu para a segunda rodada: ver o jogo de futebol da filha contra os arqui-inimigos da Carlyle. Existe tão pouco espaço aberto em Manhattan que as escolas particulares jogavam umas contra as outras na ilha Randall, no East River, e, num dos campos da ilha, Ellen viu Julie marcar três gols, inclusive o que garantiu a vitória ao time. Não havia nada tímido no modo como sua filha partia contra as zagueiras e passava por elas com arrancadas velozes.

As estudantes podiam pegar o ônibus do time ou uma carona com os pais, assim, depois das conversas pós-jogo, Julie entrou no Prius vermelho de Ellen e as duas foram juntas para casa.

– Querida, você jogou muito! – disse Ellen enquanto subiam a rampa e entravam na ponte RFK. – E seu discurso foi um arraso.

– Eu estava tão nervosa que nem conseguia ver o rosto das pessoas.

– Seja lá o que estiver fazendo, continue. E garanto que você vai conseguir uma bolsa para a faculdade jogando futebol. Sem dúvida havia alguns olheiros de universidades no meio do público. Ouvi dizer que a habilidade que eles mais procuram é a velocidade. Não sei de quem puxou isso, porque sua mãe corre como se estivesse usando sapatos de concreto.

– Até parece! Você consegue correr bem rápido...

– Depois de um ano, consigo manter um ritmo constante, mas você é um raio, garota. A defesa deles ficou aterrorizada.

– Então a velocidade deve ter vindo do meu pai – sugeriu Julie, baixinho. Era uma coisa da qual jamais falavam.

– Acho que faz sentido – disse Ellen, mantendo o olhar na rodovia apinhada com o tráfego da hora do rush.

Julie hesitou.

– Você sabe se o doador era atleta? Quero dizer, eles dão informações desse tipo? Não recebeu um perfil ou pelo menos um nome?

– Não, linda, não sei nada. Eles contam muita coisa se a gente perguntar, mas eu só queria saber se ele era alto, saudável e muito inteligente, como a filha – disse Ellen, e depois piscou.

– MÃE, CUIDADO!

Ellen girou o volante e o carro deu uma guinada brusca, desviando de um caminhão da FedEx por uma questão de 5 centímetros. Ela levou o carro para a pista de menor velocidade e dirigiu com tanta cautela que o veículo de trás buzinou.

– Você está bem, mãe?

– Claro – respondeu Ellen, apertando o volante com um pouco de força excessiva. – Estou bem. Desculpe ter assustado você.

– Achei que a gente ia virar malote da FedEx.

Ellen tentou achar engraçado e conseguiu dar um risinho pouco convincente.

– Me dê um desconto. Já levei você para casa depois do futebol um milhão de vezes. Alguma vez sofremos um acidente?

– Não, mas há uma primeira vez para tudo, e essa realmente foi por pouco. Você precisa dar uma parada?

– Querida, estou bem. Só tive uma manhã difícil no trabalho. Vou colocar uma musiquinha.

Ellen ligou o rádio, que estava na estação de notícias que ela havia escutado na ida. O locutor anunciou que iriam passar outra vez a declaração da porta-voz da Casa Branca sobre o progresso recente na caçada pelo Homem Verde.

Ellen mudou rapidamente para uma estação de jazz, mas Julie disse:

– Ei, eu queria escutar aquilo.

– Eu escutei enquanto vinha. Não tem nada de novo.

Julie estendeu a mão e colocou de volta na estação de notícias. A porta-voz estava iniciando a declaração:

– Primeiro, quero tranquilizar todo mundo dizendo que os líderes das forças policiais atrás de mim estão fazendo o máximo para proteger nosso país e pegar esse terrorista cruel e covarde que decidiu fazer justiça com as próprias mãos e já matou mais de quarenta americanos inocentes, inclusive dez crianças.

– E talvez tenha salvado o planeta – disse Julie, falando por cima dela.

– Não existe desculpa para matar 43 pessoas – reagiu Ellen, lembrando-se do debate com Richard no Centro Verde.

– Que tal salvar seis bilhões de pessoas? Não é uma boa desculpa?

– *É* uma boa desculpa, mas, quando a gente deixa o fim justificar os meios, é só ladeira abaixo... – começou a explicar Ellen, saindo da apinhada FDR para a rua 116.

Mas foi silenciada imediatamente.

– Quieta. Você está errada, e eu quero escutar isso.

Julie aumentou o volume.

– Pela primeira vez nesta investigação – estava dizendo a porta-voz – temos pistas concretas e significativas, graças aos nossos agentes em campo e nossas equipes de peritos. Não posso revelar a natureza exata desses achados, a não ser para dizer que o Homem Verde cometeu vários erros críticos e que agora a investigação está avançando em diversas frentes para identificá-lo e prendê-lo. O presidente foi colocado a par de tudo e espera mais novidades em breve. Obrigada. Não iremos responder a perguntas.

Julie desligou o rádio, aparentando preocupação.

– Eles não diriam que têm pistas concretas se não tivessem.

– Relaxe, querida. Eles não disseram nada muito preciso. Boa parte do conteúdo dessas declarações escritas antecipadamente é político. Tenho certeza de que o Homem Verde sabe cuidar de si mesmo.

– Mas agora existe um número muito grande de pessoas procurando por ele. Ele pode se descuidar. Todo mundo, por mais inteligente que seja, comete algum pequeno erro. – Julie olhou para a mãe até que Ellen a fitou por um instante. A garota tinha uma expressão de raiva e até um ar de acusação. – Mas você quer que ele seja apanhado, não quer?

– Não. Só quero que ele pare. Isso é muito diferente.

Julie começou a falar, cada vez mais rápido, até que as palavras ficaram emboladas.

– Como você pode dizer que gostou do meu discurso e ao mesmo tempo afirmar que ele deveria parar? O único motivo para haver catorze calouros no nosso clube é ele. O único motivo para termos alguma esperança é ele. Não me ouviu dizer que estamos vivendo sabendo que talvez estejamos condenados? Ele está lutando contra isso, e você, mais do que ninguém, deveria entender e se importar... Mãe!

Ellen tinha saído bruscamente da via para o estacionamento de uma escola, que estava vazio e escuro.

– Por que a gente parou aqui?

Ellen tentou responder, mas não conseguia conter as lágrimas. Ela as tinha segurado no Centro Verde e durante as aulas, mas agora elas saíam descontroladas e indesejadas, vindas de algum lugar profundo, vencendo todas as suas defesas. Jorravam pelas pálpebras e escorriam quentes pelo rosto. Ellen se curvou adiante para escondê-las da filha, apoiando-se no volante e cobrindo o rosto com os braços.

– Está passando mal? Mãe, você está chorando? Por favor, diga o que está acontecendo!

O corpo de Ellen tremia, e o rosto manchado de lágrimas estava virado para longe da filha, na direção da escola pouco iluminada.

– Julie, eu nunca menti para você sobre nada de importante. E nunca vou mentir de novo. Prometo.

Ela se virou lentamente para olhar a filha, que assentiu e estendeu a mão.

– Claro que acredito em você. Eu amo você, mãe. Mas... sobre o que você mentiu?

Ellen encarou Julie e respirou fundo duas vezes.

– O nome dele era James.

– De quem?

– O banco de esperma não deu o sobrenome para preservar a privacidade do doador.

Julie ficou em silêncio, paralisada, repetindo baixinho o nome novo, como se ele tivesse algum poder mágico.

– O que mais você sabe sobre o James?

– Ele tinha QI de 180, e esse foi o maior motivo para eu escolhê-lo. Era acadêmico na Costa Oeste, alto, negro e saudável, não usava óculos nem tinha nenhum problema de saúde relevante. Certamente pode ter sido atleta e um corredor muito veloz, não sei. Não fiz mais nenhuma pergunta.

– Por quê? Não queria saber mais sobre ele? – perguntou Julie baixinho.

– Não, querida, eu queria saber sobre você.

– Mas eu ainda não tinha nascido.

– Mas você ia chegar, e foi por esse motivo que eu fiz isso. Queria saber sobre nós e como seria nossa vida juntas. Sempre achei que isso tinha a ver com nós duas, e não com ele, e que eu bastaria para você, como mãe. – Ellen ofegou, em sofrimento. – Desculpe ter mentido para você. Nunca mais vou fazer isso.

Julie se inclinou, abraçou a mãe e sussurrou várias vezes:

– Você basta. Eu amo você, mamãe.

TREZE

Era uma sala de guerra. A caçada ao Homem Verde tinha crescido até um nível jamais visto: mais de quatrocentos agentes em todo o país. E este amplo espaço de alta tecnologia era o centro operacional. Tom tinha visto fotos dos gabinetes de guerra de Churchill, localizados no subsolo do edifício do Tesouro em Whitehall, que haviam acompanhado o progresso em todas as frentes 24 horas por dia. E era disso que este hangar em Quantico o fazia se lembrar.

O salão era dominado por cerca de trinta agentes de nível superior e especialistas que pareciam jamais comer nem dormir. Todos se conheciam e tinham trabalhado juntos em casos grandes e pequenos durante anos. E o respeito mútuo, o profissionalismo e o compromisso compartilhado de resolver o caso faziam o hangar zumbir com uma agitada energia colaborativa.

Tom era um dos poucos rostos novos, mas ninguém questionava sua presença. Tinha chegado da Flórida e mergulhado fundo, fascinado com os agentes mais velhos e praticamente absorvendo por osmose o conhecimento e a empolgação deles. Trabalhou com uma intensidade febril durante quase uma semana, mal parando para comer ou pregar os olhos por algumas horas.

Eles eram cercados por computadores e telas gigantes nas paredes, nas quais pipocava um bombardeio constante de informações forenses e outros dados. Agentes de campo chegavam para fazer relatórios. Especialistas em DNA degradado, em vans nacionais produzidas nos últimos dez anos e em microscopia de fibras chegavam e partiam. Muitos dos agentes de nível superior com quem Tom trabalhava eram especialistas que reuniam as informações enviadas por agentes trabalhando remotamente em suas respectivas divisões, destilavam o que era potencialmente útil e sintetizavam tudo na estrutura da investigação mais ampla.

O papel de Tom era muito menos claro: ele flutuava de um grupo de especialistas para outro e de um agrupamento de computadores para outro, acompanhando as informações mais recentes, fazendo as perguntas investigativas e "pé no saco" pelas quais estava ficando conhecido. Algumas vezes era convocado em horários não convencionais para se reportar diretamente a Brennan.

O líder da força-tarefa mantinha uma presença quase churchilliana, meditativo e pensativo, aparecendo inesperadamente no hangar com perguntas contundentes a qualquer hora do dia e da noite. Chegava depois de reuniões com figuras importantes de Washington, com o terno amarrotado e a gravata frouxa. Às vezes aparecia no meio da noite; numa delas, estava usando um roupão azul felpudo, agitado demais para dormir e ansioso para testar uma ideia nova que havia acabado de lhe ocorrer. Tinha uma sala pequena com mesa e cama no fundo do hangar, onde dormia com frequência, e era ali que Tom repassava suas informações, em geral com outros dois ou três agentes ouvindo.

O otimismo gerado pelas supostas descobertas na represa Boon logo enfraqueceu e se transformou numa convicção esperançosa de que, se as pistas fossem reexaminadas de modo diferente pelos especialistas corretos, renderiam um momento de revelação. Essa esperança, por sua vez, deu lugar a um reconhecimento relutante de que esse ainda seria um trabalho longo e a uma frustração diante do número de becos sem saída.

Nenhuma pista adicional foi encontrada no penhasco nem no acampamento. O DNA recuperado do filamento de luva estava degradado demais para ser útil. As leves marcas de pneus da van não podiam ser usadas para identificar o veículo. As luvas de caça a cervos fabricadas por uma empresa familiar permaneciam como a fonte mais provável para as fibras encontradas, mas as lojas de material esportivo que as vendiam não tinham câmeras. Ainda que o próprio Homem Verde tivesse comprado as luvas, se houvesse pagado em dinheiro vivo, não haveria um registro sobre ele ou sobre a transação.

Tom dedicava atenção especial às tentativas de traçar o caminho que o Homem Verde poderia ter escolhido se tivesse ido da represa Boon para sua casa no Meio-Oeste. Havia um consenso de que seis estradas grandes e pequenas seriam as rotas mais prováveis, e cada departamento de polícia naquelas vias sinuosas tinha sido contatado para verificar se alguma coisa suspeita havia sido notada ou se alguma multa fora emitida no momento em que o Homem Verde estaria indo para casa. As filmagens de milhares de câmeras em postos de combustível e lojas no caminho foram requisitadas e transformadas em metadados. Milhões de imagens foram comparadas pelos mais recentes programas de reconhecimento facial com imagens captadas perto dos outros alvos atacados nos últimos dois anos.

    Na quinta noite na sala de guerra, Tom foi chamado inesperadamente à sala de Brennan e encontrou o grandalhão sentado à mesa, tomando seu chá *oolong* em uma pequena garrafa térmica e vasculhando uma pilha de relatórios com mais de 10 centímetros de altura. Vários dos seus principais auxiliares estavam com ele, inclusive Earl, o assessor esquelético, e Grant, que as pessoas ligadas à investigação costumavam dizer que era o auxiliar de maior confiança e possível substituto de Brennan. O agente negro alto tinha um estilo agressivo e era de uma inteligência feroz, mas também conseguia falar manso, ser metódico e respeitoso.

    – Quero saber sobre as estradas, Smith – disse Brennan. Em seguida, tomou um gole cuidadoso do chá fumegante. – Quero saber o que meus especialistas estão dizendo e por que você acha que todos estão errados.

    Tom comunicou as últimas projeções e o colocou a par do trabalho mais recente para coletar informações nas seis diferentes rotas.

    – E o que você acha? – perguntou Brennan. – E não me decepcione dizendo que meus especialistas estão certos.

    – Lamento ser previsível, senhor, mas não creio que o Homem Verde pegaria nenhum desses seis caminhos para casa.

    Brennan riu.

    – E por quê?

    – Eles não me parecem certos.

    – E por que não parecem certos? Porque foram outras pessoas que escolheram e você sempre precisa ser do contra?

    – Não, senhor. – Tom hesitou. – Porque eu não pegaria nenhum deles, senhor, se estivesse indo para casa depois de explodir a represa Boon. Estudei as seis rotas detalhadamente, e são grandes demais. Rápidas demais. Claro, são as escolhas mais lógicas e óbvias. Mas são simplesmente... sem alma. E me parecem erradas.

    Brennan baixou a garrafa térmica com chá fumegante e olhou para Earl.

    – O que você acha desse cara?

O velho agente de campo respondeu:

– Gosto do faro dele. Me faz lembrar o pai.

– Eu não chegaria a esse ponto – discordou Brennan. – Certo, jovem Tom, por que nenhuma dessas rodovias parece certa para você? Nenhuma é uma grande interestadual. Nenhuma tem praças de pedágio nem câmeras de circuito fechado. Elas poderiam levá-lo para casa rapidamente. Qual é o problema?

– São grandes demais para o Homem Verde. E ele nunca faz escolhas óbvias. Dizem que os grandes mestres do xadrez não analisam mais movimentos que os jogadores medianos, mas intuitivamente analisam os vinte ou trinta movimentos certos: os movimentos estrategicamente bons e ao mesmo tempo taticamente inesperados, que os jogadores inferiores nem consideram. É assim que o Homem Verde atua. Ele é lógico, mas jamais óbvio.

– Mas, se você fosse o Homem Verde, não ia querer chegar em sua casa no Meio-Oeste rapidamente e numa rota direta? – perguntou o agente Grant do seu jeito educado. – Não ia querer encontrar a Mulher Verde e as Crianças Verdes?

Era difícil dizer se ele estava tentando entender os processos mentais de Tom ou se estava zombando gentilmente dele. Talvez fossem as duas coisas.

– O Homem Verde não se importa com qual é a via mais rápida porque sabe que vocês esperam que ele se importe – rebateu Tom. – Um dia extra não iria desencorajá-lo se ele achasse que poderia pegar uma pista mais lenta, menor, mais tortuosa e com isso nos enganar. Duvido que ele atravessaria as Dakotas em alta velocidade, ainda que, se você desenhasse uma linha no mapa, ela o levasse de volta mais depressa. Acho que ele se desviaria pelo norte ou pelo sul.

– Que negócio de "alma" é esse? – perguntou Earl. – Como uma estrada pode ser "sem alma"?

– Não consigo explicar bem isso – admitiu Tom. – Mas, se você é o Homem Verde, sem dúvida não se sente triunfante. Está ouvindo o noticiário sobre o que acabou de fazer enquanto volta para casa. Você acabou de matar doze pessoas. Cinco eram crianças. Isso dilacera você por dentro. Há uma parte sua que quer se demorar, contemplar o campo e aos poucos confrontar o horror do que acabou de acontecer.

– Mas ele destruiu totalmente o alvo – questionou Grant. – Deve estar se sentindo vitorioso e até mesmo eufórico, e não arrasado.

Brennan sinalizou para Grant ficar em silêncio.

– Então que estrada você pegaria? – perguntou, e a sala pequena ficou muito silenciosa. – Presumo que já tenha pensado nisso.

– Bom, eu não iria para o norte – respondeu Tom – porque precisaria entrar no Canadá, e, mesmo tendo certeza de que ele possui um passaporte válido e todos os documentos necessários, haveria registros dessa travessia. O Homem Verde fica longe das fronteiras e de qualquer ação que gere dados consistentes.

– Então você iria para o sul? – indagou Brennan.

– Sim, senhor. Se fosse eu, iria para o sul, talvez fazendo uma volta maior entrando em Nebraska.

– E, quando você está usando seu chapéu de Homem Verde e está ao volante daquela van, que estrada específica atrai você?

– A rota 55, senhor. Atravessando Nebraska e mergulhando no norte do Kansas.

– Nós checamos – interveio Grant rapidamente. – Não é nem mesmo uma autoestrada. É uma rodovia de duas pistas que em alguns lugares fica com apenas uma e iria afastá-lo do caminho por 800 ou mil quilômetros. E tem semáforos, os quais, segundo nosso pessoal do perfil, ele evitaria...

– As cidades com semáforos são bem espaçadas... – disse Tom.

– Em muitos lugares há limite de velocidade de 60 quilômetros por hora, ou menos ainda.

– E tem lindas paisagens de campos abertos que se fundem umas às outras – reagiu Tom. – Se eu tivesse feito algo que achasse necessário mas que me atormentasse, voltaria para casa devagar e com cuidado, tentando encontrar alguma paz e tranquilidade às margens do rio Missouri ou na região de Prairie Lakes, ou então olhando as eternas Montanhas Glaciais do Kansas.

– Nós verificamos com os departamentos de polícia ao longo da rota 55 e também coletamos imagens – disse Grant, olhando para seu notebook. – Nada.

– Faz menos de uma semana que o Homem Verde voltou para casa por uma dessas estradas – observou Tom. – Antes que se passe mais tempo, me deixe dirigir pela rota 55. Se ele esteve lá, alguém deve ter visto, ou uma câmera de segurança da qual não sabemos fez alguma imagem dele, ou talvez ele tenha parado para tomar café uma noite porque estava cansado e só queria ver um sorriso e ouvir alguma conversa. Me dê alguns dias e me deixe investigar um pouco, antes que todo mundo por lá esqueça.

Brennan hesitou.

– Nada associa o Homem Verde àquela estrada. E nosso pessoal já verificou e não descobriu coisa alguma. Parece uma possibilidade tremendamente remota. Earl?

O agente magro examinou Tom.

– Para ser sincero, não estamos tendo muita sorte com todos os computadores, os peritos e os programas de reconhecimento facial. Talvez você devesse dar rédeas soltas a esse garoto. Como nós dois sabemos, rodar pelas estradas e investigar costuma ter lá suas vantagens.

Brennan assentiu contrariado.

– Parece que você não se importaria de ir no banco do carona, não é?

– Agora que mencionou, eu não tenho dormido muito bem aqui. Não que esteja reclamando, mas não seria ruim passar alguns dias na estrada, fazendo perguntas para pessoas que talvez tenham visto o sujeito passar na van.

– Então caiam fora – disse Brennan rispidamente, quase como se isso o deixasse com raiva. – Dou três dias a vocês. Sigam seus instintos e investiguem. Vou fazer com que todas as delegacias municipais e dos condados estejam dispostas a falar com vocês. Mesmo que eles não tenham visto nada, podem indicar algum vizinho enxerido com quem vocês possam falar ou alguma câmera da qual não ficamos sabendo. Se não acharem nada útil em três dias, precisarei de vocês de volta aqui.

CATORZE

Era um dos dias tenebrosos do Homem Verde, que sentiu a sombra se alongando sobre ele praticamente no momento em que acordou. Conseguiu afastar o sentimento por tempo suficiente para tomar o café da manhã com Gus e Kim e olhar o dever de casa deles. Estava começando a ficar muito ruim quando os levou para a escola, mas de algum modo conseguiu participar das brincadeiras familiares e prometeu que tentaria ir ao jogo de futebol de Gus naquela tarde, mesmo sabendo que na hora provavelmente estaria sem condições de fazer qualquer coisa. Por fim, parou perto do guarda que orientava o cruzamento e as crianças saíram, encontraram os amigos e subiram a rua na direção da escola. O Homem Verde os viu se afastar animados e, então – atrás dos vidros escuros do carro –, apoiou a cabeça nas mãos e quase gritou.

Alguns quarteirões depois da escola, a primeira onda de ansiedade o atingiu com tanta força e rapidez que, em vez de voltar para Sharon e para casa, o Homem Verde fugiu da cidade. Tinha comprimidos no carro e engoliu cinco – muito além da dose recomendada. Mas as drogas poderosas mal reduziram o pavor paralisante, e ele sentiu uma segunda onda vindo depressa, crescendo, subindo – uma onda muito maior e mais ameaçadora, que iria quebrar sobre ele a qualquer momento.

Ansiou por música ou algum tipo de distração, mas não ousou ligar o rádio do carro porque todas as estações transmitiam atualizações constantes sobre sua caçada. O medo de ser apanhado era um gatilho fundamental desse ataque. Tinha escutado falarem durante mais de uma semana sobre como havia cometido erros ao destruir a represa Boon e que agora o FBI possuía pistas concretas e estava se aproximando dele.

A sensação de ser perseguido e encurralado estava com ele enquanto dirigia, dificultando a respiração e o fluxo de sangue como o abraço de uma jiboia. Ele convivia com a ansiedade, mas em geral conseguia mantê-la num nível administrável. Uma vez disparada, ela explodia loucamente, transformando-se em pânico – um medo de ter cometido algum erro minúsculo, de que as centenas de especialistas policiais que o caçavam tivessem achado esse erro e o estivessem usando contra ele, descobrindo onde ele estava, as identidades de seus familiares, vindo atrás dele em seus sedãs pretos, com as armas, as algemas e décadas em alas de isolamento, chegando à escola para pegar seus filhos, chegando à sua casa para pegar Sharon, chegando, chegando, chegando para usar aquele erro minúsculo e destruir tudo que ele amava e pelo qual havia trabalhado tanto...

"Erro" era o gatilho para a ansiedade. O Homem Verde era cuidadoso e meticuloso, mas era impossível evitar algum lapso, e ele tinha passado a última semana sofrendo ao pensar no que poderia ter feito errado. Sem dúvida tinha cometido erros enquanto voltava para casa depois do ataque à represa Boon – eram pequenos, mas, quando o policial o parou inesperadamente, ele disse e fez coisas que não deveria, e o patrulheiro podia ter visto coisas que o Homem Verde jamais deveria ter deixado que ele visse.

Suas mãos estavam tremendo tanto que era perigoso demais continuar dirigindo. Parou no acostamento de cascalho a um quilômetro e meio do rio, saiu do carro e entrou correndo na floresta. Havia algo libertador em correr entre as árvores, mas, depois de uns 800 metros, a segunda onda se quebrou sobre ele, e ele se viu cambaleando entre os pinheiros.

Seu coração martelava forte e ele estava hiperventilando. Parou de correr, agarrou-se a uma árvore e tentou controlar o pânico visualizando alguma coisa específica e calmante. Concentrou-se na lembrança de Gus e Kim andando para a escola naquela manhã e usou a memória fotográfica e o olhar de pintor para esboçar os detalhes – como eles sorriam e Kim saltitava com seus tênis vermelhos, as tranças balançando e as presilhas prateadas brilhando ao sol.

Mas isso não adiantou. A imagem vívida dos filhos sorrindo lançou o Homem Verde para as dez crianças que tinham se tornado uma espécie de segunda família, uma família secreta. Conhecia cada uma pelo nome, sabia quais eram as idades e conhecia os rostos, e hoje Andy Shetley estava com ele. Por mais fundo que mergulhasse na densa floresta de pinheiros, não conseguia se esconder do garoto. Andy, que faria 11 anos na semana seguinte, que jogava futebol como Gus, mas que tinha se afogado numa casa-barco onde jamais deveria ter estado, a 500 quilômetros de casa.

Agora Andy Shetley o estava chamando baixinho, pelo nome. *Paul, Paul*, um nome que ninguém usava havia quase duas décadas, um nome que ele enterrara a sete palmos de terra, agora ele era Mitch, *Paul, Paul*, dizendo que ele tinha cometido um erro, que estavam chegando perto e ele seria apanhado logo, e merecia ser apanhado, porque não era um herói, e sim um monstro, e então todos estavam gritando com ele, Sam Terry em seu pijama com estampa de tigre, Anne Ellmore, de 5 anos, no convés do iate de luxo do seu pai enquanto o gelado oceano Atlântico se fechava sobre ela...

O Homem Verde chegou ao rio e viu a macieira-brava. Era velha e nodosa, empoleirada num barranco coberto de musgo com os galhos descendo até a água. Não sabia por que tinha vindo até ali, mas era onde sempre esperava os piores surtos passarem. Cambaleou na direção dela e sentiu o cheiro das frutas: a árvore havia florescido no meio do verão e agora estava soltando maçãs do tamanho de bolas de pingue-pongue na margem coberta de capim, onde apodreciam ao sol. *Paul, Paul*, e agora não eram só as crianças, mas alguém mais no fundo, de muito antes, uma mulher que o amara com devoção, e ele havia feito algo mais do que horrível para ela, tinha a abandonado com um buraco enorme no coração.

Agora ela devia estar com 70 anos e cabelos brancos, mas ele a enxergava com 50 e poucos, como quando a viu pela última vez atrás da porta de tela da casinha na cidade praiana de Nova Jersey onde ele havia crescido. Tinha enterrado bem fundo aquela lembrança, mas ela o encontrara naquela margem de rio coberta de mato. *Paul, Paul, por que me deixou com uma dor e uma saudade tão grandes, seu monstro?* Ele se sentou embaixo da macieira e parou de lutar contra elas, porque eram fortes demais.

Não havia sentido em fugir das pessoas que ele tinha vitimizado. Sabia que a culpa que sentia por causa delas estava fortemente ligada ao seu medo. Tinha provocado muita dor e sofrimento, e, em vez de negar isso, ficou sentado imóvel embaixo da árvore, praticando a meditação da aceitação, convidando as crianças para a sua mente e pedindo desculpas a elas, uma por uma. O Homem Verde admitiu a si mesmo que a caçada estava acontecendo, que ele estava sendo perseguido dia e noite por centenas de policiais e agentes do FBI, e que poderia ser apanhado a qualquer momento. Negar isso só piorava o pânico, alimentando-o como uma fogueira, por isso se obrigou a olhar a verdade de frente e aceitar a realidade do que isso poderia significar para as pessoas que ele mais amava.

A terceira onda se elevou e ele se lembrou desesperadamente dos motivos pelos quais havia decidido pôr essas pessoas em risco. O Homem Verde tinha uma compreensão profunda das mais graves ameaças ao meio ambiente global. Ele as tinha estudado durante décadas, e juntas elas o haviam convencido de que a humanidade corria um perigo terrível e que ele devia contra-atacar, custasse o que fosse. Repetia esses motivos para si mesmo, sabendo como eram válidos, e os alinhou com a aceitação da caçada humana e dos perigos para ele e para sua família. Fez as pazes com tudo isso e semicerrou os olhos, tentando controlar a respiração pelo maior tempo possível.

Quando, porém, a terceira onda se partiu, foi absolutamente esmagadora e não havia nada que ele pudesse fazer. Em algum lugar na cidade, num campo de futebol gramado, Gus estava jogando como meio-campista, mas a tarde encontrou o Homem Verde caído de lado entre as maçãs podres, em posição fetal, gemendo de agonia e desejando estar morto e que tudo pudesse simplesmente acabar.

QUINZE

Somente quando deixaram a cordilheira Teton para trás Earl permitiu que Tom fizesse as perguntas. Em cada delegacia de polícia, posto de guarda-florestal e escritório de xerife nos primeiros 1.500 quilômetros da rota, somente o velho agente de campo falava, enquanto Tom ficava sentado, sorrindo feito um manequim de vitrine. Earl se mantinha no roteiro, literalmente: havia escrito dez perguntas com caneta preta num bloco de papel branco do péssimo Holiday Inn onde tinham passado a primeira noite. Sabiam exatamente quando o Homem Verde tinha explodido a represa. Assim, presumindo que ele tivesse pulado em seguida na van e ido para o leste, permanecendo pouco abaixo do limite de velocidade e sem parar para dormir, podiam prever quase minuto a minuto quando ele teria passado por cada cidade e cada área de camping.

– Meu jovem colega e eu gostaríamos de agradecer por se reunirem conosco – era como Earl começava. – Sabemos como vocês são ocupados. Não poderia haver uma prioridade maior do que esta. Estamos procurando um homem, com idade e aparência desconhecidas, dirigindo uma van com entre-eixos de 4 metros.

E em seguida vinham as perguntas rotineiras e genéricas, sempre feitas na mesma ordem, exatamente com as mesmas palavras no mesmo ritmo lento, sobre se alguma multa tinha sido emitida ou se alguma coisa fora do comum fora testemunhada por qualquer guarda ou policial de serviço.

– Você não está dando o suficiente para eles – disse Tom enquanto serpenteavam pelas montanhas. – Não está correndo riscos criativos suficientes para extrair algum valor do procedimento.

– Isso não tem a ver com correr riscos – discordou Earl –, e sim com ser exato. O que podemos perguntar é limitado pelo que sabemos. Olhe, filho, eu faço isso há quarenta anos, provavelmente já fiz mais de quinhentas vezes. Ouça e aprenda.

Tom contra-atacou:

– O motivo pelo qual você não vai pegar o Homem Verde é porque fez isso durante quarenta anos, quinhentas vezes. E se acha que essas suas dez perguntas vão fazê-los revelar algo, pode esquecer, porque não vão. E, por favor, pare de me chamar de jovem colega.

– Você *é* meu jovem colega, e diminua a velocidade nas curvas. A queda aqui é de 300 metros.

– Isso aqui foi ideia minha – lembrou Tom, acelerando ligeiramente. – Você só deveria vir de carona. Essas foram as palavras exatas do Brennan. Ele sabe como eu sou e, se nos mandou nessa missão, foi para eu fazer o que faço.

Earl acendeu um cigarro e soltou uma baforada.

– Mantenha os olhos na estrada. E o que você faz exatamente?

– Sou muito bom em ser um pé no saco. Não fume no carro.

– Sim, você é bom nisso. *Diminua a porcaria da velocidade.*

Tom fez uma curva tão rápida que quase roçaram na mureta beirando o penhasco.

– Se não gosta que eu faça as curvas desse jeito, baixe sua janela. Se quer experimentar as alegrias do câncer de pulmão, a escolha é sua, e não minha.

Earl cedeu e abriu 5 centímetros de janela. Inclinou o chapéu de palha para se proteger do sol e pensou durante um minuto.

– Está bem, gênio. Agora que mostrei a você como deve ser, vou lhe dar a chance de fazer as perguntas. Mas atenha-se ao roteiro.

Na próxima delegacia, Tom falou com o chefe e dois outros policiais, começando hesitante.

– Meu colega e eu queremos agradecer por se reunirem conosco. Sabemos como são ocupados. Não poderia haver uma prioridade maior do que esta.

Earl assentiu, encorajando, como se dissesse: "Atenha-se ao roteiro e você vai se sair bem." Tom parou e lhe perguntou:

– Earl, será que posso pegar a lista de perguntas?

Earl lhe entregou o papel do Holiday Inn com as dez perguntas escritas em letras pequenas e bem-feitas. Tom perguntou aos policiais:

– Podem me emprestar um fósforo?

Um deles lhe entregou uma caixa de fósforos. Tom pôs fogo no papel e o largou num cinzeiro. Enquanto a lista queimava, olhou para Earl e, quando as dez perguntas se reduziram a cinzas, disse aos policiais surpresos:

– Bom, continuando. Estamos procurando um homem entre 30 e 50 anos, que devia estar com a barba por fazer e parecendo exausto. Ele dirigiu a noite toda, de modo que, por mais que estivesse sendo cuidadoso, talvez sentisse dificuldade para permanecer na pista ou tenha deixado de perceber um radar. Por isso vocês podem ter feito com que ele parasse. Ele estava dirigindo uma van com janelas escuras e usando chapéu ou boné escondendo os olhos. Achamos que a placa era de Michigan, Wisconsin ou talvez Ohio, e seria toda com números, sem letras...

Earl explodiu:

– Que diabo você está falando?

Mas os policias ouviam com atenção, e Tom continuou:

– Ele não ia querer parar e conversar, mas, se fosse detido por algum motivo, seria educado e até mesmo simpático, e obedeceria perfeitamente a todas as ordens. O objetivo seria ir embora com uma advertência e não deixar que o policial lhe desse uma multa, checasse o número da placa no sistema nem gerasse qualquer dado a partir do evento.

Depois de saírem, Earl exigiu uma explicação, furioso.

– Por que você foi falar aquelas besteiras? Não temos certeza de nada daquilo. O Homem Verde pode ter 20 ou 80 anos.

– De 30 a 50 não é só uma suposição minha. Faz parte do perfil do FBI – retrucou Tom.

– É só um palpite deles. Nós não sabemos, por isso não deveríamos perguntar...

Tom interrompeu:

– Para mim parece certo. Ele não fica em hotéis nem usa banheiros públicos, de modo que não tem espelho nem água quente disponível, e, mesmo que tivesse, não vejo por que ele se daria ao trabalho de fazer a barba.

– Para isso ele só precisa do espelho do carro – observou Earl. – A maioria dos homens tem o costume de se barbear de manhã. Eu tenho feito isso nos últimos quarenta anos.

– É, mas por que o Homem Verde iria se barbear durante uma missão? Ele quer mudar a própria aparência e esconder o rosto ao máximo. Por que faria alguma coisa para limpá-lo e se tornar mais reconhecível? E por que se arriscar a um corte que sangre ou deixar qualquer folículo de pelo? Não, ele deixaria o cabelo e a barba crescerem durante a viagem.

– É por isso que acha que ele usaria chapéu ou boné e dirigiria uma van com janelas escuras?

– O Homem Verde gosta de privacidade. Ele tem um cuidado especial em esconder o rosto.

– E que bobagem foi aquela dos números na placa do carro?

– As pessoas têm muito mais dificuldade para lembrar números do que letras, que elas memorizam em padrões. Se eu fosse o Homem Verde, conseguiria uma placa especial com uma sequência aleatória de sete números e alteraria os primeiros antes de partir numa viagem, para o caso de alguma câmera escondida tirar uma foto da minha van. Mas isso é arriscado: se algum policial no caminho fizer uma pesquisa da placa, não vai obter resultado, por isso ele precisaria dirigir devagar e com cuidado, e estar preparado para o caso de isso acontecer.

– Estar preparado para quê?

– Para qualquer coisa que ele precisasse fazer a fim de impedir que um policial pesquisasse sua placa. Por que você está rindo?

– Brennan estava certo.

– Sobre o quê?

– Ele disse que você tem um faro muito bom mas não sabe. E que, talvez por causa do seu pai, você hesite em usá-lo, por isso precisa ser provocado. Ele me orientou a manter você com rédeas muito curtas e me ater aos fatos até que isso o deixasse suficientemente puto para sair do controle, colocar seu chapéu do Homem Verde e comandar a situação.

– Ele disse mesmo isso?

– Disse. Ele me deu aquelas dez perguntas e mandou que eu ficasse repetindo todas elas até deixar você maluco. Ele tem em altíssima conta sua capacidade de ser um pé no saco. – Earl baixou a janela uns 15 centímetros e acendeu outro cigarro. – Não quero inflar seu ego, mas nós não estaríamos aqui se ele não achasse que você tem uma chance de solucionar isso. Só que ele acha que você talvez amarele.

– Como assim?

– Que esteja comprometido. Seja um militante verde.

Tom pensou nisso.

– Ele acha que posso simpatizar com algumas motivações ambientais do Homem Verde?

– E simpatiza?

– Admito que gosto do planeta onde vivo. Você não?

Earl soltou fumaça branca pelas narinas para fora da janela.

– O planeta se virou muito bem sozinho nos últimos seis bilhões de anos. Não sei se podemos destruí-lo com tanta facilidade.

– Isso dito por um homem que fuma um maço de cigarros por dia e está destruindo os próprios pulmões?

– É diferente.

– Como? Você está se matando. Se a gente continuar fodendo com a Terra, estaremos nos matando. Você está sendo um idiota a curto prazo. Nós estamos sendo idiotas suicidas a longo prazo.

Earl olhou para Tom e disse com a voz fraca:

– Depois de ser casado por 31 anos, minha mulher, Susie, morreu no Natal passado de maneira muito dolorosa, e foi aí que comecei a fumar assim. Não estou a fim de viver muito tempo sem ela.

Tom diminuiu a velocidade antes de uma curva fechada.

– Sinto muito – disse. – Desde que você mantenha a janela abaixada, não é da minha conta.

– Não é mesmo. Mas você realizou um bom trabalho lá atrás. De agora em diante, vai fazer todas as perguntas. Só vou ficar aqui de carona e tentar achar umas hamburguerias boas no caminho. Está bom assim?

– Está – respondeu Tom. Então hesitou. – Mas tem uma coisa que eu gostaria que você me ensinasse.

– O quê? – perguntou Earl, meio surpreso.

– Pode me ensinar a atirar?

– Com uma arma?

– Estou com a Colt do meu pai.

DEZESSEIS

Gus fez que ia para a direita e voltou com a bola pela esquerda. O zagueiro engoliu a finta, perdeu o equilíbrio e caiu de bunda. De repente sozinho no centro do campo, Gus não hesitou. Correu para o meio do outro time até que o líbero deles precisou agir e enfrentá-lo. Isso deixou o centro da defesa totalmente aberto, e um dos alas do time de Gus passou rapidamente, vindo de fora da pequena área. Gus fez um passe preciso que o ala mandou para o canto superior da rede, marcando o gol da vitória.

A torcida formada pelos pais explodiu, e o Homem Verde ficou de pé, dando socos no ar e gritando:

– É ISSO AÍ, GUS!

Sharon tentou puxá-lo para baixo.

– Mitch. Menos.

– Viu aquela jogada? Ele deixou o garoto no chão. GRANDE PASSE!

– Você não quer virar um daqueles pais.

Gus tinha se separado do amontoado de colegas de time que comemoravam o gol e o procurava na arquibancada. O Homem Verde levantou a mão, Gus o viu e também levantou a palma com orgulho, um "toca aqui" imaginário entre pai e filho.

Depois do jogo, o time de Gus foi celebrar a vitória numa sorveteria que tinha fliperama. Kim ia dormir na casa da melhor amiga.

A grande casa colonial estava vazia quando o Homem Verde e Sharon voltaram. Ele estivera esperando um momento em que ficassem totalmente sozinhos. Na garagem, usou um estilete para tirar com cuidado um pequeno adesivo quadrado preso ao para-choque traseiro da van preta. Limpou o lugar com álcool para remover qualquer traço da cola e depois esfregou todo o para-choque com um bocado de argila de rio seca, de modo que a superfície parecesse igualmente desgastada. Sharon inspecionou o trabalho com cuidado e assentiu, aprovando.

Os dois armaram o sistema de segurança, trancaram as duas fechaduras da porta do segundo andar e subiram para a biblioteca no terceiro. Sabiam que estavam totalmente sozinhos.

– E então? – perguntou ela. – Decidiu?

– Decidi. É o último, por isso precisa ser grande e profundamente simbólico. Hoje em dia não há nada maior neste país que o petróleo. Provavelmente nunca houve. – Ele a levou até um mapa dos Estados Unidos pendurado na parede e apontou com um dedo. – Oeste do Texas – anunciou baixinho. – O Campo de Petróleo Hanson na bacia Permiana.

Sharon fitou o mapa, depois olhou para ele e assentiu.

– É a escolha certa – afirmou. – Eles estão ganhando uma quantidade obscena de dinheiro e causando danos demais com o *fracking*, os produtos químicos que usam e os vazamentos de metano. E não ligam a mínima. Você já sabe como vai fazer?

– Tenho algumas ideias. É complicado, porque não posso correr o risco de incendiar os tanques de petróleo. Se queimarem, estarei fazendo exatamente o que tento impedir. E a segurança é muito rígida. Eles têm dinheiro para gastar mantendo as pessoas longe, e estão gastando. Por outro lado, o campo em que estou pensando tem um perímetro gigantesco e há um rio passando no meio. A segurança nunca presta atenção suficiente nos rios. Acho que posso conseguir.

– Eu sei que pode – disse Sharon. Depois acrescentou baixinho: – E, depois disso, será a hora de partirmos.

– É. Se pudermos esperar tanto assim.

Ela pegou a mão dele e os dois ficaram de pé juntos, olhando o mapa e o grande quadrado que se estendia das proximidades de Lubbock até o Novo México, no oeste, e para o sul até o rio Grande, onde o enorme campo de xisto guardava bilhões de litros de petróleo e gás natural que alguns dos engenheiros mais brilhantes do mundo tinham finalmente descoberto como liberar e sugar para fora da terra.

– Sei que tem sido terrivelmente difícil – comentou Sharon. – Mas eles não têm nada concreto sobre você.

– Não sabemos disso.

– Se tivessem, não diriam que têm. É só um blefe, guerra psicológica.

– O que quer que seja, é eficaz. Estou com muita dificuldade para dormir. Sinto que eles se aproximam. Fico o tempo todo preocupado com Gus e Kim. E, se alguma coisa acontecesse com vocês, eu não ia querer continuar vivendo.

Ela lhe deu um beijo suave no rosto.

– Você não seria o homem que eu amo se não temesse por nós nem sentisse culpa por causa das vidas perdidas.

Ele apertou sua mão com mais força e a levou até a janela, onde ficaram de braços dados, olhando por cima das árvores à luz do entardecer. Permaneceram em silêncio por vários minutos.

– Shar, querida, talvez eu devesse parar no sexto.

Ela o encarou.

– Você está perto demais – sussurrou. – Sempre foram sete, com o sétimo sendo o maior. Você deveria ir até o fim. Terminar o que começou. Nós vamos conseguir, e depois partiremos.

– Mas, se eu cometer um deslize, mesmo que seja minúsculo...

– Não vai. Não há mais ninguém no mundo com capacidade e inteligência suficientes para isso. Daqui a centenas de anos, as pessoas vão reconhecer que você provocou uma reviravolta quando era necessário e salvou o mundo para as próximas gerações. Alguém precisava fazer isso, e foi você. E eu sei, tanto quanto você, como isso parece loucura, mas nós dois também sabemos que é absolutamente verdadeiro.

– Eu acredito que é verdadeiro – admitiu o Homem Verde em voz baixa e solene. – Mas talvez você e as crianças devessem ir para a casa de verão antes de mim.

Era assim que eles sempre falavam de lá.

– Nós sempre dissemos que iríamos juntos. O rompimento funcionará melhor e será mais limpo se formos embora juntos. Na mesma hora, no mesmo minuto, no mesmo segundo. Foi o que você sempre disse, e já fez um rompimento dar certo antes.

– Claro, mas também funcionaria se você fosse na frente. Eu poderia fazer o ataque no Texas e me juntar a você lá. Ficaria menos preocupado.

– Devemos manter o plano original – disse Sharon com firmeza. – Até agora funcionou, e vai nos levar pelo resto do caminho para um lugar seguro e lindo, sem mais preocupações.

O monitor de segurança soltou um bipe quando um SUV azul chegou ao portão. Era o técnico Ross, trazendo Gus do fliperama para casa. O Homem

Verde apertou um botão para abrir o portão da frente, depois se virou para Sharon e assentiu ligeiramente.

– Está bem. Vou fazer o sétimo no Texas e levar isso adiante como a gente sempre planejou. Agora é melhor descer. Acho que certo rapazinho vai precisar de cuidados médicos porque comeu pelo menos uns 2 quilos de sorvete de chocolate.

DEZESSETE

ire naquela árvore morta – disse Earl. – E não feche um olho como fazem naqueles filmes imbecis.

– É um freixo.

– O quê?

– Aquela árvore morta é um freixo-americano.

– Talvez *tenha sido* um freixo. Agora é só lenha. Pés afastados numa distância igual à dos ombros. Peso equilibrado. Nada mau. Já fez isso antes?

– Há muito tempo – admitiu Tom, sentindo o cabo da pistola do pai e, muito estranhamente, tocando o melhor e o pior de Warren ao mesmo tempo. Sentiu a frieza e a confiança dele, e também sua implacabilidade e o gosto pela violência. Assim que seu dedo acariciou o gatilho, lembrou-se do pai o levando a estandes de tiro quando tinha apenas 7 anos. – Os freixos-americanos são árvores lindas. Estavam por todo o estado de Nebraska. Mas a broca-esmeralda reduziu muito o número deles.

– A broca-esmeralda pode subir pelo meu cu – replicou Earl, e deu um peteleco no cigarro, jogando-o longe. – Você é mesmo um militante verde. Atire quando estiver pronto e espere o coice. Mire naquele galho grande a um metro do chão.

Tom ajustou a mira ligeiramente.

– Você não iria querer que uma broca-esmeralda fizesse isso, porque as fêmeas põem ovos e as larvas se alimentam com voracidade – disse Tom, e atirou.

O galho grande se estilhaçou e a árvore morta tremeu.

– Ora, veja só – reagiu Earl, impressionado. – Warren teria gostado deste.

Era a primeira vez que Earl falava o nome do pai de Tom em voz alta.

– Para ele não seria suficientemente bom – disse Tom baixinho.

– O diabo que não seria. Foi direto no alvo.

– Ele teria encontrado alguma coisa errada com o tiro ou com a minha postura, diria que meu cabelo está comprido demais e que eu pareço uma garota.

– Eu estava pensando em falar com você sobre esse cabelo. Alguns policiais estão olhando de um jeito estranho.

– Foda-se – rebateu Tom, e atirou de novo, e a metade superior da árvore morta estremeceu, estalou e tombou.

– Ei, você matou a árvore morta. Tem mais alguma coisa que quer que eu ensine ou podemos procurar a barbearia mais próxima?

Voltaram para o SUV e seguiram pela estrada longa e plana. Intermináveis plantações de milho e sorgo se estendiam dos dois lados, e, à distância, as montanhas baixas pareciam bronze derretido enquanto o sol se erguia acima delas. Uma placa anunciou a cidade de Destry 8 quilômetros à frente.

– Está na nossa lista – avisou Tom. – Departamento de Polícia de Destry.

– Que diabo tem para roubar por aqui? – Em seguida, Earl acrescentou com cautela: – Imagino que seu pai tenha ensinado você a atirar daquele jeito.

– Obrigado pelo curso de reciclagem.

– Não sei bem se você precisava.

Segundos se passaram. Tom desviou o carro de um animal morto na pista.

– Você sabia que meu pai salvou a vida de Jim Brennan?

– Não, nunca ouvi falar disso.

– Há muitos anos. Ele atirou num homem que ia matar Brennan.

Earl pegou um pacotinho de carne-seca e o abriu.

– Seu pai tinha o dom de estar no lugar certo na hora certa. Gosta do sabor teriaki?

– É salgado demais, mas é bom. Acha que meu pai usou esta Colt aqui para atirar no sujeito?

– Provavelmente. A gente acaba se apegando às nossas armas. Aqui, não tente engolir isto de uma vez só, para eu não ter que fazer uma manobra Heimlich em você.

Entregou a Tom um pedaço de carne-seca. Tom o jogou na boca, mastigou por vários segundos e disse baixinho:

– Não precisa responder.

– Manda ver.

– Já matou alguém?

Earl olhou a cidadezinha que vinha se aproximando deles em meio às plantações. Era feita de telhados vermelhos, árvores retorcidas e uma torre d'água com o nome "Destry" em letras grandes. Fez que sim com a cabeça.

– Qual é a sensação?

– Não é boa – respondeu Earl. – Se alguém acha boa, tem alguma coisa errada com a pessoa. Mas a gente faz o que é preciso, e parece que seu pai precisou fazer.

– Não sei se eu conseguiria.

– Quando chega a hora, qualquer um consegue.

– Acho que eu pensaria que não tenho o direito, se é que isso faz sentido.

– Às vezes você pensa demais – disse Earl. Em seguida sorriu e apontou. – Olhe, tem uma barbearia bem em frente à delegacia.

Meia hora depois, com o cabelo cortado tão curto que parecia uma tigela preta emborcada na cabeça, Tom encarou os dois membros do Departamento de Polícia de Destry. O chefe era mais velho que Earl. Tinha dentes manchados e ficava passando a língua por cima deles, como se tentasse limpá-los com lambidas. E havia uma policial baixa, chamada Andrea, que insistiu em servir café fresco aos homens, que ela preparou orgulhosamente com grãos da Starbucks. Um pacote de grãos e o moedor ficavam numa mesinha ao lado da cafeteira.

O chefe e Andrea ouviram educadamente e balançaram a cabeça diante das perguntas de Tom.

– Realmente lamento não podermos ser úteis, mas não vi ninguém assim na semana passada. Andrea?

– Eu gostaria de ajudar, mas não. Querem mais um cafezinho antes de pegarem a estrada?

– Não, obrigado – disse Earl, levantando-se, aparentemente ansioso para dar adeus a Destry. – Vamos indo.

Tom tinha notado algumas fotos de um pelotão numa mesa perto da janela. Aparentemente eram do Iraque, mas nem o chefe nem Andrea pareciam ter servido como militares há pouco tempo.

– Tem mais alguém com quem deveríamos falar? – perguntou. – E o sujeito que se senta perto daquela janela?

– Ah, é o Dwight – respondeu o chefe. – Ele não disse nada sobre ter parado uma van.

– Dwight começou aqui há um mês e está sempre na estrada – acrescentou Andrea.

– É onde ele está agora? – perguntou Tom. – Na estrada?

– Não – respondeu o chefe. – Está ajudando Mabel Parker a cortar o pé de pecã dela.

Tom e Earl trocaram olhares.

– É melhor a gente ir – sugeriu Earl. – Temos uma longa viagem pela frente.

– Por que ela quer cortar o pé de pecã? – quis saber Tom.

– A gata dela vive subindo na árvore, e ela não consegue tirar – respondeu o chefe. – De modo que era ou a gata ou a árvore, e a árvore está sendo derrubada hoje.

– Onde ela vai conseguir pecãs? – indagou Earl, com o rosto impassível.

– Ah, ela pode comprar na feira – respondeu Andrea.

– Ou na mercearia em Fairmont – acrescentou o chefe. – Eles vendem lá.

– Pode me dar o endereço de Mabel? – pediu Tom. – Eu gostaria de fazer umas perguntas ao Dwight antes de sairmos da cidade.

• • •

O jovem policial tomava uma Sprite perto do pé de pecã, que continuava intocado.

– Ela não teve coragem de se livrar da árvore, depois de todos esses anos – explicou, em seguida olhou para Tom e deu um sorriso de quem sabia das coisas. – Parece que você passou no Felix.

– Quem é Felix? – perguntou Tom.

– O barbeiro. Ele é bruto, mas é rápido. Isso a gente precisa admitir.

– Ele é rápido – concordou Tom, notando que Dwight tinha um corte à escovinha exatamente igual ao seu. – Queria perguntar se por acaso você parou uma van, exatamente há uma semana, mais ou menos uma hora mais tarde do que agora. A única pessoa dentro seria o motorista, um homem entre 30 e 50 anos, usando boné ou chapéu. E teria obedecido prontamente a todas as suas ordens. Achamos que a placa seria de Ohio, Michigan ou Wisconsin e provavelmente só teria números...

– Michigan – disse o jovem policial, interrompendo Tom.

– Como?

– Desculpe interromper, mas o cara da van tinha placa do Michigan – respondeu Dwight. – Tinha vindo fazer uma pescaria no oeste e estava indo para casa com uma luz de freio queimada.

DEZOITO

– Não enfeite – alertou Earl. – Pode ser que você queira ajudar contando coisas que acha que podem ser verdade mas das quais não tem certeza. Na realidade, isso iria atrapalhar. Diga exatamente o que lembra.

– Você entende que precisamos gravar isso, não é? – perguntou Tom, ligando o gravador.

– Claro, e vou fazer o possível para ajudar. – Dwight olhou de Earl para o gravador digital, meio nervoso. – Vocês acham mesmo que era o Homem Verde?

– Ainda não sabemos – respondeu Tom. – Só sabemos que o horário bate.

– O chefe Griffin e Andrea não vão ficar felizes por serem chutados da delegacia deles – observou Dwight.

– Precisamos falar com você sozinho, e este é o melhor lugar – disse Earl. – Eles vão entender. As perguntas que vamos fazer e suas respostas são informações altamente sigilosas. Você não pode falar sobre elas com ninguém, nem com sua namorada, com algum repórter da cidade que você conhece há anos, nem mesmo com o chefe Griffin. Se perguntarem, não seja educado, simplesmente se recuse a dar informações.

– Sim, senhor. No Iraque fui alertado de que não poderia compartilhar certas coisas, e não disse nenhuma palavra sobre elas.

– Quantas vezes esteve lá? – perguntou Earl.

– Duas, senhor. Servi um tempo no Afeganistão também. Quase três anos no total.

– É muito tempo num lugar difícil. Você serviu bem ao seu país.

– Obrigado, senhor. Não posso dizer que gostei de tudo, mas fiz o melhor que pude. Tudo bem se eu me sentar?

– Por que não nos sentamos todos? – sugeriu Tom, ligando o gravador e o colocando na mesa entre os três. Estavam sentados em cadeiras giratórias pretas e idênticas. – Quer um pouco de café antes de começarmos? – perguntou. – Uma Coca?

– Não, senhor. Vamos logo com isso. Estou com raiva de mim mesmo por não ter verificado a placa dele. Eu poderia ter pegado o sujeito. Eu já ia checar no sistema.

– Vamos começar pelo começo – determinou Earl, assumindo a frente no interrogatório com seu ritmo lento, comedido. – Você estava patrulhando sozinho naquela manhã?

– Sim, senhor. Eu estava na estrada desde mais ou menos as seis da manhã. Ainda tenho o mau hábito de acordar com o sol raiando, que adquiri na época do exército. Isso deixa minha namorada louca. Eu tinha dado umas multas. Ajudado a trocar um pneu. Parei na Dunkin' para um donut de coco. Estava a um quilômetro e meio da cidade, na rota 55...

– A leste ou a oeste de Destry? – perguntou Earl.

– A leste, senhor, de modo que a van já devia ter passado pela cidade quando eu a vi. Posso levar vocês até lá. É no último semáforo de Destry, apesar de, tecnicamente, estar fora dos limites da cidade.

– Vamos lá depois de conversarmos – afirmou Earl. – E você viu uma van preta?

– Ela estava dentro dos conformes, e eu nem olharia duas vezes, mas, se aproximando do sinal, o carro freou e a luz de freio da direita não se acendeu.

– De onde você estava olhando?

– Tem uma cerca viva na lateral da estrada. Eu estava estacionado atrás dela. Algumas pessoas não param no sinal quando acham que não tem ninguém olhando. Passam direto. Outras aceleram até 80 ou 90 quilômetros por hora quando veem que ficou amarelo. Por isso eu estava atrás da cerca viva, tomando meu café, comendo meu donut e esperando.

– A van passou por você, chegou ao sinal e freou – resumiu Earl. – E você viu que a luz de freio estava apagada, por isso entrou na rota 55 e fez com que o sujeito parasse?

– Não, senhor. Esperei o sinal abrir e deixei que ele continuasse. Então saí atrás do carro, me mantendo a uns 30 metros de distância, e fui chegando perto.

– Por que não fez com que ele parasse imediatamente? – perguntou Tom, curioso.

O jovem policial se virou para Tom e pareceu relaxar. O ar de autoridade de Earl era obviamente intimidante, mas Dwight e Tom tinham quase a mesma idade e o mesmo corte à escovinha.

– Eu gosto de ir atrás por uns 100 metros. Deixar que eles me vejam e observar como reagem. Aceleram ou reduzem muito? Se não têm nada a esconder, em geral percebemos pelo que fazem assim que nos veem.

Tom assentiu.

– Bom, gosto de saber que você estava avaliando o estado mental dele. Qualquer coisa que possa dizer sobre isso, nem que seja só um palpite, pode ser útil.

– Mas não enfeite – alertou Earl de novo.

Dwight olhou para um e para outro, obviamente confuso pensando em como poderia dar palpites sem enfeitar.

– Então o motorista da van preta não reagiu ao seu subterfúgio? – continuou Tom, e viu Dwight piscar diante da palavra. – Ele não reagiu ao teste que você estava fazendo? Ficou calmo e não acelerou nem freou?

– Isso. Ficou totalmente firme.

– Parece certo – observou Tom. – Acha que ele viu que você o estava seguindo?

– A cerca viva é um ponto cego, mas, assim que eu saí, ele provavelmente me viu. Fiquei uns 30 metros atrás, depois cheguei perto e acendi as luzes.

– Também ligou a sirene?

– Sim, senhor. Fiz o show de luz e som. Ele encostou imediatamente.

– Então você avisou à Central sobre a parada? – perguntou Earl, mas Tom interrompeu de novo:

– Antes de entrar nisso, eu gostaria de me concentrar na cooperação do motorista. Você precisou dar alguma ordem verbal? Ou ele simplesmente sabia o que fazer?

– Sabia. Para algumas pessoas, a gente precisa piscar os faróis e depois mandar ir para o acostamento duas ou três vezes. Esse cara não poderia ter sido mais cooperativo.

Tom assentiu e se recostou na cadeira, tentando esconder a empolgação crescente. Abriu uma lata de Coca e tomou um gole. Tinha a forte sensação de que estava roçando no Homem Verde pela primeira vez e ficou surpreso ao descobrir que sua mão tremia ligeiramente. Fechou os dedos em volta da lata fria.

O rosto impassível de Earl jamais se alterou. Sua voz permaneceu lenta e firme.

– Então você avisou à Central sobre a parada?

– Na hora, não. Eu tinha acabado de conversar com Nancy, da Central em Fairmont, e sabia que ela havia feito uma pausa para ir ao banheiro. Pensei em pegar a carteira de motorista e os documentos do carro e voltar à viatura para fazer a verificação dali a um minuto.

– Mas já tinha decidido que ia verificar?

– Sim, senhor. Fomos avisados de que, por causa do que aconteceu lá em Idaho, deveríamos verificar todo mundo que fosse parado. Eu tinha multado três naquela manhã e checado a documentação de todos eles. Podem conferir.

– Acreditamos em você – afirmou Tom. – Está indo muito bem. Continue.

– Parei 20 metros atrás dele e saí. Fui até a janela do motorista.

– E, quando você foi andando, pela esquerda e por trás, viu o carro de perto? – indagou Earl.

– Claro como o dia, senhor.

– Descreva-o para nós. Seja o mais específico possível.

Dwight falou com cuidado:

– Era uma van de carga, preta, 4 a 4,5 metros de comprimento, com uns sete a dez anos de estrada. Tinha rodado um bocado, mas estava bem cuidada. A tira cromada com o número do modelo não estava lá, mas não liguei para isso. Muitas vezes essas tiras descolam e as pessoas não põem de volta.

– Você conseguiu saber qual era a marca e o modelo, só de olhar? – perguntou Earl.

Dwight balançou a cabeça, só com um pouco de frustração.

– Essas vans de dez anos atrás são todas parecidas. Se eu tivesse que chutar, diria que era uma Ford Transit ou talvez uma GMC Savana, mas o senhor disse para eu não florear, e não tenho certeza.

– Ótimo. Você está tendo o cuidado de se ater aos fatos, e gosto disso – admitiu Earl. – Havia alguma marca ou adesivo de para-choque, algum amassado ou arranhão?

O jovem policial hesitou, fechou os olhos e inclinou a cabeça ligeiramente para trás.

– Tinha uma coisa pequena, na extremidade direita do para-choque traseiro.

– Tipo um adesivo? – perguntou Earl.

Tom esperou, curioso mas em dúvida.

Dwight manteve os olhos fechados, repassando a cena na cabeça.

– É, era um adesivo pequeno ou um decalque, e talvez tivesse uma ou duas palavras e algum tipo de imagem ou logomarca. De onde eu estava não dava para ver direito, e não me lembro de mais detalhes. Mas posso afirmar que a van tinha placa do Michigan. Sempre verifico de onde eles vêm. Lembro que o slogan era "Puro Michigan".

– Você se lembra de algum número ou letra da placa?

– Definitivamente eram números. Uns sete, para começar. Achei que fosse checar em um minuto, por isso não olhei com atenção, e foi há uma semana. As lembranças ficam embaralhadas.

– É compreensível – disse Earl.

– E, se isso faz você se sentir melhor – acrescentou Tom –, se era o Homem Verde, ele certamente alterou os primeiros números ou letras, de modo que, mesmo que você lembrasse, isso não ajudaria.

Earl lançou um olhar recriminador a Tom e continuou com suas perguntas lentas.

– Então você foi até a janela do motorista?

– Sim, senhor. Ele já estava com ela meio abaixada.

– As janelas eram transparentes ou escuras?

– Escuras, com película fumê. As janelas não podem ser espelhadas, mas podem ser escuras para impedir a luz UV. As dele eram bem escuras. Mas, como eu disse, ela já estava meio abaixada e eu pude ver o motorista olhando para mim.

– A que distância você estava quando o viu pela primeira vez?

– Fiquei afastado uns 60 centímetros, como ensinam na academia de polícia. Se chegarmos perto demais ou nos inclinarmos na janela e eles abrirem a porta rápido, podemos acabar levando uma portada no saco.

Earl estava preparado para fazer sua próxima pergunta, mas então parou e assentiu relutante para Tom assumir. Tinham chegado ao momento em que Dwight podia ter estado cara a cara com o Homem Verde e haviam concordado previamente que esse seria o território de Tom. Tom tomou um gole de Coca para se acalmar e percebeu que já havia bebido tudo sem nem se dar conta.

– É normal os motoristas já estarem com a janela abaixada quando você chega perto ou acha que ele estava sendo especialmente cuidadoso e educado?

– Às vezes eles já abaixam, às vezes não. Mas aquele cara estava sendo nitidamente prestativo.

– O que pode nos dizer sobre o motorista? – perguntou Tom, e não conseguiu afastar a empolgação da voz. – Você olhou para ele. O que se lembra de ter visto? Qualquer coisa pode ajudar, por menor que seja.

– Não pude ver os olhos porque ele estava usando um boné preto com a aba inclinada para baixo. Dava para ver a metade de baixo do rosto, e me lembro de ter pensado que fazia um tempo que ele não se barbeava. O que fazia sentido, porque ele disse que estivera acampando e pescando.

– Havia alguma coisa escrita ou algum desenho no boné? – perguntou Tom.

– Não, senhor. Era só um boné preto.

– Quantos anos ele parecia ter?

– Entre 40 e 50, senhor. Se eu tivesse que adivinhar, diria que estava mais próximo dos 40. – Dwight lançou um olhar nervoso para Earl. – Mas o senhor não quer que eu chute.

– Qualquer coisa que puder dizer será útil – interveio Tom. – Você pôde ver os olhos do motorista?

– Eu me inclinei um pouco para a frente e acho que talvez fossem quase pretos, mas estavam na sombra da aba, e não tenho certeza. Podiam ser castanhos.

– E o cabelo embaixo do boné?

– Não deu para ver direito.

– A barba crescida no queixo?

– Preta.

– Com um pouco de fios brancos, como se ele tivesse entre 40 e 50 anos?

– Não, senhor. Era totalmente preta. Devia estar há uma semana sem barbear, mais ou menos.

– Você pôde ver as mãos dele no volante?

– Não que eu lembre.

– Então você não sabe se ele tinha aliança de casamento?

– Não, senhor.

– Nem se ele estava usando luvas?

– Não, mas acho que não. Era uma manhã bonita, ensolarada.

Tom assentiu, imaginando o Homem Verde ainda com as luvas de caça, passando de carro por Destry, e então percebendo que algum policial da cidade o estava fazendo parar e que a situação era crítica.

– Conte o máximo da conversa de que conseguir se lembrar.

– Sempre começo perguntando se eles sabem por que eu mandei parar. Ele disse que não. Falei da luz de freio, e ele fez uma piada dizendo que tinha caído num buraco em Wyoming que parecia uma cratera, que podia ter soltado algum fio.

– Então ele disse que vinha de Wyoming e conseguiu fazer piadas? – Tom ficou maravilhado. – Ele estava tão calmo assim?

– Estava, senhor. Parecia totalmente calmo. Perguntei o que ele estava fazendo na rota 55, porque a maioria das pessoas pega a interestadual. Ele disse que era pintor e que gostava da cor da luz nas montanhas. Nunca tinha ouvido nada assim, mas fez sentido.

– Pareceu que ele já estava com essa resposta pronta? – indagou Tom. – Ou ela veio naturalmente, como acontece nas conversas comuns?

– Não sei bem. Mas, pelo modo como ele falou, acreditei que ele era mesmo pintor. E também sabia sobre peixes. Lembro que perguntei por que ele não pescava nos Grandes Lagos e por que tinha vindo tão longe no oeste, e ele disse que já tinha pegado muitos peixes nos Grandes Lagos, mas que veio para o oeste por causa da truta local.

– Mas ele não disse onde tinha pescado ou acampado?

– Nenhum lugar específico. E então eu falei que deixaria ele ir embora só com uma advertência e que ele deveria consertar a luz imediatamente.

– Como ele reagiu?

– Agradeceu. Pareceu realmente grato.

– Aposto que sim – disse Tom baixinho.

– Mas então eu disse que mesmo assim precisava verificar a carteira de motorista e os documentos do carro, por causa do que tinha acontecido em Idaho. Ele não discutiu, como muita gente faz. Avisou que precisaria esticar a mão direita até o porta-luvas para pegar os documentos. Eu falei para fazer isso, e que depois ele poderia ir embora. Ele começou a baixar a mão e então a porcaria do telefone tocou. A gata de Mabel, Greta, tinha subido naquele pé de peça idiota e não queria descer.

– Então você precisava ajudá-la imediatamente? – sugeriu Tom.

– Eu não queria que a Mabel se arranhasse. Ela tem mais de 70 anos e não enxerga muito bem. Por isso deixei o motorista ir embora com uma advertência, e ele disse que ia consertar a luz no próximo posto de combustível. Me desejou sorte com a gata. – De repente Dwight bateu com a palma da mão na mesa com força suficiente para fazer a lata de Coca pular. – Pessoal, desculpe. Se eu tivesse verificado os documentos, teria pegado o sujeito ali mesmo.

– Não – respondeu Tom. – Ele jamais entregaria a carteira e os documentos do carro.

– Ele estava abaixando a mão para pegar.

– Se era mesmo o Homem Verde, ele ia pegar uma arma, e aquele telefonema salvou sua vida – murmurou Tom.

Dwight olhou de volta para ele e engoliu em seco.

– O senhor acha mesmo que ele atiraria em mim?

– Ele não teria escolha.

– Mas não sabemos se era o Homem Verde – observou Earl, assumindo a dianteira outra vez. – Escute, você foi extremamente útil, mas virão mais perguntas. Por isso, meu jovem colega e eu gostaríamos de levar você para Washington conosco.

Dwight hesitou, surpreso. Obviamente não tinha pensado nisso.

– Bom, claro que quero ajudar, mas não sei se posso me afastar do trabalho aqui e acho que a passagem de avião é bem cara...

– Nós cuidaremos de tudo isso – garantiu Earl. – Não vai custar nem um centavo para você, e estará onde é mais necessário. Tenho certeza de que o chefe Griffin não vai se incomodar em ficar sem você por alguns dias quando eu explicar a situação. Agora, gostaríamos de ver o semáforo onde você o parou. Depois você deveria dar uma passada em casa e pegar o que for necessário para a viagem, porque há algumas pessoas em Washington que vão querer falar com você o mais rápido possível.

DEZENOVE

Usando sua credencial de pesquisador, o Homem Verde tinha percorrido as estantes da maior biblioteca do mundo para consultar duas dúzias de livros e periódicos. Estava usando uma calça de veludo cotelê puída e um velho suéter marrom. Poderia ser confundido com um desleixado professor universitário pesquisando para um livro que lançaria luz sobre algum assunto obscuro que lhe garantiria uma cátedra em alguma faculdade mediana.

Quando se tratava de manter registros, as bibliotecas eram dinossauros. Muitas usavam sistemas informatizados e tinham digitalizado as coleções, mas preservavam as antigas fichas de papel e permitiam que os acadêmicos visitantes fuçassem as estantes. Era possível ir a uma biblioteca e acessar pessoalmente uma grande quantidade de informações, lê-las e recolocá-las de volta nas prateleiras sem deixar qualquer registro permanente de que tinham sido consultadas.

Agora ele estava acomodado na esplêndida Sala Principal de Leitura na Biblioteca do Congresso, com uma pilha de livros e periódicos médicos sobre *fracking* numa mesinha de leitura. Ao seu redor, estudando concentrados sob a enorme cúpula e as colunas de mármore reluzente, estavam intelectuais de todo o mundo, folheando volumes obscuros e digitando anotações em notebooks. O Homem Verde abriu o primeiro livro e se sentiu como um ansioso estudante universitário sentando-se para dar início à pesquisa de sua dissertação de fim de curso. Este seria seu último ataque, e ele tinha consciência de que estava começando a pesquisar e escrever sua mensagem de despedida ao mundo, por isso queria dominar totalmente o assunto.

Tinha seguido esse mesmo processo nos seis ataques anteriores e sabia que a leitura ficaria cada vez mais direcionada à medida que começasse a apontar para um alvo específico e criar um método para destruí-lo. Já sabia um bocado sobre *fracking*, de modo que a leitura de hoje era sobretudo uma revisão da literatura a respeito. Mas mesmo assim a levava extremamente a sério, porque estava ligada ao ato solene de fazer um julgamento, e as apostas envolvidas nesse ataque não poderiam ser mais altas.

Se decidisse avançar com o sétimo ataque, estaria enfrentando um dos ramos de atividade econômica mais ricos e poderosos do mundo, e que também era quintessencialmente americano. Estaria questionando suas técnicas mais novas e mais lucrativas e desafiando sua segurança de ponta, que já se encontrava em estado de alerta máximo e totalmente integrada à caçada da qual ele era alvo. Também sabia que não poderia atacar sem matar trabalhadores inocentes que se esfalfavam nos calorentos campos de petróleo do Texas para poder sustentar suas famílias.

Antes de começar, o Homem Verde juntou as mãos numa oração silenciosa e levantou os olhos para a cúpula ornamentada em caixotões, mais de 30 metros acima. Decorando-a, havia um mural centenário representando a evolução da civilização, com doze figuras aladas ilustrando as civilizações que mais teriam contribuído para o progresso do mundo. As doze começavam com o antigo Egito e terminavam com os Estados Unidos, o presunçoso recém-chegado. Os Estados Unidos eram representados como um engenheiro sentado perto de um dínamo elétrico, para enfatizar como as incipientes colaborações da eletricidade para a engenharia e a tecnologia na virada do século XX haviam transformado o mundo.

E foi ali que o Homem Verde começou seu levantamento, nas ousadas e vibrantes décadas de 1870 e 1880 nos Estados Unidos, quando o país estava explodindo de tantos engenheiros e técnicos perspicazes e dispostos – para não mencionar gananciosos –, capazes de fazer uma série de invenções espantosas que pareciam milagres. Houve Bell e seu telefone, Glidden e seu arame farpado, e Edison e sua lâmpada e seu fonógrafo.

Existia, porém, um desafio maior em todos os sentidos: poços de petróleo que eram ouro líquido e tinham se acumulado durante milhões de anos embaixo da superfície terrestre. Os primeiros poços tinham sido perfurados no norte da Pensilvânia na década de 1880. As sondas de perfuração desceram retas e encontraram pequenos depósitos, e os lucros foram modestos. Os homens que faziam isso sabiam que existia muito mais petróleo e gás nas camadas rochosas em volta daqueles buracos verticais, mas como ele poderia ser liberado?

Edward Roberts, um veterano da Guerra Civil que tinha visto os efeitos das balas de canhão confederadas explodindo em canais estreitos na Batalha de Fredericksburg, teve a ideia de enviar explosivos para as profundezas da terra e fraturar as camadas de rochas liberando o petróleo próximo, de modo que pudesse ser sugado para a superfície. Obteve a primeira patente para um torpedo explosivo que poderia ser jogado fundo na terra, e assim nasceu o *fracking* ou fraturamento.

Gerações de engenheiros tinham melhorado os métodos de Roberts, procurando as combinações adequadas de explosivos para obter mais petróleo. Em 1949, a empresa Halliburton teve a ideia de abandonar os explosivos e, em vez disso, bombear líquidos em alta pressão no fundo da terra para quebrar a rocha e liberar os tesouros de petróleo e gás enterrados. O novo processo de fraturamento "hidráulico" foi usado com algum sucesso, mas os lucros muito pequenos o tornavam caro demais.

Nas décadas de 1970 e 1980, havia a sensação de que a indústria americana de petróleo e gás, que já fora muito grande, tinha chegado ao pico, e uma quantidade cada vez maior de petróleo era importada de outros países. Então aconteceu uma reviravolta. Na década de 1990, a indústria americana de petróleo e gás voltou à vida com duas inovações que permitiram que as enormes formações de xisto nos Estados Unidos fossem exploradas.

Primeiro, a perfuração horizontal permitiu que os engenheiros furassem direto para baixo e depois "virassem" o poço até ficar paralelo à superfície, de modo a atravessar grandes depósitos de xisto. Segundo, os líquidos usados no fraturamento hidráulico ficaram mais sofisticados, quando foi descoberto que a mistura certa de água, areia e substâncias químicas altamente tóxicas poderiam liberar as formações de xisto. A produção de petróleo explodiu outra vez nos Estados Unidos, e a bacia Permiana na fronteira entre o Texas e o Novo México se tornou o segundo campo de petróleo mais produtivo do mundo, atrás apenas do campo Ghawar na Arábia Saudita. Mas o súbito retorno dos Estados Unidos ao posto de um dos líderes mundiais na produção de petróleo tinha chegado a um custo absurdamente destrutivo para o meio ambiente, e era isso que ele viera julgar.

Quanto mais o Homem Verde lia, mais atormentado ficava com esse pacto com o diabo que havia gerado bilhões de dólares para uma indústria ressurgente mas que ao mesmo tempo causava um dano incalculável às camadas de rochas, ao suprimento de água e à atmosfera. Leu sobre o número cada vez maior de terremotos perto dos campos de *fracking* no Kansas e em Oklahoma, em lugares que antes eram praticamente livres de abalos. Estudou as conexões estatísticas entre o *fracking* e uma variedade de graves problemas de saúde, desde anomalias congênitas na Pensilvânia até taxas elevadas de câncer de mama no Texas. Para cada estudo havia um estudo contrário, para cada argumento contra o *fracking* a indústria apresentava suas próprias estatísticas ou propunha "novas práticas de segurança" que "resolveriam" os problemas.

Os cientistas e lobistas que elaboravam esses contra-argumentos eram muito bem remunerados. Aqueles que o Homem Verde mais odiava eram os poucos que já haviam sido ambientalistas mas tinham vendido a alma e agora eram defensores bem pagos da crescente indústria de petróleo e gás. Achava que devia existir um círculo especial no inferno para esses traidores.

Enquanto o dia se transformava em crepúsculo e os estudiosos ao seu redor iam embora, o Homem Verde mergulhou nas duas ameaças que mais temia, porque seriam algo quase impossível de ser revertido: o perigo para o lençol freático e o perigo para a atmosfera. Sabia como a água iria se tornar um recurso precioso em pouco tempo. Nas próximas décadas, milhões de pessoas morreriam e guerras seriam travadas à medida que as reservas diminuíssem.

Mais de cem novos poços estavam sendo fraturados a cada dia nos Estados Unidos, e o processo de fraturamento hidráulico exigia entre 4 e 20 milhões de litros d'água para cada poço. Quais seriam os efeitos a longo prazo de perfurar através e por baixo dos lençóis freáticos e embaixo de lagos e aquíferos, de cidades grandes e pequenas, e até do imaculado oceano Ártico? Por mais medidas de proteção que fossem tomadas, será que os engenheiros podiam realmente controlar a mistura tóxica necessária para arrebentar rochas quando esse líquido vazasse embaixo da terra ou borbulhasse de volta para a superfície na forma do fluido de retorno?

Foi nesse fluido de retorno – o coquetel em constante mudança de produtos químicos destrutivos usados no fraturamento hidráulico – que o Homem Verde começou a pensar como sendo não apenas parte do problema, mas também uma arma potencial. Na maioria dos seus ataques – como na represa Boon – ele havia usado as fraquezas intrínsecas ao próprio alvo para realizar uma grande destruição. A água de retorno era armazenada perto dos campos de petróleo em tanques e reservatórios. Frequentemente era inflamável e combustível à medida que os compostos voláteis se acumulavam. Era uma bomba esperando para ser usada.

Por fim, avaliou o que considerava mais preocupante: os danos que o *fracking* estava causando à atmosfera e seu potencial para tornar a mudança climática irreversível. Enormes quantidades de metano – um poderoso gás causador do efeito estufa trinta vezes mais perigoso para a atmosfera que o dióxido de carbono – eram liberadas na atmosfera com o processo de fraturamento.

No entanto, ainda que isso pudesse ser controlado, havia um perigo maior e mais insidioso. Ironicamente, o petróleo e o gás natural eram considerados combustíveis fósseis "mais limpos" porque causavam menos dano à atmosfera que o carvão. A indústria os chamava de "combustíveis-ponte", que forjariam um elo necessário entre os "combustíveis sujos", como o carvão, e a "energia limpa", como a solar e a eólica. Mas o Homem Verde considerava essa premissa muito perigosa – uma tentadora meia medida capaz de condenar o planeta. Era uma ponte para lugar nenhum. A mudança climática era algo sério demais; restavam poucos anos para fazer uma alteração radical e parar de usar todos os combustíveis que queimavam carbono, caso contrário seria tarde demais. O mundo precisava enxergar essa grave ameaça, e o *fracking* tinha que ser interrompido agora mesmo.

O Homem Verde terminou a leitura sentindo tanto o peso de ter tomado uma grande decisão quanto a certeza de que aquilo precisava ser feito. Seria um golpe final adequado, o modo correto de sair de cena, alertando ao mundo uma última vez sobre uma ameaça séria. Deixou alguns livros reservados para o dia seguinte e guardou o resto de modo que não houvesse registro do que tinha lido. Quando saiu da grande biblioteca, uma chuva fina estava ganhando corpo, e, sem guarda-chuva, ele se deixou ser encharcado. Trovões ribombavam e relâmpagos brilhavam sobre a capital.

A Biblioteca do Congresso tinha uma coleção ímpar, mas o Homem Verde sempre vinha naquela cidade antes de um ataque por outro motivo. Os homens e mulheres que comandavam o país estavam ali. Ainda que o aterrorizasse estar tão perto das pessoas que o caçavam, também se sentia energizado ao caminhar tão perto da Casa Branca a ponto de ver o pórtico de colunas da fachada norte, com a bandeira americana tremulando no topo. Um presidente que ele abominava dormia tranquilo ali, enquanto o Homem

Verde ficava acordado noite após noite, preocupado com a hipótese de ser apanhado mas também com o destino do mundo.

Jantou sozinho e voltou ao hotel. Ligou para Sharon e falou com as crianças, tomou um banho quente e um comprimido, mas sabia que não dormiria bem, tão perto dos inimigos. Quando os sentimentos de pânico o dominaram, ficou deitado de barriga para cima na cama tentando se refugiar em algo esperançoso. Havia uma fantasia à qual se entregava às vezes: o equivalente ambiental da música "Imagine", de John Lennon.

Acordado hora após hora no escuro quarto de hotel, o Homem Verde imaginou uma Terra cem anos no futuro, quando a humanidade teria ultrapassado com sucesso a crise atual. Conforme os perigos haviam crescido e o ponto sem retorno fora alcançado, em todo o mundo as pessoas perceberam a seriedade da ameaça e forçaram os governantes e as principais indústrias a mudar de comportamento. Em sua fantasia, um crescimento súbito de ativismo popular furioso havia salvado o planeta no último segundo.

Os gases causadores do efeito estufa tinham sido drasticamente reduzidos e o aquecimento global foi interrompido. A população humana estava controlada e a água potável era racionada e protegida. A pesca predatória e de arrasto que tinham devastado os oceanos haviam acabado, e os peixes e os recifes de coral tinham se recuperado. Baleias nadavam em grupos nos oceanos livres de plástico e ursos-polares caçavam focas em grandes banquisas de gelo.

O Homem Verde visualizou cidades sem névoa de poluição e campos imaculados com plantações generosas, tão livres de alterações genéticas quanto as da Grécia antiga. Pais transmitiam aos filhos um apreço por este lindo planeta que eles tinham salvado, mas também a noção de como ele era frágil e como haviam chegado perto de destruí-lo. Era um mundo futuro administrado por cuidadores humanos responsáveis que valorizavam o planeta e – no último segundo – tinham encontrado a sabedoria para protegê-lo e restaurá-lo.

Para isso acontecer, porém, a humanidade teria que acordar muito, muito rapidamente. As pessoas precisavam entender que podiam agir para mudar as coisas, nem que isso exigisse sacrifícios e riscos pessoais enormes. As massas sábias porém cautelosas necessitavam de alguém para personificar essa capacidade de assumir os riscos – alguém que aceitasse os maiores desafios e agisse de modo decisivo, não importando quais fossem os argumentos para a moderação, e que apontasse o caminho do ousado ativismo individual.

Seria loucura ou era de fato o único caminho? Será que ele tinha sido o escolhido para essa missão ou era maluco? O Homem Verde havia se questionado milhares de vezes e não tinha respostas claras, mas sentia a verdade no coração. Uma cidade de políticos dormia ao redor, mas o Homem Verde saiu da cama antes do amanhecer e caminhou pelas ruas escuras da capital, fervilhando com um senso de propósito e vocação.

VINTE

Na sala de guerra não existia dia ou noite. Dwight esfregou os olhos e tentou se concentrar. Nunca tinha visto nada parecido com este hangar enorme cheio de telas, equipamentos de alta tecnologia e os melhores especialistas e investigadores do país. Sentia-se deslumbrado por estar ali, além de um tanto amedrontado ao perceber que, de algum modo improvável, era o centro da atenção de todos.

Um pequeno grupo de pessoas o observava de longe. Os dois agentes que o haviam encontrado em Destry pareciam estar sempre por perto – Tom sorrindo e encorajando, e Earl observando com seu rosto envelhecido impassível. Eram acompanhados de vez em quando por um negro alto e jovem, uma asiática baixa e um gigante mais velho que se apresentou simplesmente como Jim Brennan, lhe entregou um cartão de visitas e disse:

– Obrigado por nos ajudar. Se precisar de alguma coisa, seja um café forte ou até mesmo seis horas de sono ruim numa cama dura, ligue para Jim Brennan, dia ou noite.

Dwight começou trabalhando com uma jovem desenhista da polícia, só que na verdade ela não desenhava. Manipulava habilmente imagens na tela do computador para conseguir uma aproximação cada vez maior do rosto que ele tinha vislumbrado através da janela da van. Não tinha visto os olhos nem a testa, mas viu o pescoço, o maxilar coberto pela barba crescida e os malares bem definidos. Em resposta às perguntas dela, conseguiu descrever a boca que havia falado com ele, a grossura dos lábios, os dentes regulares e a inclinação do nariz aquilino que desaparecia na sombra da aba do boné.

Aos poucos, a imagem na tela começou a se parecer mais com a parte de baixo do rosto que ele tinha visto uma semana antes.

Em seguida, veio um especialista em automóveis com um leve sotaque europeu, que se sentou com ele diante de uma tela gigantesca e mostrou imagens de diferentes vans pretas, hora após hora. As imagens eram apresentadas exatamente como ele tinha visto a van em Destry: primeiro por trás, enquanto ele a seguia na viatura, e depois mais de perto e se revelando até mostrar a frente, como quando ele tinha se aproximado a pé. O especialista observou pequenas diferenças no design de um modelo para outro. Depois de olhar as imagens e pensar nessas diferenças, Dwight pôde eliminar doze modelos de vans e colocar cinco num grupo escalonado de "possíveis" e "mais prováveis".

Agora tinham trazido a van que ele achava mais provável – uma GMC Savana de uma década atrás – para dentro do hangar. Um agente alto, bastante parecido com o suspeito, acomodou-se no banco do motorista usando um boné preto abaixado para cobrir os olhos. Meio sem graça, Dwight se sentou num banquinho de modo que estivesse olhando para o homem de baixo para cima através da janela escura aberta pela metade. Os dois seguravam tablets onde estavam escritas as falas de que ele conseguia se lembrar da parada junto ao semáforo, com "Dwight" e o "Motorista" se intercalando, como se fosse um diálogo numa peça de teatro.

Repassaram esse roteiro inúmeras vezes, e Dwight ficou surpreso ao descobrir que, usando essa técnica de encenação, começava a recordar mais palavras e expressões do que achava ser possível. Uma agente com cara de estudiosa, que poderia ter dado aula de teatro na escola, orientava-os instigando e perguntando, e revisava constantemente o roteiro no tablet enquanto Dwight preenchia as lacunas e editava as palavras. Um homem mais velho estava ao lado dela e ocasionalmente perguntava a Dwight as nuances de como uma palavra específica tinha sido pronunciada, repetindo-a de dois ou três modos diferentes e assentindo para as respostas de Dwight.

– Então você disse a ele que não havia muita coisa para ver na rota 55, depois perguntou exatamente o que ele estava olhando, e ele disse que era pintor?

– Sim, senhora.

– E que gostava da cor das montanhas?

– Isso mesmo, senhora.

– Tente dizer isso.

Dwight olhou através da janela da van e molhou os lábios. Procurou parecer casual.

– Não tem muita coisa para ver na rota 55. O que, exatamente, o senhor está vendo aqui?

O agente que fazia o papel do motorista olhou para seu tablet e respondeu:

– Sou artista. Gosto da cor das montanhas.

Dwight pensou por um segundo e depois disse à agente:

– Acho que não foi "artista". Acho que a palavra que ele usou foi "pintor".

– Tem certeza?

– Sem dúvida foi "pintor".

Ela digitou "pintor" em seu roteiro mestre, e isso substituiu instantaneamente "artista" no tablet de Dwight e na versão em uma tela grande que a dúzia de agentes observava, a uns 6 metros dali.

Brennan se inclinou para perto de Tom.

– Então o Homem Verde é pintor? Talvez seja só um mentiroso com talento para ser muito específico.

– A pergunta foi inesperada. Os melhores mentirosos trabalham a partir da verdade – retrucou Tom. – Ele mencionou a cor das montanhas. Eu estive naquela estrada e meio que acredito na coisa toda. Estamos procurando um engenheiro que pinta.

– Homem Verde da Vinci? – sugeriu Grant em seu tom gentilmente debochado.

– É a ideia certa, mas talvez ele não pinte *tão* bem assim – declarou Tom, ignorando o ceticismo do agente ambicioso. Todos observaram Dwight forçar a vista para o tablet e esfregar os olhos. – O senhor deveria deixar que ele fizesse uma pausa e dormisse um pouco – sugeriu a Brennan. – Se ele saiu da cama em Destry ao amanhecer, está acordado há quase quarenta horas seguidas.

– Não acho que ele vá dormir oito horas e acordar com uma memória melhor – observou Grant. – Uma semana se passou. Qualquer adiamento, qualquer intervalo significativo, só vai fazer as lembranças se desbotarem mais. Se é que são lembranças *verdadeiras*.

Brennan hesitou e observou o jovem policial obviamente exausto.

– Depois que terminarem a leitura do roteiro, vamos fazer um intervalo de cinco horas. Antes de ele ir dormir, deveríamos mencionar ao nosso jovem policial a possibilidade da hipnose. – Brennan fez uma pausa, olhou de rosto em rosto e alertou: – A ideia da hipnose amedronta as pessoas, e o garoto precisa fazer isso voluntariamente, portanto, deixem que eu fale a respeito com ele.

– Não tenho nada contra a hipnose, mas os resultados podem ser controvertidos e também podem desperdiçar um bocado do nosso tempo com pistas falsas – alertou Grant com cautela. – Será que faz sentido continuar forçando a barra nessa direção e tentando confirmar o que é pouco mais que um palpite, dados os recursos que já despendemos aqui sem encontrar uma pista que possa ser confirmada e que resulte em alguma ação?

Brennan olhou para Earl e os dois não precisaram falar.

– Vamos tentar a hipnose daqui a cinco horas – disse Brennan.

VINTE E UM

Em sua sala no décimo andar, Brennan enfiou as mãos enormes nos bolsos da calça cinza e terminou de atualizar a procuradora-geral sobre a investigação. Ela havia acabado de falar com o presidente, que pelo jeito não estava num humor amistoso.

Haviland, o diretor do FBI, também participava da teleconferência e ouviu Brennan explicar a possível novidade no caso, mas a procuradora não parecia impressionada.

– Então esse policial de Nebraska pode ou não ter parado o Homem Verde há uma semana? O presidente leu alguns relatórios e tem suas dúvidas. Eu também.

– O horário se encaixa perfeitamente, e tudo bate, desde a van até a aparência dele – argumentou Brennan. – Meus melhores agentes concordam que provavelmente era ele.

– Digamos que eles estejam certos. Alguma coisa que esse policial contou sobre o Homem Verde faz a investigação avançar de modo significativo?

– Agora estamos nos concentrando no Michigan – interveio Haviland, e Brennan desejou que o diretor, que não tinha uma formação investigativa de fato, ficasse quieto.

– Vocês já tinham feito isso antes – observou ela, corretamente.

– Havia três ou quatro estados igualmente possíveis – explicou Brennan. – Agora surgiu um como nitidamente favorito. E o policial ajudou ao restringir as opções quanto à marca e ao modelo da van. Já temos agentes batendo de porta em porta, com nosso perfil e um desenho do rosto dele, verificando vans e proprietários que se encaixem na descrição. Se for necessário, olharemos todas as vans do Michigan.

– Quantas são?

– Quase vinte mil – admitiu Brennan.

– E se ele a roubou ou se ela está registrada em outro estado? – sondou ela.

– A placa era do Michigan. E temos o primeiro número.

– Que pode ter sido alterado. E o adesivo ou decalque de para-choque que o seu policial disse que pode ter visto era tão pequeno que ele não consegue se lembrar de nenhuma palavra ou imagem. Então como qualquer coisa dessas nos ajuda?

– São passos pequenos, mas que se somam – respondeu Brennan. – Só podemos fazer o que está ao nosso alcance.

– E eu só posso fazer o que está ao meu alcance – retrucou a procuradora-geral, o que era obviamente uma ameaça. Houve uma pausa mais longa do que apenas para respirar. – O presidente está pensando em entregar isso ao Carnes, do Departamento de Segurança Interna.

Brennan ficou imóvel, controlando a raiva.

– Meg, realmente não acho que isso seja sensato ou justificável – disse Haviland.

– Este é um caso policial doméstico – acrescentou Brennan rapidamente. – Todos os alvos eram dentro do país, e muitas décadas de precedentes determinam que...

– O caso tem sérias implicações de segurança nacional e potencialmente internacional, e o presidente acha que poderia colocar nas mãos do Departamento de Segurança Interna – interrompeu a procuradora. – Para dizer a verdade, ele não liga a mínima para a jurisdição ou o processo. Só está frustrado. Furioso. Soltando fogo pelas ventas. E ele não é conhecido por sua paciência.

– Nem eu – reagiu Haviland. – Nem Jim Brennan. Nós entendemos a urgência. Estamos fazendo tudo certo. Vamos resolver o caso.

– Eu estava apostando em vocês – disse ela, explicitamente usando o verbo no passado. – Avisem se precisarem de alguma coisa.

– Faremos isso – prometeu Haviland. – Jim, algo mais?

Brennan hesitou, odiando perguntar.

– Ele disse quando pode trazer o Carnes para o caso?

A procuradora tinha construído uma carreira usando a inteligência e a objetividade – que frequentemente era mal interpretada por seus opositores misóginos ou pela mídia como sendo simplesmente grosseria, mas Brennan sempre a havia considerado justa. Ela lhes deu a má notícia num tom duro e monótono:

– Vocês têm menos de um mês, e aí estarão fora.

– Está bem – assentiu Brennan. – Obrigado por dizer em que pé estamos.

Ela ainda não havia terminado. A frustração era nítida em sua voz, como se tivesse incorporado a impaciência e algumas das expressões pitorescas de seu chefe na Casa Branca.

– O pé em que estamos é que o Homem Verde continua solto e provavelmente planejando um novo atentado. Se ele for preso, isso poderia levar as eleições presidenciais para uma direção, e, se ele tiver sucesso, elas vão pender para outra. Ele virou um herói popular lunático e um foco para a mobilização, e as pesquisas estão acirradas. O homem que mais tem a ganhar ou perder é o que me nomeou, e ele quer resultados agora.

– Jim e eu estamos cientes dessa realidade – disse Haviland. – Agora vamos voltar ao trabalho e conseguir alguns resultados. Vou ligar pessoalmente para você no minuto em que tivermos um fiapo de alguma coisa boa, seja de dia ou de noite.

– Me acorde com notícias boas – disse a procuradora, que em seguida instruiu Haviland a permanecer na linha, e o telefone de Brennan emudeceu.

Brennan pôs o telefone na mesa e olhou pela janela enquanto um raio espocava por cima da cúpula do Capitólio. A Casa Branca era parcialmente visível a partir de um canto da janela. Ele ficou parado, olhando a chuva golpear a janela ampla. A política sempre representava um papel naquela cidade, mas o experiente Brennan sabia que, quando os cálculos políticos começavam a interferir em uma investigação policial, isso se tornava uma descida escorregadia para o inferno.

Houve uma batida à porta.

– Sim?

Tom entrou.

– Ele está em transe.

Brennan deu as costas para a janela e aparentemente não fez um bom trabalho para esconder a tensão, porque o jovem agente perguntou:

– O senhor está bem?

Brennan disfarçou com uma pergunta:

– Você acredita que aquele policial viu o Homem Verde?

– Totalmente. Qualquer um que não acredite nisso, a esta altura, seria... idiota.

Brennan assentiu.

– O cara que mora na Casa Branca tem dúvidas.

– O que prova meu argumento.

O grandalhão sorriu.

– Você fez um bom trabalho encontrando esse policial em Nebraska. Earl ficou impressionado com o modo como você o farejou, e hoje em dia nada impressiona o Earl.

Tom hesitou, depois disse:

– Earl fuma demais.

– É, eu sei. Estive no casamento dele. A esposa era uma mulher especial. E os dois tinham algo bonito e verdadeiro que durou muito tempo. – Brennan examinou o jovem agente. – Você andou malhando desde que voltou da Flórida? Levantando peso?

– E nadando um bocado. Para lidar melhor com a tensão e os horários malucos. Eu me saio melhor quando sigo uma rotina, mesmo se tiver que malhar no meio da noite. Na faculdade costumava nadar bem tarde.

– Então você não é um nerd completo, afinal de contas. E esse corte de cabelo?

– Um açougueiro de cidade pequena na profissão errada.

– E a calça cáqui passada a ferro?

– Aparentemente, se a gente se encaixa bem no papel, fica mais fácil lidar com as pessoas por aqui.

– Não me entenda mal – disse Brennan –, mas você está realmente começando a me lembrar do seu pai.

Tom o encarou.

– É melhor irmos observar a sessão, senhor.

Saíram da sala de Brennan e foram para o corredor, totalmente vazio àquela hora da noite.

– Então você acredita que o Homem Verde mora no Michigan? – perguntou Brennan em voz baixa.

– Acredito, senhor. Mas o especialista em sotaque não acha que ele cresceu no Meio-Oeste. A pronúncia de algumas palavras-chave sugere que ele veio da Nova Inglaterra.

– O que acha do adesivo de para-choque?

– Sem chance. O Homem Verde não revela suas cartas.

– Você acha que ele é perfeito, mas não é. Todo mundo tropeça, todo mundo tem pontos cegos. A pessoa faz certo tudo que é difícil, menos a única coisa óbvia. Isso acontece.

– Um adesivo de para-choque, senhor? Não o Homem Verde.

– Eu tenho dois no meu carro, de muito tempo atrás, e nunca presto atenção neles.

Chegaram à porta. Tom a abriu e acompanhou o grandalhão até uma antessala. Havia uma porta dupla para uma suíte, mas Brennan abriu uma porta lateral e eles entraram numa sala de observação, à prova de som, ligada a um cômodo muito maior, com um espelho unidirecional. Brennan assentiu para os agentes Grant e Lee.

Na sala maior, o jovem policial de Nebraska estava reclinado numa poltrona. Suas mãos repousavam nos braços da poltrona. O Dr. Singh, um homem baixo com cabelos um pouco grisalhos e um elegante terno escuro, estava sentado à direita dele, falando com voz ressonante:

– Você está andando até a van dele. Pode sentir o cheiro dos arbustos de buxo e de areia. O que você ouve?

A resposta demorou vários segundos para chegar. A fala de Dwight era hesitante, como se ele filtrasse as perguntas e alguém tivesse apertado um botão de pausa nas respostas.

– Grilos... nos arbustos.

– O que você sente?

– O sol... e a brisa no rosto.

– Você consegue ouvir seus próprios passos?

– Consigo.

– Em que tipo de superfície está andando?

– Cascalho.

– Agora você está chegando perto da van preta. Ela tem um retrovisor do lado de fora?

– Tem.

– Você consegue ver o motorista refletido nele?

– Não.

O psiquiatra sempre ia do geral para o específico, tendo o cuidado de jamais se impor ou sugerir respostas.

– Olhe para o retrovisor. Qual é o formato dele?

– Redondo.

– Você consegue ver os olhos do homem no espelho redondo?

– Não.

– Então não sabe qual é a cor dos olhos?

Silêncio.

– Mas você vê a traseira da van com mais clareza enquanto se aproxima?
– Vejo.
– Você está se aproximando da van por trás, pelo lado esquerdo. Está muito perto. Vê a placa. De que cor ela é?
– Branca e azul.
– As letras são azuis e o fundo é branco?
Uma pausa.
– Não vejo nenhuma letra.
– Os números são azuis e o fundo é branco. E você disse que o primeiro número é um sete.
– É.
– Que número vem depois do sete?
– Não sei.
– Estamos filmando a cena – disse o Dr. Singh suavemente, sem a menor mudança de tom. – Estamos diminuindo a velocidade das imagens que entram na câmera. Agora estamos congelando nos números azuis da placa. Estamos começando a filmar os números com uma teleobjetiva. As imagens estão ficando maiores e mais nítidas. Que número vem depois do sete?
O jovem policial ficou imóvel, olhando para o espaço.
– É curvo.
– Continue olhando esse número curvo. Quando eu disser o número em voz alta, por favor levante o dedo indicador da mão direita. É um zero? Um? Dois? Três? Quatro? Cinco? Seis?
O indicador de Dwight se levantou ligeiramente do braço da poltrona.
Apesar de a sala de observação ser totalmente à prova de som, todos tinham ficado em silêncio.
– Meu Deus, ele é bom mesmo – sussurrou Grant.
– Vivaan é o melhor – murmurou Brennan.
Na sala de exames, o Dr. Singh não elogiava nem censurava, não aceitava nem desconsiderava. Continuava com sua voz melodiosa, fazendo perguntas simples num ritmo que era ao mesmo tempo como um acalanto e um metrônomo.
– Que número vem depois do seis?
– Não sei.
– Estamos olhando pela lente teleobjetiva. O primeiro número é sete. O segundo é seis. Levante o indicador quando eu disser o terceiro número.

O Dr. Singh falou os números de zero a nove, mas o dedo de Dwight não se mexeu.

– É um número reto ou curvo?

Silêncio.

– Vamos virar a câmera para a direita, seguindo o para-choque traseiro da van até a extremidade. Há um pequeno adesivo lá. Vamos congelar a imagem nesse adesivo ou decalque. Estamos olhando para ele com a teleobjetiva. O adesivo está ficando maior e mais nítido. Você consegue ver o adesivo?

– Consigo.

– Qual é o formato dele?

– Quadrado.

– Qual é a cor?

Silêncio.

– É uma cor escura ou clara?

– Clara. E está desbotado.

– Nesse adesivo quadrado, desbotado e de cor clara há uma imagem. Estamos observando essa imagem pela teleobjetiva. A imagem está ficando mais nítida.

Os dedos do jovem policial apertaram os braços da poltrona.

– Você consegue ver a imagem no adesivo?

Um sussurro:

– Consigo.

– Descreva o que você vê.

– Uma... cara.

– Que tipo de cara? Descreva a cara.

Os lábios de Dwight estremeceram, mas ele não emitiu nenhum som.

– Vamos dar mais um passo à frente. A cara no adesivo de para-choque está olhando para você. Que tipo de cara está olhando para você?

Dwight tinha começado a tremer. Finalmente soltou uma palavra.

– Dentes.

– A cara que está olhando de volta para você tem dentes?

– Tem.

– Descreva os dentes. Que tipo de dentes são? Por que você os notou?

O tremor do jovem policial ficou mais pronunciado. Ele estava suando, apesar do ar condicionado da sala.

– O sol está brilhando em você – disse o Dr. Singh, tranquilizando-o. – Você está andando sobre cascalho. Consegue ouvir seus próprios passos.

Sente o cheiro dos arbustos de buxo no acostamento. Sente a brisa da manhã no pescoço e nos braços.

Dwight pareceu relaxar ligeiramente.

– Você consegue ver uma cara com dentes no adesivo quadrado e desbotado. Estamos olhando pela nossa teleobjetiva. A imagem está ficando mais nítida. Descreva a cara que você vê. Por que você notou os dentes? O que há de tão notável neles?

O longo silêncio era doloroso.

– Você consegue ver outras características da cara, além dos dentes?

Nada.

– Levante a mão e aponte para o adesivo.

A mão direita de Dwight deixou o encosto da poltrona e subiu pelo espaço, até parar.

– Aponte o indicador para a cara no adesivo.

Quatro dedos de Dwight se dobraram.

– Você está apontando com seu indicador para a cara. Para que tipo de cara você está apontando? Quem, ou o quê, está olhando de volta para você com os dentes à mostra?

Segundos se passaram. O indicador de Dwight tremeu ligeiramente, cutucando o ar mas também o tecido da memória. Ele murmurou:

– Texugo.

– É a cara de um texugo, com focinho e dentes proeminentes, afiados, aparecendo?

– É.

Dentro da sala de observação, Grant já estava fazendo uma busca no notebook e a agente Lee digitava um número em seu celular.

Tom olhou para Brennan e balançou a cabeça, cético.

– Simplesmente não acredito. De jeito nenhum o Homem Verde deixaria um adesivo na van e partiria numa missão. Ainda mais um adesivo com uma imagem que nos dissesse tanto...

– Ela não diz tanto quanto você imagina – reagiu Grant em voz baixa, olhando a tela do seu computador. – Há mais de duas mil escolas e clubes esportivos no Michigan que têm o texugo como mascote.

VINTE E DOIS

Eles falaram sobre as substâncias tóxicas do fluido de retorno enquanto caminhavam pela deserta floresta de North Woods sob o céu que ia escurecendo. Era o tema de conversa menos romântico do mundo, mas cada minuto que passavam juntos era emocionalmente pungente. Tinham sido amantes e depois amigos e aliados secretos por quase trinta anos, e sabiam que jamais iriam se ver de novo.

Mesmo nos fins de semana mais cheios de turistas, aquele santuário com 20 hectares de floresta no canto noroeste do Central Park ficava relativamente vazio, a não ser por algum observador de pássaros ocasional. Mas, naquela tarde fria de meio de semana, com um aguaceiro iminente, o Homem Verde e Ellen tinham o cenário que lembrava as montanhas Adirondacks todo para eles. Era difícil acreditar que estavam no meio de Manhattan e não 500 quilômetros ao norte, a não ser quando às vezes subiam um morrinho e as fachadas cinza de prédios altos apareciam, como espectros, por cima das árvores.

O Homem Verde havia passado dois dias como pesquisador visitante na Biblioteca de Ciência e Engenharia da Universidade Colúmbia. Tinha pegado os periódicos de que precisava e depois devolvido tudo para as estantes, de modo que não havia registros do que havia lido. Agora tinha certeza de que usar o líquido chamado de fluido de retorno era o melhor modo de atacar o campo de petróleo. Que jeito melhor ou mais simbólico de atentar contra a indústria do *fracking* do que com uma bomba líquida inflamável, combustível e às vezes até radioativa que eles próprios fabricavam? O líquido do fraturamento era lançado dentro da terra em alta pressão por um motor a diesel, com o objetivo de despedaçar rochas, e, depois disso, ele borbulhava de volta à superfície como um conveniente agente de mais destruição ainda.

Ellen tropeçou. Ele segurou seu braço e sentiu um choque elétrico. Era sempre assim quando a tocava. Estava casado com Sharon havia treze anos e cumpria com os votos matrimoniais, jamais estivera com outra mulher. Mas compartilhava com Ellen uma história que nenhum dos dois conseguia esquecer. Ele a tinha conhecido em Berkeley quando estava com 24 anos e ela com 19, e os dois se sentiram mutuamente atraídos em todos os níveis. Tinham tido longas discussões sobre o melhor modo de alcançar diferentes tipos de mudança ambiental, tinham explorado juntos as florestas do norte da Califórnia com uma barraca e um saco de dormir duplo. E, um ano depois de se conhecerem, ele havia comprado um barquinho e os dois velejaram pela costa, fazendo amor apaixonado em cada enseada rochosa onde ancoravam para passar a noite.

Soltou o braço dela e fez rapidamente uma pergunta sobre hidrocarbonetos voláteis para disfarçar o que ambos fingiam não ter sentido.

Ellen era formada em química e, ainda que agora ela fosse uma especialista mundial em gases causadores do efeito estufa e na ameaça à camada de ozônio, falava com facilidade sobre os hidrocarbonetos voláteis e as outras toxinas usadas no processo de fraturamento que borbulhavam no fluido de retorno. Este era sempre composto por água, areia e sal, mas havia dezenas de outras substâncias químicas inflamáveis e combustíveis usadas para fraturar o xisto. Depois de retornar, o líquido precisava ser descartado, de modo que ou era injetado fundo no subsolo ou armazenado em tanques de metal ou poços na área de perfuração. Os tanques metálicos eram ventilados, mas gases voláteis se acumulavam neles, e, no gigantesco Campo de Petróleo Hanson, em que o Homem Verde estava começando a mirar, havia trinta tanques a cerca de 30 metros do rio Kildeer, que passava por baixo da cerca de segurança. Este rio seria sua porta de entrada, e a bomba já estaria esperando por ele.

– Se você acender um tanque de fluido de retorno, além da explosão serão liberados hidrocarbonetos voláteis em estado gasoso – disse Ellen quando ele soltou seu braço. Tinham subido uma colina e agora estavam no topo olhando os carvalhos-vermelhos, os prédios do Central Park West erguendo-se acima e o céu cinzento que escurecia rapidamente. – O gás será tóxico e carcinogênico. Mas, dada a distância das cidades mais próximas, não creio que vá representar uma grande ameaça à saúde.

– A não ser para os trabalhadores do campo de petróleo – sussurrou ele.

– Muitos deles têm equipamentos de segurança, inclusive de proteção respiratória.

– Mas alguns não têm. Ou não ouvirão os alarmes a tempo. – O Homem Verde ficou em silêncio enquanto pensava neles, e a expressão de dor era tão evidente que ela levantou a mão e tocou seu rosto, onde as olheiras revelavam noites insones. – Acho que é inevitável – disse ele finalmente, recuando. – E se alguns tanques de petróleo explodirem? Houve uma explosão assim em...

– No condado de San Juan, no Novo México, em 2016. Trinta e seis tanques pegaram fogo. Todos os incêndios foram apagados em alguns dias e não houve mortes.

– Trinta e seis tanques explodiram e não houve mortes? É um bom sinal. Mas tenho certeza de que houve danos significativos para a atmosfera, não é?

– Algum dano ambiental será inevitável se você atacar um campo de petróleo. Haverá menos danos se você atacar os tanques de fluido de retorno em vez dos de petróleo. E você vai chamar atenção para algo realmente prejudicial à camada de ozônio, algo que muita gente ainda não reconhece como ameaça séria. E é bom estarmos num terreno elevado, porque caso contrário nós dois poderíamos nos afogar daqui a uns cinco minutos.

O Homem Verde sentiu a brisa se intensificar enquanto o mau tempo vinha de Nova Jersey e trovões ribombavam sobre o rio Hudson.

– Não consigo me afastar dessa porcaria de tempestade – murmurou ele. – Ela me seguiu desde Washington até aqui.

– Espero que tenha sido a única coisa que seguiu você de Washington até aqui – disse Ellen, fazendo uma piada ruim, e os dois se entreolharam, sorrindo nervosos.

Ambos sabiam que era quase hora de dizerem adeus para sempre. Ela morava ao norte do parque, e o hotel do Homem Verde ficava no lado oeste, de modo que a tempestade que se aproximava estava apressando o momento em que precisariam se separar pela última vez.

Correram para a saída do parque na rua 110, mas o vento começou a soprar forte e a chuva caiu. Em questão de segundos as primeiras gotas se transformaram num aguaceiro. Ellen tinha vindo direto de uma manhã de aulas em Colúmbia e estava sem guarda-chuva. Naquela manhã, o Homem Verde tinha comprado um pequeno e frágil por 10 dólares num camelô.

Os dois se espremeram embaixo dele, correndo, mas, quando chegaram perto da saída do parque, o guarda-chuva tinha virado para cima duas vezes e os dois estavam encharcados da cabeça aos pés.

Pararam a 15 metros da saída do parque, sob o abrigo parcial de uma árvore com galhos amplos. Estavam sozinhos na tempestade. Ele pôs as mãos nos ombros dela e falou com muita ternura:

– É isso, querida. Vá para casa se secar.

As mãos dela em seu peito se tornaram punhos apertando a camisa, e ela balançou a cabeça.

– Não é assim que eu quero me despedir de você, Paul.

Era um nome de outra vida, absolutamente proibido de ser mencionado, mas, na intensidade do momento, ele deixou isso passar.

– Ellen, realmente não importa como...

– Para mim importa.

– As despedidas longas não são melhores que as curtas.

As gotas de chuva escorriam pelo rosto lindo e desesperado de Ellen, misturando-se com as lágrimas.

– Venha comigo.

– O quê? Para onde?

– Eu moro a três quarteirões daqui. Tenho um apartamento grande, lindo, seco e completamente vazio. Venha comigo e eu preparo um chá quente.

– Isso é loucura.

– Eu seco as suas roupas. E ainda dou um guarda-chuva que funciona, para sua viagem de volta.

Ele a abraçou com mais força enquanto um raio se bifurcava ali perto. Sirenes berravam enquanto uma procissão de caminhões de bombeiros acelerava pelo Frederick Douglass Circle.

– Muita loucura. Olhe, talvez eu queira ir lá com você e me despedir direito, mas não podemos correr o risco de sermos vistos juntos. Tivemos cuidado por tanto tempo...

– Quem vai nos ver? Não tem ninguém na rua debaixo dessa tempestade.

– Sua filha...

– Ela tem três horas de treino de futebol depois das aulas.

– Cancelado por causa dos campos inundados.

– Nunca é cancelado. Eles treinam no ginásio até as seis.

– Seu porteiro.

– Não temos.

– Câmeras no saguão e provavelmente no elevador.

– Não no meu prédio do Harlem, que nem tem elevador. Não sei que tipo de lugares chiques você tem frequentado. E, se houver uma ou duas câmeras no caminho, coisa da qual duvido, estaremos embaixo de um guarda-chuva, invisíveis.

– Não estamos exatamente embaixo – observou ele, franzindo os olhos para se livrar da chuva. – E quero deixar registrado que é uma merda de guarda-chuva inútil que não vale os 10 dólares que eu não deveria ter pagado por ele.

Ellen sentiu que estava vencendo e riu.

– Estamos suficientemente embaixo dele. Pare de discutir e venha.

Estavam se encarando.

– Por quê? – sussurrou ele. – Mesmo que não tenha ninguém na rua e seu prédio não tenha câmeras, é maluquice.

– É a última vez em que vamos estar juntos e... – Ela estremeceu, e ele a abraçou com mais força. – Para mim é importante, Paul, caso contrário não pediria.

– E eu quero ir... mas é arriscado demais... estou pensando em *você*, Ellen.

– Às vezes você pensa demais. Só venha. – Ela o encarou e sussurrou: – Na primeira vez em que me beijou, você não pensou tanto assim. Só me agarrou.

Estavam tão próximos embaixo do guarda-chuva que ele podia sentir o coração dela batendo.

– Eu tinha 24 anos, era jovem e idiota. Sem falar que estava com um pouco de tesão. Ellen, desculpe, só que realmente não é seguro...

Mas ela o envolveu com o braço direito, segurou seu cinto e o guiou um passo, depois o arrastou por mais um.

– Quando chegar a hora de você ir, vou deixar. Nunca vou procurar você de novo. Mas agora é hora de vir, então pare de lutar comigo.

Ela o arrastou por um terceiro passo, e, muito relutante, ele se deixou guiar. Espremidos embaixo do guarda-chuva minúsculo, saíram apressados do parque e seguiram pela rua até o apartamento dela.

VINTE E TRÊS

– Você acha que foi a hipnose, querido? Eles mexeram com a sua cabeça?

– Não, só estou cansado da viagem – respondeu Dwight. – Eles mal me deixaram dormir durante três noites inteiras.

– Coitadinho.

Jenna se aproximou, beijou-o nos lábios e montou em cima dele.

Ele a segurou pelos quadris. Ela estava usando um shortinho, os músculos das longas pernas contraídos.

– Você viu o presidente? – ronronou ela em sua voz sensual.

– Não, eu já disse: não vi ninguém.

– Viu o Monumento a Washington?

– Não, não fiz turismo. Vi o interior do prédio do FBI.

– Sentiu minha falta?

– Jenna, querida, por favor.

Ela se acomodou no colo dele.

– Isso é um sim?

– Linda, desculpe, de verdade.

Jenna pareceu meio chocada.

– Nossa. Você deve estar cansado mesmo.

– Eu poderia apagar agora, mas aí não dormiria à noite.

– Então tire um cochilo.

– Vou assistir a um pouco de golfe.

– Como isso vai ajudar?

– É o mesmo que tirar um cochilo sem dormir. Pode pegar uma cerveja para mim?

– Ah, agora eu sou a garota da cerveja?

– Comprei seis latas em Fairmont. Já devem estar geladas. Por favor, garota da cerveja.

– Se me chamar assim de novo vai levar um tapa.

– Nem se preocupe em trazer um copo, garota da cerveja.

Ela lhe deu um tapa e saiu de cima dele.

– Está bem, seu molenga. Fique aí sentado, vegetando. Vou pegar a droga da cerveja.

Dwight se recostou na poltrona de couro e assistiu a um golfista barrigudo se preparando para uma tacada. O homem deu um giro, aquecendo, e depois parou junto ao *tee*. Levou o *driver* para trás, num giro amplo. Seu tronco girou e se abriu enquanto o taco de madeira encontrava a bola com um estalo forte. A bola desapareceu na direção do céu e a tela de TV mostrou o caminho do taco num gráfico com uma grossa linha branca.

Jenna trouxe a cerveja.

– Aqui está, Sr. Empolgação. E trouxe uns salgadinhos de milho, para o caso de não terem lhe dado comida. Mais alguma coisa antes de eu sair?

Dwight não respondeu. Estava inclinado para a frente, olhando fixo a tela da TV, onde um golfista alto com camisa azul dava uma tacada. De novo o taco acertou a bola, e de novo uma grossa linha branca dividiu a tela mostrando o caminho em arco da tacada no gráfico.

– Você escutou? Quer que eu traga alguma coisa para o jantar?

A imagem mudou para a tabela de classificação, mas Dwight ainda estava inclinado à frente na poltrona, olhando para a TV, sem piscar.

– Querido, você está legal?

– Tinha uma linha branca – murmurou.

– Tinha uma linha branca onde?

Ele virou os olhos para ela.

– Então não podia ser um texugo.

– O que não podia ser um texugo? Algum animal no campo de golfe? Aposto que era um gambá...

Mas ele tinha saído da poltrona e ido correndo até o notebook. Ligou o aparelho e começou a fazer uma busca. Jenna chegou ao seu lado.

– Pode dizer o que está acontecendo? Você está me assustando. Sério, Dwight, estou meio preocupada...

– Isso! – disse ele.

Na tela havia a foto do que parecia uma doninha grande e feroz, com uma faixa branca e larga nas costas.

– Ah, um texugo-do-mel. Sei tudo sobre eles – comentou ela. – Apareceram num programa de TV que eu vi, sobre os animais mais ferozes. Dizia que eles matam cobras venenosas, que comem mel das colmeias mesmo quando são picados um milhão de vezes e que são capazes de lutar contra um leão. Então ou eles são realmente corajosos ou idiotas. O que está acontecendo? O que você está procurando?

Dwight estava com a carteira na mão e rapidamente encontrou o cartão de visitas. Digitou o número no celular.

– Oi, quero falar com o Sr. Brennan. Claro, aqui é Dwight Hall. H-A-L-L. Diga a ele que é o patrulheiro Dwight Hall, de Nebraska. Ele vai saber do que se trata. Mesmo se ele estiver numa reunião, acho que vai querer saber disso agora mesmo...

Jenna olhou o posto e a insígnia do FBI no cartão e assobiou.

– Uau, você conhece umas pessoas importantes.

– Sr. Brennan – cumprimentou Dwight. – É o patrulheiro Dwight Hall, de Nebraska. Não, senhor, não houve problemas. O voo foi tranquilo. Mas me lembrei de uma coisa. Sinto muito, mas não era um texugo. Bom, meio que era e não era, senhor. Tinha dentes afiados, mas também tinha uma faixa branca grossa nas costas. Os texugos comuns não têm. Daí eu pesquisei. Era um texugo-do-mel.

Dwight olhou para a tela do notebook.

– Estou olhando a foto de um neste momento, senhor. Sim, tenho cem por cento de certeza.

VINTE E QUATRO

Ela lhe deu um roupão de banho amarelo para usar enquanto as roupas secavam. Tinha vestido um de flanela macia, e seu cabelo comprido e molhado estava enrolado numa toalha amarela. O Homem Verde nunca havia estado naquele apartamento, e Ellen o mostrou com orgulho. Ela o tinha comprado logo antes do boom imobiliário no Harlem, usando a maior parte de suas economias e o dinheiro que a mãe deixara. A sala tinha tijolos à mostra, pé-direito alto e parecia um loft do sul de Manhattan. A cozinha era pequena mas funcional, com panelas de inox penduradas perto da janela que dava para uma escola do ensino fundamental. Um corredor curto levava aos dois quartos bem iluminados.

O de Ellen era o primeiro, e o Homem Verde viu acima da cama uma paisagem que ele havia pintado mais de 25 anos antes, mostrando o rio Middle Fork em Kings Canyon, onde os dois tinham acampado juntos. Ela o levou até o último quarto e hesitou.

– Os adolescentes não gostam que invadam seu espaço – disse ele, entendendo mal a hesitação de Ellen. – Se não estiver confortável com isso, realmente não precisa...

– Quero que você veja esta parte da minha vida – insistiu ela em tom decidido.

Em seguida, abriu a porta e entrou.

Ele a acompanhou no quarto pequeno, dominado por uma cama de dossel e uma parede com estantes abarrotadas.

– Parece que uma traça de livros criou outra traça de livros – disse ele, observando os títulos mais próximos, parte de uma coleção eclética amontoada em fila dupla nas prateleiras, de romances até obras de ciências naturais.

– Ela começou a ler aos 4 anos e nunca parou.

O olhar de Ellen foi da parede de livros até a cama de dossel, coberta com uma elegante colcha de retalhos.

– Foi a própria Julie que fez.

– E aposto que sei quem a ensinou.

Ela o levou até a penteadeira, sobre a qual havia fotos emolduradas de uma linda garota negra, desde quando era uma gorduchinha de 6 anos pulando corda num parquinho até se tornar a alta e magra jovem de 18, pronta para dominar o mundo.

– Ela é linda – comentou o Homem Verde, o olhar indo de foto em foto. E, então, baixinho, com emoção verdadeira: – E me faz lembrar muito da mãe.

Ellen ficou ao lado dele, apontando para diferentes fotos.

– Esta é Julie cobrando o pênalti que deu a vitória no campeonato da liga no ano passado. Tenho certeza de que ela vai jogar futebol universitário. Aqui ela está ganhando o prêmio de ciência no segundo ano do ensino médio. Para acompanhar os prêmios em matemática e francês.

– Os colegas devem odiá-la – brincou o Homem Verde, mas havia várias fotos de Julie com grupos de amigos sorridentes que provavam o contrário.

– Ellen, você está tremendo. Está se sentindo bem?

– É só por causa daquela chuva gelada – mentiu ela, levando-o até uma mesa com uma pilha alta de livros didáticos. – E, caso não acredite em mim, aqui estão os prêmios.

Diplomas emoldurados pendiam na parede acima da mesa, desde os de francês, ciências e matemática da Academia Carlyle até uma placa do Global Leaders for Tomorrow e uma menção honrosa do concurso nacional de contos Scholastic.

– Ela vai precisar logo de uma parede maior – disse ele. – Ellen, você se saiu muito bem. E deve sentir orgulho demais.

– Quando você for embora, ela será tudo que eu tenho...

A voz de Ellen tremeu, e de repente ela ficou em silêncio, com os braços envolvendo o corpo, como se quisesse conter alguma emoção poderosa da qual tinha medo.

O Homem Verde sentiu sua dor e sugeriu baixinho:

– Acho que aquele chá quente faria bem a nós dois.

Voltaram para a cozinha, onde a chaleira estava fervendo e se preparando para apitar. Ellen serviu uma caneca de chá de gengibre para ele e uma para ela, e os dois ficaram sentados lado a lado no sofá, bebericando.

– Isso é bom, mas preciso ir embora logo – disse ele.

– Suas roupas vão secar em dez minutos. Termine o chá.

Ele tomou outro gole.

– Julie é sensacional. Você me mostrou um monte de fotos dela no decorrer dos anos mas... realmente senti a presença dela no quarto, e é uma presença muito forte e original. Ela está destinada a fazer grandes coisas.

– É, também acho. – Ellen pôs a caneca na mesa de centro e se virou devagar para encará-lo. Respirou fundo e disse baixinho: – Ela é uma grande fã do Homem Verde. Um dia desses, fez um discurso simplesmente incrível...

– Não comece a chorar de novo, ou eu vou embora com certeza – ameaçou ele, numa voz gentilmente provocadora mas também ligeiramente preocupada ao ver os olhos dela brilhando e ficando úmidos.

– Não estou chorando.

– Então o que é isto?

Ele estendeu a mão para enxugar as lágrimas dela e piscou para afastar uma sua. E em seguida os dois estavam se beijando com paixão.

Fazia mais de quinze anos, mas ele se lembrava do calor de seu hálito fresco e da suavidade de seus lábios. Durante alguns segundos, não conseguiu se conter. Depois se afastou.

– Sinto muito – disse, ofegante.

– Não, eu é que sinto muito. – Ela estava sorrindo através das lágrimas. – Ou talvez não, mas sei que não deveríamos ter feito isso.

Ele se levantou desajeitadamente e declarou, com a voz rouca presa na garganta:

– É... olhe, eu preciso ir.

– Então você está planejando sair daqui usando um roupão? É um bom modo de evitar ser notado.

– Minhas roupas devem estar quase secas.

– Eu não mando velhos amigos embora com roupas "quase secas". – Ellen o arrastou de volta para o sofá, puxando-o por um dos braços. – Só mais uns minutos. Prometo: sem agarramentos. E vou arranjar um jeito de não chorar. Mas não quero que minha última lembrança seja de você saindo pela porta incomodado, com roupas molhadas. Vamos nos sentar e conversar sobre o que vem em seguida. Sua casa de verão está pronta?

Ele hesitou e depois se sentou de volta no sofá.

– Está, Ellen. Tudo pronto.

– Seus filhos sabem sobre a viagem?

– Não, não contamos nada. Achamos que seria melhor fazer uma surpresa.

– Tenho certeza de que estão certos. Vai ser difícil para eles, mas vão saber lidar com isso.

Os dois tomaram chá e baixaram as canecas ao mesmo tempo.

– Vou sentir saudade de você – disse ela baixinho. – Os grandes físicos teóricos dizem que existe um número infinito de universos lá fora, onde cada eventualidade diferente que poderia acontecer de fato aconteceu. Assim, nesse multiverso tem que haver uma dimensão em que nós terminamos juntos.

– Eu não daria ouvidos aos físicos teóricos. Eles são malucos.

– Será que posso dizer que eu gostaria de viver naquela dimensão?

– Claro, provavelmente é uma ótima dimensão – admitiu ele, e passou o braço gentilmente em volta dela. Ellen se encostou nele e fechou os olhos, e o Homem Verde fechou lentamente os dele. Queria abri-los dali a alguns minutos e ir embora, mas era um sofá macio num apartamento quente, e ele sentia o cheiro do cabelo molhado dela e do chá de gengibre. Eram velhos amigos que se gostavam, e ficavam muito à vontade um com o outro. O Homem Verde não tivera uma noite com mais de três horas de sono já fazia uma semana e nem sentiu que estava apagando.

Sonhou com seu barco de anos atrás, balançando-se nas ondas suaves trazidas por uma brisa de verão. Estavam ancorados numa baía pequena, embaixo de um penhasco sobre o qual árvores altas cutucavam o céu púrpura. O Homem Verde estava desenhando o penhasco e as árvores, e Ellen lia para ele um texto de um dos seus cursos de poesia. Era "Versos compostos alguns quilômetros acima da abadia de Tintern". Na voz dela, as meditações poéticas de Wordsworth eram mais música do que palavras. Então os dois estavam na cabine escura, os lábios e os corpos se tocando suavemente. O barco tinha parado de balançar e estava silencioso e calmo. E de repente houve um estalo forte que podia ser um trovão...

Mas não era um trovão; era a porta da frente do apartamento de Ellen se fechando com força. O Homem Verde abriu os olhos e escutou uma voz chamando:

– Mãe? Tinha uma goteira no ginásio e eles cancelaram o treino, o que foi ótimo porque eu tenho uma prova de cálculo infernal...

Julie tinha entrado na sala segurando o casaco que pingava, e o Homem Verde saltou de pé assim que ela o viu com Ellen, ambos de roupão.

– Opa, isso é que é uma surpresa. Por favor, desculpem atrapalhar...

– Julie, não é o que você está pensando... – disse Ellen.

Julie passou de lado, desconsiderando o Homem Verde e encarando a mãe.

– Acho que está bem claro o que é. Se quer trazer seus namorados, rolos ou sei lá o quê, e dar meu roupão para eles usarem, será que pode, por favor, ao menos levá-los para o seu quarto para eu não ter que dar de cara com vocês? E talvez você devesse pensar em seguir suas próprias regras...

E então ela foi para porta de novo.

– Julie, *volte aqui* – ordenou Ellen, que a acompanhou até a porta e a segurou pelo braço.

– *Como você ousa falar uma merda dessas para mim e o Ron?* – exigiu a adolescente, e se soltou.

Em seguida, abriu a porta e saiu correndo. A porta bateu com força.

– Vá atrás dela – disse o Homem Verde.

– Ela vai ficar bem. Só está chateada porque eu a surpreendi com um garoto há algumas semanas, expulsei o garoto e a coloquei de castigo, e nós estabelecemos regras...

– Não, Ellen, Julie estava chateada de verdade, e com razão. Eu não deveria ter deixado que ela me visse, especialmente assim, com o roupão dela, um completo estranho, e ela tem o direito de estar com raiva porque nós...

Os dois estavam de pé.

– *Não me diga como criar minha filha* – reagiu Ellen rispidamente, e as lágrimas tinham recomeçado, o que era muito estranho.

Em geral ela não chorava fácil, mas nas últimas semanas tinha se tornado cada vez mais emotiva, e agora estava praticamente arfando com sentimentos profundos, conflitantes, que a fizeram se segurar na lateral do sofá e lutar para conseguir cada respiração.

– Ei, tente se acalmar – insistiu ele, genuinamente preocupado. – Eu não quis chatear você. Respire fundo e tente não falar.

Mas, enquanto Ellen lutava para respirar, de algum modo algumas frases rápidas e curtas pareceram flutuar para fora de sua boca.

– Não. Não é você. É ela. Ultimamente ela vem pegando no meu pé. E isso dói demais. – Ellen se afastou do sofá para encará-lo e continuou: – Ela está com muita raiva de mim.

– Por quê? Dá para ver que você tem sido uma mãe fantástica.

– Isso não é mais suficiente. Ela está furiosa porque não sabe muita coisa sobre o pai. Eu disse o nome dele e mais alguns detalhes. Mas ela quer mais, e isso dói... é como se eu não bastasse para ela... como se ela se sentisse incompleta, e me culpa por isso, tanto que uma parte dela está começando a me odiar...

Ele viu sua dor profunda e quis ajudar.

– Claro que você é suficiente. Acredite, ela sabe da sorte que tem. Mas é compreensível que esteja curiosa. Nessa idade ela está lutando com a própria identidade. Então não veja isso como crítica. Apenas diga tudo que você sabe sobre o doador. A verdade é sempre o melhor caminho.

– É mesmo? – perguntou Ellen furiosamente, e lhe deu as costas. A toalha que enrolava seu cabelo tinha se afrouxado e caiu no chão de madeira, e o cabelo comprido e molhado se agitou quando ela girou de volta para encará-lo e falou, alto demais: – Não sei mais sobre ele do que já contei. Não queria saber mais nenhum detalhe sobre alguém que não estaria na minha vida.

Ele olhou para a porta, sabendo que já havia passado muito da hora em que deveria ter saído, e disse de modo pragmático:

– Bom, se você ligar para a clínica onde o procedimento foi feito, eles provavelmente vão mandar algumas informações de perfil, porque legalmente precisam manter esses dados durante anos. É difícil culpar Julie por estar curiosa. Eu estaria, e você também. E, Ellen, olhe, realmente sinto muito por deixar você assim, mas agora preciso ir.

Suas palavras calmas e razoáveis pareceram deixá-la ainda mais enfurecida. Ellen perdeu todo o controle e lhe deu um soco no peito com o punho direito, com força suficiente para fazê-lo recuar um passo.

Ele a agarrou, em parte surpreso, e os olhos dela estavam faiscando de um modo que ele nunca tinha visto em todos aqueles anos.

– Que diabo é isso? – perguntou ele. – O que é? Ellen? Diga!

– Não houve doador de esperma – respondeu ela, encarando-o.

O Homem Verde a segurou com o braço esticado, olhou-a e leu a verdade em seu rosto. Percebeu, então, por que ela havia insistido que ele fosse ao apartamento e o que poderia ser tão importante a ponto de ela precisar lhe mostrar, já que nunca mais iriam se ver de novo. Suas mãos caíram ao lado do corpo num choque atônito enquanto ele soltava um pequeno gemido e se encostava na parede.

VINTE E CINCO

O envelope tinha chegado no início da tarde. Foi parar na principal sala de correspondências do FBI, um grande envelope pardo com etiqueta de endereçamento datilografada. Passaram-se mais de três horas para que alguém o abrisse e ele fosse passado de mão em mão, até que um supervisor percebeu o que aquilo dizia ser e que poderia ser autêntico.

Enquanto isso, Brennan e sua equipe se ocupavam com texugos-do-mel. Havia mais de duas mil escolas no Michigan cujo mascote era o texugo, mas apenas três tinham tido o humor e a criatividade para escolher o muito mais exótico e intrépido texugo-do-mel. Uma era uma escola do ensino fundamental no norte, perto de Traverse City; a segunda era uma escola católica numa cidade portuária no lago Huron; e a terceira era o sistema de escolas públicas da cidade de Lansing.

O pessoal de Hannah Lee observou que uma das lojas de material esportivo que vendiam as luvas de caça ao cervo com a rara trama de cobre e náilon também ficava em Lansing, e, numa reunião com seus principais auxiliares, Brennan decidiu que, por hora, a busca à van iria se concentrar em Lansing e se irradiar a partir dali.

Lansing era a capital do estado e tinha os prédios do governo e os tribunais. Sua população era de mais de 120 mil habitantes e o lugar abrigava atividades variadas, desde serviços governamentais e de saúde até fabricação de automóveis. Várias organizações ambientais tinham filiais em Lansing, já que o legislativo estadual ficava lá, e também havia lobistas das indústrias automotiva e de combustíveis fósseis. Não era de modo algum um antro de radicais, mas era um local perto do qual uma pessoa preocupada com o meio ambiente poderia morar.

Havia bairros pobres em Lansing, mas também casas milionárias, e montes de caçadores e pescadores viviam lá e nas cidades ao redor. Os condados de Ingham e Eaton tinham uma grande porcentagem de portadores de armas registradas, e existiam mais de cinco mil vans pertencentes a moradores de Lansing ou a pessoas que residiam num raio de 50 quilômetros. Os times esportivos da escola de ensino fundamental e médio East Lansing eram afetuosamente conhecidos como Texugos-do-Mel, e os carros de muitos torcedores tinham adesivos de para-choque com imagens coloridas do feroz mascote escolar, semelhantes ao lembrado por Dwight.

A maioria dos agentes mais antigos do FBI na sala de reuniões estava intrigada a ponto de concordar que a área de Lansing deveria ser a prioridade máxima da busca. Alguns poucos, como Tom, duvidavam que o Homem Verde teria cometido um deslize tão idiota e argumentavam que ou era uma lembrança falsa ou – se o patrulheiro realmente tinha visto o adesivo – o Homem Verde estava tentando despistá-los. Mas as luvas de caça ao cervo vendidas em Lansing não podiam ser apenas interpretadas como uma coincidência, e havia argumentos fortes nos dois lados.

No meio da reunião acalorada, um agente sem fôlego tinha literalmente invadido a sala com a notícia de que um envelope fora recebido várias horas antes, contendo um manifesto de trinta páginas datilografadas, aparentemente escrito pelo Homem Verde. Era endereçado ao "comandante da força-tarefa, Jim Brennan" e continha a sequência numérica de dez dígitos com que o Homem Verde sempre se identificava: um detalhe muito bem guardado e jamais liberado para a imprensa ou o público em geral. O envelope tinha sido postado em Manhattan dois dias antes e o endereço do remetente era o do Zoológico do Central Park.

Um dia que já era intenso ficou subitamente caótico. Um fotógrafo forense fotografou as trinta páginas datilografadas a partir de vários ângulos, e o original e o envelope foram mandados para os laboratórios em Quantico. Logo veio a notícia de que a análise preliminar mostrava quase conclusivamente que a tipologia usada no manifesto era igual à empregada nas cartas anteriores do Homem Verde, e que duas digitais parciais tinham sido encontradas na folha de rosto.

Como Brennan temia, as digitais eram de dois funcionários do setor de correspondências. Todos os trabalhadores da sala de correspondências que tinham tido qualquer contato com o documento tiveram as digitais escaneadas, e os resultados foram enviados a Quantico. Brennan mandou que os funcionários da correspondência fossem retidos em uma sala do andar de baixo até ele arranjar tempo para descer e alertá-los pessoalmente, com os termos mais fortes possíveis, que qualquer vazamento sobre o conteúdo do manifesto ou mesmo qualquer notícia de sua existência seria considerado crime federal.

O acesso ao manifesto foi restrito apenas aos principais membros da força-tarefa, e todos logo se sentaram numa sala silenciosa no décimo andar da sede do FBI, lendo cópias lado a lado em volta de uma grande mesa de reuniões e tomando notas. A tensão na sala era enorme: eles haviam caçado esse homem durante meses, e agora ele falava diretamente com eles, desafiando-os.

Brennan considerou a opção de esconder do seu chefe a notícia do manifesto até que ele pudesse ser examinado, mas sabia que Haviland iria querer saber imediatamente sobre essa possível descoberta. E, sem dúvida, a empolgação do diretor foi palpável. Brennan precisou implorar para que, por enquanto, ele não contasse a notícia à procuradora-geral.

– Se ela ficar sabendo, irá direto à Casa Branca, e ainda não sabemos o que temos nem se isso vai nos ajudar.

– Mas você tem certeza de que é dele?

– Tem o código dele. O tom característico. E é muito inteligente.

– Inteligente como?

– Tanto no estilo quanto no conteúdo. É, achamos definitivamente que é ele.

– E vocês também ligaram aquela imagem do texugo-do-mel na van com a loja em Lansing que vende as luvas de caça? Estão investigando isso agressivamente?

– Tenho cinquenta agentes em Lansing e nas cidades ao redor, mas ainda não conseguimos nada concreto por lá.

– Jim, eu preciso falar com a procuradora sobre tudo isso. A notícia é boa e ela vai querer saber. E o Carnes, da Segurança Interna, também está acompanhando isso de perto e quer ajudar...

– Tenho certeza de que ele está acompanhando de perto – retrucou Brennan, e não conseguiu esconder a raiva. – Mas, por enquanto, essa investigação é minha, e não dele, de modo que, enquanto eu estiver no comando, você precisa deixar que eu decida quando e com quem compartilhar informações.

– Certo. O Carnes pode esperar até você estar pronto. Mas a procuradora-geral foi bem clara ao dizer que quer saber de qualquer possível pista nova...

– E vai saber muito em breve – prometeu Brennan. Tinha consciência de que não podia guardar isso por muito tempo, mas estava lutando para garantir cada meia hora. – Só quero estar em terreno firme, para não constranger nem a mim mesmo nem a você.

– Claro, entendo. De quanto tempo você precisa?

– Vamos ter mais informações daqui a pouco. Ligo para você em uma hora ou menos.

– Faça com que seja menos. E parabéns, Jim. Posso sentir que você está chegando perto.

Brennan voltou à sala de reuniões com uma aparência de exaustão tão pouco característica que vários agentes mais antigos, sentados em volta da mesa grande, pararam de ler e o encararam, preocupados. Ele disse que tinha conseguido ganhar mais um pouco de tempo, mas que cada minuto contava.

– Agora só temos duas considerações – disse o grandalhão com urgência. – É o Homem Verde que está falando ou é um imitador muito esperto? E, se é ele, o que parece cada vez mais provável, o que, nessas trinta páginas, podemos usar para pegá-lo rapidamente?

VINTE E SEIS

No clima tenso da sala de reuniões, cercado por agentes mais velhos e de nível mais alto, Tom leu as trinta páginas com muita atenção. Quanto mais lia, mais seu ceticismo inicial dava lugar à confusão absoluta. O manifesto o deixava ainda mais perplexo que o adesivo com o texugo-do-mel, porque tinha certeza de que o Homem Verde jamais se revelaria assim. O Unabomber fora apanhado exatamente por ter divulgado um manifesto longo e pessoal como aquele, e o Homem Verde sabia disso. Não fazia sentido mandar ao inimigo uma ladainha de trinta páginas lotada de referências e observações pessoais – cada uma delas contendo o potencial de solucionar o caso.

No entanto, Tom estava desconcertado porque, quanto mais lia, mais ficava convencido de que aquilo era indiscutivelmente obra do Homem Verde e que, em algum nível profundo, a liberação do manifesto naquele momento fazia um baita sentido. Dito de modo simples, era um chamado eloquente à ação. O Homem Verde sentia que o cerco estava se fechando ao seu redor e se dirigia à sua audiência global, especialmente aos fãs jovens, de um modo que nunca havia feito. Convocava-os a se organizarem, se manifestarem e espalharem sua mensagem ao mundo. Pela primeira vez, tornava sua causa abertamente política, desafiando o presidente pelo nome e listando as políticas dele com desprezo. E encorajava os seguidores em todo o mundo a realizar ações ousadas e diretas.

Garantia que eles não seriam terroristas e que ele também não era. Descrevia-se como ativista ambiental levado ao extremismo pela necessidade. Um

Defensor da Terra, para usar sua própria expressão. Dizia estar assumindo o manto honroso de heróis americanos como John Muir e Aldo Leopold. Mencionava Edward Abbey e seus escritos, que tinham provocado a criação do Earth First! e do Earth Liberation Front nas décadas de 1980 e 1990. Tom fez anotações em seu notebook sobre vários ativistas obscuros cujos nomes o Homem Verde mencionava. Parecia provável que o Homem Verde conhecesse alguns deles pessoalmente, e, ao se situar entre eles na área da baía de São Francisco e no Novo México num período de tempo específico, o Homem Verde fornecia o tipo de material necessário para uma busca de metadados que poderia desmascará-lo.

O Homem Verde parecia preocupado com o julgamento moral que sofreria. Usava o manifesto para colocar suas ações na nobre tradição da desobediência civil, que ele traçava a partir de Thoreau até Gandhi e Martin Luther King. Estava fazendo o que precisava ser feito para consertar o que estava errado – que por acaso era o maior e mais perigoso erro da história do planeta –, por isso afirmava que seus atos não eram apenas morais, mas de fato obrigatórios para ele e para qualquer pessoa sensata. Quase como um pedido de desculpas, explicava aos seguidores que não era por sua preferência que o que ele havia feito era mais violento e destrutivo do que os atos de Gandhi ou King: fora obrigado a isso pela escala e a urgência da ameaça. O foco gritante do manifesto tinha a ver com esta ameaça: a Terra se encontrava numa encruzilhada terrível, e o momento em que sua destruição seria irreversível estava terrivelmente próximo.

O Homem Verde citou seus seis ataques anteriores e as cartas que havia escrito ao público explicando como esses alvos representavam graves perigos para o meio ambiente. Agora costurava todos juntos usando a ciência mais atual para criar uma assustadora tapeçaria de um planeta praticamente condenado, com a atmosfera retendo o calor, a temperatura subindo, os oceanos se acidificando e se esvaziando, a biodiversidade morrendo num ritmo sem precedentes, com todo o mal causado por uma espécie que havia se chamado de *Homo sapiens*, ou "homem sábio", mas que pelo jeito estava decidida a causar a própria aniquilação. Logo seria tarde demais, alertava aos jovens fãs, e eles pagariam o terrível preço.

Tom sentiu sua lealdade dividida de modo quase dolorido. Parte dele seguia a prescrição urgente de Brennan e ele lia procurando qualquer pista na ciência ou nas referências a pessoas e lugares específicos que pudessem indicar uma busca de metadados que identificasse o Homem

Verde. Examinou cada frase buscando fatos obscuros cuja fonte pudesse ser identificada, ou nomes ou datas que pudessem ser cruzados para revelar onde o Homem Verde havia se encontrado com uma pessoa específica ou quando ele teria viajado até algum local remoto. Por exemplo, o manifesto descrevia a destruição de dois recifes de coral no Caribe com detalhes tão vívidos a ponto de ser provável que o Homem Verde tivesse nadado sobre eles, e uma geleira que estava desaparecendo nos Andes como se ele a tivesse escalado e visto com os próprios olhos.

No entanto, ao mesmo tempo que fazia anotações que poderiam ajudar a pegar o Homem Verde, Tom não conseguia deixar de concordar com o argumento central do manifesto, de que o tempo estava se esgotando para a humanidade e que medidas extremas precisavam ser tomadas. Olhou para os rostos de Brennan, Grant, Lee e Earl. Eles eram dedicados agentes da lei, mas não eram idiotas. Como podiam não ser afetados por esse alerta bem argumentado de que todas as regras precisavam ser violadas?

Os agentes sentados ao seu redor, com a adesão rígida, quase cega, ao dever, faziam Tom se lembrar do pai. Quando Tom havia entrado para a força-tarefa, seu pai lhe disse que ele jamais pegaria o Homem Verde porque era simpatizante da causa. Depois da morte de Warren, talvez como reação a essa última provocação, Tom tinha tentado afastar da mente todos os pensamentos sobre as reivindicações do Homem Verde e se dedicado simplesmente a pegá-lo. A presença do seu pai sempre o havia deixado mais decidido e competitivo, porém também mais míope, a ponto de pressioná-lo a entrar num ringue de boxe ou fazer teste para um time de futebol sem pensar se realmente queria isso ou se era a coisa mais sensata. Agora, escutando a voz do Homem Verde falar muito diretamente a ele, Tom não podia deixar de pensar se ele e os agentes ao redor estariam tentando, de um modo cego e idiota, acabar com a última esperança da Terra.

Lembrou-se da irmã no campo de golfe em Boca, implorando para que ele não pegasse esse homem que ainda poderia salvar o planeta. Tracy havia crescido com Tom e o conhecia melhor do que ninguém, e tinha lhe dito que ele precisava ser fiel a si mesmo. E a verdade era que ele havia sido um ambientalista desde o ensino fundamental e se importava profundamente com a causa. Não tinha entrado para o Earth First!, para o Earth Liberation Front ou para qualquer organização radical que promovesse a violência, mas havia pertencido ao Sierra Club, ao Greenpeace e a vários clubes ambientalistas em Stanford e na Caltech.

Ainda que não tivesse viajado aos recifes de coral no Caribe descritos pelo Homem Verde, Tom os conhecia. Estivera na Austrália e vira em primeira mão o branqueamento da Grande Barreira de Corais – e sabia que os recifes morrendo são como canários ambientais numa mina de carvão, dando o alerta crítico para ecossistemas que se aproximam da destruição. Nunca estivera nos Andes, mas, no verão depois de se formar, tinha escalado o monte Kilimanjaro com dois colegas de faculdade e parado no topo, não exultante, mas pálido, olhando a geleira Furtwängler que um dia havia coroado o cume e estava cada vez menor, e logo não existiria mais.

– Acabou o tempo – gritou Brennan. – Precisamos começar a fazer conexões e encontrar maneiras inteligentes e específicas de usar isso. Qualquer sugestão é bem-vinda.

Aqueles agentes haviam tido longas carreiras investigativas com áreas de especialização muito diversas, e Tom ficou impressionado com as análises que fizeram sobre aquelas trinta páginas. Hannah Lee tinha captado quase todos os mesmos dados anotados por Tom – ela era meticulosa e afiadíssima. Pela primeira vez, Tom viu pessoalmente que Brennan estivera certo ao comentar como ela era boa.

Tom ficou sentado, ouvindo e ocasionalmente fazendo sugestões enquanto permanecia numa profunda crise interior, querendo ajudá-los a pegar o Homem Verde mas ao mesmo tempo sem certeza se ele realmente deveria ser apanhado, incrédulo com o manifesto e também mais e mais convencido de sua autenticidade. Tinha no notebook um documento com fotos de todas as vítimas do Homem Verde, na ordem em que haviam sido mortas. Clicou nele rapidamente, e, enquanto olhava as dezenas de rostos jovens e velhos, sua decisão ficou mais firme. Os argumentos e as sugestões dos especialistas fluíam loucamente ao redor da mesa de reunião, e, como se as coisas já não fossem confusas o suficiente, de repente Brennan precisou fazer uma pausa e atender a um telefonema de Carnes, da Segurança Interna, exigindo saber se os boatos eram verdadeiros e se um manifesto do Homem Verde tinha sido recebido. E, nesse caso, por que diabos Brennan não o havia compartilhado com nenhuma agência.

Brennan não se deu ao trabalho de sair da sala para atender. Na frente de seus principais auxiliares, respondeu secamente que, sim, um documento fora recebido, mas estava sendo autenticado e sob investigação ativa, e seria compartilhado prontamente – caso fosse considerado autêntico – com todo mundo que pudesse ajudar. Earl e Grant sorriram quando Brennan disse nas mal disfarçadas entrelinhas ao agressivo chefe da Segurança Interna que não enchesse o saco.

Voltaram a analisar o manifesto, mas, menos de dez minutos depois, a procuradora-geral telefonou, exigindo atualizações e uma explicação do motivo para ter permanecido no escuro. Do jeito mais educado que pôde, Brennan começou a explicar a necessidade de restringir o acesso até que o documento fosse autenticado e passasse por uma primeira análise, mas ela o interrompeu informando que ou o manifesto já fora vazado ou mandado simultaneamente pelo Homem Verde para a imprensa, porque agora estava se espalhando por toda a internet. O próprio presidente tinha acabado de ler as primeiras cinco páginas no Salão Oval. Não gostou de ser citado como um egomaníaco beligerante e desastroso com cérebro de repolho e queria saber que porra Brennan estava fazendo a respeito.

VINTE E SETE

Ele se sentou num banco a 30 metros do turbilhão de corpos e palavras de ordem e olhou a manifestação de jovens com uma mistura de orgulho e diversão. Eles obviamente haviam lido e levado a sério o seu manifesto. Os cartazes diziam: "Orgulhoso Defensor da Terra" e "A Cabeça de Repolho Deve Rolar". O discurso raivoso trovejando por cima do Columbus Circle por um sistema de som dizia que se tratava do planeta deles e do destino da geração deles, e que eles deviam tomar as rédeas da situação. Não era um incitamento direto à violência, e os policiais que observavam a manifestação a pé e a cavalo não faziam nada para impedi-la nem para prender ninguém. Mas era algo bem próximo disso – um toque de clarim convocando à ação –, e o Homem Verde tinha poucas dúvidas de quem era o culpado pela paixão deles, porque viu vários cartazes com sua suposta imagem, o retrato imaginado criativamente, baixado da internet.

O rapaz que falava terminou com as palavras de ordem "Salvem a Terra", sacudiu um punho e desceu do palanque. O Homem Verde ficou olhando quando uma jovem alta e negra foi até o microfone e disse:

– Oi, pessoal, eu sou a Julie, e quero falar sobre o grande morticínio.

Os discursos anteriores tinham sido enfáticos e estridentes, mas com poucos fatos. Julie falava baixo e enfatizava a ciência. Explicou como, dentre os aproximadamente oito milhões de espécies vivendo na Terra, mais de um milhão estavam diretamente ameaçadas pelo comportamento humano e morriam a um ritmo acelerado. Ao detalhar as principais causas desse morticínio, ela demonstrou um conhecimento impressionante de biologia, química, oceanografia e ciência atmosférica. Não estava se exibindo, e sim montando uma argumentação. E, em vez de aplaudir, a plateia ficou em silêncio, assimilando tudo.

O Homem Verde olhava hipnotizado, lembrando-se de quando Ellen falava nas manifestações em Berkeley e São Francisco na década de 1990. A voz e os modos de Julie eram assustadoramente semelhantes aos da mãe: a paixão contida mas contagiante, a profundidade intelectual e o domínio fácil das ciências naturais que elevavam e transformavam uma crítica política num argumento lógico quase indiscutível, e o charme e o carisma que cativavam uma multidão turbulenta.

Ela terminou assumindo um tom pessoal, dizendo à plateia:

– Olhem, eu não sou terrorista. Sou só uma estudante do ensino médio me preparando para as provas. Não quero machucar ninguém nem destruir nada. A coisa mais destrutiva que costumo fazer são faltas nos jogos de futebol. Odeio falar em público, e fazer discursos assim me amedronta quase tanto quanto a prova de física que vou enfrentar na semana que vem.

Houve risos de apreciação por parte da plateia ao ver que aquela oradora charmosa que tinha montado uma argumentação científica tão embasada estava revelando sua própria angústia adolescente normal.

Mas então Julie terminou o discurso passando para o manifesto, e citou as frases do Homem Verde como se ela própria as tivesse escrito:

– Mas existem causas maiores que nós mesmos. Há lutas que exigem abrirmos mão da nossa própria identidade e assumirmos a responsabilidade por algo maior. Estamos sendo atacados e precisamos nos defender. Nossa vida está sendo atacada. Nosso futuro na Terra está sendo atacado. Nossos filhos não nascidos e as gerações futuras estão sendo atacados. E, quando você é atacado, não pode simplesmente permanecer passivo. Precisa tomar uma atitude. Já passou o tempo em que essa atitude poderia se limitar a protestos pacíficos e pequenas medidas de preservação. O tigre-de-bengala, apesar de toda a sua força, logo irá desaparecer. O elefante-de-sumatra, apesar de seu enorme tamanho, será apenas uma lembrança. Nós somos os próximos, e precisamos contra-atacar com o máximo de força possível!

O Homem Verde ouviu suas frases saindo da boca de sua filha, e isso o comoveu e empolgou de um modo que ele não poderia ter previsto. Os dolorosos dias de depressão, as intermináveis noites de insônia, o medo constante de ser apanhado e a culpa por colocar em perigo as pessoas que amava pareceram por um momento valer a pena e ser absolutamente necessários.

Infundido com essa animação súbita e com esse sentimento de justificação, soube o que precisava fazer. Tinha vindo apenas para ouvi-la e vê-la mais uma vez antes de partir para sempre, mas agora isso não bastava. Ela estava certa: era hora de agir antecipadamente, ousadamente, impulsivamente, e o Homem Verde se levantou do banco.

Julie concluiu o discurso não sacudindo o punho, e sim com uma reverência de respeito pela multidão, e os aplausos para ela foram os mais ruidosos do dia. Ela deu várias entrevistas para jovens jornalistas e conversou com outros líderes da manifestação. E, quando o protesto terminou, ela foi até o ponto na rua 68 e pegou um ônibus que subia pela Broadway em direção à sua casa.

O Homem Verde partiu numa corrida sem esforço e acompanhou o ônibus. O trânsito do início da noite estava pesado e o veículo não conseguiu passar pelo semáforo da rua 69 e parou. O Homem Verde passou por ele e se adiantou por meio quarteirão, esperou no ponto seguinte, na rua 70, e entrou.

Julie estava sentada no fundo, sozinha. Tinha pegado um livro de cálculo na mochila e estava lendo profundamente concentrada. O Homem Verde foi até lá e se sentou ao lado dela. Dava para ver que ela havia percebido que um homem tinha se sentado ali, apesar dos lugares vazios por toda parte. Mas, em vez de olhá-lo e confrontá-lo, virou o corpo todo para o outro lado. Estava numa idade em que recebia cantadas toda hora, e optou por ignorá-lo.

As portas se fecharam e o ônibus partiu.

– Oi, Julie – disse ele na voz mais baixa e calma que conseguiu, dadas as circunstâncias.

A verdade era que não tinha ideia do que estava fazendo naquele ônibus nem qualquer noção do que iria dizer. Só sabia, depois de ouvi-la discursar, que precisava vê-la e falar com ela.

Julie ergueu os olhos, surpresa ao ouvir seu nome dito por alguém que ela não reconhecia, e então o encarou.

– Sei quem é você. É o namorado da minha mãe. O que está fazendo aqui?

– Não sou namorado da sua mãe.

– Namorado, rolo, caso, tanto faz. Eu vi vocês juntos e ficou bastante óbvio o que estava acontecendo. O que está fazendo neste ônibus?

– Entendo por que você pensa isso, mas está errada. Nós somos apenas velhos amigos e fomos surpreendidos por uma chuva gelada, por isso estávamos usando roupões. Lamento. Sei o que pareceu e deve ter sido desagradável, mas realmente somos só bons amigos, o que explica o que estou fazendo neste ônibus. Estou aqui porque quero falar com você sobre sua mãe.

– Bom, eu não quero falar com você sobre isso. Vá embora.

– Eu vou – garantiu ele. – E logo. E não vou tentar falar com você se você não quiser nem vou obrigá-la a escutar nada que não queira. Prometo. Mas peço que me escute por um ou dois minutos. Ouvi seu discurso naquela manifestação. Foi incrivelmente poderoso e impressionante. Sei que isso parece meio estranho, já que acabamos de nos conhecer, mas você me lembrou da sua mãe e... eu não poderia estar mais orgulhoso de você...

Sua voz embargou e ele ficou em silêncio.

Julie pôs o livro de cálculo no colo e olhou rapidamente em volta. Os dois estavam sozinhos na parte de trás do ônibus, mas havia uma dúzia de pessoas mais para o meio, inclusive três adolescentes da manifestação, e a frente estava apinhada, de modo que lhe pareceu um lugar seguro para conversar com um estranho possivelmente insano, mas que conhecia sua mãe.

– Bom, sua intenção pode ter sido fazer um elogio, mas parece que você está me perseguindo. E, se é mesmo um velho amigo da minha mãe, não acha que eu já o teria conhecido?

– Não – disse o Homem Verde. – Estranhamente, não conheceu.

– Por quê?

– Não posso explicar. E só temos um minuto para conversar agora. Prometo que tudo que vou dizer é verdade. Sua mãe é a melhor pessoa que já conheci. E ela ama você demais. Você é tudo para ela.

O rosto de Julie se suavizou, mesmo contra a vontade.

– Entendo que você está numa idade em que tem perguntas e ela não pode dar as respostas específicas que você deseja, por isso a culpa. Por favor, não faça isso. A culpa não é dela. Sei que não é isso que você quer ouvir, mas deveria simplesmente agradecer a ela e ao fato de ter ganhado na loteria das mães, porque ganhou mesmo, e...

– *Não me diga o que eu deveria fazer ou sentir.* Quem quer que você seja, está me deixando realmente desconfortável. Quero que saia deste ônibus agora mesmo, ou vou dizer ao motorista que você está me incomodando, e tem um carro da polícia bem na próxima esquina.

– Vou descer na rua 91 e você nunca mais vai me ver. – Ele quase implorou, em voz baixa: – Só me dê mais dez quarteirões e eu vou embora de uma vez por todas. Está bem?

Julie hesitou.

– Dez quarteirões, e eles são pequenos. Se você tem alguma coisa a me dizer, é melhor dizer depressa.

– Você me lembra demais a sua mãe – disse o Homem Verde, falando mais rápido. – Ela teria dito exatamente a mesma coisa que você disse. Eu a conheci quando ela era só um ano mais velha do que você é agora, e eu a vi falar em comícios, de modo que foi meio estranho assistir a você hoje, porque é igualzinha a ela. E, por mais coisas que ela tenha realizado, acho que você vai realizar mais ainda.

A emoção profunda na voz dele fez Julie se virar totalmente para examiná-lo.

– Quem é você?

Ele a encarou.

– Julie, sua mãe gostaria de responder todas as suas perguntas, mas não pode. E o que eu realmente queria dizer é que você não deveria ficar perguntando. Está fazendo com que ela se sinta incompleta e uma mãe ruim, e ela está passando por um período mais difícil do que você pode imaginar, por isso precisa do seu amor incondicional e do seu apoio. Sei que não tenho o direito de pedir isso, mas, por favor, esteja ao lado dela.

– Se você gosta tanto da minha mãe, por que *você* não fica ao lado dela?

– Porque não posso.

– Por quê?

– Porque estou indo embora.

– Existe e-mail, não é? E telefone.

– Não, não existe e-mail nem telefone. Nunca mais vou falar com ela nem com você depois de hoje. Para ela estarei morto e enterrado. Mas vou me sentir melhor sabendo que você está ao lado dela, e não com raiva... E, Julie, meus dez quarteirões acabaram. É aqui que eu desço.

O Homem Verde queria dizer muito mais, porém uma babá e dois pirralhos que ela deveria estar vigiando vinham pelo corredor em direção ao fundo do ônibus. A babá estava ao celular, falando num rápido dialeto haitiano, e os dois moleques batiam um no outro com espadas de plástico. O espaço no fundo do ônibus não era mais privado, e o veículo já estava diminuindo a velocidade para o ponto da 91 com a Riverside.

O Homem Verde se levantou e sussurrou:

– Adeus, Julie, e que Deus a abençoe.

Em seguida, se desviou da espada de plástico de um dos moleques, foi até a porta e desceu para a calçada. Ficou parado, olhando para o Riverside

Park e o rio. Ouviu o ônibus partir atrás dele e soltou a respiração. Então uma voz disse:

– Ei, você, espere um minuto.

Ele se virou e viu Julie parada enquanto o ônibus continuava subindo pela Riverside Drive. Era uma adolescente alta, obviamente nervosa, usando calça e jaqueta jeans. Ficou ali, desajeitada, com os braços compridos pendendo ao lado do corpo.

– Você não pode dizer aquelas coisas e ir embora assim.

– Tem razão – admitiu ele. – Eu não planejava falar com você, mas não me contive. Fui egoísta. Desculpe. Não deveria ter feito isso.

– Mas fez. Então, por que não tem coragem de dizer o que realmente quer? – Ela se aproximou mais um pouco. – Antes de morrer, ir para o fim do mundo, sair de cena ou qualquer coisa estranha que tenha em mente. – A voz dela ficou um pouco mais suave quando perguntou: – Você está morrendo?

– Não. Isso não era para ser entendido literalmente.

– Não achei que fosse. Porque você parece saudável. Mas já trabalhei como voluntária num hospital, e o jeito como você falou me lembrou de como as pessoas de lá falavam às vezes sobre a morte. Então, aonde você vai, para não poder escrever nem mandar e-mails para ninguém?

– Para minha casa de veraneio.

– E onde é isso?

– Não posso dizer.

Ela pôs as mãos no bolso da jaqueta.

– Você é sempre tão irritante? É difícil acreditar que minha mãe aguentaria isso.

Ele não se lembrava de qualquer um dos dois ter começado a andar, mas ambos seguiam pela calçada sob as árvores. Era uma linda e fria tarde de fim de outono, e os pais que tinham voltado para casa depois de um longo dia de trabalho levavam os filhos para uma preciosa meia hora no parquinho antes de ficar escuro demais.

Chegaram ao Monumento aos Soldados e Marinheiros e o Homem Verde se sentou num banco de mármore. Julie hesitou e se acomodou a alguns centímetros dele.

– Não quero ser irritante – disse ele.

– Mas é.

– E também não acho que a gente deveria estar conversando.

– Mas você me acompanhou até uma manifestação e me seguiu num ônibus, e agora estamos aqui. Nada que você diz faz sentido. Por que não pode falar normalmente?

– Eu gostaria de poder.

– Então você é capaz disso?

– Sou.

– Você é casado?

A pergunta era inesperada. Ele assentiu.

– Tem filhos?

– Tenho.

– Você fala de modo direto com sua família?

– Eu me esforço.

– Você conta a verdade à minha mãe? Ela deve confiar em você, se é um amigo tão antigo e ela o levou ao nosso apartamento.

– Sim, sempre falei a verdade para sua mãe.

– Então tente falar a verdade para mim. No ônibus, quando você disse para não fazer mais perguntas à minha mãe, a que tipo de pergunta estava se referindo?

– Ao tipo que vem fazendo ultimamente.

Julie o encarou.

– Quer dizer, sobre como, quando ela estava chegando aos 30 anos, ficou farta de se decepcionar com os homens e por isso foi a uma clínica em Los Angeles para engravidar?

Ele assentiu.

– De um doador chamado James, sobre quem não sei praticamente nada?

– Esse tipo de pergunta.

A voz dela tremeu.

– Você sabe mais sobre ele do que eu?

– Só sei quanto Ellen ama você e que você deveria parar de tocar nesse assunto, e não pressionar...

– Quieto. Quando minha mãe falou pela primeira vez sobre James, ela estava chorando e ficou muito emotiva. Contou que era porque tinha mentido e dito que não sabia nada sobre ele. – Julie ficou em silêncio por um momento, fitando o Homem Verde. – Mas a mentira pela qual ela estava chorando era realmente a que ela ia me contar?

Agora Julie estava encarando o Homem Verde com muita atenção, examinando o rosto dele, as linhas dos malares e da testa. Quando falou, a voz mal passou de um sussurro, mas de algum modo pareceu muito alta.

– Você é rápido?
– O quê?

Ela estava imóvel, congelada, como se não ousasse mexer sequer um dedo, com medo de ele se quebrar.

– Você é um corredor rápido?
– Eu não diria isso...
– Eu vi você correndo ao lado do ônibus, antes de entrar. Estava no maior pique. Ultrapassou o ônibus.

O Homem Verde achou quase doloroso olhar de volta para ela, mas também não conseguia desviar os olhos.

– Acho que consigo correr razoavelmente, para um sujeito da minha idade. Julie, eu preciso ir...

O lábio inferior dela tremeu, mas quando ela falou sua voz estava firme:
– Quando você era novo, aposto que era super-rápido.
– Talvez.

E, então, em um sussurro quase inaudível, ela perguntou:
– Você é meu pai?

Houve um momento longo e silencioso e então o Homem Verde respondeu suavemente e com muito cuidado:

– Sua mãe me contou o que disse a você, que engravidou de um doador anônimo numa clínica em Los Angeles. E ela nunca mentiu para mim...
– Isso não é resposta.
– É a única que eu posso dar.
– Então, se você *fosse* meu pai, não me diria a verdade nem mesmo agora?

Ele não conseguiu dizer nada.

Ela soltou um longo suspiro e se levantou com as mãos nos quadris, olhando-o de cima a baixo, e sua voz se encheu de raiva.

– Porque, se você *é* meu pai e está fazendo uma porcaria de discurso de despedida antes de sumir para sempre, quero que saiba que odeio você. Odeio de verdade. Odeio por não estar presente e pelo seu silêncio, que na verdade foi uma mentira, e por ter perdido a minha infância e depois aparecer de repente como se eu devesse simplesmente aceitar, ouvir seu conselho e seu papo-furado, e por toda a sua fraqueza e sua covardia...

Ele também se levantou e a surpreendeu colocando a mão nos seus ombros.
– E se houvesse um bom motivo para o seu pai não lhe contar a verdade?
– Isso é babaquice. Que bom motivo poderia haver para uma mentira assim? É só mais uma desculpa...

– Mas e se não fosse? E se a verdade fosse uma coisa com a qual você não poderia lidar? E se fosse injusto pedir para você lidar com isso?

– Você não me conhece – rebateu Julie com fúria. – Eu consigo lidar com qualquer coisa. Você não passa de um covarde e não quero mais ouvir nada disso...

Ele sabia que não podia explicar e que seria mais que loucura sequer tentar. Qualquer coisa a mais que revelasse só iria colocar Julie e ele próprio em perigo, e ele fora incrivelmente cuidadoso por muitos anos. Por isso ficou chocado ao se ouvir perguntando:

– E se a verdade colocasse o peso do mundo nos seus ombros?

A escala da pergunta a pegou de surpresa. Ela estava raciocinando freneticamente – com raiva, mas também empolgada e perplexa.

– Como assim? Quem é você?

Ele olhou fundo nos olhos dela, e por um longo instante os dois ficaram em silêncio enquanto o vento chegava mais forte do rio, soprando ao redor. Então ele sussurrou as palavras com as quais ela havia terminado o discurso alguns minutos antes:

– Existem causas maiores que nós mesmos. Há lutas que exigem abrirmos mão de nossa identidade para assumirmos a responsabilidade por algo maior.

A princípio ela não entendeu, mas então seus olhos se estreitaram ao reconhecer as palavras do manifesto. E um reflexo de compreensão e terror inundou seu rosto. Ela se afastou dele, virou-se e correu para o Riverside Park.

VINTE E OITO

— Isso foi desenvolvido para desacreditar Shakespeare? – perguntou Brennan, e tomou um gole grande de cerveja Guinness.

Era a primeira vez que se afastava da sala de guerra da força-tarefa ou da sede do FBI em quase uma semana, e, ainda que estivesse obviamente exausto, também parecia determinado a tentar desfrutar daquela hora num pub irlandês em Georgetown. Ouvia-se "Wild Colonial Boy", dos Clancy Brothers, e quatro homens jogavam dardos num canto mais afastado.

— Bom, não exatamente para desacreditá-lo – explicou Tom, e, para ser educado, tomou um pequeno gole da sua cerveja. – Mas foi demonstrado, de modo bastante conclusivo, que ele não escreveu sozinho todas as peças que lhe foram atribuídas. E isso não se limita a Shakespeare. A estilometria foi usada em vários outros documentos, desde o Antigo Testamento até o Livro de Mórmon. E por acaso eu sei essas coisas porque tive um professor brilhante e ligeiramente maluco em Stanford, especializado em Shakespeare, que também era formado em estatística e modelagem computacional. E ele estava na vanguarda do que está acontecendo na análise de estilo e inteligência artificial.

— Só em Stanford mesmo – murmurou Brennan, balançando a cabeça. – Por que não deixam o velho Shakespeare em paz? – O comandante da força-tarefa tinha um guardanapo de linho por cima da camisa branca e um prato de carne curada e repolho à sua frente na mesa. Com a alegria visível de um homem grande que gostava de comer, foi com tudo, enquanto Tom pegou uma garfada de seu cozido de cordeiro. – E isso funciona mesmo? –

perguntou Brennan enquanto mastigava. Em seguida engoliu, ajudou a carne a descer com um pouco da cerveja escura e quis saber: – E por que você acha que isso pode nos ajudar a pegar o Homem Verde? Porque eu apostaria meu dinheiro nos mil agentes da lei indo de porta em porta no Michigan procurando vans pretas e adesivos de para-choque com texugos-do-mel.

– Isso também pode funcionar – admitiu Tom. – Mas a estilometria pode ser muito mais rápida e custar muito menos. As técnicas foram desenvolvidas durante mais de um século e, nos últimos vinte anos, deram um salto gigantesco. A ideia básica é simples: você pode usar estatísticas para analisar textos estilisticamente e dizer quem os escreveu. Por exemplo, os estudiosos de Shakespeare, como o professor Shaw em Stanford, querem saber que peças ele de fato escreveu e em quais foi apenas colaborador. Se foi um trabalho de colaboração, eles querem identificar que falas foram escritas pelo próprio Shakespeare e que outros dramaturgos jacobinos, como Thomas Middleton, podem ter contribuído.

– E eles conseguem realmente saber isso? – perguntou Brennan com ceticismo. – Decompor peças de quinhentos anos, fala por fala, e descobrir quem escreveu qual?

– Com uma precisão espantosa. É uma espécie de trabalho forense literário que combina modelagem computacional e inteligência artificial. O número de elementos sintáticos, filológicos e lexicológicos que eles levam em conta aumenta ano a ano, de modo que fica mais sofisticado e acurado. Meu professor estava trabalhando com um especialista em inteligência artificial de Oxford chamado Leung, de renome internacional.

Brennan o encarou, e não estava claro se o grandalhão estava com dificuldade para engolir um pedaço grande de carne ou para entender a palavra "lexicológicos".

– Certo – disse finalmente. – Mas, quando você estava falando de Shakespeare e... quem era mesmo...?

– Middleton.

– Esses dois são dramaturgos bem conhecidos, e entendo que um especialista possa usar a obra deles para comparar os estilos e as escolhas de palavras de modo estatístico para descobrir quem escreveu quais falas. Mas não sabemos quem é o Homem Verde, então iríamos comparar o manifesto com o quê?

– É isso que estou tentando explicar. Não é preciso saber. Chegamos ao ponto em que os especialistas podem usar a estilometria para criar um perfil estilístico estatístico de um escritor, como se fosse uma impressão digital criativa. E, tendo isso, podem fazer o mesmo que fazem com as digitais: comparar com milhões de outros documentos na internet até combinarem com uma pessoa real. E essa pessoa real será o Homem Verde.

Brennan baixou o garfo e comentou:

– Num estalar de dedos.

– Bom, em teoria. Existem algumas variáveis, como quanto de material o Homem Verde produziu na vida e está disponível por aí. Considerando seu nível de formação, aposto que há muita coisa, e não me surpreenderia se ele tivesse publicado profissionalmente, o que tornaria isso ainda mais fácil. Eu dei os nomes dos especialistas mundiais em estilometria a Hannah Lee, e ela já está dando prosseguimento.

– É, ela ficou muito empolgada – admitiu Brennan. – Mas queria saber o mesmo que eu: por que você não faz isso?

– Hannah é ótima. O senhor estava certo. Ela é tão boa quanto eu, ou ainda melhor.

– Isso é muito gentil da sua parte. Mas a ideia foi sua. Está nos trazendo uma abordagem interessante, sem mencionar que quer trazer também um dos seus antigos professores. Então por que não liderar o ataque e ver aonde vai dar?

Tom mexeu num pedaço de cordeiro com o garfo.

– Não sei bem se eu acredito.

– Na abordagem estatística de estilo?

– Não, no manifesto.

– Eu também tinha muitas dúvidas – admitiu Brennan. – Mas agora estamos confortáveis com a ideia de que é obra do Homem Verde.

– É, sim, mas, de um modo que eu não entendo, também não é ele.

– Como assim?

– Não sei bem.

– Acha que ele está sacaneando a gente?

– Ele nunca entregaria o jogo desse jeito. Vai contra tudo que sei sobre ele. Deve ser algum tipo de cortina de fumaça ou algo para nos levar na direção errada.

– Sabemos o suficiente sobre ele, de maneira que, se ele está direcionando a gente para o lugar errado, vamos descobrir quase de imediato. Sabemos onde ele atacou, quando atacou e, em cada caso, sabemos exatamente como. E, seja lá qual for o objetivo dele com o manifesto, também está com certeza entregando o jogo. Não é possível escrever trinta páginas sem revelar coisas muito específicas e significativas sobre si mesmo.

– Sem dúvida é verdade. Não finjo entender por que ele está fazendo isso. Mas ele esteve à nossa frente a cada passo do caminho.

O ar-condicionado do bar era forte, mas o grandalhão tinha começado a suar. Ele passou as costas da mão pela testa lustrosa.

– Você tende a dar crédito demais a ele, Tom. Ninguém é perfeito. Ele não estava à nossa frente quando encontramos as fibras da luva. E não creio que estivesse esperando ser parado por um policial de Nebraska por causa de uma luz de freio queimada.

– Foram erros pequenos. Acidentes imprevisíveis.

– Ele não cometeu nenhum erro pequeno nos cinco primeiros ataques. Eu venho fazendo isso há muito tempo, e, acredite, ele está sentindo a pressão. Faz semanas que não durmo bem. Carrego esse caso aonde quer que eu vá. E toda a pressão que estou sentindo ele está sentindo dez vezes mais. Ele não seria humano se não começasse a cometer erros.

– Com certeza isso é verdade, mas não acredito que ele deixaria um adesivo de para-choque na van e não confio no manifesto. Eu gostaria de ter uma resposta para o motivo de ele ter mandado aquele texto.

Brennan enxugou o suor do rosto com um canto do guardanapo, que escorregou do peito para a mesa.

– E se o verdadeiro motivo for político? O presidente é uma criatura política astuta. E se tudo que ele teme com relação à próxima eleição estiver totalmente correto? A disputa vai ser apertada e o meio ambiente será um tema fundamental: um divisor de águas na história americana. Toda vez que o Homem Verde atacou, mexeu com as pesquisas de intenção de voto. Ao politizar sua causa no manifesto e atacar o presidente diretamente, ele pode ter feito mais para mudar o rumo da história americana do que ao explodir mais cinco represas.

– Pelo menos essa motivação política faz sentido – admitiu Tom. Não acrescentou que tinha muita simpatia pelo fato de o Homem Verde politizar sua causa. Havia muitas boas razões para querer mudar a direção das políticas ambientais do país, e rapidamente. Mas estar sentado diante desse comandante da força-tarefa que ele admirava, totalmente comprometido em pegar o Homem Verde, fez com que Tom se lembrasse de que, se não pegassem logo o terrorista, ele atacaria de novo, e sem dúvida mais pessoas inocentes morreriam. – Mas tem uma coisa no manifesto que eu ainda não engulo. Se o senhor e Hannah Lee querem ir nessa linha, eu dei a vocês minha melhor ideia. Mas, como há uma significativa pressão de tempo, acho que posso ser mais útil partindo em outra direção na qual acredito. E há uma pressão de tempo significativa, não é?

Brennan assentiu, fez uma leve careta e massageou o pescoço.

– O senhor está bem?

– Só um torcicolo. Andei lendo demais. É, tem um relógio fazendo tique-taque em volume alto.

Tom hesitou antes de perguntar em voz mais baixa:

– Se não se importa que eu pergunte, quanto tempo o senhor acha que nós temos?

Washington, D.C., era uma cidade pequena, e Brennan olhou para os dois lados. Não havia ninguém perto o bastante para ouvir.

– Duas semanas. No máximo três... e então o negócio sai das nossas mãos.

– Isso é loucura. Como eles podem tirar esse caso do senhor?

O rosto de Brennan endureceu perceptivelmente.

– Ninguém vai tirar o caso de mim porque vamos solucionar a tempo. E confio nos seus instintos. Eles foram certeiros em relação a Nebraska...

– Tive um pouco de sorte.

– Eu não acredito em sorte. O seu pai seguia os instintos dele e eu sempre lhe dei rédeas soltas. Então, aonde você quer ir desta vez?

– Não é tanto um lugar, e sim um modo diferente de procurá-lo. – Tom encarou o olhar intenso de Brennan. – Não estou convencido de que o manifesto do Homem Verde irá nos levar a qualquer lugar útil, mas tenho certeza absoluta de que os atentados dele farão isso.

– Então tem a ver com a represa Boon?

– E os outros cinco atentados, todos juntos. O Homem Verde pode ter tido alguma ajuda no caminho, mas acho que o trabalho pesado foi dele. Sinto uma mente por trás dos ataques, planejando, preparando e executando. Ele é um artesão, e todos mostram diferentes aspectos do artesanato. Daquilo em que ele é bom. Do que ele sabe fazer. E de como prefere fazer.

– Está falando sobre o conjunto de habilidades dele?

– Isso. Quero examinar com atenção exatamente que técnicas ele usou em cada atentado. O que ele precisaria saber para afundar o iate, explodir a fábrica ou demolir a represa? Com que diferentes áreas da ciência e particularmente da engenharia ele precisaria estar confortável? Ele tem um vastíssimo conhecimento sobre vários assuntos diferentes, é até raro encontrar alguém assim.

Acho que posso criar um perfil profissional dele, a partir do que ele fez e como estudou. E, assim que tivermos esse perfil, deverá ser simples procurar quem se encaixaria nele.

– Você vai ter que trabalhar com alguém.

– O ideal seria um engenheiro estrutural ou mecânico que atue com várias disciplinas. Já procurei algumas pessoas na Caltech, pedi sugestões...

– Há uma engenheira mecânica superbrilhante na Carnegie Mellon que já nos ajudou. Depois do segundo atentado, ainda não sabíamos exatamente com o que estávamos lidando, mas começamos a explorar de modo limitado o tipo de abordagem que você está usando agora, e alguém no Departamento de Defesa a recomendou, por causa do conhecimento amplo que ela tem. Ela acabou de ganhar um prêmio importantíssimo. Um Dingus... Dickman?

– Ela ganhou um Draper? Está falando da Dra. Ronningen?

– É, eu me encontrei com ela brevemente e fiquei muito impressionado, e...

Brennan franziu a testa, parou e respirou fundo várias vezes enquanto esfregava o peito.

– O que foi? – perguntou Tom, alarmado.

– Nada. Às vezes tenho isso. É só indigestão por causa da carne curada...

– Porcaria nenhuma.

Tom já estava com o celular na mão.

– O que você está fazendo?

– Chamando uma ambulância.

– Não seja idiota. Preciso voltar ao trabalho. O médico só vai me dizer para perder 15 quilos, parar com a cerveja e...

– Continue sentado, respire fundo e cale a boca – mandou Tom. – Eu perdi meu pai para um ataque cardíaco e não pretendo perder o senhor. – E, então, ao celular: – Estou no pub Flanagan em Georgetown. Preciso de uma ambulância agora mesmo. Alguém está tendo um ataque cardíaco, só que é idiota demais para saber.

VINTE E NOVE

O Homem Verde poderia ter viajado de avião para Lubbock. Midland o deixaria ainda mais próximo, mas eram aeroportos pequenos, e, quanto mais para perto dos campos de petróleo viajasse, mais seu histórico de voos poderia denunciá-lo numa busca de possíveis alvos. Viajar de avião era um risco que ele tinha evitado antes. Quando estava investigando os seis alvos anteriores, foi até eles na sua van, percorrendo estradas secundárias. Era mais seguro e deixava uma pegada menor de carbono – poucas coisas eram tão prejudiciais quanto as viagens aéreas. Mas agora havia a pressão do tempo: seu manifesto tinha sido divulgado; numa entrevista coletiva televisionada o presidente havia prometido pegá-lo, furioso, e ele podia sentir o cerco se fechando.

O aeroporto internacional Dallas/Fort Worth ficava a mais de seis horas de carro dos campos de petróleo, de modo que pousar ali lhe dava pelo menos algum distanciamento. Além disso, era o quarto aeroporto mais movimentado dos Estados Unidos, e, quanto maior o volume de viajantes passando e quanto mais destinos o aeroporto atendesse, mais difícil seria fazer uma busca por ele. Alugou um jipe Grand Cherokee azul-escuro, colocou uma boa música estilo *bluegrass* no rádio e partiu ao sol do Texas para fazer algumas compras.

Numa enorme loja de artigos excedentes do exército comprou botas militares leves, um binóculo Apache, um chapéu de pano tipo selva, óculos de visão noturna e uma bolsa de lona. Seu olhar passou por uma fileira de armas, mas ele se decidiu por uma faca KA-BAR que poderia comprar com dinheiro vivo sem precisar mostrar documento de identidade.

— Está planejando uma invasão? – perguntou o bem-humorado vendedor, cuja enorme camiseta Semper Fi não cobria muito bem a pança.

— Só fazendo estoque – respondeu o Homem Verde. – Não existem lojas assim em Vermont.

— É por isso que você deveria se mudar para o Texas.

Num brechó de um bairro barra-pesada no nordeste de Dallas, o Homem Verde escolheu um macacão tipo jardineira, de tecido grosso, e várias camisetas pretas. Experimentou-os no provador minúsculo da loja, e, quando se olhou no espelho, estava parecendo menos um empresário em viagem de negócios e mais um operário que poderia estar à procura de trabalho nos campos de petróleo.

Seu hotel em Dallas ficava a menos de um quilômetro e meio da Dealey Plaza, e, depois de fazer o check-in, o Homem Verde caminhou no fim da tarde até o famoso cruzamento da Elm com a Houston. O Museu do Sexto Andar ainda estava aberto, mas ele tinha visto a exposição vários anos antes, o que havia sido quase fisicamente doloroso. Em vez disso, encontrou um banco vazio perto da famosa colina gramada e se sentou enquanto as sombras se alongavam. Imaginou a carreata de Kennedy virando no depósito de livros escolares e subindo pela Elm Street em direção ao banco onde ele estava agora. Esse trajeto tinha sido publicado nos jornais de Dallas para garantir um público razoável, e Lee Harvey Oswald estava em seu ninho de atirador no sexto andar do depósito, com visão livre para o cruzamento embaixo.

JFK era um herói para o Homem Verde: ele admirava o que Kennedy tinha feito com o programa espacial e o Corpo de Paz, e gostava de acreditar que aquele foi um momento em que os Estados Unidos estavam indo na direção certa. Se Kennedy não tivesse sido morto, será que ele e o irmão teriam abraçado o movimento dos direitos civis e tirado os Estados Unidos do Vietnã? E com toda a sua inteligência e a mente aberta para a ciência e as novas ideias, será que eles teriam dado atenção ao alerta feito pela primeira vez por Charles David Keeling no início da década de 1960 no observatório Mauna Loa, de que os níveis de dióxido de carbono estavam crescendo perigosamente segundo a Curva de Keeling e que os seres humanos eram responsáveis por isso?

Foi um momento em que um líder visionário poderia ter estudado as pesquisas, previsto o futuro e vislumbrado um perigo iminente. Um cientista altamente competente tinha dado um alerta específico baseado em fatos, e, se isso fosse levado a sério, teria havido décadas para agir com sensatez e o mundo não estaria na situação precária atual. Mas Oswald deu três tiros, matando o presidente e a chance de uma mudança. Se um homem tinha puxado um gatilho e alterado o rumo da história para pior, afundando os Estados Unidos nas sombras e fazendo o mundo perder uma oportunidade clara, será que outro não poderia alterar o rumo da história novamente, agora para melhor, salvar o país de seus piores demônios e dar ao mundo um indulto de última hora?

O Homem Verde ficou sentado no banco, cercado pelas placas e pérgolas da praça meticulosamente restaurada para ter a mesma aparência de 22 de novembro de 1963. Era um lugar que exalava um sentimento quase tangível de como o destino era frágil e como um indivíduo com a ousadia para agir – e a engenhosidade para fazer isso de modo que ninguém pudesse prever ou impedir – podia mudar o curso da história humana. O Homem Verde bebeu esse pensamento como um vampiro se alimenta de sangue e partiu quase inebriado com a certeza de que realmente poderia realizar esse feito enorme.

Caminhou de volta ao hotel com o dia já escuro, tomou dois comprimidos e tentou dormir, mas só apagou durante algumas horas e acordou nervoso, agitado. Era sempre assim quando estava para examinar um alvo. A ansiedade foi crescendo cada vez mais durante a madrugada, até que ele não conseguiu mais esperar no quarto pequeno e silencioso. Deixou o hotel ao nascer do sol e foi para o oeste pela I-20, sentindo-se estranho e exposto por estar dirigindo um jipe alugado, sem vidros escuros, numa interestadual importante, mas ao mesmo tempo um tanto empolgado.

O oeste do Texas era plano e marrom, depressivo para ele até mesmo ao nascer do sol. O Homem Verde tentou se concentrar na missão: em algumas semanas, estaria voltando para cá em sua van, com explosivos suficientes para transformar um enorme campo de petróleo num inferno na terra. De que ele precisaria para incendiá-lo e qual seria o melhor modo de entrar e sair? A única coisa da qual tinha certeza era a hora em que atacaria. Depois de estudar números novos e preocupantes gerados por satélites sobre o aumento dos gases causadores de efeito estufa na atmosfera e o derretimento rápido do gelo na Antártica, o grupo ambientalista radical na Suécia tinha avançado dramaticamente seu relógio do juízo final, o relógio de Östersund, indicando que a terra estava se aproximando da meia-noite derradeira. Pegando a deixa pela última vez a partir do relógio do juízo final, o Homem Verde atacaria o campo de petróleo à meia-noite.

Ele parou em Midland e almoçou num restaurante mexicano à sombra de um edifício alto. Aquele local era território da família Bush: o exemplo máximo de cidade que cresceu com a corrida do petróleo. A área do centro tinha alguns edifícios altos construídos no boom do início da década de 1980, antes que a queda que se seguiu interrompesse o período de construções. A meia dúzia de prédios de escritórios velhos e altos parecia zombar das ambições desta que havia se dado o apelido de Cidade Alta e um dia sonhara em ser outra Dallas ou Houston.

De Midland até Odessa foi um pulo, e depois duas horas até a cidade de Pecos, na bacia Permiana. As bombas de sucção de petróleo – ou "cavalos de pau" – começavam a surgir em lugares estranhos, movendo-se para a frente e para trás por cima dos telhados das casas, bamboleando perto das estradas, bombeando petróleo em playgrounds de escolas, profanando pátios de igrejas e quebrando a monotonia das plantações. As cidadezinhas no caminho pareciam pobres e passando por dificuldades, mas por baixo delas existia ouro líquido.

Após percorrer vinte minutos viajando para o oeste, o Homem Verde chegou a Baines, um ponto anteriormente obscuro no mapa que agora se via no epicentro do maior crescimento do xisto hidráulico no mundo. Além disso, Baines era a cidade mais próxima do enorme Campo de Petróleo Hanson, que o Homem Verde tinha vindo pensar num modo de destruir. Estacionou e caminhou pelas ruas empoeiradas, com a aba larga do chapéu de pano protegendo-o do sol enquanto ele captava a vibração do que parecia uma mistura inquieta de um sonolento povoado do oeste do Texas com uma festa de fraternidade estudantil interminável, barulhenta e com muito dinheiro.

Havia ruas secundárias calmas, com casas modestas muito bem cuidadas, uma escola minúscula, uma loja Family Dollar e uma pequena igreja batista com uma placa alertando: "Se você parar no estacionamento desta igreja, será batizado." Mas o trânsito na cidade era pesado e aumentava a cada minuto, e não eram carros pequenos com pessoas vindo ser batizadas. Eram picapes e ônibus de empresas trazendo operários e trabalhadores sem qualificação vindos dos turnos de dez, doze e catorze horas nos campos de petróleo, que se derramavam em Baines procurando churrasco e cerveja gelada.

Restaurantes e bares na rua principal anunciavam churrasco texano e cerveja Budweiser, e três boates para cavalheiros sugeriam muito mais. Um trailer na Main Street oferecia cortes de cabelo por 30 dólares, muito acima do preço que seria cobrado numa cidade como aquela. Mais adiante, um estúdio de tatuagem chique estava movimentado. Todo mundo que o Homem Verde via nas ruas era do sexo masculino, a não ser algumas garotas com roupas coloridas e saias curtas, paradas nas esquinas ou entrando nos bares em pares ou trios. Sua garganta estava seca e ele queria muito entrar num daqueles bares com ar condicionado e pedir um hambúrguer e uma cerveja, mas a segurança era alta nas cidades em crescimento rápido, eles poderiam ter câmeras na porta, e velhos hábitos custam a morrer.

Assim, o Homem Verde ficou nas sombras examinando os trabalhadores, absorvendo detalhes de como se vestiam, como falavam e agiam. Estava suficientemente perto para ouvir o barulho das botas de trabalho e ver as peles queimadas de sol. Se incendiasse um campo de petróleo usando o fluido de retorno, seriam liberados gases tóxicos que alguns daqueles homens iriam inalar. Eles poderiam se asfixiar no local ou sofrer com terríveis problemas de saúde durante anos. Eram homens durões, mas não eram maus e não queriam destruir o meio ambiente. Só estavam pegando o melhor serviço que podiam encontrar, e o Homem Verde não tinha nada contra eles. Sentia o peso do que faria, e, antes de voltar para o jipe, rezou a Deus para que de novo seu objetivo justificasse o mal que causaria a pessoas inocentes.

Tinha visto campos de petróleo antes, mas nada como o Hanson, que logo surgiu na paisagem árida como uma Oz de metal. Era uma cidade reluzente feita de enormes tanques de armazenamento, tubulações parecendo serpentes e milhares de perfuratrizes com motores a diesel empurrando o tóxico líquido de fraturamento para dentro da terra com o objetivo de arrebentar o xisto. Havia um grande número de trabalhadores nas perfuratrizes, caminhões levavam suprimentos e traziam petróleo de lá para cá, e a segurança era rígida. A cerca de arame ao redor do campo tinha 10 metros de altura, e no topo reluziam espirais de arame farpado. O Homem Verde viu uma torre de sentinela e não diminuiu a velocidade do jipe enquanto dirigia em volta do perímetro.

Seguiu pela estrada que passava junto ao campo e foi para o norte, até o local onde o rio Kildeer passava por baixo da cerca. Ficou satisfeito ao ver que não existiam precauções especiais nem postos de vigilância ali. Virou numa estrada de terra que seguia junto à margem e dirigiu por um quilômetro e meio rio acima, fora do alcance visual do campo de petróleo, parando na margem negra coberta de cascalho.

Tirou os sapatos e entrou no rio, que tinha 10 metros de largura e era surpreendentemente frio. Mergulhou sob a superfície, adorando o choque térmico, e ficou de olhos abertos. O rio não era fundo, mas no canal central ele ficou a quase um metro e meio abaixo da superfície, o que certamente bastaria. Mesmo à luz do dia seria difícil enxergar um mergulhador vestindo roupa de borracha preta, da mesma cor do basalto do leito do rio. À meia noite, ele estaria invisível.

Saiu do rio, e em dez minutos o sol da tarde no Texas já o havia secado. Tinha visto um morro isolado a vários quilômetros do campo Hanson. Foi para lá, sacolejando em estradas de terra e cortando trechos planos de cascalho e areia, mantendo-se a mais de um quilômetro e meio da cerca. Havia um bosque de carvalhos na base do morro. Deixou o jipe no meio das árvores e subiu até o topo plano, olhando para o campo Hanson. Dali podia ver o local com clareza, e o reluzente Kildeer, que passava por baixo da cerca na extremidade norte, dividia o campo ao meio e saía pelo lado sul.

Tirou do bolso o binóculo Apache e examinou o campo que já havia memorizado, setor por setor, a partir de mapas. Sua visão ampliada se moveu lentamente por cima dos enormes tanques de petróleo e gás conectados por redes de tubulações, pelas fileiras aparentemente intermináveis de altas estruturas de fraturamento com equipes de trabalho parecendo enxames, pelas construções planas que serviam como depósito de areia e produtos químicos, até chegar aos tanques de metal com o fluido de retorno, isolados, perto do rio. Tinham 12 metros de altura, eram cilíndricos e pintados de verde-lima, agrupados lado a lado. Cada tanque era conectado a uma abertura de ventilação de modo que o gás produzido pelo líquido pudesse ser queimado com uma chama.

Ele entraria nadando a partir do norte e permaneceria submerso no rio por 800 metros até chegar aos tanques de fluido de retorno. Seria melhor ir numa noite sem lua, mas mesmo assim o campo de petróleo estaria iluminado por lâmpadas fortes e pelas chamas que queimavam os gases. Quando saísse da água, as sombras noturnas dos tanques de fluido de retorno iriam escondê-lo. Eles eram feitos de metal pesado, mas as aberturas – destinadas a liberar os gases prejudiciais – os tornavam vulneráveis, e a proximidade uns dos outros era um erro fatal. Se um tanque explodisse, o do lado também explodiria. Se cinco explodissem, os cinquenta explodiriam. Se cinquenta explodissem, o campo Hanson seria destruído – e ele esperava que os tanques de petróleo e gás no lado oposto não pegassem fogo e não envenenassem ainda mais a atmosfera.

O Homem Verde comeu um sanduíche de presunto em seu jipe, e, enquanto a tarde caía, as milhares de tochas das chaminés no campo lá embaixo – visíveis mas não particularmente dramáticas à luz forte do dia – começavam a dançar contra a escuridão que se aproximava. Ele tinha visto o que precisava ver e poderia ter ido embora, mas continuou no topo do morro. Era um risco calculado – cada minuto que permanecesse ali aumentava a possibilidade de ser avistado –, mas queria observar o campo na escuridão total, do jeito que estaria quando voltasse para destruí-lo.

TRINTA

— Como vai o seu chefe? – perguntou a Dra. Ronningen. A mulher tinha 30 anos e era deslumbrante, com cerca de 1,80 metro de altura e uma combinação inesperadamente linda e enérgica de ascendências norueguesa e israelense. – Gostei muito do velho Brennan. Ele é original de verdade. Lamento saber que ele andou doente.

– Foi só uma arritmia. Teve que colocar um marca-passo – explicou Tom. – Quando aconteceu foi assustador, mas ele vai ficar bem. Precisa cuidar da alimentação e não pode trabalhar demais, duas coisas que provavelmente são o inferno para ele.

– É, aposto que sim.

Ela sorriu enquanto examinava os seis resumos dos atentados do Homem Verde. Era capaz de continuar conversando amenidades enquanto lia velozmente. Tom notou que ela não tomava notas, mas talvez não precisasse. Tinha uma reputação magnífica: pesquisadora com bolsa de pós-graduação Rhodes, havia publicado extensivamente, dava palestras em todo o mundo, ganhara vários prêmios importantes de engenharia e era professora catedrática aos 30 anos.

– Acho que ele sente mais falta de trabalhar 24 horas por dia que da cerveja. Mas essa é uma aposta difícil. Só espero que ele siga algumas ordens dos médicos.

– Eu não contaria com isso – disse ela, terminando de folhear o resumo da destruição da represa Boon. – Esses detalhes das habilidades específicas que ele usou em cada atentado são meticulosos e serão muito úteis. Quem preparou?

– Eu – admitiu Tom.

Ele havia passado muito tempo em ambientes acadêmicos e nunca tinha visto uma sala tão grande, especialmente para uma professora tão jovem. Era mais um laboratório que um escritório: uma dezena de engenheiros poderia trabalhar ali sem que o espaço ficasse apertado.

– Muito bem – disse ela. – Mas por que precisamos olhar as cartas que ele mandou depois de cada atentado e o manifesto?

– Em cada carta, ele detalha especificidades sobre os métodos que usou. E, no manifesto, as avaliações das diversas ameaças à Terra e como elas se conectam revelam muito sobre o modo orgânico como ele pensa os diferentes ramos da ciência. Além disso, acho importante ouvirmos a voz dele.

– Acha, é? Para mim parece perda de tempo. – Ela decidiu não discutir. – Ótimo, não é muita leitura a mais. Estou pronta para começar, e aviso: não acredito em dormir nem em fazer pausas longas para comer. Especialmente porque sei que temos um prazo curto.

– É, precisamos ir com tudo. Não tenho problema em virar noites, então posso ficar com você pelo tempo que precisarmos.

– Veremos – rebateu ela em tom quase competitivo. – Javad deve chegar a qualquer minuto. Vamos começar com o atentado à Boon e recuar a partir daí, porque a engenharia necessária para construir o drone e derrubar a represa foi especialmente característica. E o torpedo caseiro que ele usou para afundar o iate também foi bastante especial e vai nos dizer muita coisa.

– Quem é Javad, e o que ele faz?

– Modelagem computacional. Ele vai converter minhas avaliações de engenharia num perfil de dados que podem ser buscados...

– Eu posso fazer a modelagem – disse Tom.

– Tenho certeza de que pode. – O sorriso educado mas ligeiramente desdenhoso era o mesmo que ela dava aos estudantes que não eram tão bons quanto achavam ser. – Sem ofensa, mas o Javad é muito bom nisso.

– Não me ofendo, mas eu também sou.

Ela o examinou.

– O que exatamente você faz no FBI?

– Hoje em dia, o que eles quiserem. Mas minha formação é em engenharia da computação, se é isso que está perguntando.

– E onde você estudou?

– Na Caltech.

– Com quem?

– O Dr. Boyer e o Dr. Iwasaki foram meus dois principais orientadores.

Os olhos pretos e brilhantes dela se arregalaram ligeiramente.

– Você estudou com o Kenji?

– Eu nunca o chamei assim.

Ela pegou um celular. Em Los Angeles eram três horas a menos. Fez uma busca rápida nos contatos, apertou um número e encostou o aparelho no ouvido. Tom a ouviu dizer:

– Kenji, é Lise. Não, infelizmente Ernst e eu não poderemos ir a Davos este ano. Escute, estou aqui com um ex-aluno seu. Ele diz que agora trabalha no FBI. Na verdade, não. O nome dele é Tom Smith e ele diz que...

E então ela se afastou segurando o telefone junto ao ouvido.

Tom a observou circular pelo laboratório. Ela estava em movimento constante e sempre em modo multitarefa, verificando um monitor e ajustando um mostrador enquanto falava. Voltou para perto de Tom falando:

– Obrigada, Kenji. Sim, vou dizer a ele. – Ela desligou. – Parece que você causou uma impressão forte. Ele mandou lembranças e disse que não vou precisar do Javad.

– É bom ouvir isso.

– É especialmente bom para o Javad, porque ele está com um bebê recém-nascido e o sono é precioso para ele. Me deixe dar a boa notícia.

Um sujeito que parecia ser do Oriente Médio, carregando uma pasta para notebook, tinha entrado rapidamente no laboratório. Ela foi interceptá-lo e falou com ele por alguns segundos. Ele assentiu e saiu imediatamente. Ela voltou para perto de Tom e sentou-se ao seu lado.

– Então seu nome é mesmo Tom Smith? Achei que era algum tipo de disfarce ruim do FBI.

– Não, é meu nome de batismo.

Ela inclinou a cabeça para examinar Tom, e seu cabelo comprido e preto, que descia quase até os quadris, se balançou para um lado.

– Só para saber com quem estou lidando, por que trabalhar no FBI, com seu nível de formação?

Ele deu sua resposta padrão:

– Era um negócio de família.

– E qual é exatamente o negócio da sua família?

– Pegar bandidos – respondeu ele com um sorriso sem graça.

O sorriso que a Dra. Ronningen lhe devolveu não era mais desdenhoso, e sim caloroso e até ligeiramente brincalhão, e iluminou o rosto dela.

– Bom, então vamos ver se podemos pegar um. Está bastante claro que procuramos um engenheiro mecânico de excelente formação, com significativas habilidades interdisciplinares e uma experiência profissional de amplitude incomum. Aposto que ele fez pelo menos a pós-graduação num programa de alto nível e provavelmente trabalhou em vários ramos interligados, o que deve torná-lo razoavelmente identificável...

– Essa é exatamente a minha premissa – concordou Tom empolgado, começando a tomar notas em seu computador. – Como você sugere, vamos começar pela represa Boon. O alvo tinha uma margem de erro muito pequena. Pelo modo como ele o acertou, você acha que ele precisaria ter trabalhado profissionalmente como engenheiro estrutural?

– Não necessariamente, mas o modo como usou a pressão hidrostática mostra um entendimento profundo de análise estrutural, especialmente para calcular tensões e deslocamentos. Vou voltar a isso e vamos examinar a matemática necessária. Se ele próprio construiu o drone capaz de carregar aquela carga pesada, é tentador dizer que o cara tem formação em aeronáutica, mas acho que aviônica é uma aposta ainda melhor, porque a formação em engenharia aviônica poderia explicar aquele torpedo caseiro...

TRINTA E UM

Pouco antes da meia-noite, o Homem Verde deixou o jipe protegido pelos carvalhos e caminhou até a cerca. Usou óculos de visão noturna para o terreno rochoso perto do morro e depois os tirou e foi guiado pela claridade do campo de petróleo adiante. A área perto da cerca estava inicialmente escura e silenciosa, mas, quando ele se aproximou, as luzes fortes das torres de perfuração iluminaram seus passos e ele ouviu o rosnado constante dos motores a diesel e o chiado interminável das chamas queimando os gases.

Era meia-noite – a hora em que atacaria. O Campo de Petróleo Hanson, iluminado e rugindo, parecia algo saído de um filme de terror e ficção científica. O ritmo e a escala da operação eram chocantes, assustadores e pareciam de outro mundo. O chão tremia com a pulsação das máquinas e um cheiro acre de enxofre pairava no ar. Era um estupro violento da biosfera – de sua superfície, seu leito de rocha, seu lençol freático e, de modo mais preocupante, sua atmosfera – e seguia sem cessar.

Chegou à cerca e parou, logo abaixo do arame farpado. O *fracking* tinha avançado muito desde o veterano da Guerra Civil que foi o primeiro a mandar explosivos pelos buracos. Como ambientalista, o Homem Verde estava horrorizado com os danos infligidos, mas, como engenheiro mecânico, sentia fascínio pelas máquinas gigantescas trabalhando em harmonia perfeita para sugar petróleo e gás do xisto profundo. Agora que podia ver o fraturamento hidráulico de perto, sentir seu cheiro e seu gosto, soube que tinha escolhido o alvo certo para o final. O que estavam fazendo era profundamente prejudicial para um planeta que talvez já estivesse condenado, e só iria piorar.

Mais de cem poços novos eram perfurados nos Estados Unidos todos os dias, e quase todos eram para fraturamento hidráulico. Os engenheiros e químicos experimentavam novos métodos de perfuração e misturas mais potentes de substâncias tóxicas para descobrir modos mais poderosos de despedaçar as profundas camadas de rocha. Um aumento constante no número de torres de perfuração significava mais metano ainda vazando para uma atmosfera já saturada de gases causadores de efeito estufa, enquanto a Terra esquentava por baixo. Isso precisava ser interrompido logo e o mundo tinha que ser alertado. Ele assumiria o grande risco final e depois desapareceria.

Imaginou-se dali a três semanas no rio gelado e escuro, depois saindo da margem com os enormes tanques de fluido de retorno ao redor. Visualizou o momento fatídico em que colocaria vários detonadores com temporizador e a destruição do campo seria inevitável. Os tanques de fluido de retorno agrupados explodiriam um depois do outro, como uma grande fileira de bombinhas. A gigantesca bola de fogo transformaria a noite em dia enquanto ele nadava para longe pelo Kildeer, acelerando para sair vivo.

As chamas amarelas e vermelhas que tremeluziam ali perto eram hipnotizantes. Enquanto as observava, a mente do Homem Verde ia da sua missão para Sharon, depois para Gus e Kim e para qual seria o futuro deles se voltasse vivo. Seria traumático deixarem para trás tudo que conheciam. A época do primeiro rompimento tinha sido de grande tristeza. Existiam pessoas que o amavam e com quem ele jamais poderia entrar em contato de novo, e permitir que achassem que ele havia morrido era uma traição. Mas isso tinha sido necessário, e o Homem Verde sabia que o rompimento num futuro próximo também seria necessário. Ele e Sharon tinham planejado isso durante anos, e agora estavam prontos.

Ele adorava a ideia de sua família passando tempo junto num lugar novo e lindo, no caso de terem sucesso. Mais cedo ou mais tarde as crianças entenderiam o que o pai tinha feito e a necessidade de um sacrifício pessoal como esse, que mudaria toda a vida deles. Esse pensamento levou o Homem Verde a se lembrar de Julie e da conversa que tinham tido na Riverside Drive, como ela o havia olhado ao perceber quem ele poderia ser. Tinha sido loucura contar. No entanto, não se arrependia, e a lembrança daquele encontro dramático o distraiu de tal forma que ele não ouviu os passos, até que um facho de lanterna se acendeu, fixando-se nele.

– Ei. O que está fazendo aí?

– Só cuidando da minha vida – respondeu o Homem Verde, levantando a mão diante do rosto como se o facho incomodasse os olhos.

– E o que tem a ver com isso aqui?

O homem estava do lado de dentro da cerca, caminhando sozinho pelo perímetro. Olhando para ele contra o facho da lanterna, o Homem Verde pôde ver que tinha pele negra e mais de 60 anos, era baixo e forte. Estava usando um uniforme de segurança com uma arma no cinto.

– Estou procurando trabalho e achei que vocês poderiam estar contratando. E será que poderia não apontar isso para os meus olhos?

O Homem Verde sabia que aparentava ser um trabalhador braçal: as roupas e as botas conferiam. E por que não deveria estar ali, verificando um campo de petróleo onde poderia se candidatar a um emprego?

– Não estamos contratando ninguém no meio da noite – respondeu o guarda com algum ceticismo. – E você está no terreno da empresa. – Ele chegou mais perto e direcionou o facho para o rosto do Homem Verde. Havia algo peculiar no modo intenso com que o sujeito o encarava. O Homem Verde manteve os braços levantados, como se protegesse os olhos da luz. – Eu conheço você – disse o guarda com certeza absoluta. – Já vi o seu rosto.

Se o Homem Verde estivesse com uma arma, teria atirado nele. Mas a faca de combate não ajudaria muito com os dois em lados opostos da cerca.

– Duvido – disse o Homem Verde. – Não sou daqui.

– Nem eu. E nunca esqueço um rosto. Quem é você? Qual é o seu nome? Não se mexa.

O Homem Verde se virou de costas bruscamente e começou a andar depressa para longe. O facho de luz o acertou e o acompanhou pela escuridão, assim como a voz do guarda advertindo:

– Parado. *Parado aí mesmo.* Não me faça atirar em você.

O Homem Verde duvidava que o guarda atiraria nele pelas costas, quando não tinha violado nenhuma lei. Mesmo assim, enquanto se afastava rapidamente, quase sentiu uma arma sendo levantada e apontada na sua direção. Seria um tiro na perna, e algo lhe disse que o guarda não erraria. Se corresse, isso com certeza provocaria o tiro. Assim, resistiu à ânsia de fugir. Afastou-se da cerca num passo constante, sem jamais olhar para trás.

– Estou mandando parar – gritou o guarda de novo. – Que porcaria, PARE AÍ!

Então o Homem Verde escutou o segurança pedindo ajuda pelo rádio, um indicativo de que o sujeito tinha decidido não atirar. Quando estava a 200 metros da cerca, o Homem Verde se permitiu começar a correr devagar. Logo estava a toda a velocidade.

Quando chegou ao jipe estava suado e ofegante. Abaixo viu vários veículos de segurança indo rapidamente para o trecho da cerca onde tinha estado, e fortes luzes de busca varriam a planície ao redor. Ligou o jipe e partiu na direção oposta com as luzes apagadas, usando os óculos de visão noturna para se orientar, pulando ao bater nas pedras, afastando-se do campo Hanson o mais rápido que ousava ir.

TRINTA E DOIS

Sharon ficou surpresa ao escutar a voz rouca do sargento Dolan ao interfone, pedindo desculpa por aparecer inesperadamente e perguntando se ela podia lhe conceder vinte minutos. O medo relampejou e logo se esvaiu, e ela disse:

– Claro, Ted.

E apertou o botão para abrir o portão.

Queria que Mitch estivesse em casa para ajudá-la a enfrentar qualquer coisa que surgisse, e ao mesmo tempo achou bom que ele estivesse no Texas. Ted era amigo da família e um tanto simplório, e sempre tivera uma queda por ela, algo que não conseguia esconder bem. Sharon tinha certeza de que era capaz de lidar com ele. Enquanto a viatura subia pela entrada de veículos, ela saiu pela porta da cozinha e acenou.

Ele desceu do carro e disse depressa:

– Não se preocupe, Sharon. Não é sobre as crianças, a escola nem nada do tipo.

– Ah, graças a Deus. Quero dizer, não achei que fosse, mas mesmo assim...

– São os tempos em que a gente vive. – Ele chegou mais perto, grande e desajeitado. Estava à beira dos 30 anos, mas ainda tinha algo do adolescente solitário bronco e canhestro. – A primeira coisa que todo mundo pensa quando vê a gente chegar é que aconteceu alguma coisa na escola. O Mitch está em casa?

Ela estivera cuidando do jardim e usava um short cáqui e uma regata justa preta de decote redondo, e pôde sentir que ele não sabia para onde olhar.

– Está viajando a trabalho. Vai voltar em dois dias. Isso pode esperar até lá?

– Seria melhor conversar agora, se você puder me dar uns minutos. Desculpe ter vindo sem avisar. Eu estava perto, quase no fim do meu turno, por isso pensei em dar uma passada. O FBI quer que a gente responda rápido a eles, então por que não cuidar logo do assunto?

– FBI? – repetiu ela. – Parece que é melhor você entrar.

Ela o levou até a cozinha e a porta de tela se fechou em seguida.

– Quer beber alguma coisa?

– Não, obrigado.

– Tenho uma jarra de chá gelado na geladeira.

Ele tirou as mãos dos bolsos mas não sabia o que fazer com elas. Levou-as às costas e em seguida as trouxe de volta, e ela viu que agora ele tinha um bloco, uma caneta preta e algum tipo de folha impressa.

– Parece bom, se não for dar trabalho.

– Trabalho nenhum – disse ela, e se virou de costas para ele para pegar a jarra na geladeira. Enquanto isso, perguntou com voz firme: – Que negócio é esse do FBI?

– É só uma coisa maluca. Eles querem que a gente fale com todo mundo da cidade que tenha uma van preta. É a terceira vez que estou explicando isso hoje, e ainda não faz muito sentido, mas eles querem respostas imediatamente.

Ela serviu o chá e levou até ele.

– E o que o FBI tem contra vans pretas?

Ted estendeu a mão e os dedos dos dois se roçaram. Ele recuou e um pouco do chá gelado caiu no piso de cerâmica.

– Desculpe.

– Sem problema – disse Sharon. – Aproveite.

Ela se ajoelhou e enxugou o chá derramado com uma toalha de papel, enquanto ele tomava um gole e tentava não olhá-la agachada.

– Obrigado, Sharon. Isso está ótimo. – Ele abriu o bloco. – O negócio é que parece que o Homem Verde dirige uma van preta.

Ela deixou isso se assentar por um segundo, como se fosse uma notícia surpreendente.

– O terrorista que explodiu aquela represa e matou aquelas pobres crianças?

– É, é desse maluco que estou falando. Eles querem que a gente verifique todas as vans da cidade e faça umas perguntas aos donos.

Ela amassou a toalha de papel e jogou no lixo.

– Certo. Então, pode se sentar. Vamos lá.

Sentaram-se à mesa, onde ela havia servido o café da manhã a Gus e Kim duas horas antes, e ele começou em tom de desculpas:

– Sinto muito, não fui eu que inventei isso.

– É importante que o FBI receba as respostas necessárias. Ande, pergunte qualquer coisa.

Ele bateu na parte de cima da folha impressa com a ponta da caneta.

– Você ou seu marido já foram presos?

Ela se permitiu um sorriso e um risinho.

– Não que eu lembre.

– Claro que não foram. Quero dizer, eu conheço você e o Mitch muito bem. Me sinto meio idiota fazendo isso.

– Pode ir em frente para a gente acabar logo.

– Algum de vocês já pertenceu a algum grupo ambientalista radical?

Ela pensou.

– Quando estava na faculdade, eu costumava ter calendários do Sierra Club, com animais diferentes para cada mês.

– É, eles eram bem bonitos. Lembro que minha mãe tinha um com pinguins. Vocês têm alguma arma registrada?

– O Mitch caça.

– Cervos?

– Ele nunca tem muita sorte.

– Ele usa luvas quando caça?

– Não sei. Acho que provavelmente usa quando vai estripar a caça. Não que haja muita coisa para estripar. Às vezes ele pega uns pássaros.

– Desculpe perguntar, mas poderia me mostrar o material de caça dele mais tarde?

– Mostrarei qualquer coisa que você precise ver.

– Obrigado. Estamos quase terminando. Quantos carros vocês têm, no total?

– Três. Mitch tem o jipe dele. Eu tenho o Accord. E nós temos a van.

– É uma Fort Transit de oito anos atrás, não é? Se não se importa em responder, por que ela está registrada no seu nome?

– Porque sou principalmente eu que dirijo. Parece que você andou verificando nossos dados.

– Eles mandaram detalhes de todas as vans. Para que vocês usam?

– Antiguidades. Para transportar as peças maiores.

Ted levantou o olhar do bloco e espiou os vasos, os pratos e as pinturas na cozinha.

– São bem bonitas.

– Obrigada. Não valem muito, mas é divertido colecionar, e de vez em quando eu encontro alguma coisa boa. Quer ver o material de caça dele agora?

– Só mais umas perguntas. Algum de vocês costuma sair do estado com a van?

Ela hesitou, como se precisasse pensar.

– De vez em quando. Eu vou a algumas feiras de antiguidade em Ohio, e o time de futebol do Gus jogou um torneio em South Bend. Mitch levou cinco garotos e eles se divertiram bastante.

– Aposto que sim. Mas vocês não atravessam o país com ela?

– Nunca.

– Vocês repintaram, fizeram qualquer trabalho de lanternagem ou tiraram algum adesivo nos últimos seis meses?

– Não. Na maior parte do tempo ela fica parada lá na garagem, e às vezes as crianças usam para brincar de esconde-esconde.

– Aposto que o Gus se esconde mais do que procura.

Sharon gargalhou.

– Ele está ficando menos preguiçoso.

– Eles crescem depressa. Logo vai começar a andar atrás das garotas.

Outra vez Ted parecia não saber para onde olhar. E por um tempo longo e desconfortável os olhares dos dois se encontraram.

– Acho que talvez ele goste de alguma – disse Sharon. – Mas nunca me diria.

Ted fechou o bloco e se levantou.

– Preciso dar uma olhada nela, se não se importa.

– Na van?

– É. Eles querem que a gente tire umas fotos.

– Não quer ver o material de caça primeiro? Fica no porão.

– Claro. – Ele começou a acompanhá-la e parou. – Ei, eu conheço aquele lugar. É no rio Mosley, a uns 15 quilômetros da cidade. Pesquei uma perca lá.

Os dois pararam diante da paisagem.

– O Mitch gosta da forma daquela macieira.

– Não brinca. Foi ele que pintou? Não sabia que ele era um artista.

Ela se arrependeu instantaneamente de ter dito aquilo, mas não tinha como voltar atrás.

– Eu não diria que o Mitch é um artista. Ele só brinca um pouco com isso.

– Acho muito bom. Há quanto tempo ele pinta?

– Ah, é só um hobby que pratica de vez em quando, desde que estava no ensino médio. Venha, vou mostrar o material de caça.

O porão era fresco e escuro. Ela acendeu uma lâmpada e o guiou descendo a escada estreita. O cômodo principal tinha uma mesa de pingue-pongue e uns brinquedos velhos.

– Aposto que as crianças são ótimas no pingue-pongue, já que têm uma mesa em casa – comentou Ted.

– É meio difícil dizer. Muitas vezes, quando estão jogando um contra o outro, tem mais gritos do que jogo.

Sharon o guiou por uma porta que dava numa sala menor, indo até o cofre de armas. Durante dois segundos de nervosismo esqueceu a combinação, e então lembrou. Girou o botão três vezes e a porta se abriu.

Ele espiou dentro e examinou o fuzil, a espingarda e a munição muito bem empilhada. Sharon estava parada ao lado e, enquanto Ted fingia observar as armas, ela sentiu que ele estava bem ciente de que os corpos dos dois quase se tocavam. A manga da camisa do uniforme de Ted estava enrolada, mostrando os bíceps malhados, e ela sentiu o cheiro do suor dele.

Por um instante louco, Sharon imaginou se deveria seduzi-lo. Sabia que era capaz. Os dois estavam sozinhos na penumbra do porão. Isso iria deixá-lo totalmente balançado, e ele provavelmente se esqueceria da lista do FBI. Mitch iria perdoá-la e dizer que tinha feito a coisa certa. Afinal de contas, Mitch havia matado pessoas inocentes para alcançar seus objetivos. Ele não usaria um ato físico insignificante contra ela. Ou ela poderia simplesmente não contar a Mitch, e seria um segredo justificável.

Chegou alguns centímetros mais perto dele. Seu cabelo roçou-lhe o ombro. Ted olhou para ela e depois de volta para as armas. Mas ela não conseguiu se obrigar a fazer aquilo. Alguma coisa dentro dela abominava a ideia de tocá-lo, de ter alguma intimidade com ele. Ela recuou e o momento passou.

– Ótimo – disse Ted com a respiração um pouco pesada, afastando-se do cofre de armas e deixando que ela o trancasse. – Onde está o material de caça?

Sharon o levou até um armário ali perto. Abriu a porta e acendeu a luz, e dessa vez ficou a alguns passos de distância. Ele examinou o chapéu laranja e as duas jaquetas de caça. Seu olhar passou pelas prateleiras laterais com roupas térmicas, calças de camuflagem, meias e botas, demorando-se em vários pacotes com luvas. Cada um tinha uma dúzia de pares de luvas de borracha grossa, para estripar caça.

– Essas são as únicas luvas que ele leva na caçada?
– São as únicas que eu já vi. Quer verificar a van agora?
– Claro – respondeu ele, e fez uma anotação rápida no bloco, depois olhou sem jeito para a própria calça, como se quisesse garantir que a braguilha estava fechada. – Vamos.

Ela o guiou de volta para cima e os dois seguiram por um corredor curto até a porta da garagem. O jipe cinza de Mitch e o Accord híbrido estavam parados lado a lado.

– Então, pelo que vejo, o Mitch não precisou do carro para viajar, certo?
– Ele está em Nova York, a trabalho.
– Deve ser legal. Nunca fui lá.
– É melhor ele se lembrar de trazer alguma coisa para as crianças.
– E para você. Você merece uma coisa bacana.

Ela o fitou, e dessa vez o olhar dele estava fixo. Ele olhava direto para os seus seios. Ela o encarou de volta com firmeza. E, quando falou, sua voz saiu calma e sem emoção.

– Você disse que precisava tirar umas fotos da van?

Ted soltou o ar e foi até o veículo. A van preta estava parada do outro lado da garagem. Ele andou ao redor e disse:

– Vocês mantêm o carro limpo.
– Você deveria ver quando Mitch volta das caçadas.
– Parece que tem alguma coisa na traseira.
– Só uns baús de antiguidade que ainda não foram descarregados. Precisa ver o interior?
– Não, só preciso tirar umas fotos.

Ele pegou o celular e tirou algumas fotografias da frente; depois foi para trás da van e se agachou. Ela pôde vê-lo examinando o lado direito do para-choque, mas não havia nenhuma indicação de que algum adesivo ou decalque tivesse sido removido dali. Ele ficou de pé, tirou uma foto e disse:

– Pronto.

Sharon não queria que ele voltasse para dentro da casa, por isso abriu a porta da garagem e o levou pela entrada de veículos até a viatura.

– Espero que tenha visto o que precisava.
– É, agora vou precisar digitar tudo. Desculpe o incômodo. Obrigado.

Mas ele não foi embora. Os dois ficaram parados por um longo momento, sem jeito, e então ela disse:

– É melhor eu preparar o lanche das crianças. Elas sempre chegam morrendo de fome.

– É, eu sei. Também tenho uma fome de urso. – Ele estendeu a mão enorme, desajeitadamente. – Obrigado, Sharon.

Ela hesitou e apertou a mão dele. Era grande e estava suada. Por um momento, ele fechou os dedos em volta da sua mão e ela se sentiu presa. Puxou-a, ele a soltou e rapidamente abriu a porta do carro.

– Dê lembranças ao Mitch.

– Pode deixar. Espero que encontre a van preta certa.

Ele entrou no carro e partiu. Sharon ficou olhando a viatura desaparecer atrás de uma cortina de árvores. Voltou para a casa e começou a tremer. Serviu-se de uma dose de conhaque, engoliu-a de uma só vez e ficou de pé, totalmente imóvel e em silêncio, olhando a pintura do rio Mosley com a linda macieira tranquila na margem.

TRINTA E TRÊS

— Roger Barris – disse Brennan, ainda com seu roupão atoalhado azul, esfregando os olhos e examinando o relatório com fascínio e dúvida. – Ele mora aqui?
– Tem uma casa em Arlington e um escritório a um quarteirão do Dupont Circle. Há mais de uma década é lobista da indústria de petróleo e gás e também de algumas mineradoras – respondeu Grant, incapaz de esconder a animação.
– Isso realmente faz sentido? – quis saber Brennan.
– Poderia fazer muito sentido – observou Earl.
– O melhor esconderijo é um bom disfarce – concordou Grant com entusiasmo. – Ele defendeu todo tipo de desregulamentação, diminuindo as restrições sobre as terras federais e em alto-mar. Chamou a mudança climática de "multiplicador de ameaças" e "fraude liberal".
– Mas o realmente interessante é que ele tem outro lado, ou pelo menos mudou radicalmente de time – interveio Hannah Lee. – Ainda estamos completando os relatórios, mas no início Barris era um ecologista dos mais fervorosos. Morou doze anos em São Francisco, exatamente quando achamos que o Homem Verde esteve lá, nas décadas de 1980 e 1990. Era ligado ao Earth First! e ao Earth Liberation Front, e amigo de alguns daqueles primeiros organizadores mencionados no manifesto. Os dois primeiros artigos que ele publicou eram a favor da proteção de árvores usando pregos e defendiam a coruja-pintada. Mas então passou por uma conversão lenta e agora está totalmente do outro lado.

– As pessoas não mudam tanto, a não ser que tenham um bom motivo – observou Earl, tomando café num gigantesco copo para viagem.

– Os lobistas são bem pagos – observou Brennan. – O dinheiro é sempre um bom motivo.

– Verdade – admitiu Earl. – De qualquer modo, Jim, o negócio era interessante demais para não acordarmos você.

– Vocês podiam ao menos ter me trazido um pouco dessa porcaria de café. – Brennan olhou para Hannah Lee. – Então ele apareceu na busca por estilometria?

– O professor Shaw mandou uma mensagem às duas da madrugada. Passou o resto da noite verificando indicadores de estilo, enquanto nós juntávamos informações sobre o passado do sujeito.

Um homem alto, de cavanhaque, estivera no canto do cômodo, mas então se aproximou. Shaw não parecia ter ficado de pé a noite toda. Tinha tomado banho, aparado a barba e usava um paletó de linho bege combinando com a elegante armação de titânio dos óculos. Nos últimos dias, havia trabalhado principalmente com Hannah e a equipe, mas o distinto professor não estava intimidado com aquele grupo de poderosos agentes do FBI na sala do comandante da força-tarefa às sete da manhã.

– Foi uma sorte ele ter publicado tanto – explicou. – Isso nos permitiu comparar uma grande variedade de fatores, o que nos dá um nível de certeza bastante alto. Barris escreveu sobre muitos dos mesmos assuntos abordados pelo Homem Verde, e as similaridades estilísticas e de conteúdo são reveladoras.

– Mas, se ele fosse mesmo o Homem Verde, não teria se esforçado para se distanciar dos textos que ele próprio publicou? – perguntou Brennan. – Não tentaria apagar o seu rastro?

– Ele tentou – respondeu Shaw. – Em primeiro lugar, quando ele defende o desenvolvimento como lobista, está exatamente no lado oposto de quando escreve segundo o ponto de vista do Homem Verde. Essa é uma tática de desvio bastante escorregadia: ela reverte fundamentalmente os argumentos e com frequência altera os pontos de ênfase.

– Então você acha que ele está tentando nos afastar da trilha intencionalmente? – perguntou Earl.

– Sem dúvida. Quando o Homem Verde aborda os mesmos assuntos sobre os quais Barris escreveu, mesmo dez ou vinte anos antes, ele varia as estruturas das frases e até o tamanho e o ritmo delas. O Homem Verde gosta de frases mais curtas e mais declarativas. Barris, como lobista, é muito mais analítico, até prolixo. Várias vezes a escolha de palavras e a sintaxe do Homem Verde, em geral limpas e diretas, ficam turvas e desajeitadas, como se ele estivesse deliberadamente procurando palavras ou expressões novas.

– Mas você consegue enxergar através disso? – indagou Brennan.

– Esses são subterfúgios conhecidos – respondeu o professor Shaw, depois levantou um dedo como se quisesse abordar um argumento importante para uma sala cheia de alunos. – As pessoas não conseguem mudar o modo como pensam, e isso se reflete nas escolhas seminais que fazem ao formular e expressar a arquitetura de seus argumentos mentais...

O telefone de Hannah Lee soou com uma notificação.

– Certo, ouçam isso. A residência principal de Barris é em Arlington, mas ele tem uma segunda casa no leste de Lansing, no Michigan.

O clima de empolgação estava tomando a sala a cada minuto. Brennan tinha parado de esfregar os olhos e alguém havia lhe dado uma caneca de café fumegante.

– Então ele poderia ser um torcedor do Texugo-do-Mel? Sabemos se ele estava livre e poderia ter viajado em alguma das datas dos atentados?

Os telefones de todos eles estavam tocando enquanto chegavam relatórios de equipes de campo.

– Parece que Barris estava livre em pelo menos duas datas. Ainda não sabemos sobre as outras, mas estamos verificando – informou Grant. – Ele tem três principais clientes no ramo do petróleo e em geral estabelece a própria programação, de modo que viaja bastante...

– Ele se formou em engenharia pela Universidade Estadual do Michigan – informou Hannah Lee, examinando seu telefone. – É casado e tem quatro filhos. Dois filhos adultos moram em Lansing e não têm emprego fixo. Ele ajuda a sustentá-los.

– Então ele poderia estar comandando o show mas contar com a ajuda deles, algo em que sempre pensamos – murmurou Brennan.

– Um dos filhos tem uma van de carga – disse um agente de ombros largos.

– O que sabemos sobre ela, Dale?

– É uma GMC Savana de nove anos. Registrada como sendo de cor prata, mas pode ter sido pintada facilmente.

Brennan pôs seu café numa mesa.

– Certo, quero quebra de sigilo telefônico e de internet de Barris, e vamos encontrar um jeito rápido de fazer uma busca na casa e na propriedade dele.

– Já adiantamos a papelada para esses mandados – anunciou o agente Slaughter, o principal advogado da força-tarefa, com seu sotaque sulista.

– Avancem de forma rápida e discreta – ordenou Brennan. – Não quero que vaze nenhuma palavra sobre isso. Nem um sussurro.

– O modo mais rápido seria ir ao Tribunal de Inteligência e Vigilância Estrangeira, por meio da procuradora-geral – aconselhou Slaughter. – Isso pula várias etapas, mas, como tecnicamente não é um caso internacional, pode ser complicado...

– Além disso, inclui a procuradora-geral e potencialmente todo mundo conectado a ela – observou Grant.

– Ela vai fazer parte disso cedo ou tarde – rebateu Brennan. – É como andar na corda bamba. Precisamos ser rápidos mas muito cuidadosos.

Ele cruzou os braços em cima da barriga enorme e se virou lentamente, olhando pela janela, para a rede pendurada em seu quintal dos fundos, imerso em pensamentos. Os outros ficaram observando-o meditar durante uns cinco minutos.

Hannah Lee leu uma mensagem de texto e, quando rompeu o silêncio, havia subitamente uma preocupação verdadeira em sua voz.

– Ah, Jim?

– O que é?

– Roger Barris está indo para o aeroporto.

Brennan se virou de volta, dando as costas para a janela.

– Dulles?

– Não, ele está em Nova York. Está indo para o JFK num Uber da categoria mais luxuosa.

– Sabemos para onde ele vai?

– Senegal. – Ela olhou para o telefone. – Dacar. Existem muitos campos de petróleo na cidade. Ele já foi lá várias vezes, para dar consultoria.

– É um voo sem escalas? – perguntou Brennan. – Podemos pará-lo ou fazê-lo voltar, se necessário?

– Companhia Air Maroc. Oito horas, sem escalas. E não teremos autoridade sobre ele depois que as rodas saírem da pista.

– Eu precisaria verificar – avisou o agente Slaughter –, mas tenho quase certeza de que o Senegal está na lista dos "sem entrega".

– O que significa "sem entrega"? – indagou Grant.

A resposta voltou no lento sotaque sulista:

– É a lista de países de onde não podemos extraditar.

TRINTA E QUATRO

O jato da Royal Air Maroc aguardava na pista enquanto os passageiros entravam. A maioria já havia passado pelo corredor e encontrado os assentos na classe econômica e na executiva quando um homem corpulento e vigoroso, com barba grisalha, saiu da sala de espera vip e, mancando ligeiramente, arrastou sua mala de rodinhas até a ponte de embarque, com a maleta do notebook, feita de couro italiano macio, pendurada no ombro direito. Ele viajava constantemente a pedido das ricas empresas de petróleo que eram suas clientes, e a viagem de luxo havia se tornado um incômodo agradável.

Mesmo depois de todos esses anos e dos milhões de milhas, a verdade era que Roger Barris não gostava de viajar de avião. Toda vez que entrava em uma aeronave ainda pensava por um instante se ela poderia cair. Era um engenheiro transformado em jornalista e tinha estudado física suficiente para entender a teoria do voo – como os motores movem o avião, empurrando o ar por cima e por baixo das asas, gerando sustentação. Mas tinha feito uma carreira muito lucrativa lançando dúvidas sobre realidades científicas que não faziam sentido para a maioria das pessoas, e havia algo absurdo, algo que incomodava até mesmo ele, no fato de um avião de 300 toneladas ser capaz de subir para o céu.

Como não havia outra saída, tinha aprendido a controlar os temores e a gostar dos mimos. Foi recebido pelo supervisor da cabine de primeira classe, que o acompanhou pessoalmente até sua espaçosa poltrona de couro totalmente reclinável e pegou seu porta-terno para pendurar num armário. Uma comissária de bordo bonita veio rapidamente com o cardápio. Barris pediu um bife com um ótimo bordeaux para a refeição da noite e ficou olhando o traseiro e as pernas da mulher enquanto ela se virava e ia se afastando. Nada mau.

Tirou os sapatos, flexionou os dedos dos pés e olhou para o passageiro mais próximo. Era um homem mais velho, com a fisionomia amarga, tomando o que parecia ser leite e lendo o *Le Monde*. Meu Deus, que cara amarrada! Obviamente era um daqueles empresários ou diplomatas franceses metidos, que falavam todas as línguas com perfeição mas tinham um desdém absoluto por tudo que não fosse francês. Apesar de serem vizinhos de primeira classe e obviamente ambos bem-sucedidos e importantes, o sujeito não dirigiu sequer um olhar para Barris.

Barris se virou para a janela e pegou sua leitura para o voo: as especificações de um novo campo de petróleo. Esse campo poderia levar o Senegal de volta à lista dos produtores de petróleo lucrativos, mas infelizmente era um golpe contra as poucas reservas intocadas de vida selvagem na região, e ainda por cima fazia fronteira com dois vizinhos potencialmente hostis.

Havia alguma atividade do lado de fora do avião. Tinham começado a remover a ponte de embarque e agora a estavam recolocando. Talvez um passageiro importante precisasse fazer uma conexão, de modo que estariam lhe prestando um serviço especial. Barris esperava que fosse isso, e não um daqueles problemas técnicos idiotas e complicados que adiavam os voos por horas. Uma vez tinha ficado parado em Heathrow durante quatro horas enquanto mecânicos incompetentes tentavam consertar uma poltrona na classe econômica cujo encosto não ficava de pé. Imagine só, na classe econômica! Barris achava que as pessoas que viajavam na classe econômica mereciam tudo que recebiam.

Pegou a bolsa de mão embaixo do banco, tirou de dentro as pantufas de caxemira e as calçou. Estava superando um ataque de gota e era doloroso andar com sapatos, mas aqueles calçados grandes e de uma leveza sublime mal irritavam seu dedão sensível. Era a cerveja: precisava beber menos. Mas como seria possível ir para a África Ocidental e não tomar umas geladas?

Tinham terminado de reconectar a ponte de embarque, e ele ficou satisfeito ao ver que o supervisor da primeira classe havia puxado a cortina, isolando-os da confusão atrás e de qualquer absurdo que estivesse para acontecer nas entranhas do avião. Ouviu uma batida vinda da ponte de embarque, a porta do avião foi aberta e sussurros foram trocados. Barris pôs os pés calçados com as pantufas sobre o descanso almofadado e olhou para um mapa promissor da bacia Mauritânia-Senegal-Guiné-Bissau.

– Sr. Barris?

Uma mulher de terninho preto estava olhando para ele, e ficou claro que ela não fazia parte da equipe de voo. Estava sorrindo, mas era um sorriso sério, e havia dois homens de paletó azul dos dois lados dela, que nem tentavam sorrir.

– Sim, o que é?

– Não há motivo para preocupação, Sr. Barris, mas eu gostaria de pedir que viesse comigo.

Ele a fitou e em seguida para o diplomata francês de cara amarga, que estava sendo levado para longe da poltrona por um membro da equipe de voo.

– Por que eu estaria preocupado? O que está acontecendo? Minha família está bem?

– Sim, todo mundo está bem. Por favor, venha comigo.

– Quer dizer, sair do avião? – perguntou Barris, incrédulo.

– Sim, por favor, me acompanhe imediatamente para fora desta aeronave.

– Mas não há outro voo hoje para o Senegal que me faça chegar a tempo para a reunião. E é uma reunião importantíssima. O que está havendo?

– Eu explicarei tudo quando desembarcarmos. Neste momento, preciso que o senhor faça o que estou pedindo: levante-se e, por favor, nos acompanhe imediatamente para fora deste avião.

– Mas e a minha bagagem? – Sua voz ficou um pouco mais alta. – Tenho todo o direito de estar neste avião. Nem sei quem são vocês...

Ela estendeu um distintivo. Ele viu que ela era agente especial do FBI.

– Não fiz nada errado.

– Eu não disse que o senhor fez. Só pedi que se levantasse e nos acompanhasse para fora da aeronave. – Ela apontou para a porta aberta entre o avião e a ponte de embarque. – Venha. Por favor, não torne isto ainda mais difícil.

– Não tornar o que difícil? – Barris olhou para os dois homens ao lado dela. Ambos pareciam ter 30 e poucos anos e estavam mais do que em forma. – Está me ameaçando? Quem são esses brutamontes? Escute, sou um cidadão americano viajando com uma passagem de primeira classe e com passaporte válido, de modo que vocês não têm o direito...

O comandante e o copiloto saíram de sua cabine.

– Comandante – gritou Barris –, venha cá. O senhor é a autoridade deste avião...

Mas o comandante e o copiloto passaram direto por ele em direção aos fundos do avião, desaparecendo por trás da cortina fechada. Acompanhando-o com os olhos, Barris viu que toda a cabine da primeira classe tinha sido esvaziada rápida e silenciosamente, e agora ele estava sozinho com aqueles três agentes do FBI.

– Estou sendo preso?

– Não, o senhor não está sendo preso. Mas preciso que venha conosco agora. Prometo que cuidarão da sua bagagem. Ela está sendo retirada do avião neste exato momento.

Barris processou a informação e não gostou.

– Vou lhe dizer o que vou fazer: ligar para o meu advogado – disse ele.

Em seguida, inclinou-se para a maleta do notebook a fim de pegar o celular, que estava no bolsinho de cima, fechado com zíper.

Então as coisas aconteceram muito depressa. A mulher anunciou:

– Mantenha as mãos onde eu possa vê-las e *não se mexa*.

Assim que ele tocou o zíper da bolsa, um dos homens saltou à frente, agarrou seu braço direito e o puxou para trás. Num segundo ele estava dobrado sobre a barriga e eles colocavam alguma coisa que prendia seus pulsos enquanto ele gritava que era um cidadão americano, como eles ousavam tratá-lo daquele jeito e que iriam lamentar muito, muitíssimo.

TRINTA E CINCO

Tom verificou seu telefone para se certificar de que estava com o endereço certo. Aquela era a rua dos milionários em Shadyside, e era difícil acreditar que uma jovem acadêmica morava numa daquelas mansões vitorianas, ainda que ela prestasse consultorias internacionais e fosse casada com um potencial prêmio Nobel. Tocou a campainha, quase esperando que uma criada com uniforme atendesse à porta. Mas, quando ela finalmente foi aberta, era Lise quem estava ali de pé, com uma calça de pijama vermelha e uma camiseta branca, esfregando os olhos vermelhos como se tivesse acabado de acordar.

– Desculpe se estava dormindo, mas você pediu que eu viesse com os primeiros resultados.

– Eu não estava dormindo, e não precisa me lembrar do que eu disse – reagiu ela bruscamente.

Em seguida, guiou-o para dentro da casa decorada com elegância. Passaram por uma sala de estar dupla, e foi como percorrer um museu: os móveis, as pinturas, os tapetes, o piano de cauda e os lustres eram caros, antigos e europeus.

– Isso é lindo – comentou Tom.

– Você acha? – disse ela, e de novo ele percebeu um nítido tom de irritação.

Ele esperou alguns segundos e perguntou educadamente:

– Seu marido está em casa? Eu estudei alguns trabalhos dele na faculdade e ficaria honrado em conhecê-lo, se for apropriado...

– Ele não está em casa. Está na porra de Mainz.

Tom não tinha certeza de onde exatamente ficava Mainz, mas entendeu o que parecia ser uma terceira dica para calar a boca e ficou em silêncio enquanto ela o guiava até um escritório nos fundos, com vista para um jardim bem cuidado. Havia um córrego com ninfeias e uma graciosa ponte japonesa. Parecia mais uma pintura de Monet que uma paisagem verdadeira.

– Não sei como você consegue trabalhar aqui – comentou Tom, observando o percurso do riacho.

– Eu estava trabalhando bastante até você chegar. Mas, já que está aqui, imagino que nosso perfil não tenha rendido nenhum resultado.

– Por que diz isso?

– Porque, se tivesse, você estaria se dirigindo triunfante a Washington. Sei como funciona. Vocês precisam de ajuda e, quando dá certo, desaparecem.

– Eu disse que viria com os resultados. E estou aqui. Você ajudou demais trabalhando durante a noite, e sou muito grato. Encontramos quatro resultados que combinam com o perfil. – Ele hesitou. – Mas tem certeza mesmo de que é uma boa hora?

– Boa para quê?

Os olhos escuros dela chamejaram. Estaria com raiva dele? Flertando? Os dois estavam sozinhos numa mansão, ela vestida com calça de pijama e uma camiseta curta. Seu cabelo comprido e preto estava despenteado e se derramava sobre os ombros e a camiseta, como se desafiasse a ordem meticulosa do jardim do outro lado da janela.

– Olhe, eu vim aqui compartilhar os resultados primários porque valorizo sua opinião. Mas não quero incomodá-la, Dra. Ronningen.

– Me chame de Lise, pelo amor de Deus. Não sou muito mais velha que você. Sente-se e pare de se desculpar. Quer café? Bebida? Meu marido é fã de xerez à tarde e tem mais garrafas que a maioria dos restaurantes. Eu já tomei uma taça.

– Não quero nada. Não sou muito de beber. Mas obrigado.

– Você é mesmo divertido – retrucou ela. – Certo, imagino que os quatro resultados não tenham sido promissores.

– Eu tinha esperado mais e melhores – admitiu Tom. – Mas ainda acredito no nosso perfil. Essa busca foi só uma primeira tentativa. – Ele ligou seu notebook. – O escopo foi muito limitado: os dez principais programas de pós-graduação em engenharia nos últimos trinta anos. Brennan disse que eu estava cometendo um erro ao limitá-lo às melhores universidades. Acha que sou elitista.

– Você é um elitista sóbrio e modesto, e esse é o pior tipo de esnobe que existe. – Lise se virou e se serviu de uma generosa dose de xerez. Tom notou que, depois de se servir, ela escondeu habilmente a garrafa pela metade embaixo de uma cadeira. Imaginou quantas taças ela teria tomado e se os olhos dela estavam vermelhos de chorar, e não por falta de sono. – Me dê isso – ordenou ela, pegando seu notebook, e examinou os nomes e as informações biográficas que ele havia juntado rapidamente. – Achei que tivesse dito quatro nomes. Aqui estão somente três.

– Obtivemos quatro resultados. Mas um deles, Paul Sayers, morreu há muito tempo, o que significa que só temos três possibilidades.

Ela estava fazendo leitura dinâmica, ignorando-o.

– Esse tal de Miura é o cara. Passa por todos os tipos de disciplinas e sua formação excede o nosso perfil.

– É, ele seria fantástico. Uma pena que Miura more no Japão.

– Talvez ele viaje aos Estados Unidos quando sente vontade de explodir alguma coisa.

– Ele dá consultorias por toda a Ásia, especialmente na China, mas não vem aos Estados Unidos há cinco anos. O que o descarta e nos deixa com apenas duas hipóteses. Uma delas é uma acadêmica...

– Ah, vamos simplesmente descartar as mulheres – rebateu Lise com raiva. – Sem dúvida o brilhante e dinâmico Homem Verde não pode ser uma professora passiva e fraca.

– Na verdade, sempre considerei que essa fosse uma possibilidade real – comentou Tom. – Até que encontramos um policial em Nebraska que acha que parou o Homem Verde...

– Mas você não tem cem por cento de certeza de que o tal policial parou mesmo o Homem Verde, não é? Então como pode descartar completamente a professora Fiona Harvey? Ela foi uma celebridade na engenharia em Cornell. Tem credenciais profissionais fortes e publicou uma tonelada de artigos.

– Porque ela não tem a liberdade para fazer o que o Homem Verde faz. Na última década, a Dra. Harvey deu aulas em Auburn, e raramente sai do Alabama.

– Como sabe? Ela não precisaria atravessar o Pacífico, como Miura. A Dra. Harvey poderia entrar discretamente em seu carro, ou sua van, e ir aonde quisesse.

– Verdade, mas ela está lutando contra um câncer em estágio avançado.

Passou boa parte dos últimos dois anos num hospital em Birmingham, justo quando o Homem Verde estava atacando.

– O que nos deixa com apenas um – admitiu Lise, de má vontade. – Alec Petrov.

– Alec tem tudo. É um brilhante engenheiro mecânico de Rice que impressionou seus professores e saltou direto para uma carreira estelar. Mas ele é bem-sucedido *demais*: é sócio de uma empresa de veículos elétricos que abriu capital na Bolsa e vale mais de um bilhão de dólares. Se há uma coisa que posso dizer que o Homem Verde não tem é notoriedade. Alec aparece em todos os programas de TV sobre negócios. Anda ocupado com o lançamento das ações da empresa 24 horas por dia, sete dias por semana. De jeito nenhum estaria ao mesmo tempo correndo por aí e explodindo fábricas e afundando iates.

Lise deu de ombros, relutante. Nitidamente não gostava de reconhecer a derrota em nada.

– Eu fiz o meu trabalho. O perfil é excelente. Você fez a modelagem computacional e decidiu os parâmetros da busca, o que significa que o problema é seu.

– Sem dúvida – concordou Tom, levantando-se. – Vou fazer uma procura muito mais ampla. E, olhe, sei que eu não deveria me desculpar, mas, independentemente do que esteja acontecendo aqui, sinto muito ter chegado na hora errada e espero que tudo se resolva. Agora preciso ir. Pode ser que eu tenha que voltar para Washington a qualquer momento, mas mandarei uma mensagem se conseguir mais algum resultado.

Ele tentou pegar o notebook de volta, mas Lise não soltou o aparelho.

– O que faz você pensar que tem alguma coisa errada aqui?

– Nada – respondeu Tom, evitando os olhos dela. – Preciso mesmo ir agora.

– Qual é a grande emergência em Washington?

– Não posso dizer.

– Eu tenho um nível de acesso mais alto que o seu. Pergunte ao Brennan.

– Sei que tem.

– Então, ande logo, agente Smith do FBI. Diga a verdade.

Ele a encarou.

– Acho que tem alguma coisa errada aqui porque esta é pelo menos sua segunda taça de xerez e parece que você andou chorando. Está furiosa com alguma coisa, e tenho certeza de que possui um bom motivo para isso, mas não é nada que eu tenha feito.

Lise tomou um gole de xerez e lhe deu um sorriso de avaliação, como se não tivesse certeza do que pensar a seu respeito mas estivesse começando a gostar dele.

– Eu quis dizer: diga a verdade sobre o que está acontecendo em Washington.

– Eu sei.

Ela serviu uma outra taça de xerez e a estendeu para Tom. Ele hesitou e em seguida a pegou.

– Vou avisar logo: não tenho muita resistência ao álcool. Meu pai considerava isso um sinal de fraqueza. Um dos muitos que ele via em mim.

– Me poupe dos problemas da sua família. Fale sobre Washington.

Ele provou o xerez e achou que era quente e enjoativo.

– Eles prenderam alguém.

– Que eles acham que é o Homem Verde?

– Há algumas provas circunstanciais.

– Que você não engole.

– Não tenho certeza.

– Você não engole. Até que ponto as provas circunstanciais são fortes?

Tom hesitou por vários segundos.

– Isso não é de conhecimento público.

– Estou invocando minha autorização de segurança e meus lábios estão lacrados.

Ela passou a língua sobre os lábios grossos.

– Fizeram uma busca na casa dele no Michigan. Num laguinho nos fundos da propriedade, encontraram traços do explosivo usado para acabar com a fábrica de produtos químicos perto de Boston.

– Parece que pegaram o sujeito certo.

Tom não conseguiu impedir que a voz ficasse mais alta com a dúvida e a raiva:

– *O Homem Verde jamais seria idiota a ponto de sair pela porta dos fundos e jogar explosivos num laguinho no próprio quintal.* – Em seguida, controlou-se, tomou um gole maior do xerez e a encarou. – Certo, é a sua vez. Por que estava chorando?

– Porque recebi um telefonema do meu marido. Ernst aceitou um importante cargo de professor convidado numa universidade em Paris para o próximo semestre.

– Paris é um belo lugar para visitar.

– É, é uma cidade linda e romântica – concordou ela, e seus olhos brilharam subitamente. – Mas não creio que eu seria bem-vinda. O negócio é que a amante dele mora em Paris.

Tom lhe entregou um lenço de papel tirado de uma caixa e murmurou, quase tímido:

– Eu achava que seu marido fosse inteligente. Além de burro, é cego.

Ela lhe deu um sorriso enquanto enxugava os olhos.

– É uma história muito triste. Era uma vez uma jovem mulher que todo mundo dizia que era a mais inteligente do mundo, e ela ganhou todos os prêmios: sua inteligência era inquestionável. Seu pai era um cientista norueguês frio, austero, velho e mulherengo, que não lhe deu amor quando ela era pequena. Então, o que ela fez? Casou-se com um matemático alemão frio, austero, velho e mulherengo, que também não lhe dá amor. Já ouviu falar de uma coisa tão idiota?

A cabeça de Tom estava oscilando com o xerez.

– Na verdade, já – respondeu. – Um rapaz que era meio ambientalista cresceu com um pai que ele odiava, que desprezava tudo nele. O pai era agente do FBI e andava para todo lado com uma arma e um distintivo. Fingia ser um exemplo de moralidade, mas na verdade era abusivo, cabeça fechada e espancava o filho. Quando o garoto cresceu, foi embora e poderia ter feito qualquer coisa. Mas acabou se tornando um agente do FBI, andando por aí com uma arma e um distintivo, e está ajudando a caçar alguém que pode ser a última esperança de salvar o planeta.

Ela o examinou com interesse.

– Você sabe por que está fazendo isso?

– Alguma coisa tem domínio sobre mim e eu não consigo me libertar. E você?

Ela ergueu a taça.

– Puro masoquismo. Foda-se. Um brinde a ficar de porre durante a tarde. – Eles bateram uma taça na outra e beberam. – Você é inesperadamente complexo para um Tom Smith. Diga alguma coisa a seu respeito que eu não poderia adivinhar.

– Quase virei pianista. Meu pai foi contra. Mas eu era realmente bom.

– Prove.

Ela o levou para a sala de estar e Tom se pegou sentado diante do piano de cauda. Era um Blüthner, feito à mão na Alemanha.

Fazia meses que não praticava, por isso tocou algo que amava e conhecia bem, um concerto para piano de Chopin. Foi tomado pela emoção da música e, quando terminou, viu que Lise estava sentada imóvel e que uma lágrima escorria pelo rosto dela.

– Sinto muito – disse ele.

– Não precisa. – Ela enxugou a lágrima com um polegar e encobriu a emoção mudando de assunto rapidamente. – Por que acha que ele teria o explosivo no laguinho se não fosse o Homem Verde? Acha que estão armando para cima dele?

– Não faria sentido. Sabemos coisas de mais sobre o Homem Verde. A verdade virá à tona e esse homem será inocentado. Não confio nessa coisa, mas não finjo que entendo. – Ele girou no banco do piano e a encarou. – Sua vez. Diga alguma coisa sobre você que seja divertida e embaraçosa.

Lise hesitou, depois deu de ombros.

– Uma noite, em Oxford, tomei uns comprimidos e acabei dançando pelada numa fonte, e um blog sarcástico me elegeu a intelectual mais gata de Rhodes desde Kris Kristofferson e também me rotulou de completamente pirada.

Tom riu e comentou:

– Pirada ou não, você está em ótima companhia.

– Acho que sim – disse ela, rindo mesmo contra a vontade. Depois perguntou: – Por que acha que o Homem Verde pode ser a última esperança do planeta?

– Você leu as cartas e o manifesto dele. É cientista, por isso reconhece os fatos. Os últimos sete anos foram os mais quentes já registrados. As camadas de gelo estão derretendo, o nível dos oceanos está subindo e acontecem eventos climáticos loucos por todo o planeta. Espécies estão sendo extintas e há pouquíssimo tempo para uma virada, mas é isso que ele está tentando fazer. Ele concentrou a atenção do mundo nos problemas mais críticos...

Lise balançou enfaticamente a cabeça e interveio:

– Todo terrorista pensa que precisa fazer o que faz, que Deus designou essa missão a ele.

Tom respondeu com a pergunta que o torturava fazia meses:

– Você está absolutamente certa, e só posso concordar. Todo terrorista acha que sua causa justifica seus atos. Ninguém tem o direito de tomar a lei nas próprias mãos, e especialmente de derramar sangue inocente. Qualquer um que faça isso precisa ser impedido. – Ele fez uma pausa e perguntou baixinho: – Mas, Lise, e se, nesse caso muito especial, por acaso o Homem Verde estiver cem por cento certo?

Havia uma seriedade profunda no rosto dela quando respondeu:

– Eu cumpri dois anos de serviço militar obrigatório em Israel. Estive em locais bombardeados por ataques feitos por lados opostos com as mesmas questões. Usei pinças para pegar pedacinhos de mulheres e crianças explodidas. Nada justifica o extremismo fanático. Nada. Jamais. – Ela parou e examinou Tom, como se não conseguisse decifrá-lo totalmente. – Não acredito que pegaram logo você para caçar esse sujeito.

– É, bom, parece que não estou fazendo um serviço muito bom. Você tem mais alguma coisa para beber? De preferência que não seja tão doce?

– Que tal um vinho tinto? E posso mostrar o resto da casa.

Ela levou o vinho tinto e duas taças até o segundo andar e abriu a porta de um quarto enorme.

– O quarto de Ernst.

– Vocês dormem separados?

– Ele gosta de privacidade. Acho que traz as alunas aqui. As sortudas. – A amargura na sua voz era palpável. Ela o guiou por uma curta distância pelo corredor. – É aqui que eu fico.

Ele olhou para dentro de um quarto menor e viu a cama de dossel e a vista fantástica.

– É lindo.

Ela estava parada ao seu lado, tão perto que os quadris e os ombros dos dois se roçaram.

– Por que não entra e a gente toma o vinho?

– Eu gostaria. Mas...

– Tem namorada?

– Não, mas você tem marido. E nunca estive com uma mulher casada. Não sei se concordo com isso.

Lise ficou na frente dele e chegou tão perto que ele pôde sentir a respiração dela nas bochechas.

– Achei que o negócio da sua família era castigar sujeitos maus.

– E é.

– Meu marido é um sujeito realmente mau – sussurrou Lise, olhando-o nos olhos. – Quero que você o castigue. – De algum modo, as mãos dela tinham ido até o cinto dele e, com um movimento hábil dos dedos, abriram a fivela.

– Veja bem, eu sou uma engenheira realmente boa. – Parecia vulnerável e feroz ao mesmo tempo. – Agora nem mais uma palavra.

Ela o beijou nos lábios, puxou-o para o quarto e, passo a passo, Tom foi atrás.

TRINTA E SEIS

— Até que ponto vocês têm certeza de que o material encontrado no lago é o mesmo que o Homem Verde usou quando incendiou aquela indústria química? – perguntou o presidente enquanto o helicóptero Marine One descia em direção à Casa Branca.

– O C4 é um explosivo plástico poderoso, senhor, composto por várias partes, de modo que até mesmo pequenos traços são muito característicos – respondeu Brennan. – Existem os próprios explosivos, um plastificante, um aglutinante e um marcador químico, e a composição desses ingredientes varia bastante. Por exemplo, o C4 que nossos militares usam tem 91 por cento do componente explosivo, que é o RDX, e 5,3 por cento de aglutinante sebacato de dioctila...

– Jim, isso aqui não é uma aula de química – interveio a procuradora-geral. – O presidente só quer a visão geral.

Brennan assentiu e então resumiu:

– Os traços de C4 que encontramos no lago do Barris combinam com a fórmula potente mas ligeiramente incomum usada em Massachusetts. Foi preparada em casa, senhor, de modo que é igual a uma impressão digital ou mesmo um escaneamento de retina. Extremamente característico.

– Preparada em casa, é? E a comparação com a do atentado?

– É perfeita, senhor.

– Não se pode exigir nada melhor que perfeita – assentiu o presidente, e deu um sorriso presunçoso. Em seguida, se virou rapidamente para um auxiliar. – Não quero que a primeira-dama esteja perto demais quando descermos. Ela sempre faz isso. O vento do rotor estraga o cabelo dela para as fotos.

— Sim, senhor presidente — respondeu o auxiliar, e sussurrou com urgência num microfone do aparelho comunicador.

Agora o heliporto da Casa Branca estava visível lá embaixo, com uma multidão cada vez maior à espera.

— O pessoal do Departamento de Defesa também fez uma análise do C4, senhor presidente — informou a procuradora-geral. — Eles concordam. Sem dúvida é o mesmo material.

— Mas o filho da mãe ainda afirma que é inocente?

— Veementemente. E contratou uma assessoria jurídica de primeira, que está limitando nossa possibilidade de interrogá-lo.

— Então ele se cercou de advogados — interveio o presidente. — Meg, quero nosso melhor pessoal nisso.

— Eles já estão trabalhando nisso, senhor. Eu mesma escolhi cada um a dedo.

— Bom, quero que enfiem um prego no cu dele. Sabem aquele rei da Inglaterra que teve uma lança enfiada no cu?

Houve silêncio, a não ser pelo matraquear do helicóptero. Um auxiliar de aparência erudita, chamado Harburg, respondeu hesitante:

— Eduardo II, senhor. — E acrescentou tímido: — Na verdade, era um ferro incandescente...

— Adorei — disse o presidente. — A porra dos ingleses. Se fazem de superiores e então enfiam um ferro quente no furico do rei.

Estavam a uns 50 metros de altura sobre o gramado esmeralda. Brennan sabia que tinha apenas alguns segundos.

— Senhor presidente, eu gostaria de enfatizar que ainda estamos no estágio de processar informações e que ainda não foi feita nenhuma acusação...

— Meu Deus, Brennan — explodiu o presidente, parecendo muito sério e até um pouco irritado. — Sabe o que você acaba de fazer?

— Não exatamente, senhor.

O chefe do executivo abriu um sorriso largo.

— Você acabou de fazer um gol de placa.

— Obrigado, senhor, mas o que estou tentando enfatizar é a necessidade de continuarmos cautelosos...

— Portanto, quando fizer um gol de placa, se permita comemorar. Está bem? Acha que quando Reggie Jackson fez aqueles três *home runs* contra os Dodgers ele ficou andando pela lateral do campo cheio de dúvidas?

– Não, senhor. Aposto que ele estava bem feliz, mas aqui o ponto fundamental para nós é a prudência...

– Eu vi aquele jogo de perto, por sinal. No camarote. A porra do Sr. Outubro rebateu três bolas para fora do estádio. Stan, que droga, ela está perto demais. O cabelo vai virar um ninho de passarinho.

– A primeira-dama foi fortemente aconselhada a ficar para trás, senhor...

– Diga ao serviço secreto que não é seguro ela ficar tão perto. AGORA!

– Sim, senhor.

Um auxiliar levantou um espelho e o presidente verificou com cuidado a própria aparência enquanto o helicóptero descia. Ele sorriu, como se estivesse quase flertando com o próprio reflexo.

Então estavam no solo e a primeira-dama se apressava pelo gramado luxuriante. O presidente saiu da cabine e a beijou nos lábios enquanto fotógrafos registravam imagens.

Brennan desceu com cuidado do helicóptero e observou o circo. Vários auxiliares estavam dos dois lados do presidente, tentando atrair sua atenção para informar sobre diversos assuntos prementes, mas a primeira-dama falava por cima de todos, reclamando que as ostras servidas pelo chef da Casa Branca tinham lhe dado diarreia, enquanto um pequeno grupo de repórteres – contidos pela segurança – gritavam perguntas a 10 metros dali.

Brennan jamais havia gostado de helicópteros nem confiado neles, e, com as pás do rotor ainda girando sobre a cabeça, afastou-se por uma curta distância. De repente, um braço envolveu suas costas e o presidente o estava conduzindo adiante.

– Venha, Jim, vamos nos divertir um pouco.

Brennan olhou em volta assustado, buscando a procuradora-geral, mas não a encontrou. Antes que pudesse entender o que estava acontecendo, os dois de repente apareceram diante do bando de repórteres, com o presidente dizendo:

– Escutem. Este aqui é Jim Brennan, um ícone das forças policiais americanas contratado para o FBI por J. Edgar Hoover pouco depois da Guerra Civil. E este velho e heroico filho da puta acaba de solucionar o caso do Homem Verde!

Os fotógrafos faziam cliques furiosamente enquanto os repórteres gritavam perguntas:

– É o lobista que foi tirado do avião no JFK?

– Roger Barris é o Homem Verde?

– Vocês vão acusá-lo por homicídio múltiplo.
– O advogado dele disse que a detenção de seu cliente é o maior erro jurídico desde que O. J. foi considerado inocente. O senhor tem algum comentário?
– Por enquanto seria prematuro dizer qualquer coisa... – começou a falar Brennan, mas o braço do presidente apertou suas costas e o empurrou adiante.
– O. J. foi um jogador fantástico – observou o presidente –, e um júri formado por seus pares o inocentou.
– Senhor presidente, com "solucionar o caso" o senhor quer dizer que vão acusar Barris de ser o Homem Verde? – gritou um repórter.
– O que você acha que "solucionar o caso" significa? – perguntou o presidente, deixando Brennan aturdido.

Mesmo com suas cinco décadas de experiência, o chefe da investigação não conseguiu descobrir como corrigir educadamente o presidente numa transmissão ao vivo no Gramado Sul.

Enquanto isso, uma saraivada de perguntas era disparada contra eles:
– Roger Barris confessou?
– Encontraram alguma prova quando fizeram buscas na casa dele em Lansing?
– Outras pessoas estão sendo acusadas de cumplicidade?
– Esse parece ser um caso para pena de morte?
– Vocês terão todas as respostas no momento oportuno – garantiu o presidente com um sorriso enorme. – O importante é divulgarem que os americanos podem enfim dormir em segurança. Todo o crédito vai para Jim Brennan, este grande e modesto agente do FBI, um cavalo de guerra, que é um herói americano tão autêntico quanto... o cavalo Secretariat. Faça um sinal de positivo para eles, Jim.

Brennan se pegou de braço dado com o presidente, mostrando um polegar erguido para os fotógrafos.

TRINTA E SETE

Tom acordou no escuro. Estava de ressaca e sentindo dor em vários lugares estranhos: a intelectual mais gata de Rhodes desde Kris Kristofferson tinha arranhado suas costas e mordido seu pescoço. Ele estava deitado feliz, ouvindo Lise respirar. Pensou nas mulheres que tinha namorado na faculdade e na pós-graduação. Poucas o haviam desafiado ou realmente compreendido. A culpa era sua. Algumas eram ótimas, mas, para dizer a verdade, ele procurara o tipo de mulher de quem seu pai teria gostado.

Bom, com certeza seu pai odiaria Lise. Ela teria acabado com ele. A ideia de os dois se conhecerem fez Tom sorrir, e ele se sentiu meio culpado. Warren Smith estava morto, era hora de perdoar e esquecer. Mas sem dúvida os mortos podem ter um grande poder sobre os vivos.

Esse pensamento conduziu Tom a alguma coisa, mas ele não conseguiu captar o que era. Então captou. Um nome. Sayers. Deslizou para fora da cama, saiu do quarto e desceu a escada em silêncio. Seu notebook estava na mesa do escritório dos fundos. Ligou-o e começou a pesquisar o quarto nome da lista: o homem que ele havia desconsiderado porque tinha morrido quase vinte anos antes.

Baixou as informações e leu com interesse cada vez maior, com a suspeita dando lugar a um espanto fascinado. Curso básico em Yale. Engenharia mecânica no MIT. Depois da pós-graduação, Sayers teve empregos impressionantes que exigiam habilidades interdisciplinares. Foi parar na área da baía de São Francisco, onde se envolveu com vários grupos ambientalistas radicais que estavam surgindo. Tinha fundado uma empresa que projetava sistemas de orientação para aviões e a vendido por mais de 20 milhões de dólares.

Paul Sayers havia colocado parte da sua nova fortuna no ativismo ambientalista radical. Foi associado a vários ataques destrutivos, e o FBI tinha começado a caçá-lo. Sayers escapou do FBI de um modo muito original e convincente. Morreu. Um grupo radical ao qual estava ligado tinha atacado uma companhia de gás natural, aconteceu uma explosão enorme e seu cadáver muito queimado foi encontrado entre os destroços. Houve um grande velório público com vários notáveis ativistas discursando e um cantor de folk...

– Todos os agentes do FBI são treinados para sumir da cama desse jeito? – perguntou Lise, que tinha descido a escada e o encontrado. Estava sorrindo, mas o sorriso desapareceu quando ela viu seu rosto. – O que foi? É por causa da notícia de Washington?

– Você acredita em fantasmas? – perguntou Tom, levantando o olhar da tela do notebook, onde tinha acabado de baixar uma foto de um obituário mostrando o jovem Paul Sayers.

– Normalmente não – respondeu ela.

– Nem eu. Ou não acreditava até agora. Acho que este cara está assombrando a gente. – E assentiu na direção da tela, onde a foto de jornal os encarava. Tom piscou e disse: – Espere um minuto. Que notícia de Washington?

– Acho que você não vai gostar – alertou Lise, e mostrou o que estivera olhando em seu celular enquanto descia a escada.

Era um painel ao vivo na CNN, discutindo a novidade vinda de Washington. Roger Barris tinha provado incontestavelmente sua inocência e sido solto. Possuía álibis sólidos para as datas de dois atentados e estivera a milhares de quilômetros dos alvos. Seus familiares também não poderiam ter participado dos ataques. Estava em Washington com seu advogado famoso, que agora ameaçava processar o governo em 100 milhões de dólares por difamação.

Enquanto isso, o presidente havia reagido rapidamente, transferindo a jurisdição e a liderança da investigação do FBI para o Departamento de Segurança Interna. Agora o diretor-assistente Harris Carnes, do DSI, estava no comando.

O noticiário passou um vídeo da porta-voz da Casa Branca anunciando a mudança e negando que a absolvição de Barris tivesse alguma relação com isso.

– Esse realinhamento simplesmente reflete realidades jurisdicionais que o presidente reconhece há algum tempo. Agora a investigação está sendo realizada no lugar certo. O Homem Verde é um terrorista e representa uma ameaça direta à segurança do mundo todo.

– Mas o presidente não disse há poucas horas que Jim Brennan tinha solucionado o caso e que era um ícone das forças policiais? – perguntou um repórter a ela.

– O presidente continua tendo um enorme respeito por Brennan – disse a porta-voz – e deseja tudo de bom na aposentadoria dele. E existem outros fatores, inclusive questões de saúde, que tornam isso prudente e necessário. Mas o importante é que a investigação do Homem Verde será ampliada sob a tutela do DSI, e novos resultados positivos serão anunciados em breve. Sem mais perguntas.

Tom ficou paralisado por um momento – literalmente não conseguia se mexer e nem mesmo respirar.

– Sinto muito – disse Lise gentilmente, tocando em seu ombro. – Eu gostava do Brennan.

– Pronto. – Tom ofegou. – Era isso que o Homem Verde estava tentando fazer.

– Demitir o Brennan? Ele não poderia saber que o resultado seria esse.

– Não com exatidão, mas ele conhece o presidente. Sabia da pressão incrível que Brennan estava sofrendo para obter resultados. Com o manifesto, ele aumentou a pressão e a tornou pessoal. Sabia que estávamos nos aproximando, por isso criou a pista falsa perfeita. Meu Deus, eu devia ter previsto isso.

– Acho que ninguém poderia prever. Se você está certo, como fica sua posição nisso? Pelo que disse, você era uma espécie de projeto de estimação do Brennan...

– Sou só um analista de sistemas que ele fez pular dez degraus escada acima. Vou voltar ao que era, se é que vou ter algum papel na nova investigação. – Ele olhou para a foto na tela do notebook e disse: – E acho que sei quem é realmente o Homem Verde, ou pelo menos era, mas agora não tenho a quem contar.

– Se você tiver alguma evidência concreta, certamente eles vão escutá-lo – afirmou Lise, e depois acrescentou, alertando: – Mas é melhor ter certeza absoluta.

Tom concordou com o conselho e examinou as informações biográficas sobre Paul Sayers. Num artigo de jornal, havia a foto de uma afro-americana jovem e dinâmica identificada como namorada de Sayers, que tinha feito o discurso fúnebre.

TRINTA E OITO

O Homem Verde e Sharon caminhavam por uma trilha coberta de folhas em direção à cabana de caça. Tinham acabado de assistir ao noticiário. O resultado era melhor do que ele poderia esperar. Brennan estava fora. E Carnes era um idiota agressivo que iria chegar com uma nova abordagem. Estava trazendo sua própria equipe de liderança, e tudo que o FBI tinha descoberto seria descartado ou pelo menos olhado com suspeita.

Uma prateleira da biblioteca do Homem Verde continha os escritos de Roger Barris desde quando ele era ambientalista. O Homem Verde o havia conhecido superficialmente e sempre sentira aversão e desconfiança pelo sujeito. Quando Barris se rendeu, tornando-se um lobista desenvolvimentista, o Homem Verde acompanhou sua carreira nova e lucrativa com fúria crescente, mas também enxergou uma brecha.

Tinha estudado estilometria e achado relativamente fácil subverter aquela pseudociência. As reflexões disparatadas e a análise falha de Barris continham muitas expressões características que o Homem Verde poderia usar com objetivos próprios, reescrevendo-as e tecendo versões alteradas em suas próprias cartas e em seu manifesto. Tinha sido um trabalho difícil e ele não gostava do eco da voz de Barris em seus escritos, mas valeu a pena.

Um mês antes, dirigira por quatro horas até Lansing, onde discretamente derramou 3 galões de solução no laguinho dos fundos da casa de Barris. Ao voltar para casa, passou por uma garota numa barraquinha de limonada diante da casa dela em Lansing. Além da limonada, a menina vendia camisetas e adesivos dos Texugos-do-Mel para os torcedores. O Homem Verde comprou um copo de limonada gelada e um adesivo, e o grudou no para-choque traseiro, para o caso de sua van ser fotografada durante alguma missão.

– Mesmo com a mudança em Washington, ainda acho que você e as crianças deveriam ir para a casa de verão antes do programado – sugeriu o Homem Verde.

Tinha verificado todos os monitores de segurança da propriedade e sabia que os dois estavam sozinhos, mas mesmo assim falavam baixo.

– Não, devemos ir juntos, como sempre planejamos. Se fizermos o rompimento separados, vamos provocar todo tipo de fatores de risco. O rompimento mais limpo é um rompimento único.

– Então vamos agora mesmo. Amanhã ou depois de amanhã. Posso resolver tudo com um telefonema. – A ansiedade era evidente em sua voz. – Já realizamos coisas demais. Temos um respiro agora, enquanto Carnes assume e tudo fica de cabeça para baixo. Vamos usar esse tempo para simplesmente desaparecer. Nós dois estamos começando a cometer erros. Posso sentir que estão chegando perto. Vamos agora.

A cabana de caça surgiu através da densa cobertura de árvores. Era uma cabana de pedra, centenária, sem janelas e com uma pesada porta de ferro trancada por um cadeado enorme. Desde que tinham comprado a propriedade, só os dois haviam entrado ali.

– Eu quero o mesmo que você, Mitch – afirmou Sharon. – Mas nós chegamos até aqui e precisamos terminar isso. – Sua determinação ferrenha era algo quase inesperado: ela era amorosa e apoiadora, mas obstinada ao extremo. – Mais um ataque, mais uma mensagem em voz alta ao mundo, e então partiremos. Você conseguiu o tempo extra de que precisávamos, então vamos usá-lo. Podemos adiantar a linha de tempo. O Texas está resolvido. É o golpe mais importante de todos. O presidente assumiu um interesse pessoal. Assim, se você realizar esse ataque, isso terá um imenso impacto eleitoral.

– E se eu não conseguir?

– Você já conseguiu seis vezes. De modo brilhante. Ninguém poderia ter realizado isso.

– O Texas é diferente. Estou preocupado.

– O trabalho difícil já foi feito.

Ele diminuiu o passo enquanto se aproximavam da cabana e espantou um mosquito.

– Shar, tenho certeza de que aquele segurança me reconheceu.

– Como seria possível?

– Não sei. Mas reconheceu. E a polícia veio aqui em casa.

Ela pareceu um tanto desconfortável.

– E também foi a outras vinte casas nesta cidade e a dez mil no Michigan.

– Mas veio aqui.

– Um policial pateta veio aqui. Não viu nada de útil e foi embora.

Chegaram à cabana de caça, e o Homem Verde pegou uma chave num cordão pendurado no pescoço e destrancou o cadeado. A porta pesada rangeu ao se abrir. Sharon entrou e acendeu a luz do teto. Ele a acompanhou. O lugar era frio e de algum modo parecia maior por dentro do que visto de fora. O Homem Verde fechou a porta e empurrou o trinco pesado. Os dois ficaram lado a lado olhando para as bancadas.

O veículo de propulsão para mergulho que ele estivera construindo havia semanas estava pronto. Era pouco mais que uma scooter subaquática, inspirada nas que os SEALs da marinha usavam para levar mergulhadores e equipamentos aos alvos. Ele a havia construído com peças avulsas e consistia num invólucro estanque com alças e suportes para equipamentos, um motor a bateria e uma hélice de plástico duro. A scooter era exatamente da cor negra do fundo de basalto do rio Kildeer. O motor tinha força suficiente para impelir a hélice de 8 polegadas e transportá-lo com 50 quilos de equipamento de demolição rio abaixo, a cerca de 5 quilômetros por hora.

Os detonadores com temporizador e outros equipamentos incendiários que ele levaria estavam espalhados nas bancadas em vários estágios de produção. O Homem Verde precisaria de mais alguns dias até deixar tudo em condições para a missão, mas Sharon estava certa. Ele poderia adiantar a linha do tempo, se fosse necessário, e ir para o Texas em menos de uma semana. A ideia o empolgava e aterrorizava. Em menos de uma semana, poderia atacar o Campo de Petróleo Hanson, triunfar de modo brilhante e sumir para sempre. Ou, em menos de uma semana, poderia estragar tudo e morrer ou ser apanhado e nunca mais ver a mulher e os filhos.

Como se lesse sua mente, Sharon segurou a mão dele e disse:

– Mitch, eu sei.

Ele levantou o olhar das bancadas para os compreensivos olhos castanho-esverdeados da mulher.

– Estou cansado demais. Não durmo direito há meses.

– Logo nós dois vamos dormir bem.

– Aquele segurança no Texas disse que me reconheceu, e acho que é verdade.

– Como é possível? Você tem uma memória fantástica e disse que nunca o viu antes.

– Realmente tenho boa memória, mas não é perfeita. Existem pessoas chamadas de super-reconhecedoras. Elas literalmente jamais esquecem um rosto. A Scotland Yard usa essa gente para resolver casos importantes.

– Acha que esse sujeito era assim?

– Nunca fui olhado como ele me olhou. Era como se houvesse uma câmera nos olhos dele. Muitos super-reconhecedores vão parar na polícia ou na segurança privada. Trabalham para cassinos e identificam contadores de cartas.

– Então, mesmo que ele fosse um super-reconhecedor, onde poderia ter visto você? Você nunca tinha estado no Texas.

– Andei pensando nisso. Talvez ele não conheça Mitch, mas pode ter conhecido Paul. O FBI espalhou cartazes com o rosto de Paul Sayers quando o estava caçando. Aquele segurança não é um sujeito jovem. Se ele era segurança particular na época, pode ter visto o cartaz de procura-se...

– E se lembrado de um rosto vinte anos depois? Um rosto que envelheceu e foi cirurgicamente alterado?

– Sei que é difícil, mas eles literalmente jamais esquecem um rosto.

– Então, mesmo se for verdade, e daí? Ele reconheceu alguém que não existe mais.

– Só não gosto dessa sensação. Eu nunca deveria ter caminhado até o campo de petróleo. Deveria ter ido embora depois de verificar o rio. Queria ver o campo na hora exata em que eu atacaria, mas não existia uma necessidade específica. Foi um erro.

– E eu não deveria ter dito ao Ted Dolan que você pintou aquela paisagem – admitiu Sharon. – Isso também foi um erro. Você disse ao policial em Nebraska que era pintor. Essa informação pode estar no perfil que o FBI está mandando para as polícias locais.

– O erro real foi eu ter contado ao policial de Nebraska uma verdade sobre mim – constatou o Homem Verde. – Mas a questão é que nós dois estamos cometendo pequenos erros que vão se somando. Alguém inteligente vai descobrir um deles e ir atrás.

– Não o Jim Brennan.

– Não, não o Brennan. Mas alguém. – Ele a abraçou. – Eu te amo demais, Sharon. E amo as crianças.

– E é o homem mais forte e corajoso do mundo, e está fazendo isso por elas. E pelos nossos netos.

– Se eu não conseguir...

– Nem diga isso. Você vai conseguir.

– Diga aos dois que estarei com eles em espírito...

– Não, não vou escutar. – Os olhos dela estavam quase fanáticos quando ela o encarou. – Você vai atacar no Texas. Vai terminar esta última missão vital. E depois virá para casa e vamos fazer o rompimento juntos. Está bem? Diga para mim.

Ele acariciou gentilmente o rosto dela e sussurrou em seu ouvido.

– Sim, vou fazer isso.

TRINTA E NOVE

O presidente saiu do Salão Oval com um homem baixo, de bigode fininho, que falava em frases curtas, simples e otimistas.

– Vamos resolver isso. E depressa. Estou montando uma equipe ótima. Uma equipe da pesada, senhor presidente.

– É disso que precisamos. Não poupe despesas.

– Sei que o FBI tentou blindar isso e esconder as coisas da imprensa, mas acho que podemos usá-la a nosso favor.

– Harris, é exatamente para isso que ela existe.

– Só que talvez eu precise violar uma ou duas regras ou passar por cima de alguém, senhor.

– Pode passar. Agora só me importam os resultados. Quero que esse cara seja apanhado.

– Entendi, senhor presidente. Obrigado pela confiança. Não vou desapontá-lo.

Os dois se cumprimentaram com um aperto de mãos e Harris Carnes saiu enquanto o presidente voltava ao Salão Oval e ligava a TV num canal de esportes para assistir a um jogo de basquete. A partida ainda não tinha começado, e estavam mostrando um jogo de *curling*. Ele fez uma careta e desligou a TV, e por um momento simplesmente não soube o que fazer. Olhou alguns relatórios na mesa. Odiava ler, mas pegou um deles e folheou algumas páginas, depois ligou para a secretária e ordenou:

– Mande o Harburg entrar.

O auxiliar intelectual entrou no salão segundos depois e o viu segurando o relatório.

– Senhor presidente, obrigado por ler...

– Acabei de me reunir com Harris Carnes – avisou o presidente. – Quero que ele tenha tudo de que precisar.

– Sim, senhor. Jim Brennan andou tentando contato para ver se...

– Mande um cesto de frutas para ele. Já conheceu o Carnes?

– Ainda não, senhor.

– Gosto dele. É um lutador de rua. É disso que precisamos para pegar o Homem Verde.

– Sim, senhor.

O presidente assentiu na direção do relatório.

– Agora, que negócio é esse da Índia?

– Bom, senhor presidente, como o senhor sabe, eles andaram sofrendo uma onda de calor...

– É um país quente. Temperos quentes. Clima quente. Não sou muito fã.

– Sim, senhor. Mas isso está acontecendo há cinco meses, e a temperatura chegou a quase 60 graus na semana passada.

– Jesus Cristo. Alguém consegue viver num calor assim?

– Não é fácil, senhor. Dentre as piores histórias está a de trinta crianças que morreram num vagão de trem.

– Terrível. Faça uma carta de condolências para o primeiro-ministro. Eu assino. Mas o que isso tem a ver conosco?

– Bom, senhor presidente, parece que talvez as chuvas de monções não venham para diminuir as temperaturas este ano. Se isso acontecer, o efeito de longo prazo nas plantações necessárias para alimentar bilhões de pessoas será devastador. Passei dois anos na Índia, e nunca houve um calor assim. E está durando muito tempo...

Ele parou, aterrorizado.

O presidente o encarava, compreensivo mas com uma ligeira exasperação.

– Não sei por que as pessoas inteligentes têm tanta dificuldade com isso. É esta a questão dos eventos que só acontecem uma vez: nunca aconteceram antes. É como o dilúvio de Noé.

– Sim, senhor. – O jovem auxiliar hesitou e depois disse baixinho: – Esse é um bom exemplo do que é considerado um evento apocalíptico que destruiu toda a vida na Terra.

– Não destruiu toda a vida na Terra. Nós estamos aqui.

– Quis dizer simbolicamente, senhor. Não creio que devêssemos entender essa história bíblica de maneira literal, mas ela trata da importância de...

– Olhe, nós estamos monitorando a situação na Índia e vamos cuidar disso, e tudo vai ficar bem. O que você precisa é deixar a preocupação comigo. As monções sempre vieram e vão vir este ano. Está bem?

– Espero que sim.

– Claro que vão. Tente não ficar tão estressado. Faça alguma coisa divertida nesse fim de semana. Você gosta de futebol? Eu consigo ingressos para você. E leve esse relatório de volta. Eu já li.

– Obrigado pela consideração, senhor.

– Feche a porta quando sair.

O auxiliar saiu e o presidente ficou sozinho. Foi até a janela e olhou para o terreno imaculado. Um sprinkler estava jogando água. Por um momento, pensou no calor de 60 graus e em trinta crianças morrendo devagar num vagão de trem metálico. Ele não era idiota, e no fundo sabia que o planeta estava esquentando de um jeito que logo seria impossível parar. Mas a questão era...

Chegou mais perto da janela e se virou ligeiramente para ver o deslumbrante gramado da Casa Branca e seu reflexo no vidro. A questão era que ele ia morrer. Todo mundo morria, e, de algum modo – e isso lhe era quase inconcebível –, ele também morreria. Pela idade que tinha, isso aconteceria nos próximos vinte anos. E, quando morresse, deixaria de existir. Teria partido. E, quando isso acontecesse, nada realmente importaria, o mundo teria acabado, porque ele não estaria aqui.

QUARENTA

Ellen estava corrigindo provas e Julie, fazendo o dever de matemática, quando a campainha tocou. As duas se entreolharam para ver quem estava mais ocupada, e finalmente Julie cedeu, pousou a calculadora e foi até o interfone.

– Sim?

– Aqui é o agente Tom Smith, do FBI – disse uma voz. – Ellen Douglas está?

Julie olhou para a mãe, que se levantou junto à pilha de papéis e foi rapidamente até o interfone.

– Aqui é Ellen.

– Dra. Douglas, eu estou aqui embaixo.

– Foi o que deduzi.

– Gostaria de falar pessoalmente com a senhora.

– Sobre o quê?

– Eu preferiria dizer isso em particular, no seu apartamento.

– Sobre o quê? – repetiu Ellen.

– Um caso em que estou trabalhando e do qual não posso falar em público.

Julie pareceu preocupada. Ellen lhe deu um sorriso tranquilizador e depois disse pelo interfone:

– Bom, parece que o senhor já sabe qual é o número do meu apartamento, não é?

– Sim, sei. Obrigado. Vejo a senhora em um minuto.

Ellen apertou o botão para abrir a porta do térreo e se virou para a filha.

– Vai ficar tudo bem, querida.

– Mãe, é o FBI.

– Já falei com eles antes, sobre várias coisas diferentes. Confie em mim. Não é nada.

– Duvido que não seja nada.

– Provavelmente só querem uma referência sobre alguém que estão pensando em contratar.

– Claro, e é por isso que apareceram no nosso apartamento tão tarde sem ligar antes.

– Talvez fosse melhor se você nos deixasse conversar a sós.

– De jeito nenhum.

– Sim, querida.

– Não mesmo – insistiu Julie, em voz baixa mas firme.

Ela cruzou os braços, e mãe e filha se encararam em silêncio.

– Certo, admito que talvez seja alguma coisa – disse Ellen finalmente. – Mas prometo que posso cuidar disso. Já conversei bastante com policiais. Vai ser mais fácil se eu fizer isso sozinha.

– Por quê?

– Confie em mim.

– Talvez tenha a ver comigo. Eu tenho ido a um monte de manifestações sobre o clima. As pessoas ficam empolgadas e dizem coisas que provavelmente não deveriam dizer em público. Talvez eu possa ajudar. Ou será que existe alguma coisa que você não quer que eu ouça?

– Isso não tem a ver com você.

– Como sabe?

– E não existe nada que eu não queira que você ouça. Mas preciso fazer isso sozinha.

Houve uma batida à porta da frente.

– Julie, estou pedindo para não tornar isso mais difícil do que já é. Por favor, querida. – Ellen esperou e em seguida repetiu, dessa vez com um evidente tom de desespero: – Por favor, querida.

E foi abrir a porta.

Parada na sala de estar, Julie hesitou. Então, desbloqueou a tela do celular, escondeu-o dentro de um vaso decorativo sobre uma prateleira e saiu.

Ellen abriu a porta e viu um rapaz alto e desengonçado, meio nervoso, usando calça cáqui, camisa azul-clara e cabelo muito curto.

– Oi – disse ele. – Sou o agente Tom Smith. Desculpe ter vindo tão tarde.

– E não ter ligado antes.

– Sim, mas é urgente. Pode me dar quinze minutos?

Ellen o guiou até a sala e ficou satisfeita ao ver que Julie havia sumido. Indicou o sofá e o agente do FBI se sentou.

– Tom Smith é seu nome de verdade?

– Sim, senhora. Quero dizer, Dra. Douglas.

– Pode me chamar de Ellen. Quantos anos você tem?

– Vinte e seis, senhora. Quero dizer, Ellen.

– Posso ver alguma credencial?

Ele abriu a carteira e mostrou um distintivo. Ela o examinou e devolveu.

– Qual é seu posto e cargo específico?

– Sou agente de campo. Neste momento, estou trabalhando numa grande força-tarefa. A que procura o Homem Verde. Sou assistente especial do comandante.

Ela não demonstrou nenhuma reação à menção ao Homem Verde.

– E qual é o nome do seu comandante?

– Jim Brennan. Mas o motivo para eu ter vindo esta noite é...

– Você acha que eu não vejo o noticiário? – perguntou Ellen, interrompendo-o. – Essa investigação foi cancelada e transferida para outra agência. Seu comandante está fora de cena. O que, presumivelmente, significa que você também está.

Tom a encarou e assentiu.

– Infelizmente está certa com relação ao comandante Brennan. Mas eu ainda trabalho para o FBI e ainda estou no caso. Se não quer falar comigo, posso ir até as pessoas que estão comandando a investigação agora para que fale com elas. Garanto que estará muito melhor comigo, mas a escolha é sua.

Ellen sentiu que o rapaz dizia a verdade. Ele era tímido e parecia sincero. Além disso, era jovem e estava visivelmente nervoso. Ela sentiu que podia manobrá-lo. E não queria parecer na defensiva e tornar a questão maior do que já era.

– Vamos terminar logo com isso – pediu. – O que você quer?

– Você é formada em engenharia química em Berkeley, é professora em Colúmbia e diretora do Centro Verde, uma organização ambiental sem fins lucrativos. Estou certo?

– Sim, tudo isso está correto. Presumo que não queira me perguntar sobre Colúmbia, portanto está aqui para falar comigo sobre o Centro Verde?

– Na verdade, não. Gostaria de fazer algumas perguntas sobre a época em que você estudava em Berkeley.

Ellen tentou esconder a consternação com um risinho.

– Isso foi há décadas.

– Você chegou à Califórnia aos 18 anos, para estudar química. Só tirava notas máximas. Formou-se com louvor.

– Presumo que o FBI não tenha problema com meus diplomas universitários, não é?

– Não, Dra. Douglas. Quero dizer, Ellen. Mas eu também me formei com louvor, por isso sei o que exige. Você deve ser muito boa em química.

– Olhe, pode me chamar do que quiser. Mas você disse que seriam quinze minutos. Já se passaram quase dez. Por que não vai direto ao ponto?

– Claro – disse Tom. – Pouco depois de chegar a Berkeley, você passou a participar de vários grupos ambientalistas radicais.

– Não era ilegal participar deles.

– E, em um desses grupos, conheceu um homem um pouco mais velho que tinha acabado de se formar no MIT e se mudado para o oeste. Ficaram amigos.

Ellen sustentou o olhar dele.

– Você foi namorada dele durante quase cinco anos. Pode me dizer o nome dele?

– Você deve saber – declarou Ellen. – Fez o dever de casa.

– Mesmo assim me diga. O nome inteiro, por favor.

Ellen hesitou por um longo instante e depois falou o nome dele em voz alta para um estranho pela primeira vez em quase vinte anos.

– O nome dele era Paul William Sayers, mas ele não gostava do William e nunca o usava.

...

Em seu quarto, sentada diante da escrivaninha, Julie tinha acessado o próprio celular por meio de um aplicativo e estava escutando a conversa. Em segundos tinha baixado informações sobre Paul Sayers, inclusive a foto do obituário no *San Francisco Chronicle*. Arquejou ao reconhecer o homem com quem tinha falado no Riverside Park, que havia citado o manifesto do Homem Verde para ela. Ficou tonta e segurou a beirada da mesa. Quando voltou a si, o agente do FBI estava fazendo perguntas rápidas e sua mãe dava respostas curtas.

– Você e Paul Sayers pertenciam aos mesmos grupos ambientalistas radicais?

– A alguns.
– Iam juntos a reuniões e manifestações?
– Nós fazíamos tudo juntos.
– Então, quando esses grupos realizavam protestos ou missões ativistas, vocês iam juntos?
– Você precisará ser específico.
– Cravar pregos em árvores no norte da Califórnia?
– Paul e eu jamais cravamos pregos em árvores.
– Ele era procurado pelo FBI por ter incendiado a madeireira Gunderson no condado de Humboldt. Você fez parte daquilo?
– Não. E não sei nada sobre isso.
– Mas Paul comandou e financiou o atentado?
– O FBI disse que sim.
– Achei que vocês dois fizessem tudo juntos.
– Sr. Smith, o senhor tem menos de cinco minutos. Estou fazendo o máximo para responder às perguntas. Não fique jogando comigo e perguntando o que já sabe.
– O que já sei é que o FBI nunca pegou o seu namorado porque ele morreu em outro atentado quatro meses mais tarde, um atentado do qual presumo que você também não tenha feito parte.
– Correto. E isso está ficando muito doloroso para mim, portanto...
– Deve ter sido doloroso para ele também. O grupo dele destruiu uma instalação de gás, houve uma explosão grande e o corpo dele, muito queimado, foi encontrado nos destroços. Não é?
– É.
– Se ele se queimou tanto, como o corpo foi identificado?
– Você precisará consultar os registros legais do caso. Pelo que me lembro, o legista o identificou.
– Um legista que um ano depois abandonou o trabalho e passou os últimos cinco anos de vida na Europa, vivendo bastante bem.
– Não sei de nada sobre isso. Paul morreu. Nós o enterramos.
– Você fez o discurso fúnebre no velório.
– Fiz.
– Foi publicado num jornal local. Consegui encontrar um exemplar. Foi comovente. Sua última frase dizia que Paul estava morto, mas que o espírito dele viveria para sempre.
Julie ouviu sua mãe soluçar. Levantou-se e deu um passo em direção

à porta do quarto. Então se conteve. Estava confusa e não pensava com clareza, mas sabia que precisava fazer alguma coisa além de simplesmente reconfortar a mãe.

...

Na sala, o jovem agente do FBI parecia genuinamente preocupado.
– Ellen, sinto muito se minhas perguntas a deixam abalada. Posso lhe dar um lenço de papel?
– Só vá embora.
– Irei em breve, e prometo não voltar. Estamos quase terminando. Sei que isso pode parecer desdenhoso, mas não é. Na verdade, é totalmente prático. Preciso perguntar se você só estava usando uma licença poética com aquele discurso ou se acha mesmo que o espírito de Paul viveu para sempre.
Ellen o encarou e percebeu que ele era muito mais inteligente do que aparentava e que usava a juventude e o nervosismo para esconder a astúcia.
– O que você quer de mim? Por que não vai direto ao ponto?
– Paul Sayers realmente morreu naquela explosão?
– Sim, meu namorado morreu. Nós o enterramos.
– Tem consciência de que pode arrumar um problema grave se mentir para o FBI?
– Tenho consciência de que você me interrogou durante quinze minutos e ultrapassou os limites. Em vários sentidos.
– A mãe de Paul Sayers, Willa Sayers, ainda está viva. Mora na mesma casa em Cape May, Nova Jersey, onde Paul cresceu. Você tem contato com ela?
– Faz vinte anos que não nos falamos.
– Então não sabe se ela também acredita que o filho está morto?
– Não faço ideia das coisas em que ela acredita. Ela foi ao enterro.
– Vou falar com ela em breve, e será interessante comparar as lembranças dela com as suas. Deve ter sido um dia muito triste para vocês duas.
Ellen se levantou e deu um passo em direção à porta da frente.
– Estou cansada, e suas perguntas me trouxeram lembranças sofridas. Gostaria que você fosse embora.
– Lamento muito – disse Tom, também se levantando. – Por sinal, eu entrei no site do Centro Verde. É inspirador. Vocês fazem um trabalho ótimo.
– Obrigada. A porta é ali, para o caso de você não lembrar.
Ele assentiu e murmurou, olhando direto nos olhos dela:

– Então você não acha que Paul Sayers ainda está vivo e que ele é o Homem Verde?

– O quê? Isso é ridículo.

– É mesmo? Ele tem a formação perfeita.

– Só que está morto.

– É, só que está morto. Mas, se ele fosse o Homem Verde e estivesse explodindo coisas, poderia precisar de uma química muito inteligente para ajudá-lo de vez em quando.

– Paul morreu há muito tempo. O Homem Verde usa violência, coisa que eu abomino. Ele mata crianças. Eu jamais iria ajudá-lo. Como você andou lendo o nosso site, provavelmente sabe que assumimos a posição de que ele precisa parar, que o que ele está fazendo é moralmente errado e indefensável.

– É, eu vi. E sei que você defendeu enfaticamente essa posição. Isso demonstra princípios da sua parte. Boa noite, Ellen. Obrigado pelo tempo e pela ajuda. Não precisa me acompanhar.

Ele foi até a porta, saiu e a fechou.

Ellen foi atrás e colocou a corrente. Justo quando fez isso, ouviu a porta dos fundos do apartamento também fechar. Foi rapidamente pelo corredor e viu que Julie tinha saído do quarto e que seu computador estava ligado. O aplicativo continuava aberto, e Ellen só precisou de cinco segundos para perceber que Julie tinha ouvido sua conversa com o agente do FBI.

Ficou tentada a correr atrás de Julie, mas sabia que a filha havia corrido escada abaixo e já estava fora do prédio. Não havia como alcançá-la. E Ellen tinha outra coisa importantíssima para fazer.

Anotou com cautela uma mensagem de alerta sobre Tom Smith e as perguntas que ele tinha feito. Usou um programa especial para criptografá-la e mandou pela dark web para um endereço de e-mail que jamais havia usado e nunca mais usaria.

QUARENTA E UM

Julie correu atrás do jovem agente do FBI e o alcançou antes de ele virar a esquina. A turma de sempre estava parada do lado de fora de um bar, logo adiante. Só precisaria gritar e eles viriam correndo, mas num segundo tomou a decisão de que preferiria confrontá-lo sozinha. Em geral, Julie pensava com clareza, mas sua mente estava num turbilhão.

– Ei, Tom Smith.

Ele se virou, perplexo, mas fez uma dedução rápida.

– Você deve ser a filha de Ellen.

– Seu babaca. Você fez minha mãe chorar.

– Não foi minha intenção – disse Tom, parecendo sincero. – Você é Julie, não é? Escute, às vezes eu preciso fazer coisas que não quero porque estou tentando pegar um assassino.

– O Homem Verde.

Ele a encarou.

– Então estava ouvindo nossa conversa?

– Sujeito esperto. Mas, afinal de contas, você se formou com louvor, não foi? Onde?

– Stanford.

– Eu achava que essa universidade garantia empregos melhores.

– Você também parece bem esperta. – Julie ficou surpresa ao ver como ele era jovem e inseguro. Fazia com que ela se lembrasse de um nerd gênio de matemática da sua escola. – Conhece um homem chamado Paul Sayers? Ele provavelmente usa um nome diferente agora. Era um velho amigo da sua mãe.

– Claro. Eu o chamo de tio Homem Verde. Ele costuma vir lanchar e nós discutimos o que ele deveria explodir em seguida.

– Isso não é tão engraçado quanto acha. Você realmente já se encontrou com ele?

– Você não acreditaria em mim, de qualquer modo.

– Provavelmente não – admitiu Tom. – Mas aqui vai uma coisa em que você deveria acreditar. Há um jeito de ajudar sua mãe.

– Por que você iria querer ajudá-la?

– Admiro sua mãe, e, quanto mais eu souber sobre essa situação, mais poderei ajudá-la. E ajudar você. – Ele a olhava com compaixão. – Nós não somos tão diferentes quanto pensa.

– Então tente me dizer a verdade. Como encontrou minha mãe?

– Não posso contar todos os detalhes. Mas não condeno nenhuma escolha que ela fez. E dá para ver que você também é uma pessoa muito boa, e eu gostaria de ajudar vocês duas a sair dessa confusão.

Ela deu um passo à frente para encará-lo.

– Por que eu deveria confiar em você se nem consegue admitir a verdade para si mesmo? Dá para ver que você é muito inteligente. Deve saber, bem no fundo, que o que está fazendo é errado. Está tentando apanhar alguém que não pode ser apanhado e parar uma coisa que não pode ser parada, caso contrário nenhum de nós terá qualquer chance. Se estudou em Stanford, entende a ciência tanto quanto eu, e posso ver nos seus olhos que de alguma maneira sabe que estou certa.

– De alguma maneira você está certa – admitiu Tom. – Mas nem sempre o mundo é simples assim. Agora vamos falar sobre como podemos ajudar sua mãe antes que seja tarde demais...

Sua gentileza e sinceridade confundiam Julie, e, por um momento atordoante, ela se sentiu tentada a confiar nele. Recuou do pensamento, mas tinha absorvido coisas demais numa velocidade grande demais, e cambaleou para trás, subitamente tonta.

– Paul Sayers esteve em Nova York recentemente? – perguntou ele em voz baixa. – Sabe quando sua mãe o viu pela última vez? Julie, você está bem?

Ela o encarou e sussurrou:

– Vá para o inferno.

Então a calçada sob seus pés pareceu girar. Ela cambaleou e quase caiu. Ele se adiantou e a segurou.

– Você precisa de um médico?

– EU FALEI COM VOCÊ QUE É A JULIE! – gritou uma voz vinda da direção do bar.

– Saia daqui – disse ela a Tom, tentando debilmente se livrar dele.

– Não até ter certeza de que você está bem.

– Solte ela, seu merda – ordenou um homem na esquina.

Tom olhou na direção das luzes e viu sombras vindo rapidamente na sua direção. Soltou Julie e ela conseguiu ficar de pé.

Vozes profundas e raivosas trovejavam:

– Julie?

– Você está bem?

– Ele está incomodando você?

Eles eram grandes e fortes, tinham correntes, barrigas tanquinho e barbas ralas. Ela não andava com eles, mas tinha crescido perto, e era uma deles.

– Não, ele não está me incomodando. Está indo embora.

Mas eles tinham cercado Tom.

– Alguém está pedindo pra levar uma surra.

Ela alertou:

– Ele é do FBI.

– Ah, merda, então ele vai encher a gente de porrada – disse Terrell, o líder, e houve gargalhadas enquanto o círculo se apertava.

Tom pegou a Colt do seu pai e a levantou. Sua mão tremia visivelmente.

– Por que você está balançando isso aí, seu cuzão?

– Deixe ele ir – disse Julie a Terrell, e depois desmoronou na calçada.

Terrell assentiu, relutante, e, enquanto eles se juntavam em volta de Julie e tentavam acordá-la, Tom foi andando depressa pelo quarteirão e logo estava correndo para a estação de metrô mais próxima.

QUARENTA E DOIS

A Garden State Parkway estava com pouco trânsito naquela manhã de dia de semana. Tom pegou a faixa expressa e passou por trechos de litoral, jamais a menos de 130 quilômetros por hora. Estava num Dodge Charger alugado, tomando café num copo enorme comprado num posto de gasolina e ouvindo Bruce Springsteen numa estação de rádio local quando seu celular tocou. Com relutância, desligou Bruce e atendeu ao telefonema de Grant.

– Tom, onde raios você está?
– Na Garden State Parkway, 50 quilômetros ao norte de Atlantic City.
– Planejando uma jogatina matinal?
– Não, estou voltando para Washington. Vou pegar a balsa de Cape May para Delaware e chegarei hoje à tarde. Como está o Brennan?
– Não muito bem. Tentou de tudo para reverter isso, procurou cada amigo que já teve e cobrou cada favor que já lhe deveram. Mas acho que é tarde demais.
– O que quer dizer com isso?
– Acabou. Digamos apenas que não foi a transição mais suave para a aposentadoria, mas acho que ele finalmente aceitou que é fato consumado.
– Isso é inacreditável, porra – esbravejou Tom com raiva sincera. – Eu tentei ligar para ele algumas vezes, mas ele não está atendendo minhas ligações.
– Nesse momento ele não está atendendo ligações de ninguém. Está numa reclusão autoimposta. Mas Brennan sabe como essa cidade funciona, e vai superar isso.

– Duvido. E o Earl?

– Também se aposentou. Ouvi dizer que estava numa ilha tropical. Quem sabe num hotel que permita fumar nos quartos.

– Então acho que isso coloca todos nós fora da investigação.

Houve uma hesitação perceptível, e então Grant respondeu:

– Não exatamente.

– Como assim? – perguntou Tom, subitamente cauteloso.

– Claro que ninguém se sente pior com relação ao Brennan do que eu. Ele era como um pai para mim. Mas eles me pediram...

– Quem pediu?

– A procuradora-geral pediu que eu servisse de ponte para a investigação do DSI, para garantir que eles tenham o que nós tínhamos e saibam o que nós sabíamos.

– Alguém tem que fazer isso.

– Essa investigação deve continuar, e o Homem Verde precisa ser apanhado.

– Claro, você não tinha opção – concordou Tom, pensando que até mesmo Grant, apesar de sua ambição, não devia estar se sentindo muito bem consigo mesmo.

– E o Carnes está avançando muito agressivamente, com colaboração total do governo.

– Tenho certeza disso.

– Também preciso ajudar a eliminar as pontas soltas do que o FBI estava fazendo. E percebi que ninguém sabe exatamente que diabo você está fazendo.

Tom falou com cuidado:

– Tive uma ideia, um palpite, e Brennan deixou que eu fosse investigar.

– Qual era o palpite?

– Que eu poderia fazer um perfil do Homem Verde baseado nas habilidades de engenharia dele.

– Você estava fazendo isso sozinho?

– Não, trabalhei com uma professora da Carnegie Mellon – respondeu Tom.

– Teve alguma sorte?

Tom olhou o bloco no banco ao lado, onde tinha feito anotações. O endereço de Willa Sayers em Cape May estava escrito no topo, em tinta azul.

– Uma ou duas coisas possivelmente interessantes. Conto tudo assim que chegar.

– Amanhã de manhã.

Não era um pedido, e sim uma ordem.

– Claro. Você está na sala de guerra ou eles fecharam isso aí? Está no edifício Hover?

– Estou no DSI.

– Entendi.

Grant não gostou do tom da resposta e sua voz endureceu perceptivelmente.

– Esteja na minha sala às nove da manhã. Quero deixar claro que você não é mais considerado operacional nesta investigação. Anote qualquer coisa que tenha descoberto nessa semana, ou que acha que pode ter descoberto, e mande para mim. Me passe os informes pessoalmente amanhã e depois procure Hannah Lee, que vai transferir você para outro caso. Está claro?

– Claríssimo.

– Então pode me dizer por que está viajando pela rota mais longa e com mais paisagens?

– Isso me ajuda a pensar com clareza.

– Como o Homem Verde viajando por Nebraska – sugeriu Grant em seu tom irônico.

– É o mesmo conceito, eu acho. E ouvi dizer que a balsa para Lewes vale o preço da passagem.

– Bom, só volte para a porra de Washington esta noite e esteja na minha sala amanhã bem cedo – ordenou Grant, e desligou.

• • •

O Homem Verde ia a toda velocidade para o sul, tentando lidar com sentimentos confusos de nostalgia e medo. Sua arma estava no bolso direito do casaco, carregada, e dessa vez ele estava preparado para usá-la. Tinha recebido a mensagem criptografada de Ellen pouco antes das nove da noite e passado meia hora descobrindo furtivamente tudo que pudesse sobre Tom Smith na internet. Depois de uma conversa rápida com Sharon, partiu no jipe e dirigiu durante toda a noite. Apesar das estradas livres e da ansiedade com relação a esse intrometido agente do FBI, tinha se obrigado a permanecer próximo do limite de velocidade e ido do Michigan até o sul de Jersey em dez horas. Enquanto entrava na cidade praiana onde havia crescido, lutou sem sucesso contra a maré crescente de uma culpa que durava décadas.

Ao fazer seu rompimento, o Homem Verde tinha se despedido com relutância de toda essa parte da sua vida. Sua mãe era uma mulher instável e emocionalmente volátil que não conseguia guardar segredos ou seguir um conjunto de protocolos, nem que a vida do filho dependesse disso. Se ela soubesse que ele estava vivo, não conseguiria esconder isso nem permitir que ele tivesse a separação necessária para que o rompimento funcionasse. Teria posto em perigo toda a sua vida nova.

Por sorte, sua mãe tinha outros dois filhos e um bando crescente de netos que moravam perto. O Homem Verde deixara dinheiro para ela no testamento e, com uma relutância terrível, permitiu que ela acreditasse que ele estava morto. Durante vinte anos, ela havia carregado o sofrimento de ter perdido o filho, e não se passara nem uma semana sem que ele pensasse nela e sentisse culpa por deixá-la acreditar nisso. Sabia que não havia escolha, mas, enquanto passava pelas imponentes pousadas vitorianas, odiava-se por ter contado uma mentira tão grande e causado tanta dor à mulher que lhe dera a vida.

Seguiu pela margem do lago Lily e viu o famoso farol à distância. Tinha passado muitos dias da adolescência naquela faixa de 5 quilômetros de praias urbanas, violando todas as regras como jovem rebelde e depois fazendo-as valer como salva-vidas da cidade. Havia aprendido a surfar e mergulhar com cilindro, comprado um caiaque e pescado nele muito mais longe da costa do que seria seguro. Lembrava-se de alvoreceres reluzentes, a um quilômetro da praia, olhando o sol nascer enquanto pegava ondas e perseguia cardumes de anchovas.

Passou pelos pântanos e virou para o norte entrando em ruas estreitas. Sua parte de Cape May ficava a menos de um quilômetro e meio das pousadas elegantes que atraíam os veranistas ricos, mas era um mundo totalmente diferente. Passou pela escola de ensino fundamental, e, enquanto as casas ficavam menores e os quintais, mais juntos uns dos outros, diminuiu a velocidade e tentou conter as lembranças, poucas das quais eram boas. Quando estava no quinto ano, seu pai – a quem era muito ligado – sofreu um ataque cardíaco fulminante. Morreu numa cadeira de vime na varanda dos fundos. O Homem Verde o encontrou ali caído na manhã seguinte e tentou em vão acordá-lo.

Nunca tinha sido muito próximo da mãe e dos dois irmãos, que permaneceram no sul de Jersey. Ele é que tinha ido embora e, de New Haven a Boston e São Francisco, nunca olhou para trás. Agora estava entrando na sua antiga rua, e maldito fosse esse agente do FBI por trazê-lo de volta a esse quarteirão triste que não tinha mudado nada em vinte anos.

A culpa do Homem Verde com relação ao seu passado também se voltava para o que viria a seguir. Uma das coisas terríveis do seu rompimento tinha sido deixar a família e os amigos queridos para trás, e sabia que, se Sharon, Gus e Kim fizessem algo semelhante dali a algumas semanas, eles sofreriam do mesmo modo. Um rompimento com o passado era exatamente o que parecia: mesmo se tivesse sucesso, deixava uma vida destruída e despedaçada para sempre.

• • •

Tom encontrou a Topsail Street e parou na frente de uma casa de tábuas brancas. Era um quarteirão de residências modestas, de dois andares, com quintais bem cuidados, muitos com pequenos canteiros de flores. Mais adiante na rua, dois meninos jogavam uma bola de futebol para um lado e para outro, e riram quando ela quicou num carro estacionado. Tom os observou por um momento, imaginando o Homem Verde passando por aqueles canteiros de flores a caminho da escola e sentado num quarto daquela casa branca em mau estado, estudando química do ensino médio em seu longo caminho para tentar salvar o mundo. Era exatamente o tipo de casa em que Tom tinha morado em cerca de seis estados diferentes, e, enquanto andava até a porta de tela, não conseguiu afastar o sentimento de que estava caçando a si mesmo.

As palavras de Grant ressoavam em sua mente. Tinha sido tirado da investigação do Homem Verde e não estava mais na parte operacional. Sabia que não possuía autoridade verdadeira para fazer o que estava fazendo, então precisava ter muito cuidado. Se assustasse a mulher a ponto de ela ligar para o FBI, poderia ser repreendido, demitido ou provavelmente coisa pior. Mas, ao mesmo tempo, tinha quase certeza de que o Homem Verde havia crescido naquela casa, e Tom estava na trilha por tanto tempo que precisava ver isso com os próprios olhos. Advertiu a si mesmo para ir com calma e tocou a campainha.

Tinha telefonado da estrada. Ela o estava esperando e veio rapidamente. Willa Sayers era magra, começando a parecer meio frágil, uma mulher de cabelos brancos, 70 e poucos anos, com um tique nervoso de mexer a cabeça de um lado para outro, como um passarinho.

– Entre. Eu chamei minha filha, Robin, porque ela é realmente esperta para essas coisas e achei que poderia ajudar a responder às suas perguntas, mas ela precisava trabalhar esta manhã. Disse que o senhor pode ligar para ela se necessário.

A casa tinha pé-direito baixo e precisava seriamente de uma pintura e alguns móveis novos. O conjunto de sofás parecia ter sido comprado trinta anos antes, e um grande gato cor de canela enrolado sobre um banquinho olhou para Tom com suspeita.

– Desculpe, por que a senhora queria que sua filha me ajudasse? – perguntou ele, sentando-se na beirada do sofá menor.

– Isso tem a ver com impostos, não tem?

– Não – respondeu Tom com um sorriso. – Desculpe a confusão, mas pode relaxar. Não sou da Receita Federal e não tenho nada a ver com impostos. Eu também odeio pagá-los.

A mulher estava sentada de frente para ele, e Tom a viu relaxar visivelmente. Não era boa em esconder os sentimentos, e os pensamentos se refletiam de imediato nas expressões faciais e nos gestos nervosos.

– Bom, isso é um alívio. Mas por que o senhor está aqui?

– Sou do FBI, mas, por favor, não se preocupe. A senhora não está com nenhum problema, nem ninguém que a senhora conheça. Só estou examinando alguns casos antigos, e um deles tem uma pequena ligação com a senhora. Se puder me dar algumas respostas, eu realmente agradeceria.

– São arquivos mortos? Acho que ouvi essa expressão na TV.

– Sim, senhora. Exatamente isso. Arquivos muito mortos. Na verdade, o caso sobre o qual preciso perguntar é de quase vinte anos atrás.

Willa Sayers fez as contas, molhou os lábios com a língua e se inclinou um pouco à frente.

– Então o senhor veio me perguntar sobre o Paul?

– Sim, senhora. Queria fazer umas perguntas sobre Paul William Sayers. Sei que ele nunca gostou muito do William – brincou com um sorriso.

– Era o nome dele, e ele gostava bastante.

– Como era o Paul na infância? Era feliz aqui em Cape May?

– Claro que era feliz. Pelo menos quando tirava os olhos dos livros. Ele lia o tempo todo. Mas o senhor não veio aqui perguntar nada disso. Desculpe se sou direta, mas o que o senhor quer?

– Está bem. Talvez seja melhor se formos direto ao assunto. Espero que isso não seja doloroso para a senhora, e prometo ser breve. Vim aqui por causa do que aconteceu na madeireira Gunderson. Como a senhora sabe, o FBI, na época, achava que Paul...

– Meu filho não teve nada a ver com aquele incêndio.

A voz dela tinha ficado aguda e era inequívoca.

– Como a senhora sabe? – indagou Tom.

– Porque Paul era um garoto bom e tinha um coração de ouro. Algumas pessoas morreram naquele incêndio, e Paul não seria capaz de fazer mal a uma mosca.

– Então a senhora acha que o FBI estava errado?

– Sim, vocês estavam errados.

Ela cruzou as mãos.

– Na verdade eu só tinha 3 anos – comentou Tom, rindo, e ela lhe deu um sorriso nervoso como resposta. – De modo que não tenho nada a ver com o que eles acharam na época. Só estou tentando esclarecer os registros antigos. Segundo eles, Paul estava envolvido com alguns grupos ambientalistas que faziam coisas desse tipo. E tinha uma namorada, Ellen, também envolvida em algumas ações radicais. A senhora a conheceu?

– Paul a trouxe aqui uma vez. E eu me encontrei com ela no enterro.

Quando Willa falou a palavra "enterro", suas mãos cruzadas tremeram. Tom continuou baixinho:

– O enterro de Paul em Oakland?

As palavras ficaram presas na garganta e ela apenas assentiu.

– Depois disso, a senhora falou com Ellen Douglas? Ela mora perto daqui, em Nova York.

– Por que eu falaria com ela?

Willa ficou incrédula com a sugestão.

– Para se lembrar do seu filho com outra pessoa que o amava – sugeriu Tom.

– Não preciso da ajuda de ninguém para me lembrar do meu filho – disse Willa indignada, e caiu num silêncio de pedra.

Como se sentisse sua agitação, o gato pulou do banquinho e, com um olhar de desprezo para Tom, se afastou.

Tom checou suas anotações, dando a ela alguns segundos para se recuperar. Estava chegando às perguntas mais difíceis e se lembrou de não pegar muito pesado.

– Então, se não acha que Paul teria provocado o incêndio na madeireira, por que acha que ele participou do atentado à companhia de gás alguns meses depois?

– Não sei – admitiu ela. – Pessoas boas são arrastadas para encrencas. Como meu filho morreu naquele atentado, acho que ele não era muito bom em destruir coisas, certo?

– Entendo seu argumento. – Os olhos de Tom ainda estavam voltados para o bloco, mas ele os ergueu lentamente para encará-la e a examinou com atenção enquanto perguntava: – Então a senhora tem certeza de que Paul morreu naquele incêndio?

A confusão e a raiva da mulher eram evidentes quando ela disse com rispidez:

– Que tipo de pergunta é essa? Eu acabei de contar que fui ao enterro dele.

– Sim, senhora. Mas... o corpo dele estava muito queimado. A senhora nunca teve dúvidas quanto à identificação feita pelo legista ou alguma coisa assim?

– Por favor, tenha algum respeito pelos mortos – sibilou ela. – Caso contrário, precisarei pedir que vá embora.

Seguiu-se um silêncio intenso, e, embora Tom tivesse sérias dúvidas se Ellen teria contado toda a verdade em seu apartamento no Harlem, ele confiou totalmente no ultraje daquela mãe nervosa e ainda em sofrimento. Um sino de vento tilintou em algum lugar nos fundos da casa.

– Desculpe se aborreci a senhora – disse Tom. – Detesto essa parte do meu trabalho. Já estou indo embora, e agradeço pelo seu tempo. Posso perguntar sobre o dinheiro que a senhora herdou? Paul lhe deixou um milhão de dólares. No entanto, a senhora jamais se mudou...

– Por que eu iria me mudar? Esta é a casa onde criei meus filhos. É onde meu marido morreu. E é onde eu vou morrer.

– Claro, mas parece que a senhora não gastou nada daquele milhão de dólares...

– A maior parte do dinheiro foi dividida em poupanças para pagar a faculdade dos meus netos. Paul tinha amor pela educação, e acho que ele ficaria satisfeito com esse uso dos frutos do seu trabalho duro.

– Acho que ficaria, sim. Sra. Sayers, esta é uma pergunta estranha, mas, quando eu era criança e morava em cidades pequenas como esta, havia alguns lugares distantes para onde eu fantasiava que iria viajar e até mesmo onde sonhava viver algum dia. Quando Paul era pequeno, ele falava de algo desse tipo, de um lugar para onde um dia iria se mudar e que lhe traria toda uma vida nova?

– Paul era feliz aqui em Cape May – respondeu ela, ressentida. – Não precisava sonhar com outros lugares.

– Houve algum momento em que um membro da sua família passou por dificuldades ou que talvez tenha tido algum problema financeiro e por acaso o problema sumiu ou foi resolvido de algum modo que a senhora não entendeu, e pareceu um milagre? Como se alguém estivesse cuidando de vocês?

– Alguém está cuidando de nós – afirmou ela. – Somos uma família cristã, rezamos, mas não precisamos de milagres. Podemos cuidar de nós mesmos. E, sinto muito, mas já estou farta disto.

– Está bem. Esta é minha última pergunta. Além de Ellen, em Nova York, havia alguém de quem Paul fosse muito próximo, que a senhora ache que poderia esclarecer alguma coisa sobre o que nós conversamos? – Ela o encarou e não respondeu, por isso ele tentou de novo: – Alguém de quem, se Paul ainda estivesse vivo, ele continuaria amigo durante toda a vida? Um amigo de infância ou talvez um colega de quarto na faculdade, com quem eu devesse falar?

A cabeça de Willa se mexeu ansiosa de um lado para outro, mas ela permaneceu em silêncio, como se tivesse esgotado as respostas para aquelas perguntas idiotas e intermináveis.

Tom se levantou.

– Muito obrigado, Sra. Sayers. A senhora foi incrivelmente paciente e solícita. Ah, só mais uma coisa: acredito que seu filho era um artista quando jovem. A senhora ainda tem alguma obra criada pelo Paul?

Ela olhou para uma parede ali perto, onde havia uma paisagem marinha a lápis, emoldurada, perto de uma janela. Tom foi até lá e examinou a onda subindo em direção a um litoral rochoso, acima do qual circulavam três gaivotas. Era um desenho habilidoso e minimalista. Alguns riscos capturavam a curvatura e a energia da onda se quebrando, e as gaivotas com as asas abertas eram simples linhas sinuosas, mas eram inconfundivelmente aves marinhas pairando acima das ondas.

– É mesmo muito bom – declarou Tom.

– Meu filho era talentoso, e foi uma pena ter morrido tão jovem – disse ela em tom definitivo, como se fechasse um camafeu valioso. Isso obviamente sinalizava o fim da conversa que a havia perturbado. Ela estava de pé, as mãos alisando o vestido azul. – Para onde você vai agora?

Ele captou a deixa e foi para a porta.

– Washington. Vou pegar a balsa da tarde.

– Tem uma em quarenta minutos – informou Willa Sayers, abrindo a porta para ele. – Se correr, ainda consegue pegar. Cuidado com a chuva.

A porta de tela se fechou atrás dele.

QUARENTA E TRÊS

A garoa se transformava em chuva forte quando Tom foi com seu carro alugado até a balsa, comprou uma passagem e parou numa vaga numerada no primeiro nível. Prevendo uma viagem difícil, os trabalhadores estavam acorrentando os carros juntos. Tom subiu para o segundo e depois para o terceiro nível, onde havia assentos para os passageiros. Os espaços externos estavam encharcados e desertos, por isso Tom entrou na seção coberta e encontrou um lugar perto da janela. Sentou-se olhando para o Atlântico enquanto a chuva golpeava o vidro. Logo antes de a balsa partir, houve um anúncio de que a viagem seria agitada e que quem quisesse sair ainda poderia. Os que ficaram a bordo foram aconselhados a permanecer sentados.

A embarcação se afastou do cais de Cape May e partiu para a travessia de cerca de 30 quilômetros até Lewes, no estado de Delaware. Só estava ocupada pela metade, e a área de passageiros permaneceu calma até saírem do abrigo da costa e as primeiras ondas atacarem. Logo a balsa se sacudia violentamente enquanto avançava com dificuldade. Um menininho começou a gritar e uma adolescente na fileira à frente de Tom vomitou num saco.

Tom tentou ignorar a balbúrdia cada vez maior na embarcação chacoalhante e se concentrar no que faria em Washington. Não podia desobedecer as ordens de Grant diretamente, por isso precisaria digitar algum tipo de relatório descrevendo sua teoria sobre Paul Sayers ter sobrevivido à explosão na companhia de gás e os encontros subsequentes com Ellen Douglas e Willa Sayers. Mas não confiava que Carnes iria dar continuidade do modo correto, por isso decidiu escrever um relatório que, apesar de acurado, subestimasse a evidência de que Paul Sayers tinha se tornado o Homem Verde. Poderia facilmente fazer com que parecesse uma teoria remota que ainda carecia de provas.

Sentiu o olhar de alguém voltado para ele. Alarmado, virou-se e examinou rapidamente a grande área de estar. Sempre tivera uma percepção apurada de quando estava sendo observado, mas ninguém parecia estar olhando para ele. Então viu uma funcionária da balsa, de meia-idade, usando botas e com uma capa de chuva molhada, distribuindo garrafas d'água. Ela havia passado por sua fileira, mas, quando o viu olhando ao redor, se aproximou com as botas fazendo barulho e riu.

– Achei que estivesse dormindo.

– Não tem como dormir nisto aqui – retrucou Tom enquanto a balsa passava por cima de uma onda e descia trepidando.

Ela jogou uma garrafa para ele.

– Não se preocupe. Já vi travessias piores.

– Isso atrasa muito a viagem?

– Um pouco, mas vamos ficar bem – prometeu ela. – Quer mais uma garrafa?

– Basta uma. Obrigado.

As garotas à frente dele tinham ajudado a amiga enjoada a se levantar e a estavam levando para o banheiro.

Tom olhou para trás pela janela. Os anúncios da balsa diziam que golfinhos costumavam ser avistados durante a travessia, mas naquela tarde tempestuosa não havia nada para ver, a não ser o céu furioso e o oceano revolto. Voltou aos pensamentos sobre a investigação. Entregaria a Grant e ao DSI um relatório factualmente acurado mas que pegaria leve com relação ao segredo que ele tinha descoberto. Então procuraria Brennan, em quem confiava e que o havia colocado nisso. Brennan saberia o que fazer com a descoberta, ou pelo menos a quem levá-la. Tom ainda tinha uma leve esperança de ter encontrado uma pista suficientemente boa para redimir Brennan e permitir que o velho comandante assumisse um papel ativo na fase final da investigação sobre o Homem Verde.

Sentado na balsa que se sacudia com violência, soube que havia desenterrado uma pepita de ouro puro. Não tinha certeza da rapidez com que o segredo levaria as autoridades até o Homem Verde, mas percebia seu valor intrínseco. Ninguém mais tinha conhecimento disso, e precisava ser sábio e cuidadoso em relação ao que fazer com a informação. Havia considerações hierárquicas e também uma pressão considerável: não ousaria guardar segredo da descoberta por muito tempo. Mas uma coisa era garantida: sabia que estava certo. O Homem Verde era Paul Sayers, e Paul Sayers estava vivo e morando em algum lugar no Michigan. Ellen tinha tentado se desviar habilmente das suas perguntas e Willa não sabia da verdade sobre o filho, o que provava a força de vontade férrea e o senso de propósito do Homem Verde. Mas as duas conversas tinham convencido Tom de que ele estava absolutamente certo e, além disso, lhe haviam dado uma imagem muito mais completa do homem que ele caçava.

O Homem Verde crescera como Paul Sayers naquela casa modesta em Cape May, um garoto brilhante que nunca conseguiu se encaixar ali. Havia deixado tudo aquilo para trás, assim como Tom escapara de sua infância sufocante, e se tornado um engenheiro bem-sucedido na Costa Oeste. Havia se apaixonado por Ellen e entrado para o ambientalismo radical, até que o FBI fechou o cerco. Fraudou a própria morte com uma explosão, pagou a um legista para identificar erroneamente um cadáver carbonizado e desapareceu. Com seu patrimônio, sua inteligência e sua meticulosidade, provavelmente estava com todos os documentos preparados para uma identidade nova e muito diferente, esperando-o como se fosse uma muda de roupas. Tinha faltado ao próprio velório, entrado na nova pele e recomeçado do zero – pelo menos até que o mesmo chamado radical à ação que quase o condenou em São Francisco ficou forte demais para resistir, duas décadas depois, no Michigan...

– Com licença, moço. – Era um garoto nervoso e magricela, de uns 14 anos. – O senhor está na 72, não é?

Tom piscou, tentando voltar à realidade. Olhou para sua poltrona, mas não havia número.

– O quê?

– O senhor está com o Dodge Charger na vaga 72, não é? Tem um problema com o seu carro. É melhor ir até lá.

Tom se levantou.

– Qual é o problema?

– Não deixe de levar a passagem – avisou o garoto, e foi para uma saída ali perto.

Tom foi atrás. Logo estava acompanhando o garoto por uma escada de concreto mal iluminada em direção ao convés de estacionamento. Saíram num patamar escuro na popa da balsa, e Tom viu as silhuetas de dezenas de carros e caminhonetes estacionados. Os veículos estavam acorrentados juntos, e, quando a balsa adernava, as correntes chacoalhavam.

– O que há de errado com o meu carro? – Tom se virou enquanto perguntava, mas o garoto não estava mais perto dele. – Ei, cadê o meu carro? Aonde você foi?

As perguntas foram engolidas pelo vento uivante e o barulho dos motores da balsa. O garoto não estava à vista. Tom girou de volta na direção da escada e um golpe forte o acertou na lateral do rosto, quase apagando-o de vez.

Caiu com força e quase perdeu os sentidos. Estava vagamente consciente de ser arrastado por uma superfície áspera. Mãos revistaram seus bolsos. Sua carteira foi levada e algo estava sendo puxado de dentro da camisa: a Colt do pai saindo do coldre na axila. Essa percepção devolveu sua consciência. Suas mãos foram para o peito e tentaram segurar a arma, mas ela foi arrancada pelo homem forte agora ajoelhado em cima dele, apontando outra arma para a sua cabeça.

A visão de Tom clareou. O homem tinha barba preta cerrada e estava usando um boné escuro abaixado sobre a testa. Tom tentou gritar, mas o homem enfiou o cano da pistola em sua boca, com força suficiente para lascar um dente.

– Ninguém pode ouvir você. Mas, se fizer um som ou lutar, eu estouro seus miolos.

Tom espiou os olhos castanho-esverdeados do sujeito e assentiu. A Colt foi tirada da sua boca, de modo que ele pudesse respirar e responder.

– Você sabe quem eu sou – disse o homem. Não era uma pergunta. – Eu tinha medo de alguém ser burro o bastante para ser inteligente o bastante para me encontrar, e infelizmente essa pessoa é você.

– O FBI sabe que eu peguei esta balsa – ofegou Tom. – Se você me matar, eles virão procurar. Aquele garoto vai se apresentar e falar...

– Aquele garoto vai pegar as 200 pratas que eu paguei para ele atrair você, ficar de boca fechada e longe de encrenca. Mas, mesmo que se apresente, ele não sabe de nada.

– Ele conhece sua aparência.

– Minha aparência não é essa.

– Eles vão encontrar meu carro a bordo.

– Eu estou com sua passagem. Vou sair da balsa com seu carro em Delaware.

Ninguém vai sentir sua falta, e, quando sentirem, você poderia estar em qualquer lugar. E eu terei sumido há muito tempo. Você deve perceber que nós dois estamos quase sem tempo.

– O que você quer?

– Sua vida acabou – avisou o homem simplesmente. – Tudo que você pode fazer agora é me contar a verdade e se poupar de um pouco de dor. Eu preferiria matá-lo com um tiro. Você não vai sentir nada. Mas isso depende de me contar a verdade.

Tom olhou para ele, ainda tentando clarear a mente.

– Tudo que aprendi a seu respeito me leva a crer que você mata por uma causa, mas não executa a sangue-frio. Acho que você não tortura ninguém deliberadamente.

Tom viu um brilho de irritação nos olhos sérios do sujeito. Seria raiva porque Tom o estava desafiando? Ou ele estaria ciente de sua própria humanidade e preocupado porque os dois sabiam disso?

– Você é esperto, e para ter me achado deve ter descoberto muita coisa sobre mim. Por isso deve saber que farei tudo que for necessário pela minha causa. Infelizmente para nós dois, a dor é o único poder que tenho sobre você agora.

Tom acreditou nele e olhou para a Colt. O cano estava apontado para o centro da sua testa, e a mão que segurava a arma era firme como uma rocha.

– De pé – ordenou o Homem Verde, saindo de cima dele.

Tom se ajoelhou e depois ficou de pé. A chuva fria estava ajudando a limpar sua mente. Sabia por que o Homem Verde queria que ele ficasse de pé. Pareceria muito menos suspeito, caso alguém os visse por acaso. Eles podiam ser dois amigos tendo uma conversa particular. Mas Tom viu que estavam num canto totalmente deserto do convés varrido pela chuva e duvidava de que alguém os notasse. Se o Homem Verde disparasse, o rugido dos motores e os estrondos das ondas contra a balsa abafariam o som do tiro.

– Como você descobriu sobre Paul Sayers?

– Criei um perfil das habilidades de engenharia do Homem Verde e fiz uma busca de formandos em universidades de prestígio. Quatro nomes apareceram. Por acaso o mais qualificado estava morto.

– Quem ajudou você a criar o perfil e fazer a busca?

– Ninguém. Eu estudei em Stanford e na Caltech, sei fazer coisas assim.

– Quando descobriu sobre Paul Sayers, a quem contou?

– Ainda não falei com ninguém. Meu chefe, Brennan, está fora do caso.

– Você está mentindo. Eu avisei para não fazer isso. Você fez uma descoberta muito importante. Deve ter contado a alguém. A quem?

Tom começou a repetir:

– Não contei a ninguém...

A arma se inclinou para baixo e disparou, e Tom ofegou de dor. Foi um tiro na perna, no joelho esquerdo. Ele cambaleou e quase caiu.

– Diga a verdade – ordenou o homem.

– Falei com um agente do FBI chamado Grant – cuspiu Tom. E arquejou em agonia. – Hoje de manhã. Ele ligou para mim...

– Você ainda está mentindo. O FBI não cuida mais da investigação.

– Grant está ajudando o Departamento de Segurança Interna a assumir o caso – explicou Tom rapidamente. – Eu não confio nele, por isso não contei sobre Paul Sayers. Ia encontrar Brennan quando voltasse a Washington e pedir uma orientação. Juro que estou dizendo a verdade.

– Acredito em você – disse o Homem Verde. – Última pergunta. Você descobriu onde estou morando ou alguma coisa sobre minha família?

– Só sei que é no Michigan e que você recomeçou do zero. – Então Tom falou muito depressa e em desespero: – E você pode querer me matar, mas não pode simplesmente me executar. Isso vai contra quem você é. Andei aprendendo tudo a seu respeito e entendo você. Fui eu que achei aquele policial em Nebraska que o parou, e você não o matou, mesmo podendo e devendo fazer isso. Li todas as suas cartas e o seu manifesto, sei que você sente culpa e acredito na sua causa...

– Então sabe o que está em jogo e que agora eu não tenho escolha – rebateu o Homem Verde, interrompendo-o. – Feche os olhos.

Tom ficou de olhos totalmente abertos, mantendo a conexão entre os dois.

– Tem uma coisa que preciso lhe dizer primeiro.

– O quê?

– Sua mãe ainda sofre muito. A pobre mulher está de luto por você há vinte anos.

Tom viu uma reação nos olhos castanho-esverdeados e continuou depressa:

– Ellen ainda ama você e mentiu para mim para protegê-lo. Ela faria qualquer coisa por você, não é?

O Homem Verde tentou se manter impassível, mas as décadas de dúvida estavam evidentes.

– Chega.

A balsa estava se erguendo numa onda grande, e Tom soube que precisava ganhar mais alguns segundos.

– Ela ainda ama você, mesmo você tendo acabado com a vida dela e da filha. Você destruiu as pessoas que ama, assim como matou vítimas inocentes em cada um dos seus atentados, e precisa viver com isso. E eu sei o que isso está fazendo com você. Se me matar a sangue-frio, só vai piorar tudo.

O Homem Verde queria obviamente atirar, mas ainda assim hesitou.

Os dois estavam se encarando. Tom perguntou baixinho:

– Como pode salvar o mundo se não consegue salvar a si mesmo?

– Não tenho escolha – respondeu o Homem Verde, e seu dedo começou a apertar o gatilho.

A balsa bateu com força na depressão entre duas ondas e adernou violentamente. Usando esse súbito instante de desorientação, Tom se agachou e, com um movimento fluido, mergulhou o mais longe que podia, para fora da popa da balsa. Quando estava no ar, ouviu a arma disparando e sentiu uma ardência na lateral do corpo. E logo estava afundando no Atlântico revolto e gelado.

QUARENTA E QUATRO

Tom mergulhou fundo, para o caso de o Homem Verde tentar outro disparo, e ficou embaixo d'água pelo máximo de tempo que pôde. O Atlântico frio o reanimou, e, quando ele voltou à superfície e inspirou o ar, conseguiu pensar com clareza. A balsa estava a mais de 15 metros de distância. Tom conseguiu apenas vislumbrar uma figura solitária parada na popa. Afundou numa onda e não soube se o Homem Verde o tinha avistado no mar agitado. Mas nenhum outro tiro soou, e logo a embarcação estava fora de alcance.

Sabia que a situação era mais que desesperadora, e qualquer chance minúscula de sobreviver dependia da sua primeira decisão. Tinham saído de Cape May menos de vinte minutos antes. O percurso da balsa era de 30 quilômetros, o que significava que o litoral de Nova Jersey ainda devia estar muito mais perto do que o de Delaware – talvez a apenas 8 quilômetros. Era muito tentador seguir a balsa, que ele ainda podia ver e até ouvir com clareza, mas, em vez disso, Tom se virou e partiu nadando na direção oposta, no mar aberto e revolto, sem qualquer marco visível.

Seu joelho esquerdo latejava e havia uma dor lancinante na área das costelas do lado direito, mas de algum modo ele encontrou um ritmo, mesmo que desajeitado. Tinha sido um bom nadador no ensino médio e quase conseguira entrar para a equipe de Stanford. Nadava rotineiramente de 3 a 5 quilômetros e treinava para distâncias mais longas. O problema eram as ondas. Tom tinha nadado em mares agitados, mas nunca em algo tão violento. Sabia que precisava passar por cima de ondas que estivessem subindo e mergulhar por baixo se elas estivessem quebrando, mas era difícil fazer isso e continuar avançando. Às vezes várias ondas se quebravam em rápida sequência, ou uma onda desgarrada o golpeava num ângulo oblíquo.

E havia o medo dos tubarões. Tinha levado dois tiros e estava sangrando pelos dois ferimentos. Tom sempre fora fascinado pelos tubarões: as perfeitas máquinas de caça do mar. Lembrou que um tubarão era capaz de captar a trilha de sangue a 400 metros de distância. Sentia-se terrivelmente vulnerável abrindo caminho pela superfície, incapaz de ver o que o espreitava logo embaixo. Os tubarões atacavam por baixo, seguindo a presa e depois subindo rapidamente para cravar os dentes afiados como navalha em volta de um membro. Isso poderia acontecer a qualquer segundo e não havia como se defender.

Tentou afastar o temor da mente e se concentrar em manter um ritmo constante. A natação de longa distância tem tudo a ver com mecânica. Mergulhou por baixo de uma crista de onda, os braços à frente para proteger o pescoço. Era uma agonia tentar bater a perna esquerda, mas a direita estava bem, e os dois braços eram capazes de se movimentar e puxar a água. Impeliu a si mesmo adiante com o conhecimento de que tinha acabado de conversar com o Homem Verde cara a cara e era a única pessoa que sabia da verdade e poderia impedi-lo. Caso se afogasse, o segredo vital morreria com ele. O Homem Verde atacaria de novo e de novo. Mais pessoas inocentes, inclusive crianças, morreriam, assim como ele tinha levado tiros e fora deixado para morrer.

Agarrou-se desesperadamente a esse pensamento, como se fosse uma boia salva-vidas. O Homem Verde tinha atirado nele à queima-roupa para causar dor e iria executá-lo dentro de mais alguns segundos. Com ou sem motivos altruístas, ele era um torturador, um assassino. Se Tom chegasse à costa – ou melhor, *quando* chegasse à costa –, contaria esse segredo e faria o mundo ouvir. O Homem Verde seria apanhado rapidamente e Tom teria feito o seu trabalho, tudo que Brennan ou até mesmo Warren Smith poderiam ter pedido.

Sentia que estava cansando. A batalha contra as intermináveis ondas de cristas brancas minava sua energia. Uma onda o acertou de lado, e, enquanto ele estava se recuperando, outra o golpeou de frente e ele engoliu água salgada. Teve ânsias de vômito e perdeu o ritmo. Iria morrer ali. Com ou sem tubarões, iria se cansar, desistir e afundar para uma sepultura aquática desconhecida. A morte por afogamento devia ser terrível, dolorosa. Ninguém sabia quanto tempo o cérebro continuava a funcionar enquanto os pulmões se enchiam de água. Tom sentiu um terror crescente e lutou para continuar pensando com clareza.

Mas o pânico o havia dominado. Não havia um sol poente ou um céu com estrelas para se orientar. Podia estar se afastando da costa a cada braçada. Não era uma última piada fantástica? Tom Smith, que sempre fora tão inteligente, estava tentando nadar de Nova Jersey até a Inglaterra! Espectros do seu passado o observavam, rindo dele. Sua irmã gritava: "Você nunca deveria ter tentado pegar o Homem Verde. Mas achou que era inteligente. Você traiu a si mesmo, portanto não é de espantar que tenha dado tudo errado."

A voz triste de sua mãe o lembrou: "Era de você que eu era mais próxima, Tom. Eu lhe dei o amor pela leitura e pelo piano, e você era meu único consolo e minha única alegria. Mas você me deixou sozinha com um sujeito bruto que eu abominava."

E havia a presença ameaçadora daquele sujeito bruto, que agora zombava de cada braçada:

– Você está nadando errado, seu idiota – dizia Warren Smith, rindo.

– Estou fazendo o melhor que posso.

– Você nunca vai conseguir. Nunca vai ser um homem.

Tom tinha 12 anos e podia sentir o cheiro de álcool no hálito do pai enquanto ele o jogava contra uma parede com tanta força que seus dentes chacoalharam.

– Lute, reaja!

Mas ele não reagiu. Só se encolheu dentro de si mesmo e absorveu tudo aquilo em silêncio.

– Que droga! Seja homem e reaja!

A mão do pai veio de novo, e esse golpe pareceu despedaçar seu rosto. Tom gemeu enquanto o sangue escorria do nariz, mas mesmo assim não deu um soco de volta, apenas absorveu o golpe em silêncio...

Mas agora estava reagindo, dando braçadas e puxando água, batendo as pernas com toda a fúria. Devia estar nadando por uma hora ou mesmo duas, e suas últimas reservas de força e energia tinham se esvaído. Mesmo assim continuava lutando. Porém, finalmente, quase misericordiosamente, chegou a hora de desistir e deixar que o oceano o engolisse, porque não adiantava, não adiantava mesmo. O Homem Verde tinha sido melhor que ele, Warren Smith estava certo ao dizer que ele não era forte o bastante – e o mundo seguiria qualquer rumo triste a que estaria destinado depois do seu desaparecimento. Se existia um Deus num céu ensolarado e branco, longe daquele oceano frio, Tom estava pronto para encontrá-lo e fazer algumas perguntas difíceis.

Parou de dar braçadas e aceitou o inevitável enquanto uma onda o acertou direto no rosto. Que a coisa terminasse ali. Estava pronto para o céu. Engoliu um bocado de água salgada e engasgou enquanto se sentia se desligando, desconectando-se, começando a afundar. Mas, mesmo enquanto desistia e se preparava para morrer, percebeu outra coisa, algo distante mas, sim, inconfundivelmente ali.

Tom estivera afundando, mas uma onda furiosa o agarrou e puxou de volta para cima. Subindo junto com ela, tinha vislumbrado a ponta de um dedo levantado como se desse um foda-se à própria vida. Mas não, não era um dedo, era um farol distante, branco e cônico, pontiagudo contra as escuras nuvens de tempestade.

QUARENTA E CINCO

O céu tinha paredes brancas e luzes fortes, e havia um anjo de touca que sorriu para Tom e o chamou suavemente pelo nome. Fitou-a e sentiu a mão dela segurando a sua com gentileza, enquanto ele afundava de novo num sono abençoado. Quando voltou ao céu, o lugar estava mais apinhado, porque havia policiais no quarto. Um deles fazia perguntas, mas Tom não conseguia encontrar a voz para responder. E quem teria roubado sua voz? E o que a polícia estava fazendo no céu? As luzes fortes faziam seus olhos doerem, por isso Tom afundou, afastando-se delas. Na terceira vez em que acordou, estava escuro lá fora e os policiais continuavam ali, mas além deles havia vários homens de calça cáqui e paletó. Então Grant entrou em seu quarto de hospital e disse:

– Tom, meu Deus, quem atirou em você? Todo mundo que não precisa estar aqui pode sair agora.

Tom ainda estava muito fraco, mas conseguiu se lembrar um pouco do que havia acontecido na balsa. A princípio, Grant teve dificuldade em acreditar que Tom tinha escapado do Homem Verde e sobrevivido nadando uma longa distância com dois ferimentos a bala. Mas então pareceu aceitar isso e até mesmo admirá-lo, e, empolgado, fez várias perguntas. Um médico interveio:

– Chega. Agora ele precisa descansar um pouco.

Quando Tom acordou de novo estava muito mais forte. A luz da manhã se infiltrava por uma janela com cortina. Tomou uma sopa quente. Um médico o examinou e então o colocaram numa cadeira de rodas que foi empurrada rapidamente por um corredor até uma sala maior e mais protegida, onde uma equipe com câmera esperava para gravar suas respostas. Grant estava ali, mas não era ele que fazia as perguntas. Um homem baixo e agressivo, com bigodinho fino, se apresentou como Harris Carnes e conduziu a conversa.

Eles já tinham conversado com Lise, de modo que sabiam o que Tom havia descoberto e como ele decifrara o segredo de Paul Sayers. Carnes estava muito mais interessado no encontro de Tom com o Homem Verde do que nos encontros com Ellen Douglas e Willa Sayers. Ficou repassando o que havia acontecido na balsa a partir de várias perspectivas, como se não acreditasse na história e talvez acabasse encontrando um modo de fazer Tom admitir que tinha inventado tudo aquilo.

– Então ele pagou a um garoto qualquer para atrair você? Isso não parece coisa do grande planejador que estivemos caçando.

– Só sei que deu certo. O garoto me levou até o convés do estacionamento e sumiu.

– E, justo quando o garoto desapareceu, o Homem Verde lhe deu um soco?

– Ele estava atrás de mim. Não sei se foi um soco. Não vi o golpe chegando.

– Depois disso, você não tentou lutar?

– Ele estava com uma arma apontada para a minha cabeça.

– Ele admitiu que era o Homem Verde?

– Em nenhum momento ele usou essas palavras exatas, mas pela nossa conversa isso ficou claro, e ele sabia que eu tinha descoberto sua antiga identidade.

– Vocês dois tiveram um belo bate-papo enquanto ele apontava uma arma para sua cabeça? – Quando Carnes ficava em dúvida ou insatisfeito, tinha o hábito de empurrar os pelos do bigode com o indicador e o polegar, de modo que parecia estar tentando apagar a metade inferior do rosto. – Ele reconheceu que você estava certo com relação a Paul Sayers?

– Sim. Ele disse o nome verdadeiro antes de eu falar.

– E também falou o seu nome? Ele sabia coisas sobre você?

– Sabia que eu trabalhava para o FBI. Ficou claro que ele tinha lido a meu respeito, provavelmente na internet.

– Deve ter sido muito lisonjeiro para você o Homem Verde tirar um tempo para considerá-lo como adversário.

Tom deu de ombros.

– Ele mencionou Jim Brennan?

– Ele sabia quem era Brennan e o que tinha acontecido com a investigação.

– E mencionou meu nome? – perguntou Carnes.

– Não.

Carnes beliscou o lábio superior de um modo que parecia doloroso e quase fez o bigode sumir entre os dedos.

– E ele teve essa conversa amistosa com você enquanto apontava uma arma numa balsa cheia de gente, mas ninguém viu nada?

– Nós estávamos no convés de estacionamento, deserto.

– Por acaso ele não mencionou nada sobre o próximo atentado?

– Não. Ele não estava ali para se explicar nem falar sobre os planos futuros. Ele queria que eu desse informações. Queria saber especificamente a quem eu tinha contado sobre sua identidade anterior como Paul Sayers e se eu sabia onde ele morava agora ou alguma coisa sobre a família dele.

– Não a família antiga em Cape May, e sim a nova família, presumivelmente no Michigan?

– Isso. Ele recomeçou do zero.

– Por que ele mencionaria essa família nova a você? O sujeito se esforçou bastante para esconder tudo sobre ele.

– Acho que ele se sentiu confortável em fazer isso porque ia me matar.

– Mas você escapou. Se ele queria mesmo matar você, por que simplesmente não atirou?

– Ele atirou. Duas vezes. Mas eu mergulhei no mar.

– E depois nadou 8 quilômetros até a costa enquanto ele saía com o seu carro em Lewes e desaparecia? Nós não conseguimos achar o carro.

– Ele disse que vocês não achariam.

– Também não achamos o garoto que ele mandou para chamar você. Nem nenhuma testemunha da sua conversa com ele no convés. Na verdade, não temos nenhuma evidência que confirme qualquer coisa que você disse que aconteceu.

Tom o encarou.

– O senhor acha que eu atirei em mim mesmo e mergulhei da balsa?

O tom de Carnes se tornou quase de zombaria.

– Então esse homem que destruiu seis alvos, na maioria muito bem vigiados, que provocou bilhões de dólares em danos e matou mais de quarenta pessoas apontou uma arma para a sua cabeça e ainda assim você escapou?

– Ele poderia ter me matado se quisesse.

– Você tinha descoberto a antiga identidade dele, e ele sabia que você poderia usar isso para encontrá-lo. Por que não iria querer matar você?

– Ele não me executaria a sangue-frio.

– O Homem Verde tem escrúpulos? Vocês dois estabeleceram um vínculo e ele demonstrou misericórdia? Ele não teve problemas para explodir uma represa e matar doze pessoas.

– São duas coisas muito diferentes.

Carnes bufou e depois passou para o fato de que Tom tinha marcado os encontros com Ellen Douglas e Willa Sayers *depois* de descobrir a antiga identidade do Homem Verde.

– Então você tinha descoberto quem era o Homem Verde mas não informou a ninguém? Em vez disso, decidiu seguir a pista sozinho?

– Sim. Eu tinha uma teoria, mas ela parecia meio improvável.

– Tão improvável que você nem deu um telefonema ou mandou um e-mail para avisar a um superior sobre a pista enorme que tinha descoberto?

– Eu queria ter certeza de que era válida.

– Você teve certeza a ponto de viajar de Pittsburgh a Manhattan e de Manhattan a Cape May.

Grant tentou interceder:

– Ele acabou de levar dois tiros e nadar 8 quilômetros no mar revolto para trazer uma informação vital para nós...

Carnes lançou a Grant um olhar furioso que o silenciou. Depois quis saber:

– Não lhe ocorreu que, se você fizesse perguntas a pessoas que podiam ainda ter contato com o Homem Verde, uma delas poderia alertá-lo e ele poderia tentar impedir você?

– Não achei que ele seria capaz de reagir tão depressa. Ellen Douglas deve ter feito contato com ele, ou talvez tenha sido a filha dela.

– Ou pode ter sido a mãe dele.

– Não, não creio que Willa saiba que o filho ainda está vivo.

– Você não sabe o que ela realmente sabe – retrucou Carnes rispidamente e com desdém. – Não sabe o que nenhuma delas realmente sabe. Todas estão negando que falaram com ele e ainda não encontramos nenhuma conexão. Se uma delas fez contato através de algum canal secreto combinado antecipadamente, iremos descobrir. A questão, Tom Smith, é que você deixou o sujeito em estado de alerta. Logo que descobriu sobre a antiga identidade, nós teríamos uma chance de pegá-lo, mas sua trapalhada nos custou essa chance. Assim que fez essa descoberta em Pittsburg, o seu dever era nos informar.

– Eu ia fazer isso.

Carnes se inclinou à frente, irado.

– Depois de falar com Ellen Douglas, quando estava indo para Cape May, você não teve uma conversa pelo telefone com o agente Grant?

Tom olhou para Grant e assentiu.

– E ele não perguntou especificamente o que você tinha descoberto? Isso não era um pedido direto de informações por parte de um superior? Além disso, ele não relatou explicitamente, durante o telefonema, que você não estava mais no operacional desta investigação? Então, quando teve o encontro com Willa Sayers, você de fato não tinha autoridade, não é?

Finalmente a raiva veio salvar Tom. Ele se empertigou na cadeira e encarou Carnes.

– Escute, se eu não tivesse descoberto o que descobri, vocês não saberiam porcaria nenhuma sobre Paul Sayers. Eu solucionei o caso e estava certo. E pode continuar pegando no meu pé quanto quiser, porém o mais importante agora deveria ser pegar o Homem Verde e saber como usar a informação que eu trouxe. E eu sou o único que já se encontrou com ele, por isso você deveria deixar que eu ajudasse, em vez de me atacar.

A explosão de Tom silenciou a sala. Grant sussurrou para Carnes:

– Tom tem uma percepção espantosa desse sujeito desde que entrou no caso.

Carnes fez uma careta e perguntou relutante:

– Está bem. Vamos ouvir. O que você faria?

– Agora que sabemos sobre Paul Sayers, deve ser relativamente fácil descobrir quem ele se tornou – respondeu Tom. – Sabemos exatamente quando Paul Sayers desapareceu, o que nos dirá quando o Homem Verde começou sua vida nova. Ele deve ter descoberto um meio de manter parte do patrimônio, de modo que haverá uma trilha de dinheiro indo de São Francisco até o Meio-Oeste. Vocês estão procurando um milionário de 28 ou 29 anos, com grande habilidade como engenheiro, que apareceu de repente no Michigan. Ele deve ter se mudado para uma cidade pequena e comprado uma casa num terreno grande...

– Por que acha isso? – perguntou Carnes.

– Porque me parece certo. Ele tinha acabado de trocar de pele. Ia querer privacidade. Mas existem algumas coisas que ele não poderia mudar. Se vocês conseguirem algum DNA da mãe ou dos irmãos no sul de Nova Jersey, podem fazer uma busca em bancos de dados genéticos e registros de saúde no Michigan. Foi assim que a CIA pegou Bin Laden: usando o DNA da família dele para encontrá-lo no esconderijo.

– Eles podiam fazer isso no Paquistão. Não posso conduzir uma busca nos registros públicos de saúde no Michigan.

– Ele é um terrorista importante, e tenho certeza de que o presidente está disposto a deixar que o senhor viole algumas regras para pegá-lo. Jim Brennan não teria feito isso, mas acho que o senhor poderia fazer.

Carnes fitou Tom e seus olhos ansiosos brilharam.

– O que mais?

– Não creio que o senhor precise começar do zero. O FBI estava conduzindo o trabalho na região, então aposto que alguém já falou com esse cara. Vocês deveriam voltar aos relatórios dos policiais do Michigan sobre famílias abastadas em cidades pequenas que possuem vans pretas.

– Todas as vinte mil?

– Agora temos uma ideia muito melhor da aparência do Homem Verde, até os olhos castanho-esverdeados. Sabemos quando ele apareceu na cidade e que está bem de vida, que tem uma família jovem, que ultimamente tem viajado bastante e até que é artista com talento para pintar paisagens. Isso deve bastar para encontrá-lo rapidamente.

– E eu vou encontrá-lo – prometeu Carnes. – A única coisa que precisamos de você é que responda a quaisquer perguntas que meus investigadores tiverem e que fique fora desse caso enquanto eu pego o Homem Verde e descubro o que fazer com você.

Ele sinalizou para a equipe de câmera parar de filmar e sair.

A sala se esvaziou até restarem apenas Carnes e Grant. O homenzinho se levantou e chegou mais perto de Tom.

– O que você quer disso? Quero dizer, pessoalmente?

– Nada.

– Crédito? Você levou dois tiros. Quer ser herói?

– Nem um pouco.

– O que está escondendo?

– Nada.

– Por que não conseguimos confirmar nada que você contou?

– Ele é muito bom em limpar seus rastros. Mas eu contei a verdade a você.

Carnes se aproximou ainda mais e se abaixou tanto sobre a cadeira de rodas que sua saliva molhou o rosto de Tom enquanto ele sussurrava:

– A investigação é minha e eu vou pegar o Homem Verde. Jim Brennan está fora disso, e você também.

– Ele me deixou para morrer. Me deixe participar.

– Como você tem problemas para entender ordens, quero que escute com atenção. Você não vai falar com a imprensa. Não vai revelar a ninguém nenhum detalhe do que ficou sabendo. Não vai contatar ninguém que esteja envolvido de algum modo nesta investigação ou que estivesse envolvido antes. Agora vai se distanciar completamente da força-tarefa do Homem Verde e tirar algum tempo para se recuperar dos ferimentos, enquanto nós pensamos se vamos deixar você voltar a ser um analista de sistemas ou jogá-lo na prisão por total descumprimento do dever ao fingir que era um agente operacional do FBI.

QUARENTA E SEIS

– Então foi você que interrogou esse cara e preencheu o relatório? – perguntou Carnes.
Ele olhava pela janela do segundo andar da delegacia de polícia na rua principal de Glenwood, no Michigan, que estava quase deserta. O dia ensolarado de sexta-feira dava lugar a um fim de tarde fresco, e o centro da cidade se esvaziava rapidamente.

– Sim, senhor – disse Ted Dolan, nervoso. – Bom, na verdade o Mitch não estava em casa, por isso interroguei a mulher dele, Sharon.

– Mas você o conhece?

– Sim, senhor, Mitch é um grande apoiador da polícia. E conheço os dois filhos dele. Dei aulas no curso de salva-vidas júnior ao filho, Gus. E a mulher dele é envolvida em muitas causas e projetos na cidade, por isso conheço ela também. Sharon.

Carnes percebeu alguma coisa na voz de Dolan e baixou o relatório.

– Como ela é?

– É... uma mulher ótima, senhor.

Carnes deu um sorriso conspiratório para o desajeitado policial de cidade pequena.

– De zero a dez?

Dolan o encarou. Só havia homens na sala.

– Nove, senhor.

– Não é de espantar que você tenha entrevistado ela, e não o marido – disse Carnes.

Houve risos e Dolan relaxou perceptivelmente.

– Quando você estava na casa, viu qualquer coisa que poderia ser usada de algum modo para resistir a uma entrada rápida da polícia?

– Só o material de caça que mencionei para o senhor, no porão.

– A pintura que viu pendurada na parede era boa?

– Muito boa, senhor. Eu não sabia que o Mitch era pintor. Sharon disse que era só um hobby para ele se distrair.

Carnes pegou seu celular e mostrou o desenho a lápis da paisagem pendurada na casa de Willa Sayers em Cape May.

– Parecida com isto?

Dolan examinou o desenho com atenção por alguns segundos.

– Não sou especialista, mas eu diria que é bem semelhante.

O celular de Carnes vibrou. Ele foi até uma janela, leu uma mensagem e digitou algumas palavras em resposta. Depois se virou para os homens na sala.

– O perímetro foi isolado e a equipe da SWAT está pronta para entrar. Quero enfatizar a todo mundo que pode haver duas crianças na casa. Nós não somos iguais ao Homem Verde, não somos assassinos de crianças. As crianças podem ter sido treinadas para resistir. Só vamos lutar contra elas se formos obrigados, e serão feitos todos os esforços para não feri-las de jeito nenhum. Sargento Dolan e chefe Parry, como vocês conhecem a propriedade, eu gostaria que os dois fossem conosco. Como consultores e observadores, mas não para o enfrentamento.

– Sim, senhor – disse o chefe Parry. – Será uma honra fazer parte disso, senhor.

– Para mim também – completou o sargento Dolan. – Pode apostar. Obrigado.

Carnes estava olhando para além deles. Tinha visto um elegante chapéu de couro com aba larga pendurado num gancho acima da mesa do chefe.

– O que é isto?

– É o meu chapéu de safári Lord Saybrook – respondeu o chefe Parry. – Eu trouxe da África do Sul há uns dois anos. Paguei mais de 200 dólares por ele. Gostaria de experimentar?

Ele pegou o chapéu e entregou a Carnes, que o colocou na cabeça e olhou o próprio reflexo na janela.

...

A equipe da SWAT vestia botas e macacões pretos, com luvas escuras e gorros justos resistentes a estilhaços. Como estavam lidando com um especialista em bombas, a armadura de Kevlar à prova de balas tinha sido reforçada com placas pesadas também projetadas para resistir a estilhaços. Haviam se organizado nos fundos da propriedade, onde estava escuro e silencioso. Uma cerca de 2 metros de altura rodeava completamente os 5 hectares e passava perto de um carvalho, e três membros da equipe tinham aparado silenciosamente os galhos baixos da grande árvore.

Hwang, o magro e musculoso comandante da SWAT, fez o informe a Carnes com rapidez e objetividade enquanto seus homens ouviam, prontos para acrescentar alguma informação, se necessário.

– Detectamos vários tipos diferentes de sensores por todo o perímetro. Nesta seção dos fundos da propriedade é onde parece haver menos, e estamos fora de todas as linhas de visão diretas da casa. Um fio com sensor passa no topo da cerca. Nós fizemos uma ligação em ponte dos dois lados e cortamos o centro. Ninguém na casa vai saber disso. Eles verão um sinal constante, mas nós rompemos o sistema deles dos dois lados de um trecho de 2 metros da cerca e estamos prontos para pular por cima do centro quando o senhor mandar.

– Que seja agora – disse Carnes. – Vamos lá.

Hwang se virou para seus homens e deu uma ordem com um gesto silencioso. Foi o primeiro a ir até a cerca e pareceu planar até o topo. Saltou para um galho do carvalho e pousou sem fazer nenhum ruído. Seus homens o seguiram um a um, e então Carnes, Grant, Dolan e o chefe Parry pularam, perceptivelmente mais lentos e desajeitados. Dois sujeitos da equipe de filmagem passaram por último e baixaram o equipamento com cuidado no chão coberto de folhas do lado interno da cerca.

Os membros da SWAT não pareciam particularmente felizes com a pequena multidão que acompanhava a operação e não esperaram. Assim que passaram para o outro lado da cerca, espalharam-se e correram em direção à casa. Como planejado, aproximaram-se vindos de três direções, e, em menos de um minuto, estavam derrubando a porta da frente com um aríete impelido por pistão.

Jogaram uma granada de atordoamento e entraram em alta velocidade, espalhando-se em leque pela casa espaçosa, dando cobertura habilmente uns aos outros enquanto iam de cômodo em cômodo e até os pontos perigosos: subindo a escada para o segundo e o terceiro andares e descendo para o porão. Levavam armas de assalto de cano curto, totalmente automáticas, para manobrabilidade máxima, e, quando cobriam uns aos outros e entravam girando em espaços abertos, a coisa parecia uma sequência de passos de dança bem ensaiados.

Carnes, usando o chapéu de safári e segurando uma semiautomática, e Grant, com o chefe Parry e o sargento Dolan, entraram na casa depois da equipe da SWAT. O pessoal da filmagem entrou com eles e registrou tudo que Carnes fazia. Logo ele estava na biblioteca do terceiro andar, onde tinha encontrado um notebook e o estava ligando devagar. Enquanto esperava a inicialização do aparelho, recebeu uma série de informes negativos.

– Parece não haver ninguém da família em casa, senhor.

– Eles podem estar escondidos. Procurem túneis. Lembrem-se, eles vêm se preparando para algo assim há muito tempo. Quero que cada computador seja apreendido e...

– Senhor, ainda não encontramos nenhum computador – disse Hwang.

– Vão encontrar. Há um bem aqui, e vamos achar outros. O Homem Verde morou aqui por mais de doze anos. Acreditem, esta casa contém um tesouro de informações cruciais, precisamos encontrá-las e...

De repente, todas as luzes da casa piscaram e acenderam de novo, enquanto uma voz masculina e profunda falava com eles, vinda de todos os lugares e de lugar nenhum.

– Vocês têm dois minutos para evacuar esta casa antes que ela seja destruída.

Olharam em volta. Não havia nenhum alto-falante visível. Talvez a voz estivesse chegando pelas entradas de ar.

– Parece a voz do Mitch – disse nervoso o sargento Dolan.

– É, definitivamente é o Mitch – observou o chefe Parry, dando um passo para perto de uma porta.

– É a voz gravada dele – afirmou o técnico da SWAT. – Isso foi preparado. Nós acionamos algo quando entramos.

– Deveríamos sair daqui – sugeriu o sujeito que segurava a câmera.

– Ninguém vai a lugar algum – ordenou Carnes numa voz forte e confiante. – Pensem bem. Se o Homem Verde tivesse mesmo enchido este lugar de explosivos e quisesse nos matar, seria idiota a ponto de dar um aviso? Não, ele mataria todo mundo.

– Um minuto e 45 segundos – disse a voz.

– Continuem a busca – ordenou Carnes. – Isto é só um blefe...

– Esse cara destruiu seis alvos importantes – interveio Grant. – Ele não gosta de matar pessoas inocentes, mas demonstrou disposição para fazer isso. Que a gente saiba, ele nunca blefou. Simplesmente explode as coisas. Vou sair daqui.

– Você é um covarde – vociferou Carnes. – E está desobedecendo à minha ordem direta.

Grant olhou de volta para o homenzinho com chapéu de safári e avisou:

– Se o senhor ficar nesta casa, não creio que estará vivo para me processar.

Então saiu rapidamente, e eles puderam ouvir suas botas fazendo barulho na escada de madeira.

– Um minuto e trinta segundos – disse a voz profunda. – Evacuem a casa agora.

Os dois homens da equipe de filmagem saíram correndo pela porta.

– Ei, vocês dois, voltem aqui! – gritou Carnes, mas eles desceram a escada tão depressa que um deles pôde ser ouvido tropeçando.

O sargento Dolan olhou para uma mancha escura que se espalhava na virilha e percebeu que tinha se mijado. Sem dizer uma palavra, foi para a escada, e o capitão Parry o acompanhou.

– Um minuto e quinze segundos – disse a voz.

– Foi neste escritório que ele planejou os ataques – informou Carnes à equipe da SWAT, a voz saindo estranhamente aguda. – Vamos começar aqui. O que ele andou lendo vai nos dizer o que estava pensando...

Os membros da SWAT olharam para seu comandante, que se virou para Carnes.

– Vou tirar meus homens daqui.

– Capitão, você está sob o meu comando – disse Carnes rispidamente. – E estou lhe dando uma ordem direta de fazer uma busca neste escritório e colher provas vitais.

Hwang fez um gesto para seus homens, que saíram imediatamente do escritório. Ele os acompanhou.

Carnes ficou parado, subitamente sozinho. Algo piscando na mesa atraiu sua atenção. Ele olhou e viu que o notebook finalmente estava ligado. Na tela havia uma foto linda da Terra, tirada do espaço por uma missão da NASA. A Terra parecia uma joia preciosa, com os mares e as massas terrestres reluzindo. E então a imagem se transformou lentamente em outra coisa redonda.

Era um antigo relógio de bolso com o ponteiro se movendo numa contagem regressiva, de modo que cada tique-taque era audível e parecia um pouco mais alto que o anterior...

...

– Mantenha a câmera apontada para a casa – ordenou Grant ao cinegrafista, mas não adiantou.

Estavam numa vala a 50 metros da porta da frente, e as mãos do sujeito sacudiam tanto que ele não conseguia segurar a câmera. Ele a largou e se deitou no chão, tremendo.

Grant pegou a câmera e viu que ela estava ligada. Apertou o botão de gravar e a apontou para a casa. Olhou pelo visor e encontrou os restos da porta da frente que a equipe da SWAT havia arrebentado.

Então surgiu uma forma correndo lá de dentro. Era Carnes, sem o chapéu de safári. Ele desembestou pela porta, as pernas curtas se movendo rápidas, e pulou os quatro degraus da frente num salto desesperado. Assim que seus pés bateram no chão, ele iniciou uma corrida. Foi em direção a uma fonte de pedra no gramado, mergulhou atrás dela e desapareceu do visor de Grant.

Um instante depois, houve um estrondo que sacudiu o chão, uma explosão tão violenta que Grant quase derrubou a câmera. A casa colonial de três andares pareceu subir sobre os alicerces, como se outro andar tivesse brotado por baixo do porão. Mas o novo andar não era um andar – era uma bola de fogo de energia explosiva, que consumiu madeira e lançou pedras para fora enquanto a estrutura caía de volta e implodia, desfazendo-se numa coluna de fogo e numa nuvem de fumaça e poeira.

QUARENTA E SETE

Sharon dirigia seu Accord prata para o norte, com o velho Finn aninhado e cochilando feliz entre Gus e Kim no banco de trás. No início, as crianças estavam cheias de perguntas sobre aquela viagem inesperada.

– Por que você não pode dizer aonde a gente vai? – perguntou Gus.

– Porque seu pai e eu achamos que deveria ser surpresa – respondeu ela, permanecendo pouco abaixo do limite de velocidade.

Tinha deixado que cada um trouxesse uma mala e estava dirigindo por mais de três horas por estradas secundárias que Mitch havia escolhido. Nunca tinha se dado conta de como devia ser difícil para ele ir para as missões e voltar – como a pressão para não cometer nenhum erro transformava o simples ato de dirigir num martírio.

– E a escola? – quis saber Gus. – Meu trabalho sobre os puritanos é para segunda-feira.

– Não se preocupe com isso.

– A Sra. Lowel vai ficar furiosa.

– E eu tenho que ir à festa de aniversário de Emma – disse Kim.

– Tudo vai dar certo – prometeu Sharon. – Vocês deveriam dormir um pouco.

– Por que papai não veio junto? – perguntou Gus.

– Ele precisa terminar uns trabalhos e vai se encontrar com a gente depois – respondeu Sharon, e apertou o volante com um pouco mais de força.

– Quando? – perguntou Kim.

– Logo.

– Logo quando?

– Querem ouvir um pouco de música? Podem escolher a estação.

Logo os dois estavam em sono profundo, e Sharon dirigia pela escuridão. Queria sintonizar uma estação de notícias e descobrir se havia acontecido alguma coisa com a casa deles, mas resistiu ao impulso e simplesmente abaixou o volume da música e se concentrou em dirigir.

Saiu da estrada de montanha para uma trilha sinuosa e foi chacoalhando devagar por 60 metros até ver a silhueta escura de um velho celeiro. Parou perto do celeiro, piscou os faróis duas vezes e esperou.

Um veículo se aproximou lentamente, vindo da escuridão. Era uma grande picape vermelha. A picape parou e um homem idoso desceu. Era magro, com cabelos prateados, mas, apesar de ter bem mais de 70 anos, andava com passos leves ao se aproximar do Accord. Sharon desceu do carro, foi rapidamente até ele e o abraçou. Ficou surpresa ao sentir que estava tremendo nos braços dele.

O homem deve ter sentido isso, porque sussurrou:

– Você se saiu muito bem. Está tudo preparado. – Então a soltou gentilmente e olhou para dentro do Accord. Viu as duas crianças dormindo com o cachorro e sorriu. – Ei, Gus e Kim. Hora de acordar.

As crianças despertaram desorientadas e olharam confusas para aquele senhor.

– Este é o seu tio Arthur – disse a mãe a eles. – É um velho amigo do seu pai.

– Agora vamos nos divertir – explicou Arthur. – Tenho um barco a menos de 3 quilômetros daqui. Vamos todos viajar de barco juntos.

– Legal! – exclamou Gus, agora totalmente acordado.

– Não quero viajar de barco à noite – reagiu Kim, nervosa.

– Não precisa ter medo – tranquilizou Arthur. – Mas quero que vocês me ajudem. Ouvi dizer que cada um trouxe uma mala. Podem pegar e colocar na traseira da minha picape vermelha, ali. Depois, subam no banco de trás. Tem bastante espaço para o seu amiguinho de quatro patas.

– E o nosso carro? – perguntou Kim.

– Para esta parte da viagem vamos na picape do Arthur – explicou Sharon. – Mas temos que ir depressa.

– O banco de trás vai ser a área das crianças e dos cachorros – disse Arthur, olhando seu relógio. – Lá atrás vocês podem fazer o que quiserem. Vamos indo, pessoal. Vou colocar o carro de vocês no meu celeiro, para deixá-lo em segurança. Depois vamos até o litoral na minha picape e então faremos nossa viagem de barco.

Uma hora depois, estavam no convés do grande barco de pesca, partindo pelo mar escuro. As duas crianças estavam assustadas, mas Arthur sabia exatamente o que fazia.

– A cabine fica ali, descendo aquela escada, e tem uma cama quentinha esperando vocês – disse a Kim. – Seu cachorro já está dormindo lá embaixo, e talvez haja um biscoito de chocolate bem no seu travesseiro.

– Vou levar vocês para baixo – sugeriu Sharon. – Esses biscoitos parecem ótimos.

– Eu vou ficar no convés – anunciou Gus.

Sharon e Kim desceram a escada. Arthur e Gus ficaram sozinhos.

– Como você conheceu meu pai? – perguntou Gus.

– Nós trabalhamos juntos muito tempo atrás.

– Num emprego?

– Mais ou menos. – Em seguida, Arthur acrescentou baixinho: – O seu pai é meu herói.

Gus olhou para ele, um pouco desconfiado.

– Por que você diz isso?

O velho manteve o olhar fixo no oceano escuro.

– Quer pilotar?

– Eu não sei como.

– A gente pilota junto. Vamos atravessar esta baía. Eu mostro a você.

Gus foi até ele e o velho ajeitou as mãos do menino no timão.

– É isso aí – disse Arthur. – Mantenha firme e deixe o barco ir. Você leva jeito.

Os dois pilotaram juntos. Era uma noite calma, quase sem vento. A faixa de lua era uma foice dourada cortando nuvens escuras. Finalmente Gus perguntou, numa voz muito temerosa:

– Tio Arthur?

– O quê?

– Você não é mesmo meu tio, não é?

– Não.

– O que está acontecendo?

– Não se preocupe. É necessário e para o bem de todos. E vai ser uma verdadeira aventura.

As mãos de Gus tremeram no grande timão e o velho pôs as dele em cima, para firmá-las.

– Pode pelo menos contar aonde vamos? – murmurou Gus. – Minha mãe não quis dizer.

Arthur hesitou e finalmente respondeu:

– Para o Canadá.

QUARENTA E OITO

A laguna era cercada por manguezais. As últimas famílias tinham nadado com os golfinhos, comprado suas fotos caras e ido embora, e as instalações estavam tecnicamente fechadas.

– Tem certeza de que não tem problema? – perguntou Tom, afivelando um colete salva-vidas.

– Os outros treinadores trazem convidados de vez em quando – disse Tracy. – É uma das vantagens de trabalhar aqui. Eu nunca trouxe ninguém, então eles toparam numa boa. Como está o joelho?

– Curando depressa. O médico disse que eu tive sorte.

– É, muita sorte, você só levou dois tiros – concordou ela com sarcasmo, e examinou o rosto dele. – Por que não pode me contar o que aconteceu?

– Não devo falar sobre isso. Mas a boa notícia é que recebi o dinheiro das férias e por isso posso nadar com os golfinhos.

– Não. A boa notícia é que você vai arranjar um trabalho novo. Dessa vez, tente ser você mesmo e não alguém que nós dois odiávamos, e talvez dê mais certo.

Por um momento, parado no cais e olhando a laguna ao sol poente, Tom se lembrou da noite anterior em Boca. Tinha ido sozinho até a sepultura do pai. A inscrição na lápide de granito, escolhida por sua mãe, era simplesmente o nome de Warren Smith, as datas de nascimento e falecimento e "Ele serviu ao país". Não havia nada sobre ser um marido amado ou um bom pai. Tom não era religioso, mas tinha feito uma oração e dado adeus ao pai. Logo antes de ir embora, tocou a lápide e, sentindo-se idiota, sussurrou: "Descanse em paz, pai. Também fiz o melhor que pude para servir. Não consegui pegá-lo, mas cheguei bem perto."

Tom admirou a vista da laguna enquanto terminava de afivelar o colete salva-vidas e puxava bem a fita.

– Já tenho duas entrevistas marcadas semana que vem – contou a Tracy. – E você vai ficar feliz em saber que nenhuma delas envolve segurança pública.

– Vale do Silício, baby! – exclamou ela com entusiasmo. – Aceite o dinheiro. Estou planejando me aposentar e ir para a sua casa de hóspedes. Muito bem. Pronto para ver o seu mundo ser abalado?

– Vamos nessa – disse Tom, verificando se a calça da roupa de mergulho cobria o curativo do joelho. – Vou logo avisando que não pretendo estabelecer nenhum recorde de natação hoje.

– Não vai precisar. Lou e Ginny levarão você para um passeio.

Ela pulou do cais para a laguna e Tom foi atrás. A água estava razoavelmente fria e com um metro de profundidade, e os dois vadearam juntos até estarem com água pela altura dos ombros.

– Onde Lou e Ginny estão, exatamente? – perguntou Tom.

– Eles costumam ficar do outro lado da laguna, mas sabem que eu acabei de entrar na água e estão vindo.

Um instante depois, duas formas cinzentas partiram na direção de Tom e saltaram mais de 4 metros para fora d'água, acima dele. Ele se pegou sorrindo e batendo palmas enquanto os dois golfinhos caíam de volta, fazendo a água espirrar. Em mais um segundo eles estavam ao seu lado, os focinhos parecidos com bicos roçando nele.

– Irmão mais novo, conheça Lou e Ginny, golfinhos-nariz-de-garrafa e meus amigos queridos. Pode retribuir o beijo, se quiser.

Tom beijou de leve os golfinhos e os dois soltaram uma série de guinchos agudos que pareciam duas portas enferrujadas sendo abertas lentamente.

– Eles estão dizendo "oi" e agradecendo por você não ter pegado o Homem Verde – disse Tracy. – Agora a Terra tem uma chance. Especialmente os mares que eles tanto amam.

Os dois golfinhos o espiaram com olhos escuros brilhantes e rostos sorridentes, como se todos compartilhassem um segredo.

– Acha mesmo que eles estão preocupados com a mudança climática? – indagou Tom. – Talvez só queiram um pouco de peixe para o jantar.

– Eles sabem muito mais sobre o que está acontecendo do que você pensa. Lou nasceu aqui, e até a água dessa laguna teve problemas com lixo plástico e crescimento de algas. Ginny é um golfinho resgatado. Ela já esteve no mundo lá fora e viu muita coisa ruim, e com certeza se preocupa.

Como se entendesse a deixa, Ginny se virou, expondo para ele a barriga de cor mais clara.

– Ela quer que você faça um carinho – disse Tracy.

Tom acariciou hesitante a pele do animal. Era lisa e suavemente curva, como uma berinjela com batimento cardíaco. Pela primeira vez ele compreendeu a fixação da irmã pelos golfinhos. Sem dúvida havia uma conexão inesperadamente forte, muito mais íntima do que fazer carinho num gato ou num cachorro. Aquele era um mamífero muito inteligente, e, ao tocá-lo, Tom sentiu que Ginny era não somente capaz de amar, mas também possuía uma espécie de sabedoria misteriosa.

– O que aconteceu com ela?

– Ginny foi acertada pela hélice de um barco. Penetrou até o osso. Quando nós a resgatamos ela estava muito mal e quase morreu. Mas, como dá para ver, ela se recuperou completamente. Eles gostam de você, Tom. Não tanto quanto de mim, mas dizem que você é legal. Querem levar você para um passeio.

– Eu seguro nas barbatanas?

– Não. Apenas fique boiando de costas e relaxe.

Tom se virou e ficou boiando de costas, com as mãos ao lado do corpo. Tentou relaxar e acalmar a mente, mas não conseguia deixar de pensar que iria a São Francisco na semana seguinte, para uma entrevista de emprego arranjada por um velho amigo de Stanford.

Uma pequena startup tinha se transformado rapidamente numa grande startup e aberto capital seis meses antes. Agora estava nadando em dinheiro, e o salário potencial que eles haviam mencionado era mais de quatro vezes maior que o que recebia do FBI. Ele poderia ter um belo apartamento e um carro, e seria desafiador e divertido trabalhar com um pessoal tão brilhante e ousado. Tracy estava certa. Era hora de abrir mão da caçada ao Homem Verde e se voltar para algo que faria por si mesmo, e não pelo pai.

Tom sentiu uma pressão suave nas solas dos pés e de repente estava voando. Os golfinhos o empurravam pela laguna numa velocidade tão grande que ele começou a subir e logo estava com metade do corpo fora d'água. Gritou de surpresa, medo e prazer. Incrivelmente, eles conseguiam guiá-lo, de modo que o passeio pareceu continuar por trinta segundos, e, quando eles finalmente pararam e ele afundou de volta na laguna, estava empolgado e gargalhando.

– Essa foi uma das coisas mais incríveis que eu já fiz – disse a Tracy.

Ela riu de orelha a orelha.

– Está vendo? Eu disse que isso ia abalar seu mundo. – Em seguida, sua postura mudou totalmente e ela alertou: – Não faça isso, Tom.

– Não faça o quê?

Tracy meio que gritou:

– Isto aqui é propriedade privada. Dê o fora!

E ela não estava olhando para Tom, e sim para trás dele, onde um homem negro alto e atlético usando calça cáqui e paletó azul tinha chegado ao cais.

Era o agente Grant, que ignorou Tracy e disse:

– Tom, desculpe atrapalhar, mas aconteceu uma coisa que não faz nenhum sentido.

QUARENTA E NOVE

Conversavam no bar do Fish House, um restaurante com decoração excêntrica e frutos do mar frescos.

– Depois da sua aventura na balsa de Cape May, Carnes fez o que você sugeriu e se concentrou em descobrir em quem Paul Sayers tinha se transformado – contou Grant. – Logo descobriram que ele era Mitch Farley, de Glenwood, no Michigan.

– Eu vi o que aconteceu quando eles entraram na casa do Farley. Não foi exatamente um sucesso notável.

– Foi um desastre completo – concordou Grant, assentindo pesaroso. – E eu estava lá para assistir em primeira mão. Não só Carnes foi espetacularmente incompetente, como tudo na casa que poderia ter alguma utilidade foi destruído.

– Já acharam o rastro da mulher e das crianças?

– Não que eu saiba. Pelo menos por enquanto, todos escaparam.

– Incrível. Ele trocou de identidade há vinte anos e está tentando fazer isso de novo, e não só para ele próprio, mas para as pessoas que ele ama. E teve muito tempo para planejar. É por isso que você está aqui? Veio pedir minha opinião sobre para onde eles foram?

– Não. – Grant se serviu de um cogumelo recheado com carne de caranguejo. – Enquanto o DSI tentava descobrir mais sobre quem ele tinha se tornado, eu me ocupei procurando saber mais sobre quem ele tinha sido lá atrás. Achei que as coisas que ele fez há vinte anos na área da baía de São Francisco, em termos operacionais, poderiam dar alguma ideia do que ele planeja fazer em seguida. Sabemos sobre dois atentados ambientais dele, na madeireira e na companhia de gás, mas eu pesquisei o nome dele em vários bancos de dados, para o caso de ter feito outras coisas que seria útil saber.

– Parece uma boa ideia. Achou alguma coisa interessante?

– Nada. Nós tínhamos tudo que poderia existir sobre ele na época. Então fui levado para a incursão da SWAT na casa do Farley e não saí de lá muito bem em termos do relacionamento profissional com Harris Carnes.

– Você foi tirado do caso? – indagou Tom.

– Ainda não, mas ele está tentando. Fui rebaixado e excluído da ação até eles descobrirem como me realocar.

– Lamento saber disso.

– E eu lamento ter pegado pesado com você – disse Grant. – Para ser sincero, talvez eu tenha sentido um pouco de ciúme. Eu era o queridinho do Brennan até você chegar com seu sexto sentido sobre o Homem Verde. Isso me deixou meio puto. Desculpe.

Tom baixou os olhos e viu que Grant estava estendendo a mão. Tom a apertou.

– Parece que, com relação a essa investigação, nós dois estamos na Sibéria – comentou Tom. – Eles querem me colocar de novo como analista de sistemas e me transferir. Mas, que fique entre nós, vou fazer uma entrevista no Vale do Silício.

– Também estou procurando outro emprego – admitiu Grant. – A segurança privada de alto nível paga muito mais que o governo.

– Então, o que trouxe você ao Mundo dos Golfinhos?

Grant olhou em volta, mas ninguém estava prestando atenção neles. As outras pessoas no bar assistiam a um torneio de golfe tomando drinques tropicais e se esbaldando em pratos suntuosos com frutos do mar.

– Dois dias atrás, recebi um telefonema de um dos analistas de sistemas a quem eu recorria. O tipo de nerd pé-rapado e frustrado que você seria se o Brennan não o tivesse puxado para a força-tarefa por causa do nepotismo.

Tom riu do insulto bem-humorado.

– Tenha algum respeito pelos nerds analistas de sistemas. Imagino que alguma coisa inesperada tenha surgido numa das suas buscas.

– Exato. E esse analista estava num nível tão baixo na cadeia alimentar que não sabia que eu praticamente tinha sido chutado porta afora, por isso só contou para mim.

– Me deixe adivinhar: há vinte anos, Paul Sayers fez alguma coisa que pode dar uma pista sobre o próximo ataque do Homem Verde.

– Há vinte anos, não. Que tal há duas semanas?

Tom ficou olhando para ele.

– Do que você está falando? Para todos os efeitos, Paul Sayers morreu há vinte anos. Ele mudou tudo sobre si mesmo, desde o nome até a aparência. Não está querendo dizer que Mitch Farley fez alguma coisa para entregar o jogo, está?

– Um segurança no Texas preencheu um relatório mencionando Paul Sayers há duas semanas.

– Que tipo de relatório?

– Só um avistamento de rotina. Nenhum crime foi cometido. Não houve nem mesmo uma ação suspeita. A prioridade era tão baixa que é espantoso que o negócio tenha sido captado pela minha busca.

Tom ficou em silêncio por alguns segundos.

– Como esse segurança no Texas sabia que era Paul Sayers?

– Não faço ideia.

– Por que ele estava atento a alguém que morreu vinte anos atrás?

– Essa é uma das coisas que vou perguntar a ele amanhã.

– Então você ainda não falou com ele? E suponho que também não tenha contado isso aos seus ex-colegas no DSI.

Grant pareceu incomodado.

– Não sei de nada definitivo, por isso ainda não estou preparado para fazer um relatório. Veja bem, o Carnes não poderia ser mais incompetente. Além disso, aconteceu uma coisa na semana passada que me fez decidir falar pessoalmente com o sujeito. Infelizmente é uma notícia ruim.

Tom ficou tenso e esperou, olhando as pequenas luzes coloridas penduradas no teto do restaurante.

– Brennan teve um ataque cardíaco – contou Grant. – Está no hospital universitário George Washington. Fui visitá-lo. Parece que ele vai sobreviver. Mas eu decidi ir eu mesmo atrás desse negócio, por ele. E, quando me encontrei com ele, me lembrei de você. Toda vez que eu não entendia alguma coisa nesse caso, você parecia decifrar a questão. E não finjo que entendo essa coisa nova. Portanto, estou aqui, e amanhã à tarde vou para o Texas. Quer vir junto? É mais ou menos no seu caminho para o Vale do Silício.

– Nenhum de nós dois deveria estar fazendo isso.

– É.
– Brennan disse para você falar comigo?
– Nesse momento, Jim Brennan não está em condições de falar.
Tom tomou um gole de cerveja.
– Certo – disse. – Texas.

CINQUENTA

O Homem Verde circundou o Campo de Petróleo Hanson e foi com sua van até a margem do rio Kildeer. Era uma noite quente e sem luar, e ele estava suando no fino traje seco de neoprene preto. Um traje úmido seria mais pesado e tornaria muito difícil manobrar, mas até mesmo esse traje seco e fino se grudava nele como uma segunda pele indesejada. O campo de petróleo estava iluminado e pulsando, como ele recordava da viagem de reconhecimento. As chamas que queimavam o gás natural no topo das torres eram fogos laranja dançando no céu noturno. Estacionou perto da margem do rio e olhou o relógio. Faltavam duas horas para a meia-noite, e ele tinha muito que fazer.

Mas o Homem Verde estava cansado, e durante alguns minutos preciosos ficou sentado na van sem fazer absolutamente nada. Com as luzes apagadas, observou o Kildeer com seus 10 metros de largura descendo a colina até a cerca, abrindo um caminho brilhante pelo campo de petróleo. Dentro da van estava quente, mas ele não ousou cochilar nem mesmo por alguns segundos. O perigo era real, porque ele não havia dormido nas três noites anteriores, preocupado com Sharon e as crianças. Tinha visto no noticiário imagens da sua casa explodindo e fotos das ruínas fumegantes na manhã seguinte.

Se tudo tivesse corrido bem, eles deveriam estar agora na província de Ontário, numa grande fazenda particular a 80 quilômetros do povoado *ojibwe* de Manitouwadge. A propriedade era linda, com 8 hectares de uma floresta de abetos e um lago cheio de percas. Mas ele só podia imaginar como teriam sido as conversas quando Sharon tentou explicar a Gus e Kim por que estavam lá e que nunca mais voltariam ao Michigan.

O Homem Verde se imaginou com eles, pescando com os filhos no lago. Fazia mais de dois anos desde seu primeiro atentado, e cansaço não era uma palavra suficientemente boa para descrever sua exaustão completa. Tinha feito o que podia, e era hora de parar. Chegara o momento de passar a luta para salvar a Terra à próxima geração e ir para o Canadá, ficar com a família.

No entanto, sentado na van silenciosa, lutando contra a tentação de fechar os olhos por alguns segundos, sabia que tinha mais uma coisa a fazer – um último golpe necessário – e que não podia adiar mais. Tomou um comprimido para obter energia e saiu da van para a margem de cascalho do Kildeer. Primeiro vinha o equipamento de demolição, que ele havia arrumado cuidadosamente em duas caixas estanques. Tirou uma delas da van, pousou-a devagar na margem e ficou satisfeito ao ver que a cor do plástico pesado era igual à das pedras de basalto no fundo do rio.

...

Um homem negro parrudo entrou intempestivamente na salinha da segurança, e Tom e Grant se levantaram.

– Poxa, sinto muito. Quanto tempo deixei vocês esperando?

– Mais de uma hora – respondeu Grant. – Disseram que você voltaria em vinte minutos.

– Caramba. Eu estava em Baines, uma cidade aqui perto. Estava jantando, e o bar é barulhento, por isso não ouvi a notificação. Deviam ter mandado alguém me chamar. Mas não era para vocês terem chegado há sete horas?

– O voo para Midland foi cancelado. Finalmente conseguimos um para Lubbock e de lá viemos de carro a toda a velocidade. Sinto muito pelos contratempos dos dois lados, mas cá estamos.

– Vocês são do FBI?

Grant mostrou sua identificação. Tom achou que, quanto mais discreto se mostrasse, melhor, por isso manteve o próprio distintivo na carteira.

– Ray Mathis – disse o segurança, apertando a mão dos dois. – Subchefe de segurança do Hanson. O que traz vocês aqui?

– Há duas semanas, você fez um relatório dizendo que viu um homem chamado Paul Sayers.

– Isso mesmo. Eu o vi perto da cerca, quando realizava uma patrulha noturna. Nós trocamos algumas palavras. Ele deu meia-volta e foi embora.

– Como você soube que ele era Paul Sayers? – perguntou Grant.

– Reconheci o rosto por causa de um cartaz de pessoa procurada pela polícia.

– O rosto dele não tem estado nesse tipo de cartaz – observou Grant – porque todo mundo achava que Paul Sayers estava morto há muito tempo.

– Foi um cartaz de vinte anos atrás. Na época, eu era segurança numa usina. Ele tinha atacado uma madeireira próxima.

– Então você estava vigiando uma usina no norte da Califórnia? – perguntou Tom.

– Isso mesmo. Perto de Ukiah. O cartaz de procura-se foi afixado no quadro de avisos no nosso escritório de segurança. Ficava no canto inferior direito do quadro. Logo acima tinha uma foto de Elle Macpherson de biquíni vermelho. Tenho boa memória.

– E você se lembrou do rosto dele depois desse tempo todo? – perguntou Grant em dúvida. – Desde a usina em Ukiah até este campo de petróleo no Texas?

– E você o viu aqui à noite, numa escuridão completa? – interveio Tom, com suas próprias dúvidas. – Mesmo assim conseguiu reconhecê-lo a partir daquele cartaz de duas décadas atrás?

Mathis olhou de Grant para Tom e deu de ombros.

– Eu nunca esqueço um rosto. Quando avistei o cara perto da cerca, apontei uma lanterna para ele e o vi com clareza. Demorei um tempo para ligar o nome ao rosto e descobrir onde tinha topado com o sujeito antes, mas lembrei. Era Paul Sayers, perto da nossa cerca. Como vocês sabem que fiz um relatório e por que se importam tanto?

– Estávamos procurando qualquer menção a Paul Sayers – respondeu Grant.

Foi a vez de o segurança ficar meio confuso.

– Se vocês achavam que o cara morreu há vinte anos, por que estavam procurando por ele?

Houve silêncio na salinha. Várias imagens de câmeras de segurança passavam nas telas. Uma janela estava aberta e alguém lá fora ouvia rádio num carro. Uma canção de merengue soava fraca no ar noturno.

– Achamos que Paul Sayers é o Homem Verde – revelou Grant.

Tom tentou esclarecer:

– Achamos que Paul Sayers *se tornou* o Homem Verde.

Mathis olhou de um para outro e perguntou:

– Vocês estão de sacanagem comigo?

– Eu gostaria de estar – disse Grant. – Aliás, o que acabamos de contar é confidencial.

– O Homem Verde que explode fábricas, iates e represas?

– E talvez campos de petróleo – murmurou Tom.

Ray Mathis se sentou numa cadeira e fez o sinal da cruz. Pensou durante alguns segundos.

– Vocês têm certeza?

– Temos – respondeu Tom. – Ele planeja os atentados com cuidado extremo, e estamos quase certos de que faz um reconhecimento nos locais onde vai atacar, provavelmente perto da época em que pretende atacar. Portanto é isso que pode tê-lo trazido a este campo de petróleo, e é por isso que estamos aqui.

– Entendi – disse Mathis. – Mas ele podia estar verificando vários campos nessa área, certo?

– Claro – respondeu Grant. – Faria sentido, já que existem vários campos grandes agrupados na bacia Permiana.

– Não – discordou Tom. – Ele veio ao Texas para ver este campo de petróleo.

– Quem é este cara? – perguntou Mathis a Grant, examinando Tom. – E o que ele tem a ver com essa história?

– Ele é um novato irritante que por acaso consegue pensar igual ao Homem Verde.

Mathis examinou Tom atentamente.

– Você acha que ele veio só para ver o campo Hanson?

– Ele não desperdiça tempo nem corre riscos desnecessários. Se veio aqui, é porque está planejando atacar aqui. Ele soube que você o reconheceu?

– Soube, eu disse isso em voz alta e saquei minha arma.

– Por que não atirou? – perguntou Grant.

– Ele não tinha feito nada errado. Só virou as costas e saiu andando. – Mathis olhou para Tom. – Você tem muita certeza de que ele vai atacar. Por acaso sabe quando?

– Não há como saber – respondeu Grant. – Ele escolhe os momentos, e tenho certeza de que a caçada a ele e o que aconteceu enquanto tentavam pegar sua família o deixaram abalado. A pressão pode ter acelerado ou retardado a programação...

– Tem um computador em que eu possa fazer uma busca na internet? – perguntou Tom.

– Bem ali. – Mathis apontou. – A senha é FODASEASENHA, tudo em maiúsculas.

Tom foi até lá e começou a digitar.

– O que está procurando? – perguntou Grant.

– O Relógio de Östersund.

– Que diabos é isso? – quis saber o velho segurança, parecendo nervoso.

– É um relógio do juízo final ambiental, administrado por um grupo na Suécia. Há duas semanas, eles adiantaram os ponteiros para as 23 horas e 45 minutos. Só faltam cinco minutos para o juízo final.

– O que isso tem a ver com o Homem Verde? – indagou Mathis.

Tom encontrou o que estava procurando.

– Ontem à noite eles anunciaram que, depois de estudar as últimas informações de satélite, amanhã às oito da manhã o relógio do juízo final vai andar os últimos cinco minutos. Dizem que o juízo final chegou. A Terra acabou de se tornar impossível de ser salva. Haverá um velório público para o planeta em Östersund. Um coro de jovens vai cantar "99 Luftballons", da Nena, e na última nota da música eles vão parar o relógio e anunciar que tudo acabou para sempre, e estão encorajando todo mundo na Europa e no resto do mundo a parar todos os relógios. É aí então que o Homem Verde vai atacar.

– Às oito da manhã de amanhã? – perguntou Mathis. Em seguida, olhou o relógio no escritório, marcando 00h17. – Então temos bastante tempo.

– Eles estão sete horas à nossa frente – explicou Tom. – As oito da manhã lá vão ser daqui a 45 minutos.

Mathis pulou da cadeira.

– Onde ele atacaria se estivesse neste campo?

– Ele gosta de explorar fraquezas existentes – respondeu Tom. – Usaria o que já existe aqui. O Homem Verde quer dar uma lição ao mundo, por isso tentaria usar alguma coisa que já esteja neste campo de petróleo para provocar o máximo de dano possível.

– Os tanques – disse Mathis, com pavor. – Há petróleo suficiente armazenado nos tanques aqui no Hanson para mandar todos nós até a Suécia, ida e volta.

Ele correu até o rádio, ligou-o e começou a dar ordens frenéticas.

• • •

O Homem Verde tinha acabado de fixar a segunda caixa estanque no veículo de propulsão subaquática quando escutou a sirene. Ele a tinha ouvido antes, na viagem de reconhecimento, e soube no mesmo instante o que era. Imobilizou-se, momentaneamente aterrorizado, então se levantou devagar e esperou. Como na última vez em que tinha ouvido o uivo agudo de alerta, o som foi seguido imediatamente pelo acendimento de fortes holofotes ao longo da cerca do perímetro e por um bando de veículos de segurança que aceleraram na direção do portão da frente.

Ele estava muito perto do campo de petróleo, usando uma roupa de mergulho, com equipamentos desempacotados. Mesmo se deixasse tudo para trás e fugisse na van, havia uma boa chance de não poder escapar a tempo. Observou a presença da segurança no campo e viu como ela estava concentrada nos tanques de petróleo. Eles ficavam no lado oposto ao dos tanques de fluido de retorno. De certa forma, o fato de estarem esperando que ele atacasse o petróleo armazenado poderia ser exatamente a distração de que precisava. Deviam ter eletrificado a cerca, mas ele planejava passar por baixo dela, pelo rio, até um alvo que eles não poderiam prever. Se provocasse uma grande explosão, haveria um dano e uma confusão tão grandes que ele ainda poderia escapar descendo pelo rio até o outro lado do campo, onde tinha escondido sua moto.

O Homem Verde tomou a decisão. Era tarde demais para recuar. Tinha chegado até ali e explodiria o campo Hanson embaixo do nariz da segurança em estado de alerta e mostraria ao mundo os graves perigos do fraturamento hidráulico. E então tentaria escapar e se juntar à família. E, se Deus quisesse, era isso que iria acontecer. Mas não iria fugir agora. Iria atacar.

Tinha se sentido exausto, mas de repente estava cheio de energia. Aquele era o maior desafio que já havia enfrentado, e iria realizá-lo. O Homem Verde estivera disposto a morrer pela sua causa desde os 23 anos, e, agora que esse momento podia estar chegando, o clarão de terror que sentira ao ouvir a sirene foi substituído por uma determinação implacável. Tinha acoplado as duas caixas estanques à scooter subaquática. Pôs o equipamento do *rebreather* às costas, ajustou as mangueiras e a máscara, e em seguida entrou no frio Kildeer.

Havia aprendido a mergulhar com pesados tanques de ar nas costas, mas eles jamais serviriam para aquela missão. Um mês antes, comprara um *rebreather* na internet por 10 mil dólares. O aparato de alta tecnologia preso às costas podia remover o dióxido de carbono do ciclo de respiração ao mesmo tempo que acrescentava a quantidade necessária de oxigênio. Isso lhe permitia respirar de novo o ar exalado e tinha duas vantagens para um atentado assim. Em primeiro lugar, não havia os volumosos tanques de ar, o que lhe dava uma silhueta mais esguia na água. E, como ele estaria respirando de novo o próprio ar, repetidamente, não haveria as bolhas reveladoras para os guardas detectarem.

Ligou o motor e as duas hélices de plástico da scooter subaquática começaram a girar. Segurou as duas manoplas e o veículo que ele havia construído com peças avulsas em sua cabana o puxou para dentro do Kildeer. Não havia leme, por isso precisava direcionar com o corpo. Tinha treinado num rio semelhante no Michigan, e a chave era encontrar o canal central. Se ficasse muito perto da superfície, poderia ser visto, e, se afundasse demais, poderia colidir com o fundo, levantar lama e talvez se machucar e danificar o equipamento. Logo estava deslizando rapidamente um metro e meio abaixo da superfície, uma sombra escura quase invisível contra as pedras pretas do leito do rio.

Podia ver os holofotes na cerca quando se aproximou. A tela de arame não descia até o fundo do rio. O objetivo provavelmente era impedir entupimentos constantes enquanto a correnteza levava entulhos pequenos e grandes rio abaixo. Quando mergulhou por baixo da cerca, apertou um botão no cronômetro para iniciar uma contagem regressiva. Em seguida, estava passando pelo centro do campo de petróleo e conseguia ver as luzes fortes de todos os lados e sentir as máquinas latejando num ritmo frenético.

Acertar a distância era absolutamente fundamental. Os tanques de fluido de retorno estavam a pouco menos de 800 metros dentro do campo. Ele se deslocava a 5 quilômetros por hora, por isso calculou quanto tempo precisaria permanecer submerso. O alarme do relógio vibraria depois de oito minutos e quinze segundos. Segurou as duas manoplas e partiu pelo canal central, e cada intervalo de dez segundos pareceu uma eternidade.

...

– Ele não iria atacar os tanques de petróleo – disse Tom.

Estava sozinho com Grant no escritório da segurança, olhando imagens de várias câmeras nas telas.

– Por que não? Esse é o melhor modo de explodir um campo de petróleo.

– Porque causaria um dano significativo ao meio ambiente. E seria previsível.

– Então o que ele atacaria?

– Não sei.

A porta se abriu e Mathis entrou rapidamente.

– A polícia local e a estadual estão a caminho. Nesse meio-tempo, meu pessoal encontrou uma van perto do rio, a 800 metros da cerca.

– Uma van preta? – perguntou Grant.

– Sim.

– É ele.

– Coloquei homens no ponto em que o rio passa por baixo da cerca.

– É tarde demais – disse Tom. – Ele já está dentro do campo.

– Não sabemos disso. De qualquer modo, não vai adiantar nada. O rio não passa perto dos tanques de petróleo – explicou Mathis. – Para causar algum dano, ele teria que sair da água e atravessar um quilômetro e meio de terreno aberto. Mobilizei cada guarda que temos para vigiar os tanques ou patrulhar o campo. O que quer que ele tenha em mente, não vai conseguir executar.

– Ele não vai atacar os tanques de petróleo – declarou Tom.

Mathis o encarou.

– Não vai o escambau. É o melhor alvo.

– Se eu fosse você – disse Grant ao segurança –, ouviria esse cara. Ele vem acertando a cada etapa da investigação.

Mathis recebeu uma mensagem no celular. Pareceu alarmado e com raiva, e tirou a arma do coldre com a mão direita.

– Seus homens o viram? – perguntou Grant, empolgado. – Ele machucou alguém?

– Eu mandei os nomes de vocês para o FBI quando apareceram, porque sempre verifico tudo. Acabei de receber informações do Departamento de Segurança Interna. Disseram que vocês não têm autoridade, que estão violando os regulamentos e que eu deveria detê-los. Não tenho tempo a perder agora. Não sei direito o que está acontecendo, mas vou trancar vocês numa sala no fim do corredor e não quero que criem problemas.

– Vá em frente, nos detenha – desafiou Grant. – Você está com um terrorista de alto nível dentro do seu campo e só há uma pessoa no mundo que pode lhe dizer onde encontrá-lo.

O olhar de Mathis saltou para as telas que mostravam várias imagens dos tanques de petróleo. Seguranças com armas estavam em muitas delas.

– O Departamento de Segurança Interna diz que não devo confiar em vocês.

– Aquela van preta que vocês encontraram tinha placa do Michigan – disse Grant, e não era uma pergunta.

Mathis assentiu ligeiramente, examinando o rosto dos dois.

– Este aqui é o primeiro cara que associou o Homem Verde ao Michigan – informou Grant. – Ele fez mais para solucionar esse caso do que qualquer pessoa, e foi isso que o tirou da investigação. Você está envolvido com a segurança de alto nível e com a burocracia do governo há muito tempo, portanto imagino que saiba como isso funciona.

– Ele não vai voltar para a van depois, se é isso que você está pensando – acrescentou Tom em voz baixa. – Ele tem outra saída, rio abaixo. Provavelmente uma moto, porque foi o que usou antes. Ele sabe que nós sabemos sobre a van e a deixou como suvenir. Ele vai explodir o seu campo. E não será incendiando os tanques de petróleo. Depois vai nadar rio abaixo e sumir. E você tem uns dois minutos para tomar a decisão certa.

Havia uma certeza calma na voz de Tom que pareceu convencer Mathis.

Ele olhou uma última vez para as telas e perguntou:

– Certo, gênio, onde acha que ele vai atacar?

– Seria alguma coisa perto do rio. Além dos tanques de petróleo, o que mais pode explodir um campo de petróleo?

...

O relógio do Homem Verde vibrou. Ele desligou o motor e usou o corpo para ir em direção à margem. Chegou à parte mais rasa, prendeu uma âncora para manter o veículo subaquático em segurança e levantou a cabeça acima da água. O agrupamento de gigantescos tanques verde-lima cheios de fluido de retorno estava a menos de 30 metros.

Tirou o *rebreather* e as nadadeiras, escondendo tudo no cascalho perto do veículo ancorado. Depois, arrastou as caixas estanques para a margem. Logo as duas estavam abertas e ele montava metodicamente os detonadores com temporizador, usando apenas um facho finíssimo de uma minilanterna presa nos dentes. Tinha treinado a montagem dos detonadores no escuro dentro da cabana de caça, mas fazer um trabalho tão preciso no meio de um campo de petróleo, quando sabia que a segurança o estava procurando e que cada segundo poderia significar a diferença entre escapar ileso e levar um tiro, era algo muito diferente.

De uma das caixas tirou um bastão extensor leve e o estendeu até ficar com

9 metros de comprimento: a altura das aberturas de ventilação nos tanques de fluido de retorno. Ajustou um detonador numa base eletromagnética e em seguida prendeu o ímã na ponta do bastão.

Minutos depois, estava andando entre os tanques de fluido de retorno. Os enormes cilindros lançavam sombras noturnas monstruosas que ajudavam a escondê-lo. Podia sentir o fedor acre das aberturas lá no alto. A água em cada tanque havia se assentado no fundo, mas as substâncias químicas voláteis e altamente combustíveis flutuavam perto do topo. Começou com um tanque mais distante do rio, para ter a melhor chance de escapar. Assim que o primeiro explodisse, haveria uma conflagração rápida, e, se ele não voltasse ao rio a tempo, seria queimado vivo.

O Homem Verde parou para fazer uma oração rápida. Assim que colocasse o primeiro detonador no topo de um tanque, nada poderia impedir a tempestade de fogo. Pensou nos operários que a explosão mataria instantaneamente e nos trabalhadores que poderiam inalar gases venenosos da fumaça e ter problemas de saúde pelo resto da vida. Não eram pessoas ruins, e ele sabia que não tinha direito de lhes fazer mal.

– Deus me perdoe – sussurrou.

Levantou o bastão com cuidado, de modo que o ímã no topo roçasse a abertura de ventilação no tanque de fluido de retorno. Acionou a corrente e o eletroímã foi atraído para a abertura de ferro com tanta força que provocou um estalo audível. Retraiu o bastão e começou a andar rapidamente para outro tanque, este mais perto do rio. Olhou o relógio. O detonador que ele havia acabado de colocar no topo do tanque explodiria em cinco minutos.

• • •

Na prefeitura de Östersund, o coro juvenil tinha quase acabado de cantar. Um menino e uma menina deram um passo à frente e, com vozes doces e inocentes, entoaram o último refrão comovente de "99 Luftballons". Quando a última nota se esvaiu em silêncio, o fundador do grupo ambientalista radical subiu ao palco. Era um homem careca, de meia-idade, empurrando outro muito mais velho numa cadeira de rodas. Este, aos 103 anos, era o morador mais velho de Östersund – um homem conhecido e muito amado pelas pessoas da cidade que estavam na plateia. Na adolescência, tinha lutado contra os nazistas. O velho se levantou devagar da cadeira diante de um grande relógio colocado na parede. O centenário estendeu a mão direita trêmula e apertou um botão. O grande relógio parou e a cidade ficou totalmente em silêncio.

...

– Aqueles são os tanques de fluido de retorno – explicou Mathis, correndo pela margem do rio com a arma na mão. – Cinco dos meus guardas estão indo para lá.

– Quanto tempo eles demoram para chegar? – perguntou Grant, com sua Glock na mão.

– Uns dois minutos.

– Não vão chegar a tempo – disse Tom.

– Você nunca diz qualquer coisa positiva? – perguntou Mathis. – Nós nem sabemos se ele entrou no campo antes de eu deslocar os guardas.

– Ele está aqui – afirmou Tom.

Tinha caminhado até o ponto em que o rio corria mais perto dos tanques de fluido de retorno e avistado duas formas escuras meio enterradas na margem de lama e cascalho. As duas caixas estanques estavam lado a lado. Abriu uma delas. Estava vazia, a não ser por alguns detonadores e ferramentas.

Os três homens olharam o conteúdo das caixas estanques e depois um para outro. Não podia haver dúvida. Ele estava ali, aquilo estava mesmo acontecendo.

– Porra – esbravejou Mathis, em seguida se virou para os enormes tanques cilíndricos ali perto.

– O rio foi o caminho de entrada dele, e tem que ser o de saída – alertou Tom. – Se esperarmos aqui, poderemos pegar o sujeito de surpresa quando ele voltar. Se você tentar ir até aqueles tanques, terá que atravessar o terreno aberto. Garanto que ele tem uma arma e óculos de visão noturna.

– Não posso esperar – declarou Mathis, e começou a subir a encosta em direção ao agrupamento de tanques.

Tom ficou sozinho com Grant.

– O pior é que ele está certo – disse Grant, sério, e deu um passo indo atrás do segurança.

– É suicídio ir até lá – avisou Tom. – Ele vai ver vocês.

– Se ele explodir os tanques, vamos morrer de qualquer jeito.

Tom assentiu, relutante, e murmurou:

– Estou desarmado.

– Espere aqui pelos guardas que estão vindo. Diga a eles aonde nós fomos – orientou Grant.

Em seguida, se virou e começou a subir depressa a encosta atrás de Mathis.

Tom ficou alguns segundos de pé junto ao rio. Dois tiros espocaram no escuro. Pegou-se correndo encosta acima, desconsiderando completamente o perigo, querendo ajudar os colegas. Encontrou Grant curvado em cima de Mathis. O segurança tinha levado um tiro no meio da testa.

– Larguem as armas – ordenou uma voz.

Eles viram um homem alto vestido de preto caminhando na sua direção com a arma apontada.

Grant hesitou um segundo, em seguida levantou rapidamente a pistola e disparou um tiro rápido. Soltou um grunhido e sua mão foi até o peito, e então ele desmoronou. Tom se ajoelhou ao lado e o viu morrer. Os dois nunca tinham sido amigos, mas Tom havia passado a gostar de Grant e a respeitá-lo, e sentiu choque e fúria misturados. Verificou a artéria carótida, em seguida pegou a Glock na mão sem vida de Grant enquanto o som de passos se aproximava.

– Tom Smith – disse uma voz familiar. – Você trouxe os dois aqui. – Não era uma pergunta. – Você pensa como eu... Que Deus o ajude.

Tom olhou para cima e viu o Homem Verde a menos de 3 metros. A mão direita dele segurava a arma e a esquerda estava apertando a barriga.

Tom se levantou e os dois se encararam. Tom levantou a Glock até estar apontada para o rosto do Homem Verde.

– Você acabou de matar dois homens bons.

Queria muito puxar o gatilho, vingar Grant, Mathis e os outros adultos e crianças inocentes que aquele homem tinha matado. Queria fazer isso para justificar a fé de Brennan nele e porque Warren Smith teria puxado o gatilho sem pensar duas vezes.

Mas os dois estavam se encarando, e Tom não atirou.

– E vou matar muitos outros – declarou o Homem Verde. – Aqueles tanques vão explodir em dois minutos. Não há como impedir. Quando explodirem, isso aqui vai virar o inferno na terra. – Ele fez uma careta de dor. – Um de nós tem a chance de escapar. E não posso ser eu. – Ele levantou a mão da barriga, e Tom viu o sangue e a seriedade do ferimento. Mathis ou Grant havia acertado o Homem Verde, e ele sangraria até a morte.

– Não tem como sair daqui em dois minutos – disse Tom.

– Tem um jeito. – O Homem Verde começou a descer a encosta em direção ao rio. Estava encurvado, e cada passo era obviamente uma agonia. Apontou para a margem. Havia um brilho de metal escuro ao luar. Alguma coisa estava ancorada na água rasa logo abaixo da superfície. – Se você passar pela cerca, há uma moto perto da primeira árvore grande, a 800 metros.

Tom o encarou e jogou a Glock longe, no Kildeer.

– De que adianta? É o dia do juízo final. Na Suécia, aqui e em todo lugar.

O Homem Verde respondeu hesitante, sentindo uma dor lancinante:

– Eu gostaria de pensar que as pessoas na Suécia... e que o próprio Deus... deixaram um pouquinho de tempo extra, se nós o usarmos com sabedoria. – Então seu rosto se contorceu e ele caiu sobre um dos joelhos. Ofegou: – Tom Smith, você queria muito viver quando nadou daquela balsa até a costa. Vá. E leve isto.

Ele estendeu alguma coisa que Tom pegou. Era um celular com capa protetora.

– O que tem nele?

– Uma mensagem para os meus seguidores... e para os meus filhos. Para o caso de eu não sobreviver. Agora vá.

Tom começou a andar e depois correu para a água. Viu o *rebreather*, mas não sabia como usá-lo, e não havia tempo. Foi até o que parecia uma scooter ancorada na parte rasa. Ligou o motor e as duas hélices começaram a girar. Mas mesmo assim não se afastou logo. Em vez disso, tirou o celular do Homem Verde da capa e apontou para a margem.

– Vá – disse o Homem Verde outra vez, numa mistura de ordem e súplica.

Tom usou o celular para começar a filmar. O Homem Verde pareceu entender e se levantou sobre um dos joelhos, depois se esforçou lentamente para ficar de pé. Atrás dele, no alto da colina, o primeiro tanque explodiu. Uma língua de chama laranja saltou do topo e depois se espalhou em todas as direções, e o Homem Verde era uma silhueta contra o clarão. Ele fez um gesto com os braços, como se convocasse os seguidores, depois se virou e foi andando em direção à explosão. Um segundo tanque explodiu e o chão tremeu. Tom colocou o celular na capa protetora e o guardou. Segurou as duas manoplas e acelerou ao máximo.

O motor rugiu e a scooter subaquática partiu dentro do Kildeer, arrastando Tom por cima do cascalho. Em seguida, ele estava acelerando rio abaixo, inclinando-se loucamente para os lados, quase se afogando até descobrir como manobrar. Inspirou o ar quando saltou na superfície e prendeu o fôlego durante minutos enquanto o veículo rugia por baixo da água em direção à cerca. Acima dele, o céu noturno estava iluminado com nuvens laranja e fogo vermelho enquanto pedras que tinham sido arrancadas das bases dos poços e pedaços de aço retorcido arrancados das torres eram lançados na nuvem do inferno pela explosão e choviam de volta no rio. E a própria terra tremia, fazendo parecer de fato que o mundo estava acabando.

CINQUENTA E UM

Sharon tinha posto os filhos na cama e ficado com eles até dormirem. Os dois tinham quartos separados na agradável casinha de fazenda, mas ambos estavam muito ansiosos e preferiam dormir no mesmo quarto. Ela havia escutado enquanto eles rezavam e pediam para Deus proteger seu pai, depois cantou para eles. No Michigan, quando eram mais novos, ela costumava cantar para dormirem toda noite, mas, quando Gus fez 10 anos, declarou que estava velho demais para isso e ela parou. Agora, de algum modo, o ato pareceu adequado e reconfortante. Ela se lembrou de algumas das canções preferidas dos dois e terminou com o acalanto que sua mãe lhe cantava.

Quando estavam dormindo, ela foi ao próprio quarto, ligou o computador e, pela centésima vez, assistiu ao pequeno vídeo que tinha se tornado o mais visto na história da internet. Aparentemente ninguém sabia quem tinha filmado nem como ele foi postado pela primeira vez, mas acabou viralizando mundialmente. Pela expressão do marido, ela podia ver que ele estava cheio de dor enquanto se erguia até ficar de joelhos e depois se levantava, fazendo o gesto largo com o braço, convidando o mundo a segui-lo. E então ele se virava rumo ao inferno e dava um último passo corajoso em direção às chamas enquanto o vídeo era interrompido.

Chorou, como tinha feito a cada vez que o assistira. Chorou pela dor dele e pela sua própria solidão. Chorou porque Mitch quisera parar e ela o convenceu a ir em frente, e isso havia lhe custado a vida e o futuro da família. Acima de tudo, chorou pelos filhos, que cresceriam com lembranças de um mártir mas sem um pai.

No entanto, Sharon também sabia que, na morte, o Homem Verde tinha alcançado seu objetivo. A última carta dele sobre os perigos graves que o fraturamento hidráulico representava para o planeta e especialmente para a atmosfera tinha sido recebida e publicada pelo *The Washington Post* e gerado um ultraje nacional, sobretudo entre os jovens. A ideia do petróleo e do gás como combustíveis-ponte "seguros e necessários" estava sendo debatida, desde os clubes estudantis até o Senado. Empresas gigantescas que realizavam *fracking* e faturavam centenas de bilhões de dólares de repente precisavam se defender por causa da liberação de metano e outros gases perigosos e enfrentavam perguntas difíceis que nem mesmo os lobistas mais astutos e os cientistas mais criativos conseguiam responder de modo satisfatório.

Talvez, mais importante ainda, a morte e o martírio do Homem Verde haviam lhe rendido um status descomunal entre os jovens que decidiriam a próxima eleição e o destino do país. Ele havia se tornado onipresente – suas palavras e imagens estavam em toda parte: em livros, nas laterais de ônibus, em camisetas nas universidades. E não era mais a imagem que um artista havia idealizado. Sua verdadeira identidade era conhecida. O Homem Verde tinha sido Paul Sayers e o Homem Verde havia se tornado Mitch Farley. Ele tivera dois filhos e os criara numa cidadezinha no Michigan, e o mundo inteiro sabia que ele tinha se casado com uma mulher chamada Sharon. O FBI e o Departamento de Segurança Interna também sabiam, e Sharon jamais se sentiria completamente segura outra vez, mas ao mesmo tempo isso a deixava orgulhosa.

Enxugou as lágrimas, foi até uma janela e observou o luar forjando os elos de uma corrente dourada por cima do lago. Teria que contar às crianças. Gus estava bastante desconfiado. Elas se sentiam solitárias, queriam conhecer outras crianças e entrar na internet. Precisavam entender por que a família teria que se manter afastada, pelo menos durante alguns anos, por que estudariam em casa e passariam tanto tempo naquela fazenda. Precisavam saber por que sua aparência começaria a ser sutilmente alterada.

Era irônico que o mundo inteiro soubesse da verdade, menos eles. Mas era melhor que soubessem por ela. Contaria na manhã seguinte, quando todos tomassem o café da manhã juntos na varanda com vista para o lago. Haveria lágrimas e raiva, mas também haveria amor, orgulho e um segredo familiar que se tornaria o elo especial que teriam nas próximas décadas.

Precisaria juntar forças para mostrar o vídeo a eles: ver era acreditar, e a verdade era sempre o melhor caminho. O Homem Verde tinha gravado declarações finais para eles, e de algum modo isso também fora divulgado. Elas deveriam saber o que ele tinha a lhes dizer – quanto ele as amava. Ele não tinha gravado uma declaração final para Sharon. Tinha dito pessoalmente, depois da última vez que fizeram amor, na casa deles no Michigan, na cama que ele próprio havia esculpido a partir de um grande carvalho.

Sharon tremeu porque sentia saudade demais. Seria sempre assim. Ou talvez não. Talvez o tempo curasse todas as feridas e ela encontraria a paz e um dia talvez até alguém para amar como o havia amado. Mas não conseguia acreditar nisso. Aquelas eram as horas mais difíceis. Encostou o rosto no vidro da porta deslizante. Ainda faltava muito para o inverno, mas a noite estava fria.

Contemplou o luar no lago e o imaginou ali, com os braços fortes em volta dela.

– Nós conseguimos, Shar – sussurrou ele. – Nós transformamos o mundo e agora teremos um ao outro durante quarenta anos.

Ele estava parado às suas costas. Ela não podia vê-lo, mas sabia que ele estava ali. Podia sentir sua presença, sua respiração nos cabelos, o calor do corpo. Os lábios dele tocaram seu pescoço e as mãos estavam afrouxando seu roupão, e então ele estava sussurrando que a amava, enquanto suas mãos a viravam para encará-lo.

Ela se virou lentamente, mas viu apenas a escuridão. Desviou rapidamente para longe daquele vazio enorme, de volta para o lago, e abriu a porta da varanda. Três passos longos a levaram até a beirada, e ela pulou do deque. Mergulhou quase até o fundo, onde estava gelado e totalmente escuro, e se escondeu do mundo inteiro nas profundezas daquele lago canadense. Mas a lua não permitiria que ela ficasse escondida por tempo demais; viu-a e a alcançou, e ela seguiu com relutância a luz que a chamava de volta à superfície. Nadou para casa ao longo da corrente dourada do luar, enxugou-se e vestiu o roupão. Então Sharon foi para o quarto dos filhos e se deitou ao lado de Kim, que se mexeu mas não acordou. E dormiu com os filhos.

CINQUENTA E DOIS

Julie ficou olhando, meio atônita. Tinha visto sua mãe falando em reuniões antes, e conhecia a força que Ellen era capaz de exercer sobre uma plateia. Mas, como presidenta do Centro Verde, sua mãe sempre tinha sido uma presença cortês, responsável e cautelosa, um freio para os ativistas mais radicais com quem trabalhava. Naquela manhã, Ellen deixou tudo isso para trás – até mesmo Richard estava boquiaberto –, e o fez sem levantar a voz nem clamar por nenhum ato específico de destruição ou violência. Mas não poderia haver dúvida de que ela estava acendendo um fósforo e segurando-o junto à palha seca com cada frase ousada, profana e incendiária.

– O que estou dizendo é que nós, como organização, não podemos mais nos dar ao luxo de não abraçar o Homem Verde e tudo que ele representou – disse Ellen aos quarenta funcionários na sala de reuniões do Centro Verde. – Mas a coisa vai além. Também estou dizendo que temos que fazer tudo ao nosso alcance para levar adiante a visão e a pauta ativista dele. E, sim, se necessário isso significa que precisamos lutar.

Seus colegas de trabalho a estavam observando, mas não nas posturas relaxadas nos assentos perto das janelas, como sempre, nem esparramados em pufes e tomando kombucha. Estavam sentados quase rígidos, praticamente em posição de sentido, como se o inesperado chamado da diretora à ação tivesse militarizado aquele bando de hippies e sonhadores, transformando-os no que poderia ser a brigada avançada de um exército indisciplinado mas poderoso.

Lou se levantou meio inseguro e sorriu para ela.

– Mesmo concordando com muito do que o Homem Verde escreveu e também com a maior parte do que você está dizendo, Ellen, simplesmente não podemos compactuar com a violência. Esse nunca foi o seu estilo e também nunca foi o nosso.

– Lou, isso não tem a ver com violência – contrapôs Ellen. – Vai além da violência. Mas, se for necessária alguma ação, não podemos nos esquivar. Precisamos liderar e fazer escolhas difíceis. Eu penso assim agora, e nós devemos pensar assim agora, caso contrário ficaremos para trás, perdendo toda a importância.

Julie ficou empolgada e um tanto chocada ao ouvir a mãe repudiar a cautela e o pacifismo de antes e assumir uma nova posição ainda mais radical que a da filha. E Ellen fez isso com tanta facilidade e ênfase que Julie percebeu que aquela era de fato sua mãe, que ela não estava se transformando, e sim revelando seu verdadeiro eu. Aquela era a jovem que havia incendiado manifestações em São Francisco vinte anos antes e partido em missões noturnas secretas e destrutivas com seu amante e confidente.

– Vocês não entendem? – perguntou Ellen a Lou e a todos os outros. – A morte do Homem Verde e a publicidade que ela gerou muda todo o jogo. Agora nossa luta entrou numa etapa crucial. Estamos numa batalha intensa para salvar o planeta, e não é mais uma corrida de longa distância, e sim de velocidade. Os velocistas não podem se preocupar com estratégia: só precisam correr o mais rápido que podem durante a porra dos dez segundos. – Ela encarou Julie e sustentou o olhar da filha enquanto dizia: – Temos que jogar fora o livro de regras e não nos deixarmos limitar pelo que dissemos ou fizemos antes. É hora de liderar vigorosamente, caso contrário perderemos o apoio das pessoas de quem mais necessitamos: a próxima geração. São eles quem têm mais a perder, e nós os colocamos nessa encrenca, portanto é melhor não atrapalhar nem jogar papo-furado para cima deles.

Julie encarou a mãe de volta e baixou a cabeça ligeiramente num reconhecimento orgulhoso da nova franqueza e da paixão de Ellen.

Richard se levantou e disse:

– Ellen, tudo bem você mudar o tom e falar que agora precisamos abraçar o Homem Verde, mas o fato é: você realmente o abraçou...

– Essa é uma parte minha que não vou mais esconder – interrompeu Ellen. – Agora o mundo todo sabe que eu fui companheira dele há vinte anos. Essa é uma vantagem gigantesca para nós, e pretendo usar esse legado para liderar. Precisamos colocar o rosto dele na nossa tela principal, e eu tenho fotos de Paul que ninguém mais viu. Precisamos usar as palavras dele como parte da mensagem dinâmica do Centro Verde, e eu sei melhor que ninguém o que Paul disse. Ele viverá através de mim e falará através de nós, e juntos iremos liderar esse avanço.

– Isso faz sentido para você – comentou Richard. – Vai se tornar uma heroína cultuada e uma celebridade ao se ligar à lenda dele. Dado o grau de dificuldades jurídicas que está enfrentando agora, provavelmente é uma estratégia muito inteligente para você, mas não para nós. Nós fazemos muitos trabalhos importantes aqui, sobretudo neste momento, e não poderemos continuar se o nosso centro for fechado e todos formos presos. Estamos numa situação muito especial e perigosa...

Ellen sorriu para ele.

– Richard, você se tornou tão politicamente cauteloso que mal o reconheço.

– Ah, isso não é justo – rebateu ele com raiva. – Eu me importo com o trabalho que estamos realizando. E que precisa ser concluído.

Josie interveio:

– Ellen, você contratou a maioria de nós, fundou e construiu essa organização, e nós agradecemos, mas agora você está sob suspeita...

– Não estou sob suspeita – declarou Ellen. – Estou sendo investigada por várias agências governamentais, inclusive o FBI e o Departamento de Segurança Interna. Se não conseguem lidar com o fato de ter uma diretora que pode ser presa a qualquer segundo, então ou vocês precisarão ir embora ou eu precisarei ir embora, porque é nesse ponto em que estamos, e é um ponto forte, e não fraco, e não vou recuar um centímetro. Richard está absolutamente certo: se eles me prenderem, vão me transformar em uma mártir viva, e não creio que sejam idiotas a ponto de fazer isso. Se estourarem nossa organização, isso vai gerar uma centena de outras como nós e alardear nossa mensagem ao mundo. Vamos enfrentá-los com ousadia, e se não quiserem que eu lidere essa luta, eu vou me demitir e criar outra organização que queira.

Julie se levantou e saiu silenciosamente da sala de reuniões. Odiava ver a mãe sendo atacada enquanto a política organizacional dava suas caras. Tinha quase certeza de que Ellen iria vencer, mas, de certa forma, não se importava. Era a hora da verdade. E sua mãe estava dizendo a verdade.

Subiu até a sala da mãe, sentou-se e ficou olhando as fotos na parede. Muitas eram de Julie criança, mas havia uma nova, acima da mesa. Era uma foto de Ellen e Paul Sayers inacreditavelmente jovens, usando calça jeans, camiseta e bota. Estavam de braços dados no convés de um barquinho com penhascos ao fundo, e pareciam felizes e em paz juntos.

Examinou a foto com atenção. Sua mãe era jovem e linda, e os dois estavam obviamente apaixonados. Julie ligou o computador da mãe e encontrou a última mensagem do Homem Verde. Ela a tinha escutado muitas vezes, mas naquela sala, ao lado da foto do jovem casal feliz no barco, as palavras dele ganhavam uma ressonância nova.

Ele pedia perdão pelos inocentes que tinha matado. Dizia aos seguidores que, se estavam escutando aquela mensagem, isso significava que ele havia morrido. Sua luta agora era deles, e tinha certeza de que eles venceriam. Um dia, em breve, eles viveriam num planeta sustentável que fora salvo. Perto do fim da mensagem, descrevia um pouco esse mundo futuro que estava sendo curado, e Julie sorveu as bem-vindas palavras de esperança.

O Homem Verde terminava pedindo licença ao mundo enquanto dirigia algumas palavras pessoais de despedida aos seus filhos, que eram pequenos e ainda não entendiam por que o pai havia desaparecido. Sua voz ficou íntima e tensa por causa da emoção. Disse que lamentava não estar presente para eles, para vê-los crescer. Sabia que sua ausência causaria grande sofrimento. Mas afirmava que os amava muito e que esperava que, quando fossem mais velhos e conseguissem entender a complexidade da situação, pudessem perdoá-lo ou pelo menos compreendê-lo.

No segundo andar do prédio de arenito marrom do Centro Verde, com os olhos piscando para conter as lágrimas, Julie assentiu e sussurrou de volta para o pai:

– Eu compreendo.

CINQUENTA E TRÊS

Lise deu a última aula e foi de bicicleta para casa. Ao se aproximar, um carro estacionado piscou os faróis e ela viu o motorista abrir a porta e acenar. Demorou um segundo para reconhecê-lo: ele estava deixando a barba crescer e parecia um pouco diferente de quando os dois tinham trabalhado juntos. Parecendo relaxado e solto, deu-lhe um sorriso caloroso e disse:

– Bela bicicleta.

– Tom? O que está fazendo aqui?

– Ouvindo música country. São divertidas, se a gente não levar muito a sério...

– Quero dizer, o que está fazendo perto da minha casa? Me seguindo?

– Vou acampar nas montanhas. Quer passar um ou dois dias comigo?

– Acampar?

– Comprei uma barraca. Não sei direito como montar, mas acho que, com sua formação em engenharia, talvez possamos descobrir. Na verdade, estou atravessando o país de carro, para o meu trabalho novo na Califórnia.

– Não sei nem se eu deveria ser vista com você. O FBI ligou três ou quatro vezes fazendo perguntas.

– É por isso que eu pensei em tentar interceptar você. Por que não entra no meu carro um segundo para termos uma conversa secreta?

Lise hesitou, baixou o descanso da bicicleta, foi até o pequeno carro elétrico e entrou.

– Acampar? – perguntou de novo.

– Você está ótima. Sinto muito pelo FBI. Eles andaram pegando no meu pé também. Acham que eu postei o vídeo do Homem Verde no campo de petróleo, mas parece que não têm como provar. Quem postou escondeu muito bem os rastros.

– Eu deveria sair deste carro e nunca mais falar com você.

– Você sabe que não sou muito de beber, mas, para a possibilidade remota de você concordar em vir, comprei uma bela garrafa de vinho tinto italiano. Posso pagar por isso agora, com o meu novo salário no Vale do Silício. Não estou me gabando, mas queria que você soubesse que no momento sou uma figura razoavelmente importante.

Ela o fitou e disse:

– Tenho uma teleconferência daqui a meia hora.

– Eu espero.

– Pode demorar.

– Quando a gente atravessa o país de carro, vai no ritmo que quiser. Vou aguardar aqui.

Ela o encarou e finalmente riu, mesmo contra a vontade.

– Por que está atravessando o país de carro, afinal?

– As estradas longas e as paisagens estão me ajudando a lidar com algumas questões – contou Tom, e por um momento ela vislumbrou a dor por trás da fanfarronice. – Além disso, abri mão de viajar de avião. Estou tentando diminuir minha emissão de carbono. Como cientista e ciclista, tenho certeza de que você vai entender.

– Entendo que você é maluco – retrucou ela. Em seguida, estendeu a mão e tocou gentilmente o rosto dele. – É sério? – perguntou baixinho. – Acampar nas montanhas?

– Não se sinta pressionada. Eu estava de passagem e pensei: por que não convidar você?

– Eu nunca recuso uma boa garrafa de vinho.

Então Lise saiu do carro e seguiu de bicicleta pelo quarteirão de mansões chiques.

Tom se recostou no banco do motorista e sorriu.

AGRADECIMENTOS

O apoio de Aaron Priest, meu maravilhoso agente nos últimos trinta anos, foi valiosíssimo do início ao fim.

Agradeço também a Lucy Childs por ler vários esboços e pelas sugestões soberbas.

Lindsey Rose acreditou neste projeto e foi uma editora magnífica.

Muitas vezes, enquanto escrevia o livro, escutei as vozes dos meus queridos pais, Morton e Sheila Klass, que me deram lições sábias sobre escrever.

A lembrança de Frances Foster continua a ser uma inspiração.

Gostaria de agradecer a David Orelowitz pela ajuda e expertise.

Eu não poderia ter escrito este livro sem meu consultor e amigo Ed Nicholas, que compartilhou seu conhecimento duramente conquistado sobre procedimentos policiais e ciência forense e me aconselhou a cada passo do caminho.

Um agradecimento profundo à minha esposa, Giselle Benatar, por seu amor e seu apoio, e por ouvir todas as minhas dúvidas e me ajudar a transformar um sonho no livro que está agora na minha mesa.